吴趼人全集

点评集

[清]吴趼人 著

北方文艺出版社

图书在版编目（CIP）数据

吴趼人全集．点评集/刘敬圻主编；（清）吴趼人
著．－－哈尔滨：北方文艺出版社，2019.3
ISBN 978-7-5317-4258-6

Ⅰ．①吴… Ⅱ．①刘…②吴… Ⅲ．①中国文学－古
典文学研究－清代－文集 Ⅳ．① I214.92

中国版本图书馆 CIP 数据核字（2018）第 117836 号

吴趼人全集：点评集
Wujianren Quanji Dianpingji

作　者 / [清] 吴趼人　　　　　　　主　编 / 刘敬圻
责任编辑 / 宋玉成　赵晓丹　　　　　封面设计 / 锦色书装

出版发行 / 北方文艺出版社　　　　　邮　编 / 150080
发行电话 / （0451）85951921 85951915　经　销 / 新华书店
地　址 / 哈尔滨市南岗区林兴街 3 号　网　址 / www.bfwy.com

印　刷 / 廊坊市海涛印刷有限公司　　开　本 / 880mm×1230mm　1/32
字　数 / 289 千　　　　　　　　　　印　张 / 11.5
版　次 / 2019 年 3 月第 1 版　　　　印　次 / 2019 年 3 月第 1 次印刷

书　号 / ISBN 978-7-5317-4258-6　　定　价 / 55.00 元

出 版 说 明

本卷收录吴趼人评点和编辑过的作品。考虑到吴趼人评点过的作品很难见到，同时为了帮助读解吴趼人的评点，因此全部保留了原文。

《毒蛇圈》，二十三回，未完。标"侦探小说"。署"法国鲍福原著，上海知新室主人（周桂笙）译"。连载于《新小说》第 8 号、第 9 号、第 11—14 号、第 16—19 号、第 21 号、第 23 号、第 24 号，光绪二十九年八月十五日（1903 年 10 月 5 日）至三十一年十二月（1906 年 1 月）印行。吴趼人为此书所加眉批共计十八回一百六十六条；又为十五回加有回评，署名"趼廛主人"。本卷即据《月月小说》本点校收入。吴趼人未评点的部分也一并收入，为了帮助读者看到作品的全貌，以便加深对吴趼人评点的理解。

《贾凫西鼓词》，标"弹词小说"，署"木皮散人贾凫西著"。载《月月小说》第7号、第8号，分别于光绪三十三年三月十五日（1907 年 4 月 27 日）、四月十五日（5 月 26 日）印行。首冠光绪丁未二月（1907 年 3 月）吴趼人（署名"趼人氏"）《贾凫西鼓词·序》、乾隆元年（1736 年）秋统九骚人《原序一》、乾隆二年（1737 年）七月二十七日统九骚人《原序二》；末附佚名《跋》、同治戊辰（1868 年）闰月竹石主人《附识》。吴趼人加有眉批四条，署名"趼"。本卷即据《月月小说》本点校收入。

《情中情》，五章，未完。标"写情小说"。署"侠心女史译述，我佛山人点定"（不署原著者）。载《月月小说》第 1 号、第 2 号、第 5 号，光绪三十二年九月十五日（1906 年 11 月 1 日）至三十三年正月十五日（1907 年 2 月 27 日）印行。所谓"点定"者，即文字加工之谓也。故本卷据《月月小说》本点校收入。

《新庵译屑》，九十题九十四篇。署"上海新庵主人译述"。光绪三十四年八月（1908 年 9 月），吴趼人应周桂笙（即新庵主人）之请，为之编辑并作序。并将周桂笙原为《知新室新译丛》所写《弁言》置于卷首。但当时并未以单行本出版。吴趼人去世后，周桂笙大约又增加了若干篇目，计得九十题九十四篇，与其所著《新庵随笔》合编为一册，合称《新庵笔记》，其中卷一、卷二为《新庵译屑》上、下，卷三、卷四为《新庵随笔》上、下，并增任董《序》一篇，于 1914 年 8 月由上海古今图书局出版。

《新庵译屑》所收作品来自四个部分：

（一）《知新室新译丛》，标"札记小说"，署"上海知新室主人译述"。初载《新小说》第 20 号、第 22—24 号，光绪三十一年八月（1905 年 9 月）至十二月（1906 年 1 月）印行。共计二十篇，全部入选《新庵译屑》。

（二）《新庵译萃》，标"札记小说"，译者署名"上海知新室主人""上海知新室主人周桂笙""周桂笙""新"等。初载《月月小说》第 1—5 号、第 7 号、第 8 号、第 10 号、第 16 号、第 19 号，光绪三十二年九月十五日（1906 年 11 月 1 日）至三十四年七月（1908 年 8 月）印行。共计六十七篇，入选《新庵译屑》者五十九篇。

（三）《自由结婚》，标"札记小说"，署"上海知新室主人译述"。载《月月小说》第 14 号，光绪三十四年二月（1908 年 3 月）印行。同题四篇，均入选《新庵译屑》。

（四）散作十题十一篇，除《俭德》一篇选自《新庵随笔》（载《月月小说》第 3 号）外，未见在报刊上发表，可能是周桂笙新增译作。

在《新庵译屑》九十题九十四篇译作中，吴趼人加评者三十二篇（大多在《新小说》《月月小说》发表时所加，只有极少数是在编辑《新庵译屑》时增评。其中对《自由结婚》四篇加以合评，以一篇计）。此外，原《新庵译萃》中有一篇《欧洲糖市》（载《月月小说》第 8 号），也附吴趼人的评语，而《新庵译屑》漏收，今为之补入。如此，《新庵译屑》总计为九十一题九十五篇，其中吴趼人加评者三十三篇。至于吴趼人评语的署名，则在《新小说》和《月月小说》登载时署"检尘子"，而结集为《新庵译屑》时已改为"趼人氏"了。

本卷收入时以上海古今图书局《新庵笔记》中的《新庵译屑》为底本，校以《新小说》和《月月小说》所载，并加以新式标点。

《讥弹·送往迎来之学生》，作者署名"新"，篇末评语署名"偈"。载《月月小说》第2号，光绪三十二年十月十五日（1906年11月30日）印行。

《新庵随笔·禁烟不制药》，原题《禁烟当先制药》，作者署名"新庵"。吴趼人加有眉批，署"趼人氏注"。载《月月小说》第6号，光绪三十三年二月十五日（1907年3月28日）印行。后周桂笙将《新庵随笔》与《新庵译屑》合编为《新庵笔记》（1914 年 8 月上海古今图书局出版），《禁烟当先制药》篇改题《禁烟不制药》，将吴趼人的眉批改置于篇末。以上两篇，附于《新庵译屑》之后。

《新庵谐译初编》，分一、二两卷，卷一收《一千零一夜》《渔者》两篇，卷二收《猫鼠成亲》等15篇。署"上海周树奎桂笙戏译，南海吴沃尧趼人氏编次"。光绪二十八年孟夏（1903 年 5 月）上海清华书局出版。首冠吴趼人序及周桂笙自序。本卷据上海清华书局本点校收入。

目　录

毒蛇圈

贾凫西鼓词

情中情

新庵译屑

卷　下

新庵谐译初编

毒蛇圈

[法]鲍福　　著

周桂笙　　　译

吴趼人　　评点

于嘉英　　校点

译者曰：我国小说体裁，往往先将书中主人翁之姓氏、来历叙述一番，然后详其事迹于后；或亦有用楔子、引子、词章、言论之属以为之冠者。盖非如是则无下手处矣。陈陈相因，几于千篇一律，当为读者所共知。此篇为法国小说巨子鲍福所著。其起笔处即就父母问答之词，凭空落墨；恍如奇峰突兀，从天外飞来；又如燃放花炮，火星乱起。然细察之，皆有条理，自非能手，不敢出此。虽然，此亦欧西小说家之常态耳。爰照译之，以介绍于吾小说界中，幸弗以不健全讥之。

第 一 回

逞娇痴佳人选快婿　赴盛会老父别闺娃

"爹爹，你的领子怎么穿得全是歪的？""儿呀，这都是你的不是呢。你知道没有人帮忙，我是从来穿不好的。""话虽如此，然而今天晚上，是你自己不要我帮。你的神气慌慌忙忙，好像我一动手，就要耽搁你的好时候似的。""没有的话。这都因为你不愿意我去赴这回席，所以努起了嘴，甚么都不高兴了。""请教我怎么还会高兴呢？你去赴席，把我一个人丢在家里，所为的不过是几个老同窗吃一顿酒。你今年年纪已经五十三了，这些人已有三十五年没有见了，还有甚么意思呢？""五十二岁。姑娘，我请你不要把我年纪来弄错。这不是说短了我的日子，犹如咒我一般吗？至于讲到这顿酒，却是我们同窗的一个纪念会，会中的朋友，差不多还有许多没有见过的呢。然而内中有一个人，是我很相好的。此人与一位大臣很知交的，所以我想托他在政府里替我请奖呢。难道我真为的是吃一顿酒么？""嗄！可不是就为那新制的第九十二队团练像么？这件东西，大家都以为好，我却一见了他就要生气。自从你动工以后，我连相馆里都不愿意去走动了。今天晚上你去赴席，偏偏又为的是他！如今你钱也有了，现成的享用尽够了，还要那政府的功名做甚么呢？""哼！我何曾有甚么钱？这份产业是你母亲的姑母留下的，一年可以得六万法郎的进益。现在不过为的是你年纪还小，所以替你经管。再等两三年，我就应该交还给你了。要是你对了亲嫁了人，这份产业就要归你丈夫执掌了。""哦！故此你要把我嫁掉吗？""你总不能老死不嫁人呀！我要丢开你呢，本来也是舍不得。然而你也总不能说是一定等我死了再去嫁人，因为我还想再长长久久的多活上他几年呢。""丢开我吗？为甚么呢？我也并没有一点意思要丢开你。即使有人要娶我，我自然要同他说明白，商量一个妥当的办法。我们大家总得住在一块儿过日子呢，这间屋子住三四人也还住得去。你老人家应得在楼下一层才与相馆进出近便；也省得你老人家偌大年纪，在楼梯上上下下的。我们两口子住在第二层。第三层还可以给丽娟表姐做个卧房，他是年轻力壮的人，再高一两层也不要紧的。""好呀，好呀！你已经打算得那么周到了吗？既是这么着，你索性把装修陈设都支配好了罢。可见得古人说的，你们'女孩儿家是个天生的奇怪东西'，这句话是一点儿都不错的。照这样看来，恐怕谁都要疑心你已经拣着个老公了呢。"

且说当时他父亲站在大镜子面前，望着自己的影儿，在那里整理他那胸前白衬领上的带结儿，就是方才他女儿说他穿得不正的东西。他女儿却坐在火炉子旁边烤火，低了头，一停也不停的在那里拨弄炭火。原来这位小姐生得天姿国色，正是秾纤得中，修短合度。

而且束得一搦的楚宫腰，益发显得面如初日芙蓉，腰似迎风杨柳。他的父亲却与他大不相同，父女之间，没有一点相像的。生成浓眉大眼，粗臂阔肩，矮壮身材，卷曲头发，颔下更生就一部连鬖的浓须。一双手是用惯了锤儿凿子的，那既粗且硬的情形，更不用细说了。他的品性却是老成正直，不失为一条强硬好汉。闲文慢表。

　　且说当下因为他说疑心他女儿有了老公，所以他女儿含着羞问道："倘使我真是有了个人儿，你说怎么样呢？""嗳！那是甚么话？儿呀，你可要好好的记着：你爹爹没有答应，你是不能嫁的呀！""我也知道是如此，所以才对你说呀！""那么说，你真是有了？但不知你的老公是在那里找得的呢？""在史太太的客厅里。""吓！哈哈！那么我懂得了，你为甚么常常的要到他那边去。他这个老糊涂，只晓得常常的请客。你还屡次的拉我同去，我总不愿意往他那里去走动。""你看这都是你自己错过的了；要是你肯去走走，早就可以看见你那个……""甚么我那个？""你那个将来的女婿呀！""我的将来的女婿么？你好快呀！妙儿，来，来，你把那话说得明白一点儿。我本来不是个刻薄寡恩的父亲，我也很愿意你嫁一个相当合意的人儿，然而这件事我总要作一点主。还有一句要紧话，我且告诉了你：从来有那些人，专门在女孩儿身上用心，其实他的用心是假的，他一意只垂涎在那副妆奁上。你可千万不要上这个当。你的赔嫁有二十万法郎，说大不大，说小也就不小了。你也得要自己留点神。如今你的意中人是谁呢？不是一个技艺中人吗？""并非并非。此人可是很欢喜美术的，他也很佩服你老人家的本事。然而他却并未曾动手用过一个锤儿，拿过一把凿子呢。""你说他佩服我的本领么？算了罢，不要你拍马屁，他连我的生活都没有见过呢。他到底是干甚么的？""他起头本来要投身到交涉场中去办理外交，后来又改了主意。他有二万法郎的进益，就靠此度日。平时最留心的是史鉴，所以他天天在公家藏书楼里消遗。到了晚上，他们另有社会的。他今年刚刚三十岁，长的很好看，很和善。他也很疼爱我。""总而言之，他是样样式式都好的了？""不，他有一样不好：他是个世袭的伯爵。""哦！一个伯爵？你要嫁一个伯爵？你知道你是个石匠的孙女儿，你老子铁瑞福当初还当过苦工的呢。这个你都告诉了你意中人没有？""都讲过的。他说你要是肯招他做女婿，还算是他的造化呢。""那么他一定是个宽宏大量的贵族了。然而他是凤凰，我们是草鸡呢。他到底姓甚么？叫甚么？""他姓贾，名尔谊，号斐礼。"那么我应该叫你做贾伯爵夫人了。""即使我成了亲，你还得跟从前一样，叫我一声妙儿呀！这桩事，我没有同你商量，先自定了，还要求你饶恕我呢。""甚么呀？你已经定了吗？"妙儿一面笑，一面说道："是呀，这都是你自己的不是呢，你为甚么总不肯同我一块儿到社会里去？倒要同那些不相干的人在大客店里吃呀喝的，闹个不了？领子儿歪到了耳朵底下，还乐得不知怎么样呢。"说了又笑个不了。"你想甚么样罢？我本来不是伯爵贾尔谊，不比他会把领子扣的整整齐齐的。如今你也不必多说了，来帮着我结好了罢。"

于是妙儿笑着站了起来，走到他父亲跟前，举起一双纤纤玉手，把他颈脖子上的白色衬领紧紧的结住，几乎叫他老子头也转不过来。然后抬起头，把一张娇滴滴的脸儿送到他父亲嘴边，说道："如今亲我个嘴罢。"他父亲对他亲了个嘴，说道："现在你愿意的都依了你了。"妙儿带笑道："还有一件事要你答应呢！后天斐礼要到我们家里来当面求亲，你一定要见他的呢！"瑞福听了，叹口气道："这样一个客气人，就叫他斐礼。"又把眼帘往上一卷，对妙儿说道："我那可怜的儿呀！你连这一点礼数都不懂得么？""这倒不是礼数的问题，倒是我的乐处呢。贾君来，我要你见他。你到底答应不答应呀？""好呀！我就答应了你，见他就是了。我想见见他，也好让我看看他是个甚么样人。要是个油头光棍的人，我可就要把闭门羹相待，没有甚么客气的，可不要怪我。""要是你看他是个好人，你又怎样呢？""再看罢。他是一个伯爵，我也不稀罕甚么伯爵。然而说来说去，也并不是他的不是。"

"这么说就对了。同你争了半天，可以算我胜了。让我替你把带子儿再弄弄好，去赴纪念会罢。如今你到镜子里去照照，看好不好？""如今我很整齐了。可惜我的胡子太长，把你打得好好儿的结子，差不多都挡着看不见了。""你应该把胡子剪剪齐才好。现在看着，好像那大花园里面塑的那个铜人儿的相貌似的。""我恐怕只有你的那个斐礼伯爵，才有两撇好须呢。""他的胡子又软又细，就像是丝的似的。后天你看见他就知道了。快去罢，我已耽搁了你许久了，不要叫人家等你呢。去了，去了。玫瑰，叫的马车来了没有？""来了，在外头等着呢。""你甚么时候回来呀？""我也说不定。我想到那里去，又要吃酒，又要唱歌，不到半夜，总不得罢休呢。我看你还是先睡，不要坐着等我罢。""你要是肯当当心心的不要吃醉，我也就先睡觉，不必坐着伺候你回来了。""小孩子，你这话怎么讲呀？""你自己也很明白的，只要这么满满的一杯酒儿，就要把你醺倒了。所以你吃酒最要当心呢！第一件，是望你叫一辆马车，径直的回来。你知道，那些新闻纸最爱攻的，是那些老晚在外头走道的人。所以你晚上在外头，我很不放心呢。""嘎！我有两个好拳头呢，怕甚么？来，我的好孩子，咱们再亲个嘴，就走了。"

妙儿当下走近他父亲身边，亲亲热热的把左右两面香腮凑近他父亲鼻子上，给他闻了两闻。然后代他穿上一件外褂，送他到了楼梯底下，方才握手而别。瑞福临上车时说道："我的儿，你明日早起再会我罢。"妙儿亦随口答应道："随天所欲。"原来这句话是回族教中人的俗话，他们常常用惯的。谁知此番铁家父女这句话，却是无意中成了个不祥的谶语，大有随天所欲，天不欲之意呢！要知成了个甚么谶语，且待下文分说。

第 二 回

掉笔端补提往事　避筵席忽得奇逢

却说叫来的马车本来早已停在门前，瑞福出门，即便上车。当命马夫加上几鞭，不多一刻，即离了他所居的白帝诺路，往大客店而去。这座大客店是著名的酒馆，他们今日纪念会就在那里设席。离白帝诺路虽是甚远，瑞福虽是独自一人坐在车上，却还不甚寂寞。只因他方才听了女儿一番言语，实出意料之外，故在车上翻来覆去的寻味他女儿的那番说话。

原来瑞福初与他妻子十分恩爱，讵料不到十年间，他妻子就去世了。只剩下妙儿一个闺女，所以瑞福十分疼爱妙儿，差不多竟是单看着女儿过日子的了。瑞福的父亲在生时，曾经当过一名采石工匠的头目，日作夜息的抚养得瑞福长大了，把他送到工艺学校里去学刻石的技艺，这也是望他箕裘相继的意思。瑞福果然学了一手好工艺，倘能够早点出了好名气，就靠着这一点本领，也可以一生吃着不尽了。争奈他年少时候，走的头头不是路，犹如中国的俗话，叫做"运气不好"。自从那回争取那罗马赛艺的文凭不得到手，把他气个半死。从此越觉得无聊，穷困也日甚一日，甚至于借住在三等客店之中，与那些下流社会中人为伍。虽然，这却不是他的技艺不精之过。只因此等雕刻匠的行业，本来不容易守得出名的。俗语说的"头难头难"，万事起头最难。这不独是古今一辙，并还是中外一辙呢。所幸他在石工场中做工的时候，遇得一位知己，这也算得他一生的奇遇了。

你道这知己是谁？原来不是别人，乃是一个贫家少女。虽系小家碧玉，却也楚楚可亲。而且生得聪明伶俐，比着瑞福，着实有算计得多呢。只因父母双亡，孤苦无依。喜得幼时学过音律，拉得一手好胡琴。他仗着这个本事，在那些中等人家出出进进，教习人家子女拉拉胡琴，唱唱歌，也就可以餬口了。这日与瑞福相识，就一见如故，成为夫妇。当他们成亲时，往后的日子怎样过法，并未计及。喜得这位琴师年纪虽轻，却极有恒心，不比那朝三暮四，今日同志，明日仇敌的少年。自结缡以后，依然天天出外操理旧业，那进款纷纷不断，倒也可以算得是他的一份妆奁呢。而且瑞福本来有一种傻头傻脑的神气，自从他女人过门之后，慢慢的把他陶融得好了好些。后来又劝他不要灰心了本行，生疏了技艺。从此瑞福就取了些白石，雕了好些人像，出去求售，颇得善价。后来又想出一个新法：做了模子，范了好些富商大贾的面像，出去发卖。大家越发的争相购取，家计从此渐渐的宽裕了些。过了年余，就生了妙儿。一家三口，日用渐增，也还可以支持得过，然而困难的时候还是有的。所以妙儿到了九岁以外，还跟了他母亲，不时的在当铺里出入哩。后来每日的进款，渐渐的有了一定数目，光景就一日富余一日，两口子就可以平平稳稳的过日子了。那里知道却又凭空里生出一件意外之事，把他的家门又改变了一番。

原来瑞福的女人本有一个未曾出阁的姑母，一向在路恩（法京巴黎北部一名城也）经商贸易，手里积蓄了好些财产。但是他的生性鄙吝不堪。这也是世界上人的通病，不能专咎他一个的。况且做人不刻薄不鄙吝，这钱还从那里多起来呢？所以瑞福的女人虽然有这么一个有钱的姑母，却还是与没有的一样。他少时候，想要到学校里受教育，因为没有学费，曾经同他这姑母商量。谁料他姑母非但一毛不拔，说到"借钱"两个字，他还想你拿两个法郎去换他一个呢。及至嫁了瑞福之后，知道他有手技，有进款，不怕他久假不归，方才肯略略通融呢。后来不知怎样，忽然得了一个极奇怪的暴病，跳起来就死了。所有一切家财物产不及分晰明白，连一句遗嘱都没有。未曾出阁的人，又没有子女。当时大家查来查去，才知道他有一个内侄女儿是最亲近，照例可以承受遗产的。所以瑞福家里，就白白的享受了这份家财。一个穷措大，忽然做了富家翁，只乐得他心花怒放。幸得那时瑞福的家计也是渐渐宽裕的时候，倘使他穷极的时候，蓦地里得了这份家财，那才叫做穷人发财，如同受罪呢！然而大凡一个人是乐不可极，乐极会生悲的。这位铁娘子自从收受了这份梦想不到半空里掉下来的大家财，享受得没有三个礼拜，忽然犯了个伤寒症，没有几天，就呜呼哀哉了。害得他丈夫、女儿哭的死去活来。

瑞福女人既死之后，这份家财就到了瑞福的掌握里来了。然而将来终久是妙儿的名分，瑞福不过暂时掌管着罢了。当下他就买了一所房子，请了一个女教师，做妙儿的教习。这位女教师，本来也是铁府上近房的亲戚，所以瑞福格外的信托，就把这教育都托付了他了。从此瑞福虽然失了内助，伤感不已，然而有了家财，这吃的、穿的、用的、住的，甚么都可以不必担忧了，故此他就专心致志的在技艺上用功。那时成本既宽，生意自广。说也奇怪，越是不等钱用，这钱越是来的容易呢。于是他财多势盛，那声名也跟着财势涨大起来了。那些同业中人，那一个不看重他？还有那谄媚他的，更不必说了。

且说由贫入富的人，本是格外快活，那心境也格外开展。没有几时，他就式式享用惯了，从前那一种穷措大的寒酸态，不知不觉的不知丢到那里去了，另外换上面团团的一副富家翁面孔出来。但是他总不肯投身社会，所以他交游不广，寂寞异常。与那些社会中人不相联络，自不必说；就是他女儿，他也不许常常出外多交侣伴，即使偶然出游，也要叫他亲戚相伴。原来伴他的这位亲戚，就是那位女教师，妙儿叫他做丽娟表姐的。这丽娟好像是妙儿的看护妇一般，总是不离左右的。话虽如此，他父女两个相识的朋友已是不能算少的了。就是那位极有名望、十分豪华、常请贵客的史登来太太，自从瑞福给他塑了一个半身形像之后，彼此往来也很亲热的。这且按下不表。

且说瑞福这天听了妙儿一番意外的谈论，就似青天里来了个霹雳一般。想着："可恨他从前把我瞒得铁桶相似，让我一个人在鼓里做梦。不要说是商量，连半个字都不曾提及，影儿也没有一点给我知道。直到今日，方才尽情的宣露。叫我心里好不难过。加之这个中意的人，起先绝无商量，忽地里无端端的后天又要见我，岂不突兀？"原来瑞福自己也常常给他女儿打算得很周到的，他知道女儿早晚总是要嫁人的，然而他心里总想愈迟愈好。所以这天听了那一番消息，他是万万提防不到的。至于讲到这个人是妙儿自己拣中这一层，他更是郁郁不乐，不以为然。话虽如此，瑞福并不想阻挡他女儿自己择配的权利。因为妙儿的母亲当初也是自行择配，有例在先。况且他阅历数十年，深知道自相配偶，比亲友牵合的好得万倍。但是他所选的是一位甚么伯爵，知道总是不行的。虽然还没有见过他一面，想来总是无事可为的一个纨袴子弟。这种人大抵都是一味骄傲，妄自尊大的，如何好嫁与他？所以心里一定要在实业家里面选一个快婿，以为一个人只要精熟了一种技艺，目下虽未发达，日后总不怕没有出头的。他一个人坐在车上想着这事，那心事就如同那车轮一般转个不了。一时间百念交集，心问口，口问心，说道："这件事叫我怎么样办法呢？"一路如此，直至马车已停，他的身子已在大客店门首，他还是回答自己不来，到底怎么样办法才好。

且说当时大客店的客厅里面已挤满了一厅的客，瑞福到来，要算是末末了一个的了。这回到的会友，约摸有六十多人，各国的人都有在内。也有年纪很大，胡子已白的人，特意要来趁高兴，借此看看当初在学校里的光景的；也有年纪极轻，初出学校的；其余贵的、贱的、贫的、富的，种类甚多，各各不同。原来这个纪念会发起得好几年了，每年总在二月里举行。但是这位瑞福却从来没有到过。从前为的是没有钱，所以连兴致也没了。自从他发了财以后，人虽不到，这项会费却是年年送到的，这也要算他是一个热心会友呢。至于此番到会的缘故，因为他在一二个礼拜之前遇见一个老同窗，就同他约定，说今年这回大聚集，大家一定都要到场的。原来这位朋友，与那些当道的大员们往来相熟的很是不少，所以瑞福怀了个攀龙附凤的想头，想在这天晚上大家在一块儿宴饮的时候，可以凭藉他一个个的介绍起来，以后就可以彼此稔熟，慢慢的就亲近了。

你道瑞福为甚怀了这个想头呢？原来他私心里窃窃希望的，是一个奖励的宝星。他每每看见人家血红的带子上挂着那个劳什子，中间一颗晶莹透澈的宝石，四面嵌着赤金的框子，宝光闪烁，挂在胸前，好不威风，好不体面。他虽是技艺极精，却向来埋没着未曾得有。如今虽说有了钱财，究竟怎及得这东西的体面？而且又不比得中国的名器，只要有上了几个臭铜钱，任凭你甚么红顶子绿顶子，都可以捐得来的。这个却是非有当道的赏识了自己的技艺不可，所以他念念不忘的也想要弄这么一个荣耀荣耀。这也是世界上人的通病，大凡贫的要想求富，富的却又想求贵了，那里还有心足的一日呢！谁料瑞福这番不来倒也罢了，既来之后，不觉大失所望，心中不住的烦恼懊悔。你道为着甚么来呢？因为他前天所约的那一位要紧朋友，并没有践约而来；其余虽有许多会友，却并没有一个相熟可以谈谈的。虽然六十多人之内，总有一两个旧相识，因为多年不见，相貌变换了许多，无从认识的了。

当下瑞福四面都转过，东张西望，自己找不出熟人，别人也不同他招呼。他心里一想："如此筵席，吃也无味。客目单上虽然已经签上自己名姓，就是不吃，也是不妨。不如趁此众人尚未坐席的机会，先走了罢。想妙儿此时一定在家吃晚饭，等我突然回去，给他一个出其不意，使他诧异诧异；而且可以叫他知道我这回赴会，并非为的是馋嘴作乐而来，不过是约定了朋友，不能不到。如今是朋友失了我的约，我没有事情，也就早早的归来了。"

打定了主意，回身往外就走，三脚两步到了大客店门口。正要跨出大门，忽然边厢里走出一个美少年来，走近跟前，笑吟吟的叫一声"铁老先生"。又说道："在下意欲与老先生说两句话，不知可嫌唐突，先请一个示。"瑞福定睛将这美少年仔仔细细上下打量一遍，却原来是一个素昧生平，绝不相识的人。要知此人毕竟是谁，且待下文分说。

第 三 回

赏知音心倾世侄　谈美术神往先师

却说铁瑞福来到大客店，见所约的朋友没有来；周围绕了一遍，也没有个相识的人。正想回去，忽然来了一位少年，对着他致敬尽礼。瑞福一时也摸不着头绪。只见那少年鞠躬说道："小子有几句话想给老先生谈谈，不知可使得么？"瑞福道："使是没有甚么使不得，但是……"这句话的下半截还没有说出来，那少年便打断了，抢着说道："小子的老人家当初在学堂的时节，是与老先生同班的。老人家谈起你老先生时，总是钦佩你老先生的行谊，在小子面前，很谈得不少呢。不知你老先生忘了没有？姓白名勤的就是呢！"瑞福听了，慌忙答道："吓！是他么？没有忘，没有忘。他是我生平第一个知己朋友，最是莫逆的，怎能忘得了呢？他有了这么出众的儿子了，真是可喜！他可好吗？我这几年忙的甚么似的，许久没有去望望他。他今夜来么？"少年说道："老先生还没有知道？先君不幸，三年前已经过世了。"瑞福惊道："怎么呢？已经过世了？万万想不到他这么点年纪就过世了。我记得他还比我少一岁呢！可怜像他这么一个身强力壮、聪明豁达的人，不叫他多享几年福，就这么亡过了，这是谁也料想不到的呢！虽然，他有了你这么一个出众的儿子，也算得是善人有后的了。我今夜来到这里，看见没有一个相熟的人，打算要走了。不料碰见了你，好叫我悲喜交集。咱们必得要谈谈，这会我可不走了，咱们坐在一块儿吃喝他一顿罢。"那少年答道："正是，小侄刚才也这么想着呢。因为在签名簿上看见了老伯的大名，就很想乘这个机会请见，同坐谈谈。这会咱们也可以坐了。"

原来这客厅里的座位，除了首席几位要预备着请那些贵官达人，与及那大书院里的牧师、教习人等上坐，其余那些座位，都是任凭会友自由选择，不分甚么大小的。还亏得是这么一个办法，这个大宴会虽然一两点钟时候不能了事，可是顶多也不过三四点钟就完了；倘是同中国一般的繁文缛节，一个个的定席，一个个的敬酒，临了就座时还要假惺惺的推三阻四，做出那讨人厌的样子，以为是客气的，也不管旁边有个肚子饿透了的，嗓子里伸出个小手来，巴不能够抢着就下肚，在那里熬着等他。【眉】偏要插此闲笔骂世，不怕世人恼耶？要是这么着，只怕这个宴会还要闹到天亮呢。闲话少提。

且说当下瑞福同那少年选定了座位并肩坐下。左右的人都是不相识的，但是他们各人都有了各人的伴当，一对对的都在那里谈天。所以这里两个人有话只管谈，也不虑有人来打断话头的。那少年看见这个光景，就想趁这个机会同他开谈，又不知从那一句说起的是好，因嗳嗳着问道："老伯，令爱千金近来可好？"原来他这么一问，虽说是极平常的一句应酬说话，然而这么一个少年，在瑞福眼里，那少年口中又是这么一句说话，刺到瑞福耳朵里，不由得瑞福不诧异起来。慢腾腾的答道："小女好。然而请问，你怎么知道我有个女儿呢？"那少年自悔出言孟浪，觍觍觍觍的答道："小侄赴史太太府里的跳舞会时候，曾见过几次来。"那少年嘴里是这么说，那脸上不觉隐隐的泛起了两个红晕来。瑞福听了，这才明白。说道："这却是有的。那一位史太太的豪华，也算得少二寡双的了，合巴黎城里的人，差不多都叫他请遍了。然而我却与他没有缘法，因为我最恨的是日耳曼乐舞。不知怎么的，我的小女却又最欢喜那个。"
【眉】以下无叙事处，所有问答，仅别以界线，不赘明其谁道，虽是西文如此，亦省笔之一法也。"怪不得在史太太那里总没有遇见老伯呢！不瞒老伯说，小侄几次三番要想同令爱当面谈谈，告诉他我们是世交，然而总怕唐突了他，所以总未曾当面。""不打紧，你但请到我那里来，我是天天在相馆里的，我亲自引你见他就是。你们是世兄妹，论理也应该见见的。""多谢老伯。但是除了礼拜日，总是不得空的。因为小侄在银行里面执业糊口，行里的规矩，只有礼拜日可以休息。""那么你到了礼拜日来就是了。要是白天里没空，就是晚上来也可以，随你的便罢。恐怕你还没有娶亲罢？""还没有娶呢。晚上出来却是不很便当，因为舍妹年轻，晚上很不放心丢他一个人在家里。""哦！你还有个令妹？那么你带着他同来就是。"

瑞福在那里一面谈天，一面喝酒。到此刻，他跟前的酒盅儿里差不多干了。歇了歇又道："我家妙儿的女伴，没有个同他差不多年纪的，令妹要是能够常来给他作个伴儿，他还不知欢喜得怎么呢。""舍妹知道有这么一位世交姐妹，也是要欢喜的。只可惜他天天忙着做活，不知能常来不能。""还做活么？请教他做甚么？平金呢？绣花呢？针补一定好的了。""都不是，他在那里扎假花呢。不瞒老伯说，先君在海关里办了二十五年的公事，到身故后，依然是两袖清风，没有一些遗产，家计本不甚宽裕。小侄更是惭愧，每月挣了几个钱薪水，总是入不敷出的。所以舍妹自己的零用，还仗着十个指头儿在那里帮忙呢。小侄空下来的时候，谱了几套曲子，还合得拍，多早晚得了善价，也就可以补助他了。"【眉】何不卖与新小说社，包你可得善价。一笑。"既是那么着，我很可以帮你的忙。你知道那些大行大栈里的经理人，多半是我的相好呢。我看你现在的光景，和我当初差不多。我年轻的时候，也是穷得甚么似的，又是娶了个分文没有的穷女人，那才苦呢！此刻我可挣上几个钱了。

然而我老实告诉你，我的这份家财，是来得很奇怪，叫人想不到的，是个可遇不可求的东西。至于像你们年纪轻轻的人，只要上心去学手艺，把本事学好了，怕没有出头的日子么？【眉】少年人听者。你将来还可以望娶一个有钱的媳妇儿呢。这件事情，我给你留心着，只要我可以做得到的，一定帮你的忙。"【眉】路义是个至诚男子，若令急色鬼闻了此言，只怕要巴不得一声求他做媒人也。

俗话说得好："话得投机千句少，话不投机半句多。"当时瑞福同这少年谈入了港，倒觉得越谈越高兴起来；看看那少年，也是越看越中意。所以同他谈的话都是真心真意，肺腑之意，很有意思在里面的呢。要过他的名片看看，知道他名白，字路义。问了年纪，知道他二十五岁。看看他生得身材雄伟，仪表不俗，唇红齿白，出言风雅，吐属不凡。可惜他生长在法兰西，那法兰西没有听见过甚么美男子，所以瑞福没得好比他。要是中国人见了他，作起小说来，一定又要说甚么"面如冠玉，唇若涂朱，貌似潘安，才同宋玉"的了。【眉】公亦在此译小说，何苦连作小说的都打趣起来？

瑞福见了这等人，不由得他不暗自赞叹，在肚子里暗暗点头。回想自己在二十来岁的时候，举动一切，也同此人差不多。可惜妙儿用情不用在他身上，却去爱上了那少年浪子。白路义虽然不是贵族，终究是个可以自立之人，我的意思总是他好。【眉】择婿不当如是耶？今之斤斤于财产者可以反矣。好得妙儿此刻还不好算定是一个甚么伯爵夫人，倘使贾尔谊真是不合我的意思，我自有主意对付他。果是如此，我今夜也算不虚此一行了。而且菜也好，酒也多，他们不停的斟给我喝。并不像那小家子斟酒只得半杯，累客人要向主人借锯子，要锯去了上半截酒盅的样子。【眉】又骂人了。又有了这么一个说得投机的美少年在旁边陪着，我不来也是错过。心里一面这么想着，一面吃完了一样菜，拿起雪白的手帕来抹抹胡子。白路义又规规矩矩的同他闲谈道："老伯方才说的娶亲这一层，小侄的意思，还不必忙着，且过几年再提也不晚。"原来白路义听了瑞福方才说要助他娶亲的话，并没有会到他命意所在，所以心中雅不愿意。就把过几年再提的话，打断了他的话头，使他不再提及。

【眉】若是会到他命意所在，就好马上跪下来叩头叫岳父。虽然不像那个做了中堂伯爵的女婿，老婆总骗着一个了。一面就和他讲论各种美术的经络，醰醰有味，无一不中窍要。至于谈到塑像一层，瑞福平日本是以个中斫轮老手自命的，此刻听了白路义的一番议论，居然像是一位老师，觉得自己平日有几处想得到做不到，不得满意的地方，他居然能句句搔着痒处，可见世界上人的本事是个没有穷尽的。译书的想去，那瑞福是个法国人，未曾读过中国书；要是他读过了中国书，他此时一定要掉文引着孔夫子的两句话说道："后生可畏，焉知来者之不如今也"了。闲话少提。

且说白路义虽然是清辩滔滔，可知那瑞福也是个自幼辩佞，善于词令的。况且美术一门，又是他曾经专门学的，从前借住客栈的时候，那一天不同人家辩驳，那一天不同人家讨论。所以说到这一层议论，他是从不让人的。后来自己有了房子，就没有那些外人来同他往来讨论了。今夜忽然遇了这么一个知音，而且旗鼓相当，犹如棋逢敌手一般，他焉肯不从头至尾，探本穷源的细细讨论一番呢！

原来他们行业中，也有一位远祖先师，叫做密确而（Michael Angelo）；就犹如中国木工祭鲁班，马夫敬伯乐，鞋业祀孙膑，星家拜鬼谷的意思。不过他们是追念古人的精神，中国人是一味对着那偶像叩头，这还不算数，还要不伦不类的把伯乐的偶像塑成三头六臂，称他做伯乐大帝，把鲁班称做工部尚书。就这一点分别，可是差得远了。

当下瑞福因为与白路义畅论美术，偶然想起这位密确而先师来，不觉穆然神往，满满的喝干了一盅酒，祝一声"密确而万岁"；

又满满的再喝干了一盅酒，又祝一声"密确而万岁"。白路义在旁边呆呆的看着，心里想着这位先生的酒量着实可以。只见他又是满满的喝了一杯，说道："美术同业万岁！"他只因神往这位先师，所以如此。谁知他不神往犹可，这一神往，却被先师误尽了他的大事，几乎性命都不保。要知是误了甚么大事，且待下回分说。

此一回看去似是全属闲文，却全是后文伏线。阅者勿以赘谈视之也。

中间处处用科诨语，亦非赘笔也，以全回均似闲文，无甚出入，恐阅者生厌。故不得不插入科诨，以醒眼目。此为小说家不二法门，西文原本不如是也。

译者与余最相得，偶作一文字，辄彼此商榷。此次译《毒蛇圈》，谆谆嘱加评语。第一、二回以匆匆付印故，未及应命，请自此回后为之。

（跻廛主人）

第四回

醉汉深宵送良友　迷途黑夜遇歹人

却说铁瑞福因为谈美术，追溯起先师来，多喝了几盅酒，不觉把他女儿叮嘱他早回的那番言语，从法兰西国丢到了爪哇国去了。到后来益发是左一盅，右一盅，喝个不住，好不自由快活。直到后来大家要喝香饼酒【眉】香饼酒，粤人译作三鞭，要之均译音也。今从众。来散场，他老人家已是醉的醺醺的了不得。好在此时还没有露出马脚来，不过觉得言语多些罢了。白路义也没有知道他的毛病，见他如同渴骥奔泉的喝酒，只有暗地里佩服他酒量好，【眉】且慢佩服着。又暗地里好笑他言语有点颠倒罢了。瑞福却依然喝个不了，说道："大书院（College Ladadens）万岁！"喝了一盅；祝先前的学生幸福，又是一盅；祝现在的学生幸福，又是一盅；祝未来的学生幸福，又是一盅。喝到后来，他渐渐的看见四面八方那些东西在那里旋转起来。到了这个时候，他酒也不喝了。不知为了甚事，要立起来，却把身子一歪，几乎跌倒，重又坐下，【眉】醉态可掬。看那举动是失了常态的了。旁边赴会的人看见他这样神气，都来观看。他却朦胧着一双半开半合的眼，望着众人道："你……你们看我做甚么？我……我在这个会里可是要算一个老前辈呢。我今日得了一个老世好新知交的朋友，你……你们列位可要贺我一盅儿。"说着，扶着桌子立起来，拿着酒盅让众人喝酒。【眉】写醉态如画。众人看见他那种神情，恐怕被他纠缠，遂都走散了。

此时已有半夜光景，瑞福心里虽然还有些明白，嘴里却是糊里糊涂的了，而且舌头也重了，说起话来，好像含着个甚么东西在嘴里似的。忽然一把拉着白路义，在他背上拍了一下道："我的孩子，你住在那里呢？我送你到府上罢。"白路义知道他醉了，因答道："不敢，不敢。小侄住在腊八路，就在旧城子及礼拜堂的当中，这条路离这里很远的呢。"瑞福歪着身子，含糊着声音道："唔！怎么你住在那么个地方？去远得很呢！"白路义道："巴黎城里靠中段的地方，房租贵的了不得，所以不能不住远些。老伯要说送我回去的话，是万万不敢当的。论理，还是小侄送老伯回去才是。"瑞福沉下脸来道："唔！甚么话？你当我吃醉了么？今夜这些酒要是充了我的量，远不够三分之一呢。我看你倒有点醉了。【眉】偏说自家不醉，偏说人家醉了，写醉话传神。年纪轻的人，喝醉了在外头闯事，是最不好的。我欢喜你才肯送你回去呀，怎样你倒说送我起来？真是岂有此理！谁要你送？来，来，来，咱们叫一辆马车同坐了，送你回去。不要你破费分毫，你偏要不听我的话。唔！你知道我是你的父亲呢！"

当下白路义见他仗着曲秀才的势力，摆出老前辈的派头来，倚老卖老，乱说一阵，心里又是好笑。只得答应他几个"是"字，随他去说。【眉】醒人对了醉人，最是难过。想通达时务之人对了顽固党，不过如此。幸得他说话虽是大舌头，举动还像是支持得住。足见他虽是贪喝，这个酒量总算难得的了。所以也暗暗的放心，料着他必能安然回去，不必过虑的。心里这么想着，瑞福早一把拉住，来到门前。恰好一辆马车在门外停着，路义便扶他上了马车，自己也就坐在他的旁边。马夫加上一鞭，风驰电掣似的去了。不到一会，到了腊八路，就在白家门首停下。瑞福执着路义的手说道："你空了一定到我那里去，我还叫妙儿见你。你好歹不可失我的信，我天天在家里盼你呢，你可不要叫我白盼了。"唠唠叨叨，说个不了。好像是送几万里路的远行，依依不舍似的，说了好半天，方才放手。路义说声"明日会"，自行去了。

倘使瑞福就此坐了马车回去，倒也平安无事了。得他平安无事时，这部《毒蛇圈》的小说也不必作了。谁知他蓦地里变了一个主意，这个主意一变，却累得法国的鲍福作出了一部《毒蛇圈》，中国的知新主人又翻译起来，趼廛主人批点起来，新小说社记者付印起来，大家忙个不了。【眉】不是闲文，是表明从此以后方入《毒蛇圈》之正传也。为甚么呢？都是他的主意变的不好，他变了甚么主意呢？他想："今夜白路义岂有此理！说话当中，总疑惑我喝醉了。我若坐了车子回去，不见我的本事。不如走了回去，明天好向他说嘴，显显我的酒量，叫他不敢小觑了我。"【眉】是醉后主意，谁小觑了你来？

想定了主意，便开发了车钱，跳下车来，倒觉得神气为之一清。暗想："我正好趁此吸受些新空气，酒气也可以减少了些，回去也好对付我的妙儿；并且可以抄小路回去，到家也早些。嗳！我的妙儿此刻早已睡了，娇娇痴痴的孩子，不定枕头还掉了地下呢，那里还知道我回去得早晚呢？我其实不应该闹到这时候回去，累他惦记着。不审他此刻为了等我，还没有睡呢。"【眉】闲闲一想，却活画出慈父心肠。为人子者，最当体贴。一面想着，一面走路。他若是走克利囊街，过落苏大街，就可以径直回府，安然睡觉了。

大凡一个人喝醉了酒，无论为善为恶，都是勇敢直前呢。瑞福生平是不为恶的，然而这半夜里却也无善可为，所以他那勇敢之气，就生到了走路上去了。以为从这条路回去，似乎太近，不如从旁处绕一个圈子回的好。想罢了，就从旁边一条小路穿出去。这一夜恰好是风高月黑，此时又是夜深露重，他这么一个酒气醺醺的人，雄赳赳的在那里赶路，酒性愈加发作，一时间迷的糊涂了。那旧城子的地方岔路又多，犹如蛛网一般，不是走惯的人，本来就分不大清楚，何况他是喝醉了酒的，又在晚上，如何辨得出来。所以他应该往左的，却往右去；应该往东的，却往西去。不到两三个弯儿，就把他迷住了，他还不知道呢。到了后来，重到一条极冷落的街上，一直转往左边去了。

约摸走了二十分钟的工夫，抬头一看，都是眼生的所在，他方才晓得迷了道儿。又碰着黑云满天，没有一些儿星月的影子，东西南北也辨不出来，街路的名字也是一字看不分明。酒醉的人，却没有一点子怯性，还只管顺着脚步儿走去。走了一程，觉得比方才更糊涂了些。而且赶了那么许多路，从没有碰见一个走路的人，要问个信儿也没有地方去问。又转了好几个弯，越走得远了，心里越是没了主意。再走几步，却走到了一个死胡同，【眉】死胡同，京话也。江南人谓之宝窦弄，广东人谓之崛头巷。此书译者多用京师语，故从之。对面一堵石墙挡住了去路，再也不能走了。此时他也走得乏了，把从先那高兴走路的心思也没了。站住了脚，把脑袋碰着了那石墙，出了一回的神，无法可施，只得回身再走。

刚出了胡同口，只看见一箭之外，黑越越的一个人影儿，在那里晃了一晃。只因路灯离得太远，看不清楚。瑞福此时也顾不得甚的，也不管是谁人，就对着那影子赶上去。一面走，一面嚷着说道："老兄，你来呢！我要请教你一句话呢。"一面嚷，一面又勉强睁开了醉眼去看。只见那黑影子像是要停着，一会儿又走动了，像不肯停的样子。瑞福又嚷道："你不要怕呀！我不是断路的主儿，不过要问你个信罢了。"嚷罢再看，那黑影子果然停住了，慢慢的对着自家迎上来，好像在这冷静的地方，很怕同人家相见似的。走得近了，慢慢的说道："迷了路吗？你可知道这是那里？"瑞福道："我可实在的不知道呢。我好像是在旧城子里穿来的，不晓得从那条道儿可以走到白帝诺街呢？”那人道：“这么说，你是不常住在巴黎的？”瑞福道：“唔！那儿的话？我还是巴黎的土产呢？【眉】趣语。就是这座旧城子，我也看得同家里一个样儿，熟得很呢。”那人道："这又奇了，那么你此刻为甚又要问路呢？”瑞福道："我老实对你说罢，我今夜是在外面吃的饭，大约总是多喝了一盅酒儿，所以把我蒙住了。我先还坐着马车的，不知怎样，我这身子忽然又不在车上了，就闹到这里来。东走走，西走走，总找不着一个出路。【眉】的是醉话。我方才在这胡同里，把脑袋略崩的一下，磕在挺硬的石头墙上，差点儿把脑子都磕了出来。此刻幸而碰了你，我想你要是不肯帮帮我的忙，指引指引，我可不得回去了。”

那人听了，想了想道："方才你说的话都是真的呢？”那人说到这里，瑞福抢着说道："千真万真，没有一句不真，你那么说，难道还当我是个断路的强人么？咳！你看我醉到这个样儿，怎么还不相信我？我此刻差不多连路都走不动了。而且我觉着四面八方的房子咧，树木咧，就连你这个人，也在那里转个不了呢，可是眼睛花了？此刻只求你帮帮我的忙，代我找一辆马车，我就感激的了不得了。”那人又低头想了一想道："我也很想帮你的忙，只可惜我也没有工夫哩。”

瑞福此时把那人仔细打量一打量，只见他戴了一顶极粗的草帽，差不多要盖到眉毛上。嘴上生了一把的浓胡子，七乱八糟的，犹如乱草一般，也辨不出是面长面短；穿一件旧透了稀宽的衣裳。一看便知道他是一个穷汉。但听他说话的口音还不是那巴黎土棍的那种恶声怪气。想道："他说没有工夫，不过是这么一句话，看来是不肯白劳，要我几个钱的意思。【眉】人穷了，便犯人家此等疑心。可叹！也罢，我此刻迷了路，要他指引，少不得要化几个钱。俗语说的好：‘有钱使得鬼推磨。’【眉】谁知此处却用不着钱神势力。有了钱，怕他不答应么？”一面想着，一面伸手往袋里去掏，一面说道：“你肯指引了我，我这里重重的谢你。朝廷不使饿兵，我这里有的是钱。来来来，你拿了去。”那人道：“不是这么说。我能够帮你忙，是用不着你谢我。我虽是穷，几个臭铜是看见过的。【眉】骂尽富翁。你可知道，我也在这里找人帮忙么？”说着要去了。瑞福连忙扯住道：“你慢走，你慢走！要找谁？帮甚么忙？”那人又住足道：“你不要罗罗唝唝，我的事比你还难过呢。”瑞福拉住要问甚么事，那人着急道：“是我的女人病了，要送到医院里去。”瑞福道：“你家女人得的甚么病？半夜三更的怎么好送到医院里去？”那人越发着了急了，嚷道：“怎么今夜这般不凑巧，要找一个帮忙的人，偏找不出来，却碰了这么一个酒鬼！”瑞福道：“你说我酒鬼吗？我此刻酒也醒了。你只要说出怎么帮忙的法儿，我亦可能帮帮你的忙，你不要只管着急呢。”那人听了，不觉大喜。要知是怎么样帮忙法儿，那人又毕竟是个甚么样人，且听下回分说。

从第一回起至此，统共不过赴得一个宴会，读者不几疑为繁缛乎？不知下文若干变幻，都是从此番赴宴迷路生出来，所以不能不详叙之；且四回之中，处处都是后文伏线，读下文便知。

一个贾尔谊，一个史太太，不过从妙儿口中闲闲提出；白路义与瑞福二人虽亦谈及，然并未详叙其人如何。谁知却是全书关目，此是变幻处。

写醉人迷离徜恍，胡思乱想，顷刻千变，极尽能事。

（跰廛主人）

第 五 回

醉酒汉权当抬轿夫　守病人喜逢警察卒

　　却说瑞福当下纠缠着那人，要问他的女人到底生的是甚么病。那人急了，说道："他得的暴病，要找个人帮我的忙，抬到医院里去，不然，我一个人抬他不得呢。"瑞福道："半夜三更，你到那里找人帮忙呢？"那人听了，又是着急道："好人，你不要给我胡缠了。我要找个警察兵去，求他助我一臂之力。"瑞福拉着他道："这也怪你不得，你总不能撇了你妻子的事，反来指引我的路径。但是我还有一句话问你，你要送到那个医院去呢？"那人又急又气道："送到博爱医院去。"瑞福心下一想："不如我帮他的忙，抬到医院去，那里一定是有马车的，我就可以坐了回去。这才是与人方便，自己方便呢！"想罢，便道："我帮你抬去好么？"那人答道："真的吗？"瑞福道："好端端的谁骗你来？我不过借此要出了迷路，到得博爱医院，我就可以找个马车回去了。"那人大喜道："那么说，你跟我来。"说着就走。

　　瑞福跟着他，仍旧走到那死胡同里去。走到他刚才磕脑袋的那个墙下，顺手转了个弯。瑞福留心细看，原来这堵墙是人家花园的围墙，围墙里面是老树参天的，树枝儿横到墙外，把一个胡同都遮黑了。再加这一夜天阴月黑，看不出转弯的路口，所以才刚错认了是个死胡同。【眉】瑞福此留心是要紧关目，不是闲笔。再走上几十步，在一个抹角上现出一座房子来，楼上的窗户都紧紧的关着。楼下开着窄窄的小门，大约勉强可以容得两个人并走。

那人走了进去，不多一会儿拖出一张床来。这床和巴黎平常抬病人的床一样，不过他的床挂上一个厚厚的帐子，想是怕病人受风的意思。床的两头还有四根柄儿，如轿杠一般，可以抬了走的。当下那人把床拖了出来，对瑞福说道："你不认得路，我在前面，你在后面罢。"瑞福答应了，二人抬起来就走。

那人一面走着，一面给瑞福说话道："我的女人本来有这么一个老毛病，往往晕了过去，几点钟时候不醒回来。家里又没有人服侍他，半夜里请医生也来不及，只好送到医院里去。本来送病人到医院，是要一个保人的片子的，但这等重病，纵然没有片子，医院也肯收的。请你抬好了，不要掉了下来呢。"瑞福道："那里会掉下来？我的气力很可以呢。但是你已经出来了半天了，你回来有看看病人么？怎么这会儿一点声气也没有了？我们且放下来你看看他罢？"那人道："不必不必。我不是才说的么，他这是老毛病，发起晕来，几点钟不醒的。"

瑞福嘴里答应着，心里想："我还是头一回当奴才呢，从来没有抬过东西。怎么抬起来两条腿不由的要分开了，走路好像轮船上水手在舱面行走似的。想来这个抬法，总算得法的了。往常听得人家说，东方支那国的官员，不是由国民公举的，只要有了钱，就可以到皇帝那里去买个官来做做。【眉】你还不知道，有捐局做间接的交易呢。做了官，可以任着性子刻剥百姓。百姓没奈他何，反而要怕他。他出来拜客，还坐着轿子，叫百姓抬着他跑路，抬得不好还要打屁股。我今夜这种抬法，如果到了支那去，不知合式不合式？可惜没有去看过。"

心里在那里胡思乱想，脚步儿是跟着前面那人走。那人却是越走越快，瑞福在后面被他拖来扯去，前面的路被那个帐子挡住，一点儿也看不出来，只得跟着他转弯抹角走去。【眉】京师本有一笑话，以抬四人轿之轿班喻四等官：最前一名曰"扬眉吐气"，喻王公大臣；轿前一名曰"不敢放屁"，喻御史；轿后一名曰"昏天黑地"，喻翰林；殿后一名曰"拖来扯去"，喻各部司官。极尽谐谑，附记于此，亦足博一粲也。细细的留心，要看一条熟路，却总看不出一个道径。看他这等走法，不消说，总是熟路的了。但是走来走去，总是些小路，从没有走过一条康庄大道，也没有见过一所高楼大屋及礼拜堂之类。不由的瑞福动起疑来，越发留心察看。觉得转来转去，总不出这几条小路，好像走马灯一般，转了去又转了来，越发动疑，熬不住的叫道："唉！伙计，我们到底走到甚么地方了？路可走得不少的呢，怎么还不见到呢？"那人住了住脚道："这条路本来是很远的，还有一会儿才得到呢。你要是乏了，我们歇歇再走罢。"瑞福道："不歇亦还可以，就是歇一会儿，也不见得有人来接手，我们索性早点走到了就罢了。"

　　说到这里，那人忽然说道："你听，那边好像有人来了。"瑞福听了听，果然是有脚步声音，从远远地走到这边来。那人又接口道："我们且把床放下来，你在这里看守着，等我到那土山上招呼一两个警察兵来，帮着把床抬到医院里去，一面就可央求他们代你找一辆马车，送你回去。你说好么？"瑞福道："朋友，你这计算得很好。这么着，你就请放心去找警察兵，这里我给你看好了就是了。如果你老婆醒了，我告诉他听，你就回来就是了。"那人好像没有听见一般，急匆匆的头也不回，径直的去了。瑞福全未在意，等他去远了，方才想着他并不是向那有脚步声音的地方走去。然而在这个黑暗的地方，也不敢一定说他走错了。【眉】他本来没有走错。并且此时很盼他招呼了人来，好代自己找个马车，所以坦然无疑，在那里呆呆的等着。

等了好一会儿，还不见来，瑞福心里兀自想道："我今夜何至闹到这般狼狈，做了不相干的人的牛马？要是妙儿看见我这个情形，只怕他肚肠都要笑断了呢。"想罢了，又呆呆的等了一会，仍不见来。又想道："我并不是要给那不相识的人出那无谓之力，不过要望他带了人来，我也可以寻个归路。他那女人的毛病，着实奇怪，怎么一路上抬了来，声息全无？此刻停了下来，还是不声不响，莫非他在半路上绝了气不成？"心想要拉开帐子看看，到底是怎么这样子。忽又想道："他的男人曾经说过，他的毛病，往往昏绝几点钟时候不省人事的，此刻料他还未醒呢。不如等大家来了再看罢。"又等了一会，还是没有人来，因开口高声说道："可怜！这个女人要冻死了。"说了这话，又侧着耳朵儿在那帐子旁边细听。他心想："我说了这话，要是那妇人醒了，一定要开口。"谁知听了半晌，仍无声息。

心里好不自在，思来想去，总是喝酒误事，要不是多灌了那几碗黄汤，这时候早在被窝里睡着了，何至于半夜三更，还在这受那风吹露打的？屈指一算："这种苦境已是二十五年不曾尝过了。苍天呀苍天！但愿我的妙儿早已安睡了，就是我晚点回去也不妨事。要是他为着我回去得晚，也是呆呆的等我，一夜不睡，叫我怎么过意得去呢？而且我身上闹到这个肮脏样子，叫他瞧见不得的。我这几天正要略略拿出做长辈的势力，阻住他的甚么伯爵的婚姻，他要是知道我闹酒闹到这个样儿，如何还肯听我的说话？【眉】处处想着妙儿，是慈父；因自己闹酒，恐其女不听自己说话，是先正己后正人之意。今之妄谈"家庭革命"者，何尝梦想得到！咳！这都是王八蛋大书院中人的不是呢！"【眉】无端怪到书院中人，还是醉话，谁叫你喝醉来？忽然又想到："白路义真是一个少年老成的人，相貌又好，谈吐又好。今夜无意中认得了他，也算幸会的了。然而我虽是这般倾倒他，他只怕难免拿我当一个酒鬼看待呢！"

瑞福一个人在那里胡思乱想，想了好一会，忽然觉得耽搁的时候不少了，口中不觉自言自语说道："奇怪！这混账东西跑到那里去了？这许多时候，任往那里找人，也该找着了。他不要做了圈套，给我去顽笑罢？好呀！他的老婆还在我掌握之中，不怕你骡子去变狗。【眉】且慢悖着。然而叫我在这里等到天亮，那可是办不到的呢。只是我又认得往家去的路，不等也要等，有甚么好法子呢？呀！那混账东西只怕来了。"原来瑞福正在自言自语，忽然听得脚步声响走近前来，当是那人来了，心里宽了一宽。再仔细听听，像是不止一个人的脚步，料定他是带了人来了。等了一会，觉得那走路的走得很慢，不像为着有事情来的样子。在暗地里远远望去，觉得约摸在二十码之外，有两个人走近前来，仿佛是穿的警察号衣。瑞福很觉得奇怪，他说："怎么只有两个人么？那个人又跑到那里去呢？"嘴里说着，心里想道："这两个人，不消说总是他请来的了。不如我迎上去，告诉他那病女人在这里，省得他们找罢。你看他走得慢腾腾的，敢是在那里找呢？"一面想着，一面就迎将上去。谁知那两个警察兵见有人走来，便都站住了。瑞福放着嗓子道："来！你们往这里来！"

却说那两个警察兵之中，有一个年纪大些的，从前当过兵，性子很是暴躁的。半夜三更听见瑞福这般乱嚷，呼来喝去的口气，心里连一些头路也摸不着，很不自在，气冲冲的放着嗓子问道："请教你说，你这是叫谁？我们走我们的路，要你叫我们到这里往那里的！"说完了这句话，那人回头又对他的同伴说道："这不是笑话么？倒好像要我们去听他号令似的。"那同伴年纪虽轻，性子却比他和平了好些，因答道："我看他不过多喝了几盅酒，所以莽莽撞撞的，其实我看他没有甚么歹意。"那个老的说道："我谅他也不敢。但是他总要当一点儿心，不然，我可要拿他到警察署里去。"

此时瑞福同他们相去还不甚近，所以他们的话都没有听得。至于要请他到警察署里去，当他酒鬼款待这一层，更是梦想不到。所以还是暴暴躁躁的高声对他们说道："叫你们到这里来呢！这张床在这里路灯旁边，还不快点儿跑！"那个老卒听了，又气又笑，低声说道："不是酒鬼，却是疯子呢！"瑞福却还没有理会，依然迎上去问道："我说，那个人呢，你们把他弄到那里去了？"【眉】那个人没有弄到那里去，你却被他弄到这里来了。一笑。那个年轻的抢上一步，问道："你莫不是要到警察署里去过夜么？我劝你安静点罢，不要胡说乱道的了，我们不是同你开顽笑的呢。"瑞福道："警察署里过夜么？我年轻当学徒的时候，也跟去过几回，如今可是久违了。你看看我的样子，可是该你们拿呀抓的吗？"

那人又道："谁来同你细谈这个？你到底要干甚么？"瑞福道："我要你帮我抬一个病人到医院里去。"那人道："这是甚么时候了，还抬甚么病人，这不是开顽笑吗？"瑞福道："不是开顽笑。这女人病重的了不得，这一会已经没了气，也是说不定的。"那人问道："他是谁呢，是你的老婆么？"瑞福道："不是我的，他是一个人的老婆。方才在路上碰见他的男人，求我帮着他抬。"那人道："有了你们两个，也用我们不着了罢？"瑞福道："本是我同他两个抬的，我也跟着他当了半夜的轿夫。后来他不知怎么样，忽然停了下来，就那么一溜。你们怎么没有看见他？"那人道："我们连个人影儿也没瞧见。"瑞福道："他一定走错了路。既是这么样，他恐怕还在那里找你们呢。"那人道："恐怕你已经入了他的圈套了，你还不省得。【眉】一语道着！你再要等，就是等到明天，只怕他还是少陪呢。"瑞福道："被你说破了，倒也很像的。但是他做了这种圈套来弄我，他有甚么好处呢？"【眉】没有甚么好处，只想做你的女婿。此时那个警察兵也还不知就里，因答道："这个我也不懂。这事情本来与我无干，与你也无干，我看你还是早点回去睡觉罢。"瑞福道："话是不错，我也这么想着。但是我此刻在那里呢？"【眉】奇语，不由人不惊。那人惊道："这是甚么话？怎么连你自己在那里，也可以不知道起来？"不知瑞福如何回答，且听下回分说。

　　《毒蛇圈》言其圈套之毒如蛇也，此为瑞福入圈之始。虽然，安排圈套者虽为娶妙儿起见，然未必认定要作弄瑞福，而瑞福偶然碰在圈上。遂使下文无穷变幻，都自此生出来。事之巧耶？文笔之谲耶？不可得而知矣。

（趼廛主人）

第 六 回

弃尸骸移祸铁瑞福　异死人同投警察衙

　　且说那警察兵听见瑞福说连他自己在甚么地方都不晓得，反来问人，不觉好笑道："怎么，你连自己在甚么地方都不知道吗？这才认真是个笑话呢！"瑞福道："我却当真的不知道现在我站着的是甚么地方，也并不是同你们说笑话。我刚才因为多喝了点酒……"瑞福说到这里，那人即抢着说道："这是显而易见的，你就不必多讲，我们早知道的了。"瑞福道："真是呢。今日晚上我在外边吃的晚饭，所以多喝了一点儿酒，我刚才已经说过了。晚饭散席之后，我就伴送一个朋友回去。那位朋友住在甚么街上，那个街名，他告诉过我，我可一时又想不起来了，我只晓得是同丽云街相去不远的。伴送他回去之后，我就打算抄近道儿到家去。我家住在白帝诺街，不知道怎么着就走岔了，在那几条街上穿来穿去，足足的走了一点多钟。后来就遇见了一个人，这个人好像在那一个拐弯基角上忽然间跳出来的。我就求他指引我一个出路，并且还许他重谢。他说甚么他的老婆病重的了不得，正要出来找一个人帮他抬病人到医院里去，没有工夫指引我的路。除非我帮他抬了病人送到医院，他就肯送我回去。我想本来是我央求他，倒反变了他央求我了。但是这种事，是与人方便；况且我帮了他忙之后，他又肯送我回去，又是自己方便。这等事乐得做的，就答应了他。谁知帮他抬着病人跑了好几条街，都是我平素不认识的。"

那警察兵说道："哦！这么说，想是他后来因为听见我们脚步声音，就拔脚逃跑了，他倒居然有本事避了我们。别的且慢着说，那病人呢，此刻在那里？"瑞福指道："就在那边一张抬床上，你看，这里望过去，还隐隐的看得见呢。"警察兵道："那人跑了去之后，这女人有开口说过甚么话没有？"瑞福道："没有，没有，自从我抬他起，直到此刻，从没有说过话，大约是人事也不省的了。据那男子说，他常有这个毛病的。"警察兵道："哼！这么着，你就相信不疑了么？你这个人也太好说话了。我恐怕你那位朋友，不定是欠了房租，所以半夜三更的在那里偷运家伙，要逃走呢。"瑞福道："这也难说的。是呀，我记得他那屋子，连个看门的人也没有。我把他这混账的东西，要是我早知道他这样……"瑞福这句话还没有说完，那警察兵就说道："来！这里来，我们大家去瞧他一瞧再说。"

瑞福听了，就在前领路。原来他受了这场恶骗，心里愤愤不平，恨的甚么似的，只是说不出来，也急着要去看看这个病人到底怎么样，好查问这件事的来历。所以一听了警察兵要去看，他就领着先走。两个警察兵跟在后面，一同前去。其中一个年长的悄悄对那一个说道："这件事情看来很是离奇，我想这个人就是逃跑了那一个的同党也说不定的，我们须得要留着神看住了他才好。"此时瑞福走在二人之前，他们的说话，并没留神听得。

当下两个警察兵跟着他一同走去。瑞福先自到了抬床旁边，他伸手把帐门上所结的带子轻轻解了下来，又轻轻的撩开了一边帐门，一面弯下腰去看，一面说道："他是个女人，不会错的，并且一定是个有病的女人，你瞧他一动也不动，眼睛也是闭得紧紧儿的，差不多就跟死人一样呢。"两个警察兵也走来，仔仔细细的看了一看。那年纪略长的忽然冷笑起来道："我想这个人要是要他动，只怕今生今世也不能够的了。你们不看见么，他是被人家勒死的呢！这根绳子还在他颈脖子上头，没有解下来。"瑞福听了这话，仔细一看，果然不错，不禁高声大骂起来，说道："岂有此理！这一定是那个混蛋光棍干下来的，怎么拿来葬在我身上？我倒要赶上去找着了他，问他一个底细，看他拿甚么话来对付我？"瑞福说完了话，就拔脚要跑，他的心里无非为的是要去追那人。

　　看官，大凡处事，嫌疑之际是断断乎不能忽略的。然而世人每每到了嫌疑之际，偏偏容易忽略起来。犹如瑞福此时这等举动，本来是出于无心，而且还是满肚子不平，要去追寻那个人呢。然而处在这等地步，他也未免忘其所以了。当时果然被那年长的警察兵兜胸一把抓住了，对着他大喝一声道："不准你动！"瑞福本来是一个使惯了铁锤凿子强有力的人，况且他的本心又不是一定要想趁势逃走的，只这一把，如何抓得他住。说也奇怪，这一回他却禁不起这一声叱喝，听了这一声，犹如青天起个霹雳一般，吓得浑身瘫软了，连一动都不能再动了。他的心里，此刻也就慢慢的明白过来了，知道他们疑心自己和那逃跑了的是一党的了。

　　当下那年轻的警察兵也把那妇人细看了一番，就对这一个说道："你老说的不差，这绳子还是紧紧的扣在颈脖子上呢。他就不是被人勒死的，也一定是自己上吊死的了。"瑞福接口道："既然如此，你们还不让我来把那男子赶快的找回来么？你们岂不知道，这一定是那混账行子作的孽呢？"那年长的警察兵到了此时，格外摆出那一副警察的架子来，沉下了脸，提响了嗓子，瞪起了眼睛，对着瑞福说道："要捉这个人呢，我们自然也会派人去捉，总用不着你这老光棍费心。你还不知道，我要请你到我们警察署里去走走呢。"【眉】警察兵有架子可摆，无怪年来中国到处设警察，即到处受骚扰矣！尤无怪上海居民望巡捕如鬼神矣！他一面说话，一面还把瑞福抓得紧紧的。又回头对那一个道："小弹子，你在这里看守了这张抬床，待我去见了警察长，再派人来帮你抬这尸首，你要小心点。"

原来"小弹子"三个字，是那个年轻警察兵的绰号。他本来姓葛，名叫兰德，生来性格和平，貌亦可亲。他自从遇见了瑞福之后，已经细细的打量了一番，胸中已自有了成竹。所以他的见解，与那年长的全然不同。当下听了这句话，就说道："我看我们现在就把他抬了去的好。况且这位先生，也不像是要逃走的；即使他要逃走，我们有两个人在这里，谅他也逃不到那里去。"瑞福听了这话，不觉发急起来，说道："逃走吗？我何必要逃走？不要说别的，我就连这个想头也没有呢。我现在只想帮着你们，把那谋杀这妇人的光棍寻了出来。除此之外，也没有第二件事情可办。一来，我自己可以明了心迹，叫人家也知道我铁瑞福不是个帮凶的无赖；二来，拿着了他之后，也可以办他的罪，替那冤死的妇人报仇，也是一件要事。你们想想，我何必要逃走呢？闲话少说，我们此刻且先到警察署去，等我把这前前后后的情节详细告诉了警察长，然后我们再同去找着了那抬床出来的屋子，方才可以寻点头绪出来呢。"葛兰德听了瑞福这一番话，连连点头道："这位先生的话一点儿也不错，此刻自然是要捉拿那犯人是第一要事。不必耽搁了，错了时候，叫他走远了罢。高利书君，你在前面抬，等我在后面，我们两个抬着走，让这位先生在旁边跟着去罢。"

看官，这高利书生来的性情甚是倔强，不似葛兰德的好说话，所以正色说道："我想不如把他两只手铐起来的稳当。从来说'知人知面不知心'，知道他现在肚子里是甚么意思呢？你不要听了他两句话，就老老实实的信以为真呢！"【眉】自然也是正论，惟瑞福非其人耳。瑞福道："我看不必罢。我本来很愿意跟你们同去办这件事，你何必还要这个样？我们好好的一块儿走不好么？"瑞福一面说，一面把他那两个阔肩膀往上一耸，攥着两个钵头大的拳头往外一伸，对着葛、高两个说道："你们不看见么，我要是有心想逃走，非但方才不招呼你们来看，就是碰见了你们，我仗着这一对不生眼睛的家伙，"说到这里，把左手的拳头往上一扬道："这么一拳，"又把那右手的拳头往外一扬道："又是那么一拳，不要说就是你们两个，只怕再来这么两个，也不能奈我何呢！"【眉】妙，妙！只怕请个传神画师到来，也绘不到如此活动，绘不出如此神采。当下高利书嘴里虽然还是很硬的，手里却也不敢再动了。【眉】原来也是不禁吓的。因为葛兰德一面已经暗暗的叮嘱了他，说道："这种无头公案，本来很是难办，一切头绪，都要在这个人身上寻出来。他既然肯帮忙，正是我们立功的好机会。况且他是一个体体面面的上等人，我们只好用软工夫去笼络他；若是要用强，恐怕倒把这件事弄的僵了，断断不行的。"高利书听了，觉得很有道理，所以也就退了一步说话。因对着瑞福说道："好呀！你既然自愿同我们走，我们马上就走呀。你跟在我右边一面走，你可不要想跑；你要试一试，我有的是手枪。"说到这里，又对着瑞福做一个放枪的手势道："我就那么一枪，不要说你的拳头只有这么点大，就算他再大上两三倍，只怕也受不住呢！"瑞福受了这番欺侮的话，心中没好气的，要想抢白他两句，出出闷气。忽又回想过来："这件事虚者自虚，实者自实。且忍耐他一会儿，等见了长官，不难分剖明白，何必要同这种人计较甚么长短呢？"【眉】此所谓自尊。因说道："你也不必手枪不手枪，我也不想逃走，我们走罢，就依了你的走法就是了。"说着，葛、高两个就抬起了那张抬床，发步起行。瑞福果然跟在高利书右边行走，他走快些，也走快些，他走慢些，也走慢些，一路往警察署去。

其实瑞福心中并没有半点想逃走的意思，只怕今日看这《毒蛇圈》的看官，也是愿表同情的。但是他心念之中好像安置了一副电机在里面一般，顷刻万变，风车儿转的也没有他那般忙法。他想来想去，想了再想的，无非是想把这件无头公案弄个明白；一面又牵肠挂肚的把他那位千金小姐横躺着在他那心窝儿里面，缠缚在他那脑神经上头。自言自语道："此刻我的妙儿，不知道着急到怎么样呢！他早就叮嘱过我，叫我早点儿回去。到了这会还不见人，此刻要是把这件事叫他知道了，那才要急死了他呢。况且他又是一个工愁善哭的人，这回事不知又要弄到怎样了结，我自己还得要受他一顿臭埋怨呢。只怕今番回去，一天到晚，总得要吵吵闹闹的发几次，总要过了三天五天，才得安静呢。唉！这是我自作自受，也不必去虑那么多了。我此刻要去见的，第一个自然是那警察长。弄得不得法，还要去见那验尸官呢。这个案子，不必说，自然是一桩人命官司了。如果这个妇人是自寻短见的，那个光棍又何必出了这神出鬼没的诡计，把这尸首移卸到我的肩膀上来呢？其中不消说，是另有个缘故的了。不料却叫我来受这个累。一时之间，非但不能到我相馆里去塑像，并且要错过那赛美术的大会呢。事到头来，这些事也不得不丢开算账。怕只怕见了警察署长，倒要疑我是个罪人呢。方才那警察兵不早就疑到我了么？虽然总有个水落石出的时候，不难证明我是个无罪的人，然而总是一件没趣的事。我的姓名，先要上遍了各种新闻纸了。合巴黎的人，本来那一个不知道塑成第九十二师团练像的铁瑞福，今年赛会可以望得到奖牌的。此刻闹的同犯人一般，要到警察署里去。唉！我以后一辈子总不忘了今夜大客店的这一顿大餐的了。"

他一面走，一面想，一面嘴里咕哝咕哝的说着。也不知走了多少路，不觉就到了警察署了。此时他的心思略停一停，抖一抖精神，要进去见警察长。不知见了之后，这件事弄得明白否，且待下回分说。

毒蛇圈未必即为铁瑞福而设，而铁瑞福不因不由，恰入其圈中，然后能演出一部奇文。

　　瑞福已到警察署矣，幸哉，瑞福之托生于法兰西也！设生于中国而遇此等事，则今夜钉镣收禁，明日之跪铁链、天平架，种种非刑，必不免矣。吾每读文明国之书，无论为正史为小说，不禁为我同胞生无限感触，此其一端也。

（趼廛主人）

第七回

缉凶手瑞福充眼线　通姓氏总巡释疑心

　　话说铁瑞福跟着葛、高两个，抬着那张抬床，一径投奔警察署来。到得署前，瑞福抬头一看，恰好一个人带着几个警察兵刚刚进去。原来这个人是这个地段的一个总巡，方才出去向各处分巡地方，巡察了一周，方才回来的。那高利书、葛兰德两个进得署来，就叫把铁瑞福这件案子的详细情形告诉了他。此时瑞福却站在火炉旁边烤火取暖，毫不理会。【眉】被此无头公案牵绊住了，他却还有此闲情。这总巡就叫把那抬床抬了进来。此时旁边那些警察兵们，虽然这种命案是他们司空见惯的，然而抬了进来之后，他们眼中的视线，没有一条不是集在这个女尸身上的。就是瑞福也是瞪着双眼，把他着实看个清楚。

　　看这妇人的年纪，大约总在四十内外的了。他那相貌，当年轻的时候，一定是一张标致脸儿。但看到他那身材，却是十分消瘦。想他要是活着，也是一个弱不胜衣的了。光景生前一定受过一番磨折；若不然，就是害过一场大病，然后被人勒死的。再看他身上时，只见盖上一条粗布单被，身上的袄儿裙儿都是黑绒做的，却已经旧的在黑颜色里泛出了黄颜色出来了。最奇的是脚上穿着一双极陋极陋路意第十五的高跟鞋子。脱下鞋子看时，却还穿着一双丝袜，只是四面八方都有了窟窿的了。那总巡细细致致的看了一番，不觉暗暗点头叹道："早年奢侈晚年穷！这妇人从前是个甚么样的人格，那就不难一望而知的了。"还有一桩极奇怪的事：他浑身上下穿的都是破旧不堪的东西，只有缚在颈脖子上的一根绳儿却是崭新的。紧紧的扣在上面，还没有动过，两个死疙瘩深深的嵌在肉里面，两根绳梢儿搭拉在胸前。所以勒死这句话是确切无疑的了。至于要知道他是自愿勒死的，还是被人家谋死的，那可是要请医生来验过，才得明白的了。

当下那总巡就叫人去请医生。至于以前的种种情形，虽然据葛、高两个述过一遍，但不过从瑞福初次招呼他们说起，再以前的事，虽然也据他们转述过同瑞福对答的话，总觉得不大明白。所以他对瑞福问道："你就是这样说法么？"谁知瑞福此刻正在呆呆的看着那个死尸在那里出神，不曾理会得。耳朵里忽然听得有人向他说话，方才定了神去听。只听见那总巡道："依你这样说来，你帮着他抬床的那个人，是你向来不相识的了？此刻叫你碰见了他，你还认得出来么？我觉得你这句话很诧异呢。""我也很知道，这件事说出来，好像叫人家难懂的。然而内里的情形却是实实在在的，我并不撒一点儿的谎。总而言之，我多喝了一点儿酒，所以才走岔了路，走到那一个不认识的地方。在那死胡同里转来转去，正在没法的时候，忽而劈面来了这么一个人。我单记得他身上穿一件稀宽的衣裳，头上戴了一顶极粗的帽子。但是那个地方离路灯又远，我却没有看清楚他的相貌，所以说不出他到底是甚么样的一个人。我只记得他生的一嘴胡子，同我的差不多长短。当时我求他指点我的道儿，他说我如果肯帮他的忙，抬了病人到医院里去，他再送我回去，或者指点我的道儿。"

"那么，你就冒冒失失的答应了他？""这个呢，随便那一个都是肯答应的，就是你阁下如果碰了这么一回事，到了这个地位，你也一定要答应的。而且这是要救一个将近要死的人，我想任是甚么人，只要力量做得到，他总不肯推辞说不干的。""话是不错，然而也得要弄个明白，到底真的这个是病人不是？到底是这个人告诉你，说他的老婆得了甚么急病么？就算是这么着，这个妇人他一动也不动，一声也不言语，咳嗽也不打一个，哼也不哼一声，难道你就一点也不知，不会起一点疑心？""知是知道的，但是那人说他的女人已经不省人事的了；又说他这个是老毛病，往往发作起来，有好半天不省人事的。所以我也就不疑心他了。这个呢，我也知道，我自己也担着一点儿不是。因为我千不该，万不该，不该这么相信他。还有一说：当时我的心里，并不是认真的有甚么完全的仁义道德，只为我晚饭的时候痛饮了几杯，虽不至于醉到十分十二分，【眉】还不认醉，写酒人可笑。然而于那人情世故上头，一时之间却不能分辨出来了，所以糊里糊涂的就照常情猜度了他。而且也万万想不到，一个素昧生平的人请我帮忙，却帮出这种忙来的。"

"说也奇怪，这件事他何必一定找着你帮忙呢？而且他怎么预先就知道你今日晚上走过那里呢？""我跑到那条路上去，也是可巧的事，他起先未必就知道要碰见我，也不见得一定要找我。你想我问他的话，他还停了好一会才答应我呢。光景他后来看见我是个吃醉酒的，必定容易上钩，所以他才作弄我呢。倘使他不碰见我，又不知是那一个的晦气了。""然而到了后来，在半路上无端的要撇开你走了，你心上总应该想一想了。""我老实说，我实在一点儿也没有想到这个。当时正在抬着走，听见有脚步声响，知道是警察兵来了。那时候我已经是乏的了不得了，他告诉我说，他要去招呼他们来，给我做个替代，一面就可以送我回去。我听了这话喜欢的了不得。你想，我还有甚么疑心去想到这个呢？"

"到了后来，你既然见他没有招呼到他们，何以你自己又不去招呼他们呢？""唉！那个时候，我还是以心为心的呀。那个时候，我何尝知道这抬床里面是个死人呢？只知道是个病重的人。他既然走开了，不消说的，这病人是托付我看守的了，怎么走得开呢？后来我远远的望见了他们两个，我马上就叫的。还有一句话，要请你留心的：当时我要是有了丝毫虚心，远远的看见警察兵来了，那时我虽然是乏了，然而两条腿还在身上，我不会学那个人的样子，给他们一个溜之乎么？那时候就让你们查见了那张抬床，在床上查见了死人，也不知道是从天上掉下来的，还是从地下生出来的，此刻还有我这个人在这里答话么？我非但不溜，并且看见他们没有留意着我，我就特意的迎上叫住他们呢。"

原来瑞福说了半天的话，那总巡总还有点狐疑不决，不肯相信。及至听了瑞福最后这几句话，却才恍然大悟起来。这个却是他没有杀人的真凭实据，也可以表明他本来是没有成见的。一面瑞福又接着说道："依我的愚见看来，这些不相干、无关紧要的空议论，此刻也不必多谈了，多谈也无益。与其白费工夫，在这里闲磕牙，何如派些人，到那取出抬床的房子里去检搜一番，或者可以得个眉目也未可定。这所房子的样子，我还仿佛有点记得，要是到了那里，总还可以指认得出来。"这一席话，却又中了那总巡的心坎儿，连连点头道："是极，是极。你有了这好条陈，为甚么不早点说出来呢？"一面说，一面就传出号令，点派一小队警察兵，同去检搜。又叫葛、高两个也跟着同去，总巡亲自率领着走，瑞福充做眼线。好笑他本来是好好的一个实任雕刻师，此刻却在警察署行走，署理眼线事务起来。【眉】好官衔。可发一笑。

当下排齐了队伍，同时出发一路向那怪僻的所在而去。不多几时，已经到了那相离不远的地方，瑞福就告诉了总巡。总巡便改慢了脚步，缓缓而进。瑞福在前，仔仔细细的看那两旁的房子。争奈那小户人家的房子，家家都是差不多的；不比那高楼大厦，各家是各家的样子，容易认识。后来从梧桐街过去，又走了三十多码路光景，看见一条胡同。瑞福就停住了脚步，想了一会，说道："不是，不是，我没有到这里来过。不如再往前走罢。"说着又往前去。众人也跟在他后头。走到前面，忽然有一个可以转弯的地方，瑞福又自言自语道："奇怪！这堵墙好像就是我黑暗里把头触上去那堵墙呢。我们且再走过去几步看。是呀，这一定就是那个地方了。但是这胡同的尽头，怎么有起几层台阶儿来了？我方才抬了抬床，来来去去，足足走了有二十分钟光景，怎么总没有看见呢？不是的，我一定没有到这里来过。"

　　且说那位总巡，本来有意远远的跟在后面，以便瑞福仔细查探，此时已走近了瑞福身边。隔不多时，那葛、高两个也走了上来。瑞福叹口气道："我可实在懂不得了。这个地方，好像我方才没遇见那人之前，在这里转来转去的；又好像他后来把我从这里引到了那边一条街上，就是我们方才经过的那个地方。"又道："列位可知道，上了这几层台阶儿，到底可以通到那里？"高利书道："通到县署前那块方场。我们后面这条街，可以通到雕匠街。"瑞福道："那么说，我弄错了。我记得从没上过台阶儿，也没有下过台阶儿。"高利书道："再走也是不中用的，这里没有旁处可通的。除非上了这台阶儿，可以通到县署那边，还有一面可以通美术街的。要是只管往前走，那就是一个死胡同了。"

　　瑞福听了这话，在那里抓耳挠腮的想不出主意。又想了一会儿，说道："我总得要去查探一回，而且我想我一个人去更好。要是可以放我一个人自去的话，就请列位在这里等我一等，待我一家一家的细看过去。你们不必怕我逃走，我顶多也不过三分钟就回来的。"那位总巡听了，很以为然。连称："好法子，好法子。必得要这么个办法，才得妥当；不然，哄了这一大堆人去，倒反怕他吓跑了呢。"这位总巡嘴里是这么说，心里却想道："放是本来可以放他去，看他也不像要逃走的人。然而也得要防备他一着，问明白了他是个甚么人，万一有个差错，也好容易找他。"【眉】总巡此意，也是一厢情愿。如果他想逃走，岂难捏报假名耶？

想过了一会，他便客客气气的对着瑞福问道："我们闹了半夜工夫，冒昧得很，还没有请教先生的贵姓台甫呀。"瑞福道："我姓铁，草字瑞福，做的是雕刻工艺，住在白帝诺街九十九号门牌屋里。"总巡听了，不觉诧异道："哦！原来是瑞福先生，那是一位极有名的雕刻师呀！久仰久仰，幸会幸会。"瑞福答道："我自己也不知道有名没名，但是我敢说我不是那犯人的同党。你也很可以去查一查，到底我说的话是真的不是真的。我住的那所房子，是我自己的，已经住了十几年了，左右邻居都知道我的。"那总巡急忙陪着笑脸道："那是很可以信得过的，方才错疑了，实在是冒昧得很。"【眉】西礼偶遇生人，须待其自出名片，以通姓氏；不得如中国之请教贵姓台甫。此瑞福之所以发牢骚，总巡之所以陪小心也。瑞福道："我是一个技师，又是家长，又是地主，不是喝醉了酒，何至于这时候还在街上走呢？你看我穿的礼服，就可以知道我是个赴席的了。"总巡道："是呀，你醉了才走错路呢。这里是旧城子左近，若从这边波心街过去，不远就是大客店了。"瑞福道："我岔路是走得不少了，我且对你说这缘故。我在大客店散席出来，本来同一个老朋友的儿子同车的，我伴送他回去，到了一条甚么腊八路，【眉】此时忽又记得腊八路的，是酒人神情。我就下车步行，想绕近道儿回去才走了岔路，闹出这件事来。是呀，我还有一件事情要奉恳你。"总巡便道："甚么事呢？"瑞福便不慌不忙的说出那奉恳的事来。要知他到底恳的是甚么事，且待下回分说。

瑞福只存了一念与人方便，自己方便之心，遂致入人圈套，受累无穷。世路崎人心叵测，如是如是。瑞福自云：当时并非具有完全仁义道德心，不过酒后忽略世情，仅以常情度之，致入圈套。足见非十二分清醒，不足以立于社会中，与一切人周旋也。可叹！

将死妇人之尸，细细铺叙，有匣剑帷灯之妙。

（跰壐主人）

第 八 回

遭毒手瑞福失明　送归人总巡遣伙

话说当下铁瑞福央告那总巡道："我想恳求你阁下，把这事不必告诉外人，就是那些新闻纸的访事人来访事时，也求你把我的名字隐了才好。【眉】若在上海，则有贿通访事之法，不必多此一求矣。因为恐怕上了新闻纸，被我女儿看见了，一则累他心疼我，二来我也要受他埋怨呢。"总巡道："这个可以办得到，我总替你隐瞒就是了。但是此刻最好把那取出抬床的地方找他出来。至于那个罪犯呢，此刻不消说也走远了，这一会儿倒不忙着要拿他。只要认得了他的地方，将来总可以访拿得到的。"瑞福沉吟了半晌道："这所屋子，我也不一定找得出来的。因为当时那门是开着的，我只记得这房子只有一层楼，百叶窗是绿色的。"总巡道："有了这点记认，那就好找了。但是你可记得那条是甚么街？路灯上都写明的，你可留心瞧见了没有？"瑞福道："没有。我单记得在一条胡同底，一堵石墙上撞过一撞，险些儿把脑子都磕了出来。后来就遇见了那人，引我到右边的一条窄巷子里去，那房子就在左边第一家。"总巡又问道："你还记得那条街的街名么？路灯上总是写的明明白白的，你可瞧过了没有？"瑞福道："那时候有人带着我走路，何必还要我白操心认甚么路呢？只有一层最可疑的：我记得帮着那光棍抬了那死人，路虽走得不少，到了后来，才觉得走来走去，总是在那一条道儿上混跑。"总巡听了，笑了一笑。瑞福又接着说道："我想最好还是引我到了方才我遇见两位警察兵的地方，到了那里，我或者可以设法一路找去。不知你肯派他两位指引我去么？"总巡答应道："可以，可以。"

那葛兰德本来听在旁边，就接口对总巡道："我们方才一路走过的就是梧桐街。这位先生招呼我们的时候，是在那梧桐街的左边一个胡同口的旁边。这个胡同通到那里去的，我可不大清楚。"高利书道："我记得是通美术街的。"总巡道："差不多是的罢。"瑞福道："美术街我本来也很熟的，我从前在必甲市相馆里办事的时候，在那里总走过几千次了。近来可许久不到了。但是我怎么还没有认出来呢？此刻我们且过去试一试罢。"原来瑞福自从踏进了那人的圈套，心中十分忿恨，他那欲得而甘心之念，比那些办公事的还切几分，所以商量定了，立刻就走。【眉】闲闲一言，却生我无限感触。盖视私怨甚于公敌，天下人往往皆然。吾于此不敢怪瑞福，吾于此不禁重念吾国无公德之辈。而且他心里还有一层主意，就是要想连夜把这桩事情弄个明白，到了天明回去，脱然无累，就可以拿些别话支吾过去，他女儿就一点儿都可以不知道的了。所以他心里格外比别人着急。

当下总巡同他并行前进，两个警察兵紧紧跟在后头。走到梧桐大街，将次走尽时，旁边现出一条胡同口。总巡指着问瑞福道："是这里不是？"瑞福细认了认道："一点儿也不错。那个王八蛋，就是在这里丢下了抬床逃走去了的，他们两位，也在这条街上一路走来的。此刻我倒有点明白这个路了，他们两位只怕是从克利溪大街转过这里来的，那王八蛋一定是走了别路，所以碰不见他。"总巡道："是呀，他只怕走的是亚培史街呢。然而我们暂且不必用心在那个人身上，我们且先到这胡同里去查探，看是这里不是。"瑞福道："很好。然而最好还是让我一个人在头里先走，你们谅也未必不许的。"总巡答应了一声："好！"那瑞福就大踏步往胡同里去了。此时那高利书却在后面嚷起来道："这个穿白领子的，一定是那一个的同党。这一下子，可把他放掉了。"

瑞福虽然有点听见，却不去理会他，只管往前走去。两只眼睛滴溜滴溜的，一面去认那两旁的房子，越觉得相像起来，觉得这里就是方才那人带他来的地方。他认了一会，又退走了几步，立定了脚，对着那第一家的门面上仔细详察。哪！你看紧紧闭着的那两扇百叶窗，不是绿色的么？哪！你看这房子，不是只得一层楼么？真是越看越像了。回眼一看，那扇大门却是敞着的，同方才初见时是一个样子。但是他记得那人抬了抬床动身之前，曾把这门反手关好了才走的，怎么此刻却又开着呢？这又奇了。

且说此时那些警察兵们还在胡同口守着，没有过来。瑞福此时也不去招呼他们，就对着那大门直闯的要闯进去。方要踏进门口，忽觉得豁刺刺一声响，兜头浇过一盆水来。说也奇怪，浇过来醍醐灌顶时，明明是一头一脸的都是水，这个水浇到脸上，却犹如火一般，好像拿烧红的烙铁在脸上烙了一烙似的。痛得他两眼火星乱迸，不觉大叫一声："嗳唷！不好了！"谁知说还未了，就有个人把他狠命的一推，推了出来，险些儿没有倒栽葱跌个筋头。一面听得砰的一声，把门关了。当时瑞福揉了揉眼睛，要看看到底是甚么情景。奇怪！也不知是上下眼皮连在一块张不开呢，还是张开了眼睛没了光了，只觉得眼前黑越越的，看不见一点东西。这一来，他可着了忙了，不禁大叫起来道："瞎了么？我真是瞎了么？唉！那一个天杀的混账行子把镪水来浇我么？"【眉】读者幸毋曰：惜乎！瑞福未曾带警察来也。使瑞福而带警察来，则不难立时擒住凶手，此事即从此收场，便无有以后种种离奇情节；无有以后情节，即无有《毒蛇圈》；无有《毒蛇圈》，读者更从何处看得着此种好小说？盖一部《毒蛇圈》，方从此处起脉也。他叫了这几声之后，自己站在那里，眼前仍是一点看不见，所以不能走动。心中回想：方才要闯进那大门的时候，天上的黑云早已开了，隐隐露出几点明星，历历可数，此刻却是甚么东西都看不见了。然而他还耐着性子站在那里，自己安慰自己，以为隔了一会儿自然会好的。但是当时他在黑暗之中，没有看见仇人的脸面，不免又在那里自己懊恼。

看官，要知道一个人犯了个双目不明的毛病，比甚么都可怜。就以瑞福而论，他一生见过的悦目东西也不知多少，自此之后，非但不能再看见生平目所未睹的东西，就是从前看见过的，以后也只得拿脑神经去想象的了；就是他最心爱的女儿那样如花似玉的美貌，也不能再看见的了。俗话说："仇人相遇，分外眼明。"以后纵使叫他仇人相遇，还拿甚么去分外眼明呢？倒不如呱呱落地的时候，天生就是个瞎子，一生一世，永远不曾看见过一物的，倒还觉得清净些。闲话少提。

且说瑞福当时呆呆的站够多时，自己觉得不能再有望了，不觉举起双手，仰着脸，大叫道："唉！女儿，我那可怜的女儿！"其时那位总巡刚刚走近瑞福身旁，相离不过在两三步之间，忽然看见瑞福这般举动，又听得他频频的叫女儿，倒弄得不懂起来了。就对他问道："先生，你在那里干甚么？"瑞福狠狠的嚷道："他们把药水浇我的脸，我的眼睛都瞎了！"总巡对他仔细一看道："天哪！这是那里说起？怎么你的脸就同把火烧过一般？你的眼睛……"说到这里，瑞福就接口说道："我的眼睛是瞎透的了，从此一辈子要过黑暗日子的了。"总巡又急问道："谁弄你的？你说！"瑞福道："他来的突兀，我也没有瞧见是甚么人，因为那人带我来过的这所屋子被我找着了，认得一点也不错了，我就想闯进去看个明白。谁知一脚踏到了他门口，就是豁剌剌的一盆水兜头泼过来，登时又把我一推，他就把门关上了。不消说，他起先一定藏在这里的了。"

总巡道："就是此刻你面前那个门里么？"瑞福道："我不敢说，我现在变了个瞎子，一点儿都看不见，怎么敢说呢？"

且说那总巡也不是无情之人，他一想这种情形，也不是盘问他一个人可以明白的，所以恭恭敬敬的对着瑞福道："为了这件事，倒累先生受这无妄之灾，实在对弗住得很。我倒忘怀了，此刻最要紧的，是要先把你老人家安顿好。此刻我们可先回警察署去，马上请个医生来看看。我想这个病是要赶紧医治，或者还可以望好呢。"瑞福道："请医生来，只怕也是不中用的了。还是请你派个人送我回家去，让我也可以早点歇歇，你们也可以等在这里拿人。我想他还在屋里，没有走掉，打进门去，就可以把他拿住了。拿住之后，请你送到我家去，我眼睛虽然瞎了，好得耳朵还没有聋，一定还可以辨得出他的声音。这里我固然待不得，警察署也不能去了。我此刻是在这里受难呢！"总巡道："果然你吃苦的很了，我就照你吩咐的做去就是了。我马上去找一辆马车，派葛兰德伴送你回府罢。"瑞福听了，问道："葛兰德，可是方才我遇见的两个之中年纪轻的那一个么？"

原来瑞福此时虽是痛苦万状，心中却还记得方才招呼他的两个警察兵，那个年轻的比着那年长的慈善了许多，所以特地问一声。总巡答道："正是，不错的。然而你老人家倘使恐怕他们招呼不到，要我亲自送去，也可以使得，我就派他们看守这屋子，我来送你回府。交代妥贴了，再来这里，也是一样的。尊夫人在府上么？"瑞福道："我是久鳏的了，此刻家里只有个小女。"总巡道："既是这么着，我们还要静点才好，不要半夜三更的张扬得令千金不安呢。"瑞福摇头叹道："任是甚么样也不中用的了。难道他老子瞎了眼睛，还瞒得着他么？虽然，这细情等我自己去告诉他罢。你阁下要送我回去的话，也可以不必，一则我不敢当，二则这里拿人要紧。就是那位葛兄送我去罢。葛兄，请来扶我一把罢，我在这里候着呢。"

当下总巡发一声号令，那葛兰德就走过去，扶了瑞福，缓缓而行。此时百忙中，难得他还想得起几句要紧话，对总巡说道："你阁下记好了：这屋子是只有一层楼，窗户的颜色是绿的，大门是一扇的单门。那人领我来抬床的时候，我还记得那大门的右边，还有一个白铜的电铃机关呢。"总巡道："多谢先生。我明天再到府去请教罢，那时我或者就提了那混账东西同来也未可知。"说罢，葛兰德小小心心的扶着瑞福去了。

再说那个高利书，他本来生得心肠极硬，性子又倔强，并且始终一口咬定瑞福同那逃走的人是一党的。到了此时，他的心思也就拨转过来了。俗语有一句说的："路遥知马力，日久见人心。"又书上说的："至诚感人。"就是这个道理了。当下那总巡看见高利书依然站在旁边，就随口问他道："你看这事情到底甚么样？"他就答道："这位铁先生自然是个好人，说的话也不错。那个弄瞎他眼睛的王八蛋，光景还在这屋子里，论不定他还在里面听着我们说话呢。"这一句话把那总巡提醒了，也就不能不小心些。所以走开了几步，低低的对高利书道："此刻我们的总办大约在署里了，我要到他那边去一趟，顺便把等在那边的小队招呼到这里来，帮你看守这屋子。你且在这里候着，要是那厮出来，你可要把他拿住的。你还强壮，可以不必怕他。"高利书答道："我会怕他么？"

两人正在那里说话，蓦地里瞧见来路上来了一群人，一径奔向这边来。两人不知就里，嘿然不语，看他走到那里。看看走近了，仔细一看，不觉大喜。原来不是别人，正是方才带出来的小队。走近了总巡跟前，回说是在路上遇见葛兰德，叫他们来的。已经一面打发人去告知总办，又打发一个去叫铜匠来开锁。总巡听了此话，口中虽不言语，心里却暗暗的称赞不绝。明天回了总办，好好的要奖赏他们。此时案子莫说未曾破得，就连头绪也一点没有弄出来，不知为了甚事要奖赏他们，且待下回分说。

瑞福挺身愿作先锋前敌侦探罪人，而处处不免于高利书之疑。吁！世情果如是耶？吾不禁为热心任事者同声一叹！此志士灰心之所由来也。

　　瑞福抢步入门，忽被一盆药水兜头一泼，以致双目失明。非独瑞福当日不及料，抑亦读者今日所不及料也。此是一部书中大波澜处。

（趼廛主人）

第 九 回

擒罪人遍搜陋屋　　睹盲父惊碎芳魂

　　且说当下那总巡暗想道："难得他们那么留心，那么周到。此际已是过了半夜光景了，更深人静的时候，那门内的人断没有肯自己开门之理，少不免要用强打开门进去，就少不免要惊动了街坊邻舍都要来看。虽然不打紧，然而这件事就未免办得不机密了。要是得铜匠来配对了钥匙，那就神不知鬼不觉的可以进去拿人了。只怕我们走到他床前把他铐了起来，他还没有醒呢。我想去见总办，也不过是这个主意。他们既然办了，此刻我也不必自己亲去了，不如留在这里等那铜匠来罢。"于是叫那小队几个人分布在左右，自己同高利书闲谈瑞福的事情。

　　不到一刻工夫，只见警察总办在前面匆匆来了，那个铜匠也从别路到了。那总办一到，便对总巡说道："这件事情很有些蹊跷，倒不是容易办的呢！然而我想我们总得要设法干好他。方才署里一个警察员告诉我说，他看那尸首的脸面很是眼熟呢，说他向来住在旧城子左近的。据他这么说，不定就是住在这屋子里呢。但愿那个犯人还在里边，这案也就不难明白了。且快叫这铜匠开门罢，我们这里有了这几个人，很够拿他的了。好在他并不是甚么成群结队的大队人马呀。"当下就叫一个警察兵拿了回光灯照着那门锁，铜匠就来动手。不多一会，拨准了机关，那锁就开了，掌灯的领头先进了大门，然后一个一个的鱼贯而入，又有一个掌灯的断后。还留下两个警察兵，一个铜匠，站在街心，东西探望。

且说那总办、总巡进得大门，觉得屋中潮湿异常，四壁厢都是灰尘蛛网，还有一股霉气直扑到鼻子里来，就像许久没有人居住的光景。总巡对总办道："怎么这屋子就像空下了许久的光景？"总办道："我方才瞧见那女尸的装束，也就同化子没有甚么分别。以此看来，就是叫他住在这里也是很配的。然而也是奇怪，他如果一个人住在这里，那房租钱从那里来的呢？"总巡道："我们找着了这里的房东，就不难问他房客的来历了。这犯人只怕就是那妇人的丈夫呢。"

正在这里说着，高利书忽然俯身下去，捡起了一件东西来，交给总办。总办接过一看道："奇怪！这么一个屋子，那里来的这个东西？"众人听说，也都围着过来观看。在灯光底下，只见是一片崭新顶好的洒花缎子。这种缎子只有女人拿他做衣服穿。这一块就像在那一个女人衣服上扯破了掉下来似的。大家看了，很是诧异。那总办说道："这位被人谋杀的妇人，看他那装束，近来光景断断穿不起这种好衣服，我是断得定的。【眉】此等体察徒以刑求者，焉能想得到？这又是谁呢？却又奇了。"总巡道："而且这片缎子并不是剪割下来的，显然是扯下来的呢。"高利书道："想来这泼药水的一定是个妇人。他泼了药水之后，立刻就闭门逃走，想是他关门的时候来得匆忙，被门缝夹住了他的衣袖，其时他心慌意乱，逃走要紧，所以不及开门扯出，就使劲那么一扯，扯下了这么一块。因为要逃走的慌了，所以掉在这里的。要说到那男子的话，想来丢了抬床之后，早就逃的无影无踪了。他因为听得我们警察过来，所以才跑了去的，那里还敢回家呢？"【眉】极刚硬极倔强之人，却说得出这种细心话，真是奇极！总办听了，连连点头道："你这几句话，说的很有见地。看来这泼药水的妇人，必定也是他们一党的了。"总巡道："我也是这么想。当时那男子设法把那尸首弄出去的时候，这泼药水的妇人正在这里看门呢。"高利书道："而且用药水暗里伤人的事情，准是妇人所为。他的意思，并不是一定要弄掉人家的性命，只要弄伤了人家的眼目，他就心满意足了。"

当下你一言，我一语，发了许多议论，各人各述了意见。一面用灯在屋子里不住手的四下里去照，照了许久，仍然是蛛网尘封，四壁皆是，而且这所房子大有墙坍壁倒的光景，那里照得出甚么东西来。大家都道："这明明是久已没人居住的房子，何至于在这个地方闹出人命案子来呢？"

正在这里狐疑不决的时候，那高利书忽然间大嚷起来道："看，看！你们看！"众人抬头看时，原来他又发现了墙上一只钉子，离地约有七尺来高。那钉子以下两旁二三尺的墙，却一些尘土也没有，好像才擦干净的光景。地下的脚印横一个，竖一个，历乱异常。高利书指着说道："这里一定不久有人动过的，论不定这里就是那妇人吊死的地方呢。"总办听了，说道："是呀，这话很有道理。然而你看这钉离地那么高，总得要有张梯子，或者有一把椅子，才可以钉得着呀，这里却又一样都没有呢。"总巡道："我们且先上楼拿住了人，再来问他这个罢。"

于是高利书领了头，一个个都走了上去。四面一望，总共两间房子，上面除了天花板，下面除了地板，四边有的是灰尘满布的粉墙，那里还有甚么长物来？【眉】我于此处有一疑心，则盛药水以浇瑞福之盆，何以不见是也。只有火炉旁边有这么几件破瓶碎罐，几个牙刷、木梳，要找出他一个半个人的影踪来，那可有点难呢。那总办不禁讶道："咦！这妇人跑到了甚么地方去了？"还有不肯死心的，恐怕他上了汽楼，或者藏到衣橱里去，还要竭力去找。可惜这屋子太小，这两样东西都是没有的。还有人献计，说是一定藏到地窖里去了。找来找去，连个地窖的缝儿都没有。于是大家面面相觑，束手无策。都说道："这妇人总不能飞上天去呀！"总巡道："不要他害了瑞福之后，出其不意，就一溜烟跑了么？"总办道："这也难说。你想这块缎子是那里来的呢？他推了瑞福出去之后，在里面关门时扯下来的，是无可疑的了。我们再到楼下找罢。"于是大家又陆续走到楼下。

　　没有一会，高利书又大嚷起来道："你们看呀！还是新的呢。"【眉】高利书只管会嚷，可笑。众人又走了过去一看，原来是一张梯子，一个钉锤儿，又被他发现了。仔细再看时，果然是全新的，犹如没有用过的差不多。总办道："这却是一件紧要东西。不用说，是他们新近买来的了。我们只要往这左近的店家去打听，究竟是个甚么样人买的，这件事就可以有点眉目了。"总办这句话方才完，总巡正想答话，忽然那边高利书又在那里乱嚷，连忙走过来一看，原来又被他寻着了一扇门来了。总办道："这可好了，到底被我们找出来了。快出去叫铜匠来开了他，想来这房子是两面可通的。"总办正说这话时，忽然看见那门自己开了。原来高利书随手把机关旋了一旋，那门是虚关上的，所以轻轻一推，他就开了。

　　众人往里边一望，却是黑越越的，看不见甚么东西。拿灯来一照，原来是一条夹道。走到夹道尽头，那边还有一扇门。高利书还要旋着机关去开，谁知却是锁着的。仔细一看，锁在外面。显然是那个妇人从这里逃了出去，然后把这扇门反锁的了。于是出去叫了那铜匠进来，把锁开了。大家出去一看，原来是黑越越的一个小胡同，可以通到大街上去的。大家又是面面相觑，没个理会。

　　那位总办不禁叹了一口气道："他们这几个罪人的诡计，摆布得很是巧妙呢！照这么看来，那位瑞福先生，外边一定是有仇人的。"总巡说道："他们这种算计，我想必然别有命意，断断乎不是专门要想害瑞福一个人的，不过瑞福不幸，可巧的碰在他的圈套上罢了。起初那个抬床的恶棍，分明是看见瑞福是吃醉了的人，所以才敢求他帮忙抬床；并且瑞福又是先向他问路，明知他又是个不认识路径的人，何况房子，所以带了他来。及至撇下了瑞福之后，他一定回到这屋子里。后来看见瑞福缩了回去，对着他那房子细认，那妇人到了此时，不能不下这毒手，做一个有你没我，有我没你的开交。所可疑的，他那里知道瑞福背后，有我们这班人跟着，就预先逃走了呢？但是这一层，我可以断得那个妇人非但同瑞福没有冤仇，并且是瑞福生平绝不相识的。这件事我倒敢同阁下打赌，无论赌甚么都可以。"【眉】偏有此闲情逸致。总办道："你说的这话很是有理，佩服得很。此刻我们第一着，须要先把那被人勒死的妇人是谁，一向是做甚么的，打听了出来，办这案子方才有下手之处。我想要打听那妇人也并不难，因为那警察员说的同他面熟得很。他虽不是巴黎城里有名的人，然而在这一带的近段，知道他的人很多呢。"

不表警察署的人员在这里商量，且说葛兰德奉了总巡的号令，伴送瑞福回去，一路上小心扶持，十分周至。那瑞福一路上一步一步的捱去，心里却怀着鬼胎，恐怕被女儿知道，不好意思，又是惹他气恼，又要害他心疼，不知怎么样才得了。后来一想："这时候已经晚极了，我那妙儿此刻早就睡熟了。【眉】谁知他偏不睡。我回去时一声也不响，不去惊动他，悄悄的上床睡了。将息到天明，如果这眼睛能够好了，这件事情就可以支吾过去，往后就依然可以过我的太平日子了。"瑞福一路上思来想去，只有这个主意。他满心满意，以为今宵可以无事的了。

一路捱到家时，葛兰德把门旁的叫门电铃机关轻轻按了一下。不一会，便有一个人开门出来，手中拿了一枝蜡烛，朦胧着一双星眼。不是别人，正是瑞福心中脑中念念不忘的爱女妙儿。原来妙儿因为他父亲往外赴席的时候，曾经答应了他早回，他就深窗独坐的等他父亲回来。迨后越等越不见回来，慢慢的等到半夜，仍是寂无声息，不觉又担心起来。暗想："我父亲答应我早点回来的，何以到了这个时候还不见人？就是往常赴宴，到了这个时候也就回来了。怎么今日有了特约，要早点回来的，倒反到了这时候还不见到呢？我父亲最心痛我的，临行还叫我先睡。我叮嘱的说话，我父亲一定不肯忘记的。莫非大客店里这班会友，今日又提议甚么事，耽搁迟了么？"又回想道："不是的，纵使他们要议甚么事，何时何日不可议，何必定在这三更半夜的时候呢？莫非又是吃醉了么？唉！我这位父亲百般的疼爱我，就当我是掌上明珠一般。我非但不能尽点孝道，并且不能设个法儿，劝我父亲少喝点酒，这也是我的不孝呢！【眉】*为人子女，不当作如是想耶？今之破坏秩序，动讲"家庭革命"之人听者。*但愿他老人家虽然是喝醉了，只要有一个妥当的地方叫他睡了，我就等到天亮也是情愿的。独怕是喝醉了在路上混跑，又没有个人照应，那才糟了呢！唉！我的父亲哪！你早点回来，就算疼了女儿罢。"【眉】*如闻其声，如见其心。*

他成夜的翻来覆去，只是这么想，也就同他父亲瑞福在路上没有一处不想着他的一般。【眉】*此之谓父慈子孝。*但是瑞福在外面遇了那意外之事，有时还想到旁处上去。这位妙儿小姐却除了想他父亲之外，并没有第二样心思，所以越想越心焦。几次要想自己出外探问时，却又时在深夜，诸多不便。一个人呆呆的坐等，急得他几乎要哭出来。看看夜色越发深了，不由得他越发胡思乱想起来。真是坐立不安，神魂无定。在楼上坐得不耐烦，拿了蜡烛，走到楼下坐一会，又走到楼上去等一会。还不见回来，重新又走到楼下，倚在那楼梯扶手上，默默的出神，心中历乱不定。【眉】*我读至此，因想象瑞福之为人，必是时常酗酒的，不然，何至累令爱如此之耽心也。*忽然听得一声电铃声响，妙儿不觉登时精神焕发起来，念了一声："阿弥陀佛！回来了。"三步两步走去开门。

开得门来往外一看，只见一个警察兵护送着他父亲回来，心中倒十分欢喜。以为是吃醉了，弄到警察署里去，所以警察长才派人送回来的。不觉迎上一步道："爹爹回来了？酒又多了么？"一句话还没有说完，忽在烛光之下，看见他父亲满脸绯红，与喝醉酒红的大是两样，犹如揭下了一层皮一般，两只眼睛肿凸起来。只吓得妙儿芳魂飞越，不觉哇的一声哭将出来。未知后事如何，且待下回分说。

凡遇一疑案到手，只要细心体察，虽未必骤能尽得案情，然亦未有不略得眉目者。观此回于空室中搜寻不见一人，惟发现闲闲几件物件，彼警察中人各述其意见，此案之情节，已相去不远矣。夫岂徒以刑求者所得梦见耶！

后半回妙儿思念瑞福一段文字，为原著所无。偶以为上文写瑞福处处牵念女儿，如此之殷且挚；此处若不略写妙儿之思念父亲，则以"慈孝"两字相衡，未免似有缺点。且近时专主破坏秩序，讲"家庭革命"者，日见其众，此等伦常之蟊贼，不可以不有以纠正之，特商于译者，插入此段。虽然，原著虽缺此点，而在妙儿当夜，吾知其断不缺此思想也，故虽杜撰，亦非蛇足。

（趼廛主人）

60

第 十 回

孝娃娃委曲承欢　史太太殷勤访友

话说妙儿开出门来，看见他父亲那一副狼狈情形，犹如当头打了一个霹雳一般，蓦地里魄散魂飞，心摧胆裂，连哭带说道："爹爹！你这是怎么样了？我的天哪！怎么就弄到这么个样儿了？这才坑死人呀！从那里说起的！"【眉】几句着急话，说得似连似断，似有条理，似无条理。蓦地受惊时，确有此情景。一面哭，一面说，一面伸手来搀扶。此时葛兰德在旁边，看见他那一副娇啼痴恼的模样儿，也着实觉得可怜，自家心里也觉得难受。一面帮着妙儿搀扶瑞福到了屋里坐下。葛兰德料得这件事情难以隐瞒的了，只得把前后的细情转述了一遍。并把此刻已经派人四面兜拿罪犯的话告诉了他。妙儿一面听，一面抽抽咽咽的哭个不住。听完了，又哭着对葛兰德道："我父亲生平待人很和气的，并没有一个仇人，怎么会叫人弄到了这步田地？真是不懂。除非是同行嫉妒，或者有之，然而也何至于下这么个毒手？这是我不共戴天之仇，一定必报复的。还要求你们早点拿住了犯人，照例办他的罪，才可以消了我这点恶气呢！"妙儿虽是狠巴巴的这么说，瑞福心里却很明白，自知同行中断没有这种狼心辣手的人。当下葛兰德说了声"珍重"，便起身告辞。临行时又说道："明天打算再来探望尊翁的贵恙，顺便就通知那拿人的消息，望小姐莫怪冒昧。"妙儿道："诸事都仗大力，有事只管随时请过来，不必客气。我这里感激还感激不了，有甚么冒昧呢！"葛兰德就辞去了。

这里妙儿叫醒了玫瑰，连夜的弄茶弄水，替他父亲洗敷了头脸。看看他父亲那双眼睛，又是伤心，扑簌簌的那泪珠儿流个不断，又恐怕他父亲知道自己哭，又要撩动他的心事，所以由得那眼泪直流，只不敢哭出声来。一面又问长问短，那一处地方痛，那一处痛得好些，眼睛怎么样了。【眉】真能体贴，真是孝女。瑞福又是爱女心切，那里舍得叫他半夜三更的忙着伏侍，只说："没有甚么痛苦，不过乏力点，我要睡了，我的儿你也去睡罢。"妙儿连忙开了衾枕，伏伺他父亲睡下。瑞福道："我儿，你也睡罢，难为你辛苦了。"妙儿道："孩儿还不想睡。爹爹不要说话了，静养点罢。"瑞福道："唉！好孩子，你好好的睡罢，我不会死的，你不要白白的辛苦。"妙儿忙道："睡睡，孩儿就睡。爹爹静养点罢，孩儿去睡了。"说着放重了脚步，退了出来，顺手带上了房门。打发玫瑰去睡了。

停了一停，复又轻轻的推开房门，悄悄的走了进来，远远的离开他父亲的卧榻坐下，独自一个人在那里苦楚。【眉】一个的是慈父，一个的是孝女。你看他家庭之间何等客气，何等和气，却又处处都从天性中流露出来，并无丝毫为饰于浇漓薄俗中，以沙内淘金之法淘之，恐亦不可得一。瑞福眼睛瞎了，那里知道他坐在旁边呢！又奔走了半夜，人是乏极的了，此刻的痛也稍为定了，所以挨着枕头便呼呼的睡去。只有妙儿一个独对孤灯，千思万想。想到父亲的眼睛，不知能有复明之一日没有？但愿请着个好手的医生，医好了，那就可以慢慢的报仇雪恨。万一医不好呢，叫他老人家下半世怎么过日子？想过一阵，又心酸一阵。听得他父亲睡熟了，又拿了蜡烛，轻轻的走到床前，弯下腰来，仔细去察看一番。看了那红肿的样子，不觉又滴下泪来。轻轻走了过来，呆呆的坐着，在那里懊悔。暗想："我往日仗着我爹爹疼我，不论甚么事，我撒起娇痴来，爹爹没有不依从我的。今日这个宴会，如果我也撒娇撒痴，不让他去，他自然也就不去了，那里会闯出这个穷祸来？唉！妙儿呀！这才是你的大大的不是呢！怎么应该撒娇的时候，你却不撒呢？此刻害得爹爹瞎了，这才是你大大的不孝呢！"【眉】此事与他何干？却能引为己咎。虽欲谓其非纯孝，不可得也。他心里提着自己的名儿，在那里懊悔。又是手里攥紧了十个纤纤玉指，嘴里错碎了三十二个银牙，巴不得能够自家一头撞死了，或者可以稍谢不孝之罪。【眉】此之谓天性，我读至此，几欲代妙儿堕泪也。终夜的左思右想，不觉天色已明。连忙出来叫起了玫瑰，盥洗之后，便忙着去请医生。不一会，瑞福也醒了。妙儿便亲手轻轻的代他梳洗，又伏侍用过早点，医生也来了。妙儿引他看了病人，又告诉了得病的缘由。医生先用药水同他洗过伤痕，开了药方，叫撮药吃。妙儿问道："请教先生，家父这双眼睛，还可以望复明么？"医生道："竭我所长医去，还可以复元的，小姐放心罢。"妙儿听了，方才觉得略略放心。从此，妙儿天天亲自伏侍父亲服药、洗药，至于一切茶水、饭食、起卧，一切都是必躬必亲的，日夕都是眼巴巴的望他父亲双眼复明。谁知过了七天后，那医生却回绝了，说道："这双眼睛是瞎定了，从此无望的了。"妙儿听了，那一番懊丧，自不必言。只可怜这位有名的良工，从此要与那妙技长辞的了。

此时妙儿报仇之心更切。瑞福却处之淡然，以为眼睛既然瞎了，是不能复明的了，又何必多此一举？所以他从此之后，一切都付之达观，把从前一切的希望也都捐弃了，他生平想作大工艺家的想头也都付诸流水了。【眉】没了眼睛，偏能达观。可发一笑。但是自从失明之后，事事不离妙儿，要他不离左右的伏侍，他心里着实说不出的难过。所以连日竭力挣扎，要自己摸索，并叫妙儿照常的到外头去要乐，不必左右不离，恐怕添了他的伤感。妙儿那里肯听，他说这是做女儿的本分，就是捐弃了一切的快乐，也是应该的，就是婚姻一节，他也毫不在意了。【眉】可谓慈孝交尽。

那位贾尔谊，本来是他自家看中意了，要嫁他的人。那天他约定了来见瑞福的日子，果然来了。妙儿对了他，也是没精打采的，只淡淡的说了几句寻常寒暄的套话，就没有甚么知心话再谈了。贾尔谊看了这个情形，也想不出甚么别的话来说。然而他心里却恐怕误了这一段满心满意、日夕图谋的美满良缘，所以要求着妙儿，许他天天到这里来探望一次，可以借此勾搭住了，不致冷淡到底。可怜瑞福起初的主意，本来要等贾尔谊到来之后，饱饱的看他一番，看他到底是配得上妙儿的不是？因为他自以为阅历已久，这相人之术是确有把握的。此刻他只得以耳为目的了。他听得那贾伯爵的声音，天然生得清脆柔美，宛转可听；而且辩才无碍，出口成章。谈吐之间，当说的话，他就滔滔汨汨；不当说的话，也从没有出过口。就是他初次来的一趟，瑞福已经是十分愿意的了。他起初虽然竭力阻止，很不以为然，此刻他反催着妙儿，叫他赶快选定一个日期，完了这一段美满姻缘，也可以解自家的愁闷。谁知妙儿反不肯答应，一定要等到他父亲举动如常，在家中行走不用搀扶，然后才肯再议这件事。至于贾伯爵一面，不过照朋友般看待。虽然也许他不时来谈谈，然而碰了这位小姐发烦的时候，仍旧是一声挡驾，不许进来。瑞福也不好勉强他，只得由了他去。

那位白路义，从此也差不多天天到铁家来走动。因为他知道瑞福这个意外之变，是同他那天晚上分手之后，走岔了路闹出来的，心里着实过意不去。所以他从此以后，一有了空儿，就到瑞福那边。同是谈天解闷，但是他的来意，与那位甚么贾伯爵不同：贾伯爵一心是为的妙儿一段姻缘。白路义一则明知妙儿意有所属，二则他在这婚姻上面本来未曾放在心上，这是他在大客店曾经对瑞福说过的。所以他每来了，只帮着妙儿侍奉瑞福。引得瑞福终日欢笑，使妙儿不至于愁闷罢了。故此白路义来了，总在瑞福那边周旋，谈谈各种艺术；有时又把各种美术的新闻纸选了出来，念给他听。这都是瑞福平生最欢喜的，从此就不觉得很寂寞了。那妙儿看见白路义这么用心，着实的看重他，爱敬他，又是感激他。至于他的人品才貌，同贾尔谊比较起来，也实在无从轩轾。但相见太晚，自己已是心许了贾尔谊，只可以兄弟姊妹的情分相亲相爱的了。

白路义的妹子白爱媛，从此也在铁家走动。白小姐的家况虽贫，那一种荆钗裙布，贞静雅洁的态度，出落得别样的风流。妙儿见了他，不消说的，也是同他十分亲密的了。他两个相亲相爱，真同同胞姊妹一般。并且他两个年纪不相上下，相貌亦难判低昂，性情又复相投，越发的见得是一对玉人儿呢。

且说妙儿年纪虽轻，他处置一切家务，却还井井有条。自从他父亲失明之后，他一手督理家政，颇能有条不紊。每日早起，先代他父亲栉沐梳洗，然后一同早餐。早餐的时候，又亲手递给他那种匙盘刀叉等食具。瑞福也就渐渐熟悉起来。遇了天气晴和的时候，又扶他到公园里面去散步，在花丛里小坐，随意谈天；或是扶他下楼，到相馆里去，终日谈笑。他所塑的第九十二队团练的肖像，工程已经过了大半。这件事外面很有人称道的。刻下由他的门徒陈家鼐代为完工。完工之后，就要送到美术大赛会中陈设的。这大会不上两个月就要开了。【眉】可惜瑞福没有眼睛去看了。

且说瑞福此时的伤痕已经痊愈了，除了眼睛看不见之外，其余被药水烂伤的地方都医好了。一切举动，也渐渐觉得方便起来，心也定了。依然是那一头拳曲的头发，满嘴倒卷的胡子，终日里闭着一双眼睛，越发的像那大花园里的铜人儿了。

且说他那相馆最是透光，明窗净几，布置幽雅，一切陈设，却又甚是富丽，装潢的又甚为繁华。大凡做这一行生意的，大概总是这样，这个为的是招徕之计。此时瑞福失了明，在相馆里消遣的时候最多。因此妙儿格外留意，把那相馆粉刷得焕然一新，添置了许多器具，又把各种的磁铜古玩，都移到那里来陈设了。瑞福终日没事，就一件件的去抚摩玩弄，然而眼睛看不见，只好手里明白的了。从此之后，这房子那里还像个相馆，不知道的人走了进来，还要当是他们家族聚乐的地方呢。

那位白爱媛小姐，也不时到这里来。妙儿就把他安置在壁角里一张桌子上，很是幽静。他所以天天带了铜丝、纸、绢那些材料来，嘴里只管谈天，手里依然可以扎他的花。从此一举两得，不致累他费时失业，所以来得格外的勤了。有时他哥哥不来，他独自一人也来了。弄得那位丽娟小姐心里渐渐的有些妒忌起来，这就可见得他两个的要好到十分十二分了。他们这种日子，实在过得逍遥得很。就是瑞福，虽瞎了眼睛，然而习惯了，倒觉得清净。

一日午饭之后，白小姐又来了。瑞福正在同两位小姐在相馆里边闲谈，陈家萧也在那里做那团练像的完工生活，忽然那丫头玫瑰进来报说，有两位女客要求见主人。妙儿道："你是很应该知道的，我父亲现在不见客呀。"玫瑰道："我也这么回过他，他们一定要见见小姐。内中有一位就是史太太。"妙儿一听到了是史太太，心里就不快活起来。想道："这等人，不过是快活时候的酒肉朋友罢了，断不能讲甚么道义之交，患难之交的。不然，我父亲遭了这回事，他岂有不知道的？早就该来探望了，何至于到这个时候才来呢？这等人还有甚么可以同他交处的？"因对玫瑰道："你就同我回绝了他，只说我有事，不见客。"瑞福道："我的儿，你不要这么使性。人家好好的探望你，你左右又闲着没事，那有个回绝人家的道理？年纪轻轻的，不要这么着。玫瑰，你给我好好的请进来。"妙儿正在没好气，一瞥眼看见白小姐站起来要走，连忙走过去，一手按住道："你不要走，我还有话同你说。他们来了，我也不过略略的应酬几句罢了。"说着，白小姐就依然坐下。

妙儿回头见玫瑰仍旧站着没有动，因说道："去请他们进来。"玫瑰翻身去了。不一会，果然见史太太同着一个标致女子一同进来。未知进来之后有甚么话讲，且听下回分说。

　　此一回专写妙儿之承欢，瑞福之体贴。无论狂妄之辈、说"家庭革命"者所梦不得到，即家庭专制者亦断断乎不能臻此境界。父女之间，无一处不是天性，无一处不是互相疼爱。真是一篇教孝教慈之大文章。

（跰躔主人）

第十一回

顾兰如呈身探瑞福　陈家鼏立志报师仇

话说那位史太太是一位极壮健的妇人，年纪约有五十来岁。看他那脸庞儿，他年轻的时候，不消说也是很标致的。可惜他中年以后，身子渐渐的发胖了，到了后来，慢慢的就生成了一副痴肥的样子。不知道他的人，倘使见了他，还当他是个市井里面的管店婆子呢，那里看得出他是个豪华富贵中人来。【眉】尊范可想。今天他同来的那位妇人，却生得与他大不相同，明眸善睐，笑靥宜春。看他的年纪，至多也不过三十四五岁，恐怕还不到呢。那乌云鬓上，罩着一顶阔边的帽子，翠袖迎风，长裙曳地，越显得柳腰云鬓，杏脸桃腮，那脸上大有却嫌脂粉污颜色之概。更兼天生就的玲珑活泼，越显得他态度轻盈。这么一个倾城倾国的美人，纵使瑞福眼睛不曾坏的时候，亲眼见了，只怕也不容易模范的出来呢。瑞福往常想塑一个极标致的自由女神，总虑没有一个好模范。此刻可惜他瞎了，不然，他一定要把这位美人的面貌照抄下来，做个蓝本呢。【眉】塑像也抄蓝本。可发一笑。闲话少提。

且说史太太进得门来，就对妙儿说道："我的乖乖，你家里出了事，我一向没有来瞧你，你可要怪我？然而我却有我的道理呢。"妙儿听他独对着自己说这两句抱歉话，并不同他父亲招呼，就满肚子不快活起来。所以不等他说完，就要打断他的话头，用手指着他自己的父亲，说道："太太，这就是家父呀！"史太太扭过头来一看道："阿唷！天爷爷！我许久没有瞧见瑞福先生，此刻竟认不出来了。实在对不起得很。"瑞福接着答应道："是呀！这也难怪，因为我就在近来这几天，把样子都改变了。说也奇怪，一个人伤了眼睛，这脸貌自然是会两样的。"史太太道："亏你受了这么一番苦，此刻贵体倒还康健。你女儿当时不知怎么样难受呢！连我也是想着了就心痛，屡次要来探望呢，又恐怕反为搅扰不安，所以不敢。【眉】多谢多谢，承情承情。前天幸得有位好朋友贾尔谊君告诉了我，说你老人家差不多痊愈了，所以今日才敢来呢。想这位贾君是时常到府上来的。我们来的时候还商量着说，恐怕被你老人家撵出去呢。"瑞福道："那里话来，劳驾得很呢！而且我是个最爱作乐，最爱热闹的人，要是你肯把你府上往来的相好朋友都带了来，我更乐呢。果然那么着，我们这相馆也可以设一个小小的跳舞会了。"妙儿听了瑞福如此回答，心里着实难受。你道为着甚么来？因为他一心一意的只望他父亲快活受用，谁知被史太太这么一撩拨，他倒发起牢骚来。一面忽又想着了那位妇人，不知他冒冒失失的带他来做甚么？仔细看他时，但见他眼光流射，坐在那里，好像很不舒服似的。此时瑞福躺在一张有搁手的靠背椅子上；爱媛小姐低着头，在那里做他的活计；陈家萧却蹲在一张高凳上边。【眉】所以他独能望见玻璃窗外事也。记着。妙儿心上也不以那女子为足重轻的。史太太一看没有人去睬他，事总不妙，于是嬉皮笑脸的道："阿呀！我好糊涂呀！只管同瑞福先生谈天，把一位顾兰如娘娘忘在一边了。等我赶紧给你们各位引见引见罢。他是一位大词曲家，真是词章领袖，仕女班头。方才从俄罗斯回来的。承他的情，许我下礼拜三在舍间献技。今天他来瞧我时，我刚要出门，所以同来府上拜望拜望。"

　　说到这里，还没有说完，那位娘娘就微绽朱唇，轻舒皓齿的对着妙儿说道："小姐，我本不应该这么冒冒昧昧的登门，不过被史太太拉着同来，所以没法。但还有一线可恕的地方，因为我向来仰慕尊大人的大名，每每要想求见，可奈总没有机会。今日虽说来得卤莽，在我却可以了此夙愿的了。"瑞福听得他说话宛转，犹如燕语莺声一般，心里很是快活。而且天下的人，总是好名的多，那位女曲师又是恭维得体，言语从容，瑞福岂有不乐之理。所以徐徐的笑着道："这么说来，我的声名居然跑到了俄罗斯去了？这个我可真是梦想不到的。""你老人家的大名，那边知道的人很不少。但我却不是到了那边才晓得的，我本来是法兰西人，在圣彼得堡搭班唱戏，大约有一年光景，幸得到处都有人赏识。所以这回回来了，倒又懊悔了。""你在这里也总得唱呀，你怕这里没人赏识么？就是我就很想听你的妙音，你提起来，我耳朵里先就痒痒。想你也不至于推辞我罢？因为我此刻眼睛坏了，可怜这双眼睛从此没有享福的日子了，只好尽力拿着耳朵去享福的了。我还想给你塑一个半身的肖像呢。尊范不必说，自然是标致的。"陈家骉忽然在旁插嘴道："岂但标致，我看见这位娘娘，眼睛也花了，还狐疑是天仙下凡呢。"一句话说的大家都笑了。顾兰如也不觉笑了一笑。瑞福道："我这个敝门徒，向来是心直口快，从不说谎的。他既这么说，自然是真的。你们瞧，我眼睛虽然看不见，我的耳朵就可以听出他标致来。世人往往说，道听途说一流人是以耳为目的。要像我这样以耳为目也不错！"【眉】不图以耳为目之说，竟能实行，岂非奇事！

瑞福又道："娘娘，你要是不信，我可以马上拿块白石来，当场试验，你看可像不像？但不知你愿意么？""我有甚么不愿意？还是求之不得的事呢！就怕我这种蒲柳之姿，白白的劳了你老人家的神，还塑不像呢。并不是说你老人家的技艺不精，因为我这种平庸的相貌，生来就没有精采，那里会像呢？"【眉】非但词曲家，还善于词令呢。"那倒不至于，我另有一个法子：只要用手摸摸，就可以照样塑出来的。只是不敢放肆。""那有甚么要紧？只管请摸就是了。""我的十个指头，直头可以当得眼睛用呢，试过也不止一次的了。我从前塑像，遇了灯光接不着日光的时候，我往往在黑暗里，用手不用眼的，这也是熟能生巧。我才说的以耳为目，这可又是以手为目了。""这却难为了你。依我想来，这个手艺，比甚么都难呢！""那也没有甚么大难。我记得从前有一位大画家杜高纳先生，是天生没有手臂的，他下了苦工去学画，居然也叫他成了名。何况我并不是天生没有眼睛的，不过近来才失明罢了。虽然，我那妙儿有了这么一个父亲，也足以自豪的了。""你老人家真是能够在失意的时候显出大本领。像你老人家这样大才，又有这么一副雄心，这么一副毅力，世界上是少有的，那得叫人不钦佩呢！""我如果一灰心，我那女儿更不知愁苦的怎么样呢。我就这么一来，已经伤了他的心了。"

　　瑞福正在谈得高兴，史太太忽然接着问道："老先生，你提起那天那件事，到底是个甚么情形？我倒要请教请教了。我到此刻，还没有知道这个细情呢。不过听得贾尔谊君说，你那天晚上走得不巧，被一个不相识的人偶然失手，错把你的眼睛弄瞎了。并且……"说到这里，瑞福就接着说道："这件事我们不必再提了，那也是我应该受的。"妙儿道："爹爹你怎么说出这句话来了？那个罪犯早晚总要拿到的，拿到了，然后……"顾兰如抢着问道："甚么，还没有拿到么？那班警察侦探真是疏忽极了。"瑞福道："可不是吗。"妙儿道："太太，你们可相信，我爹爹自从那天晚上回来之后，从没有传去见过官，质问一句。不过当时被那警察长问了几句就算了。"瑞福道："其实呢，就是再叫我去，我也没有甚么话好说的了，我应该说的话，当时已经说了又说了。"妙儿道："然而这件事情办的怎么样了，也得要来告诉我们一声，何以连那天来过的警察兵也绝迹不来了？他说一有了消息就来通报，难道这好几天还没有一点儿消息么？并且我亲口答应，许他来的。"

正是事有凑巧，正说到这里时，只见陈家鼐指着玻璃窗外面道："小姐，说着他，他就来了呢。"妙儿道："你那里知道就是他？"陈家鼐道："我虽然不认得送先生回来的那个，然而我看见一个警察兵正在望着我们家来呢，不是他是谁？"

且说这个陈家鼐，浑名叫做"自来学生"。你道为甚么来呢？因为他有一天在路上游荡，瑞福看见他年少聪俊，似乎可以造就，就把他唤进门来，收他做个徒弟，并没有人介绍他来的，所以得了这么一个雅号。他本来也曾学过石工，同瑞福年轻时差不多的，不过他专门凿那坟墓上头的石件。

原来文明国人的坟墓很是考究，并不是就这么一堆土就算了的。他们在这上头，也是用的合群主义。大抵一处地方，有一处的公坟。此种公坟，就由大家公举了董事经理，永远栽培得花木芬芳，就如公园一般。这个法子，比了交托自家的子孙还可靠得万倍呢。因为自己子孙，保不定有断绝的日子；即不然，也有败坏的日子。那董事却是随时可以公举，更换的更换，补充的补充，永远不会败坏的。有了这么一个大大的原因，所以他们欧美的人，看得自己的子孙是个国中的公产，同他自己倒是没有甚么大关系的了。所以无论男也罢，女也罢，生下来都是一样的看待，不分轩轾的。倘是不用这个法子，死了之后，除了子孙，请教还有那个来管你呢？所以就要看重子孙了。闲话少提。

且说陈家鼐从前所学各种凿石的技艺也很工细，字母花纹，式式俱会。因为他们坟上用的东西种类很多，如天仙女、十字架、碑碣、杯壶之类，都是用白石雕琢的，所以他的本领也就很可观了。自从到了瑞福馆里，略一指点，上手就会。把个瑞福喜的甚么似的，所以一向很疼爱的，看得就同自己子侄一般。那家鼐也是知恩报恩，很讲服从主义的；不像那浮躁少年，动不动讲甚么"天的学问，当与天下共之，自己有点子学问传授给别人，原是国民应尽的义务"的话的人一般见识。【眉】陈家鼐是此书中一个要紧人物，所以特叙其人品、历史。所以自从此番瑞福被人暗算了去，他也哀痛非常，立誓要把仇人的计划侦探一个明白，可以替他先生报仇雪恨。所以他天天歇工之后，就在外面暗暗的打听。他又生成的高大身材，强壮有力，面色带黄，犹如黄种人一般，留了一部短须。人品既已生得粗鲁，他还不甚讲究修饰。其实倒是一个粗中带细的人。粗心一看，他那样子，就好像一言不合，就要挥拳似的。谁知他的心肠极善，极有血性。你若是同他要好了，他要格外同你要好。凡系这种朋友，遇着你有患难的时候，他就是赴汤蹈火，也肯去出死力救你的。这就是带点粗的好处了。要是细心一点，就有了城府，懂得利害，连一点点的干系都不肯担的了。那位白小姐起初见了他时，未免觉得一惊，后来天天在一块儿，仔细看看他，倒是浑然一块天真，毫无私曲的人，所以也同他渐渐亲爱起来。这也是身世相同，所以才格外的你怜我爱。此是后话，表过不提。

且说陈家鼐在玻璃窗里望见一个警察兵，望着自家门首而来，就认定是葛兰德，说道："这才是说着曹操，曹操便到呢。"妙儿还当他是胡说。不一会，丫头玫瑰果然进来报说葛兰德来了。妙儿忙叫快请。未知葛兰德进来有甚好消息，且听下回分说。

上回极写父女之谊，此回却又极写师生之谊，是直今日社会之教科书也。然而吾知必有议其后者，曰"奴隶性质"。

（跰廛主人）

第十二回

假恓惶一番议论　潜踪迹暗察行藏

　　且说葛兰德进得门来，脱帽在手。此时除了瑞福之外，人人的视线都集在他的身上。爱媛、妙儿都起身迎他，真正当他是个良友一般。瑞福更是感激他屡次的照应，所以听见了就招呼他，说道："我那女儿才在这里怨你，说你怎么一点消息都没有了？我自己也在这里妄想，以为你忘了这里的事情了。谁知想着了你，你就来了，实在令人感谢得很。古语说：'迟来胜于不来。'你虽来迟了些，究竟不是绝足不来呀。"葛兰德道："我们公事忙，终日不得闲，所以不能早来，这是一层。还有一层，似乎总要等着了一点儿消息，来了才有点意思呀。"于是妙儿就问道："那么着你来得必然有消息的了？"葛兰德答道："是，有的，小姐，但是不甚紧要的。不过那个被人谋毙的妇人，我们查得了他生前的事业姓氏了。"顾娘娘道："甚么，谋毙的妇人么？"他说了这话，看他的神气，很是以为奇异，就同没有知道其中缘故似的。葛兰德口里答了一声："是。"眼睛望了他一会，也像很诧异似的。隔了一会，他又说道："因为他虽没有好日子过，到底不是要寻死路自己甘心上吊的呀！他生前那几年，在街坊上行歌乞食，非但快乐很少，抑且进益很微呢。但是……"说到这里，瑞福接着就说道："他穿的衣服真像化子一样。

提起了，我还记得他躺在睡床上的光景呢。"葛兰德于是又往下说道："他倒不是穷惯的，他以前是个女优，曾经养过马车，很阔绰的。然而一个人不能永远艳丽的，他色衰之后，剩钱不多，又遇了没良心的少年，不久就用罄了……"

瑞福听到这里，忽然想着了妙儿，恐他心上不舒服，所以急急的止住他，说道："朋友，这些底细，我们不必去管他。他到底姓甚么？""他的真名叫做马秀兰。然而他在戏园里，另外有个名字的。他住在旧城子那边，已经穷了几年了，那边人家都叫他做马老娘子。他住在公家坟山后面一个草棚里，那种地方，叫我去养狗都不愿意的。""那么说来，他不在自己屋里死的？""不是，先生。美术街那座屋子空关了五六年了，但是他有钱的时候是住过的，他的钱也是在那边为了一个美少年使光的。他离开的时候，还把家伙抵的房租呢。"

顾娘娘插口问道："那个男犯是谁？有查到了没有？"葛兰德道："还没有，娘娘。他同他往来很秘密的，那妇人光景好的时候，他也不是常去的，他一穷，那人也就绝迹了。旧城子那边，从前有人见过他的，如今可惜都忘了。恐怕他倒是个罪魁祸首呢。"瑞福道："那么着，那人比我还高，上下唇都有胡子的。"葛兰德道："要是他，他也必然改扮过了。况且你帮他抬那床的，也许另是一个。而且不止他一人，还有个妇人同他一党呢。"瑞福道："那一定是浇药水在我头上的妇人了。"葛兰德叹息道："那自不必说了。而且我们一个同事在那门缝里找得一块花缎，是急忙之际夹在那门缝里的，确是凭据呢。那间屋子，两面都可以进出的。当时那人一定用马车等在后面大街上，然后才能把那妇人载去，所以没有被我们撞见。可见他们的算计很是聪明周到呢。那个死的不是被他们二人勒死，就是逼不过了自己上吊。因为那位验尸的医生说，身上一点儿伤痕没有，不过颈脖子上有个绳疙瘩疤儿。揣度其情，当时一定把他高高悬起，使他不能挣扎，所以才得无伤可寻呢。"史太太听了，皱眉摇头道："好利害吓！世界上竟有这种狠心的妇人吗？明天拿住了，该得活活的烧死他！"

瑞福问道："但是他们怎么能够把他弄进这屋子呢？"葛兰德道："这件事一定是他先前那相好的汉子干的，你老不信，我可以和你赌个东。他既住过这屋子，他身边必然有个钥匙。到了那时，他使人去哄他，或说有事商量，或说给他银钱。那种痴心女子，岂有不欣然奉命的？那同党的妇人，恐怕是他的新交的相好，就是那婆子的替身呢。但是此刻他们想必已经高飞远飏，总难水落石出的了。"妙儿听了此话，发起急来，说道："甚么话！警察局已经把这件事搁下了吗？这样恶极的罪犯，就轻轻的搁起来不办了吗？"葛兰德道："搁呢没有搁起，小姐，但是新鲜的事那天没有，上头既留心了新案，那旧案就不由得要搁在一边了。但是遇着了机会，有了头绪，那些侦探依然要查探的。"史太太道："这还了得！怎么他们侦探查办罪案，要碰机会的吗？犯了罪不办，我们还有太平日子过吗？今天他们可以再来算计你妙儿，后天顾娘娘，大后天就是我自己了。"顾娘娘笑道："我们大家都不相干的。但是那个死的是个穷鬼，他们杀死了他，亦没有钱。那是甚么宗旨呢？"葛兰德道："这也是一说。然而他的情人，也许有钱债往来的纸张契据在他手里，与他不便，又不肯把钱还他，所以出此下策，也未可知。而且他身边还有几张两益典的当票，他虽穷得要死，他还年年去上利转票呢。"

却说他们正在议论纷纷的时候，忽然大门声响。玫瑰报说贾老爷来了。经不得这么一声，那里面的情形就此为之一变，那妙儿听了，脸上不觉一红，比了桃花还要艳丽几分。瑞福的身子就也站了起来。爱媛的心上本同此人不合意的，所以拿了花瓣，连忙扎花，打算不去睬他。史太太同他是要好朋友，所以心上的乐意流露于不知不觉之间。顾娘娘反而凝神端坐，就像一位女眷，将要接待初见的生客似的。陈家萧却从高凳上跳了下来，把家伙一丢，打算歇手，明天再做了。葛兰德却往后一退，把身子藏在那九十二队团练像的背后，也是避他不见的意思。正是人人主意，各各不同。

却说贾尔谊生得不长不短，一表人材，仪容俊美，气宇轩昂，紫髯碧眼，吐属安闲。看官，你想他生就这种人才，那里怪得妙儿倾心赏识他呢！闲话少提。且说当时贾尔谊进得门来，别人都不及招呼，即见了妙儿，也不过点了点头。就一直的趋到瑞福面前，亲亲热热的去握住他的两只手。史太太匆匆跑过去叫道："伯爵，你好呀！你来得真巧呀！这里不是一位大曲艺家吗？我们等得他不耐烦了，直到前天，他才从俄国回来。下礼拜三在我家里唱，请你来做个顾曲周郎罢。"贾伯爵听了这话，回过身来，对着那曲师打了个鞠躬。顾娘娘也恭恭敬敬地还了一礼。

其时葛兰德在背地里轻轻的说道："奇怪，奇怪！这种情形实在奇怪！"原来他躲在那里，自始至终，他的视线都专注在那顾娘娘的脸上，没有移过呢。"眼、耳、口、鼻、舌、头发，没有一样不像那麦尔高家的呢！实在越看越像，毫无二致，再像没有的了。但是一层，他脸上那个疤那里去了呢？"葛兰德一个人在这里叽叽哝哝，自言自语，却被站在旁边的陈家萧听了去了，所以也轻轻的问道："麦尔高吗？你说的是那一个？姓麦的我认得六七个呢。""我说的那个，你不会认得的，因为已经有六七年不见他了。我从前却是查过他半年，差不多天天跟着他，所以不会忘记他的，他的面貌也很容易认识的。""你说你查过他吗？那么说他是个贼了？""贼倒不是贼，我没听见他偷过东西，然而他总不是好人。他曾经在市厅里跳过舞的，各处有跳舞会，大聚集，他总有份呢。我亲自把他捉到警察局去过三次，但是每次都险些儿死在他党羽手里。他手下有许多亡命之徒，暗暗保护着他，就像是他的护勇一般呢。""你再

| 77 |

仔细看看这妇人的模样儿，究竟像他吗？""像是很像，但恐未必是他。因为麦尔高家的当时已有三十来岁，此刻这个妇人像还不到这个年纪呢。""甚么话！他是老的了不得的了。大凡女人，只要看他脸上的青筋皱纹，就可以知他年纪大小，那倒瞒不过我的。我看那顾氏至少也在三十五岁之外了。""也许有的。但是他的气概似乎不及麦尔高家的雄健活泼。而且麦家的脸上有一个疤，从鼻子上起，一直到耳根那么长。听说是被那一个吃醋的情人拿刀砍伤的。然而他有法子，可以妆扮得一点看不出来，依然不失他的妩媚呢。""那也不止他一人，大凡妇人多是会装饰的。你看他那双眼睛多机灵，只怕他为人很有些利害呢。"

且说此时顾、贾两个相见之下，彼此寒暄了几句。同着妙儿、史太太几个，把瑞福围在了中间，说得热闹得很，那里留心有两个人藏在一边呢。原来陈家鼐这个人生平很要朋友，往往同人家一讲几句说话，就弄得很知己了。当下他又往下问道："你想必是知道的，那个有名的麦尔高家的后来到底怎么样收场呢？""我却并不仔细，连他同党也都没有知道。末末了一次，是在爱利闸跳舞会里见的。他在那里，一口气连跳了四百度没有歇息。以后就不闻不见了。""他同党中没有他的情人吗？""也许有的。他手里的钱也很不少，只要看他的衣服行头，就可以见得他的奢华了。不知道的往往说他是个女侦探家，其实不确的。依我想来，大约后来同了情人，到英国或是到美国去了的。""即使一个人到了英国、美国去的，回来时也可以像从俄国回来的。这妇人他说是从俄罗斯回来的呢。""那么你就把他当作麦尔高家的吗？要是他，他怎又会到这里来？瑞福先生也不准他同女儿攀谈了。""他也并不认识他，那是个姓史的胖子妇人带他进来的。我也不敢说这顾兰如就是麦尔高家的，但是这种事情也许有的，我们无论如何总得查探查探。你一天到晚都要当班吗？""不，我今天当夜班，要到半夜后才有事呢。""那么着，我们准六句钟，到一壶春酒馆喝一杯如何？你自然知道这地方的。""我知道。麦尔高家的也知道，他从前常在那里的。""那么着，店主人或者可以把他的底细告诉我们呢。""他未必有我那么知得清楚。然而酒是要去叨扰的。不过先要回去把号衣脱了，不然在那些地方，被上官看见了不像样的。""那么我六句钟在阆园戏馆门口候你罢。""很好。但是我十二句钟以后，须得到爱利闸跳舞场去呢。"陈家鼐心上转了一个念头，就说："等一等，我与你同走罢。"原来他想不声不响的往外溜了。未知后事如何，且听下回分说。

第 十 三 回

拟游观爱媛约侣伴　怪失言少女动娇嗔

且说当时史太太只管揄扬顾娘娘的本领，七张八嘴，那里还留心到他两个人呢。但听得史太太向顾娘娘说道："伯爵的声音最是和善好听，你的本领又同从前有名的夏倍义太太一样，下礼拜三一唱之后，你看巴黎一方的人都要闻名羡慕的。"顾娘娘道："我同贾伯爵合唱，我心上益发的要高兴了。但是将来唱曲，要碰我自己高兴，兴到就唱；不似在俄国一样，专门在公众地方献技了。我想在这里买所房子，不是靠百先街，总在望蔬园邻近。那时可以天天在家里唱曲请客了。"瑞福道："请你决意就在望蔬园邻近罢，可以同我做邻居了。"顾娘娘道："好，先生，我也这么想呀！我总得在这里一边挑选一所。然而现在我只得在恩施街租屋里耽搁，就在湖西街嘴角上。这所屋子，暂居还算适意，只是可惜黑暗一点。"

且说陈家鼐本在背地里窃听，听到这里，他点点头，说道："咳！在恩施街湖西街嘴角上，那倒要记住的。如今我可要走了，这只会唱的老鸟，同那要配妙儿的赘疣，我也瞧得够了。"葛兰德道："我也是这样。"他一边说，一边悄悄的就往大门而走。走了出去，也没有人知道。所以家鼐逡巡着要效尤他，谁知走过爱媛旁边，被他挡住去路，轻轻的说道："你何以去得甚早？我哥哥要来看你呢。"家鼐答道："小姐，他若要来，我就等到明天也无不可。但是有这许多厌客在这里，我厌烦得一刻都不能再捱了。那最后进来的，你不知道，最是个祸水呢！"爱嫒道："那个贾尔谊，我也不欢喜他，同你意见一样。但是我最欢喜妙儿姐姐，可惜他要去嫁他了。""可不是么，真是不幸！然而他摆布得非但深得妙儿小姐的欢心，并亦得了我先生的欢心了。虽然，我却懂不得怎么个缘故。这件事，他们自然以为不与我相干，所以也从没有同我商量，故此我也没有法子可想。"爱嫒又小小心心的问道："我哥哥想拜托你一件事行不行？""拜托我一件事？十件都可以的，小姐，他要干甚么，我没有不可以效力的，除了铜钱，我囊空如洗，不能帮忙，若有仇人要我去帮他打架，我两臂有几百斤力气，诸般武器我也件件能用，式式都精呢。""不过下礼拜日，想约你陪我们一块儿到博物院去。我爱的是美术，而且最爱雕刻东西。又想到你是专家，同去了，可以当面指教呀。""那是一定可以算数的，小姐。这是你赏我的脸，那里是你托我事呢！"

原来家鼐自从看见爱嫒小姐之后，心里很有妄想的意思。但是不知道那边心思何如，所以不敢贸然巴结上去。如今不提防倒是那边亲近过来，所以一下子把他喜得甚么似的，要想出一句好话去巴结他。想了半天，才说道："我同你的哥哥是好朋友，我总要竭力劝我师父，把女儿嫁他才好。"爱嫒瞧了他一眼，把手指搁在嘴唇上，并不言语。家鼐回心一想，觉得这句话同现在的地位情形距离太远，说得不在理上，就觉有些不好意思，故此一溜烟的就跑出大门去了。爱嫒也依然低了头，扎他的花，一声也不响。只有瑞福请了史太太、顾娘娘坐在他自己旁边，谈谈笑笑。

妙儿同着斐礼，又坐得远些，这相馆本来很宽敞的，他们两个要在一边面对面的密谈，别人也听不仔细的。当时贾伯爵好像有心事要同妙儿细谈，所以拉他到一边，柔声问道："我有一点不得意

| 81 |

的新闻告诉你，不知你可肯恕我？我总想和你时常在一块儿，万想不到此番却不得已，要离开巴黎了。"妙儿诧异道："离去巴黎，为着何来？"贾尔谊答道："我想我从来没有同你说过，我本来有个嫡亲叔父，住在士每拿（东土耳其之首城），他在那边娶了个富商的女儿为妻。"当时伯爵嘴里虽这么说，他脸上很露出些踌躇不安的样子。妙儿也因为他突如其来，无端说些没来由的说话，心里更觉诧异。故此听到这里，但应了一声："好吓。"那位伯爵接着又往下说道："我这位叔父膝下没有小辈的，所以把我承继与他。"妙儿听到这里，心中更不舒服，因就抢着说道："我懂得了，你不过放心不下这份财产罢了。"贾尔谊道："刚刚相反的，我所放心不下的，可就是你呢。因为我自幼父母双亡，单靠这位叔父，一刻不离，抚养成人。如今不相见，足足有五年了。近来婶母一病又故世了，单剩他老人家一个人，离法兰西又这么远，他自己又患了重病，耽搁在东方，不能归来。又自念将要不久人世，所以要想再行见我一面。"说到这里，妙儿插嘴道："既然如此，我想……"贾尔谊不待他说毕，就接着往下说道："他近来迭次写信给我，催我前去，我总迟迟不决。但是他末次来信，很是紧急呢。"妙儿道："这么着，你极该马上就去。我若有一毫阻止你的心肠，就罪无可逭了。"

贾尔谊又是甘言蜜语的央告他道："我没有你同去，我就懒得动身。况且我叔父也早就知道我们这件事情的。""那么说来，你已经把我告诉过他了？""可不是吗。小姐，你想我又何必瞒他呢？当时我和你要好了，我就有信给他，说我现在同一位年轻美貌的千金深情爱悦，意欲娶他，非得他亲口允许着实，一时不能离开法国云云。你道他回信来说些甚么？谁也猜不到的。他的回信，我约略还记得，我念给你听。他说：'斐礼，既然如此，你快成了家罢。这真是我的素愿，求之不得的。要知我们贾氏一族不绝如缕，如今单靠你一人娶妻生子，昌大门户。若得如此，则我他日离别此世界

82

之后，亦可安心瞑目了。天佑贾氏，铁家小姐或者不至将你谢绝。万一你求亲不遂，可速即来此，你叔父当别为汝想法也。或者铁氏千金果然爱汝慕汝，则汝当照规矩人办法，向其父亲求亲。一经允诺，即宜择吉成婚，就到士每拿来过满月，则我喜之不尽矣！（按：西人婚后，夫妇即出门居住，有往他埠之亲友家者，有往他埠客栈者，大约总以一月为度，故俗语谓之"度蜜月"；大约即新婚之月，相粘如蜜之意。今译作"满月"，从华俗也。）我大约还有二三个月可活，届时我当将此间爱乡传与侄儿。此外离城不远西海之滨，我尚有巨宅一所，恰好为汝新夫妇鸾栖凤宿之处。但是事不宜迟，愈速愈妙，因恐汝叔父断不能再见下次春来也。'""他的回信真是这么说过的吗？""你要，我可以把原信给你看。他是一个最好的好人，伯叔之中，最有情意的呀！""实在令人可敬可爱。"

至是，贾伯爵愁容满脸，蹙然的又说道："当时承他美意写这封信来的时候，你们老太爷这件意外之事还没有出。自从出了这件事，我心里也很难受，那里还敢提起。然而我们两个的爱情还同从前一样。你也曾经答应我，说你可以作得动他老人家的主。这句话谅必你也办到了，所以他才能许我天天上门。这也是我的造化，我亦已告诉我叔父去了。总而言之，千好万好，不过这件坏事不好，如今你可断断不能离开你们老人家了。我们大家凭了良心说一句公平话，我可曾劝过你去离开你父亲吗？我如今只得把我叔父暂且搁着，耐着性子等你。等到你有一天回心转意，去运动你的父亲，彼时我就可以见我叔父了。有了像我这么一个女婿，保管你比自己亲生的儿子总胜过几分呢。"妙儿听了，慢慢的应道："那是的确无疑的了。""你既然知道，何以还不肯使我把一腔热诚，在你父亲跟前显点出来呢？我知道你是孝女，我所以体会你的意思，心里竭力的恭敬他，很愿意做他的子婿。但是叫我怎么把这情形去告诉我叔父呢？我实在自己都没有主见了。方才我不是和你说过了，我想动身到他那边去，但是叫我怎么割舍得下你呢？不用说几个月，就是几天也是不能。因为等我回到巴黎，那时候论不定你就不喜欢我了，这岂不要断送我的性命吗？"

"你不在这里，我的爱情就会更变，你知道我一定是这样的人吗？你这就轻觑人了。你尽请放心，保管你回来时，我应许你的事，件件都办到就是了。"

"然则，你样样都许了我，为甚独不肯早点嫁我呢？况且老人家又并不阻止。要是我方才那一番话对他老人家说了，我想他也不至于舍得阻止我的婚事。所以这件事，不过就单靠在你一个人身上，你要愿意了，你父亲没有不愿意的。只要你去一说，说妥当了，我们不消得几天就办成了。"

"你岂不知道，岂不看见吗？我父女两个实在不能离开。就是单就我一面而论，我也不能一时离开他呀！"

"你又何必要离开他呢？他也可以同着我们一块儿去的呀！"

"到士每拿？你怎么就忘了吗？他是个没了眼睛的人呢！"

"那有甚么分别呢？是呀，像东方那种出色的地方，他是瞧不见的了。但是那清新的空气和暖的日光，他也一样可以享受的。而且那里是个产花的地方，真是四时有不谢之花，八节有长春之草，至于'冬天'两个字，那边是从来不知道的。难道他不喜欢那异香馥郁、风和日暖的士每拿，反而欢喜这阴寒股栗、冷雾弥漫的巴黎吗？况且他此刻在这里既然没有事情可做，他还有甚么放心不下的呢？"

"我也乐得如此，但是我父亲到了这种年纪，他在这里事事习惯自然，一时三刻叫他怎么就舍得撇掉了？"

"你老太爷的年纪虽大，他的心性却还和我们少年一个样子。他在这里，所有的不过是个相馆。他既然看不见了，除了静坐，那里还有别的事情？所有那些往来的客，此刻不到这里也罢了，到了这里，也不过胡乱说两句安慰的话，可惜的话，那里还像从前来的，都是希罕他的技艺的呢！还有一说，难道你以为史太太的社会里，那种甚么跳舞咧唱歌咧，就可以叫他快活吗？"

妙儿听了这一句话，要笑不笑的答道："这个自然不管事的，但是我们还有好些要好朋友，就如爱媛姊姊和他哥哥等。""这都不相干的。这种年轻人，做人家一个小伙计，白天里自然要替人家办事；晚上没有事干，却到这里来瞎混，无非为着省钱起见罢了。不然，就到咖啡馆里去坐坐，也得花上几个呢。尊大人这种待他，也太看的他过重了。至于讲到他的妹子，那个小……"贾伯爵才说了个"小"字，还没有说下去，妙儿连忙抢着道："你可不要胡说八道！你要知道，你若是毁谤了他，就同毁谤我一般。""对不住，我那心坎上的人儿。但是我总忘不了老人家失意的事，总因他而来。""那也并不是他有意的。我知道他得了机会，还要替我老人家报这失明的仇。""你说他肯拼了命替他报仇吗？怎么你想把这报仇的事托个交情极浅的人？而且这个人他心上很爱着你呢！"伯爵说了这一句话，只见妙儿忽然变了色，吓的伯爵一惊，恐怕这事情闹决裂了，连忙想用话岔开。不知伯爵又说出甚话来，且听下回分说。

第十四回

撒娇痴憨女请婚期　避嫌疑兄妹双辞别

却说贾伯爵看见妙儿变了面色，连忙说道："这是我爱你过于深切了，倒并不是妒忌呢。""妒忌吗？好没来由的，这又何苦呢？""那么你就要硬派是我的不是吗？……你能依我的做法，你就可以明我心迹了。你去请你尊大人定个完婚的日子，并请他同着我们到士每拿去。倘若他肯了，我们从今日起，尽一月可以到得那边了。我叔父就可以同我们作乐几天，然后再死。你果然依我这个办法，以后任你有甚么事情，我的性命时时刻刻都可以牺牲的了。我们完婚之后，大约只要在那边耽搁几个月工夫，但等我叔父一旦瞑目，我们就可回法兰西的，因为这位叔父真同我父亲一样的。回来之后，我们不妨就住在这所屋里，因为我初次爱慕你的时候，就是在这里。到了那时，我们就可同着你的——或者就说我的父亲，在一块儿享一辈子福了。"妙儿听了贾尔谊这一席话，心里不由得不感激他，那眼泪禁不住簌簌的掉下来。就把那只雪白粉嫩的玉手放在伯爵手里，给他握着。一面口里软绵绵的答道："我总答应你去求他就是了。要是老人家点了头，随便你要那一天，我们就是那一天完姻就是了。"

其时伯爵听了妙儿答应去劝瑞福，心上想说一声"多谢"，他方要启口，忽听得瑞福在那边叫女儿了。他道："妙儿，你在那里？有两位女客在这里，你丢着不来招呼，倒叫我一个人应酬吗？"妙儿听了，马上应道："爹爹，儿在这里呀！"瑞福道："你知道我于音乐一道是个门外汉，现在才在这里议论，在史太太府上开大曲艺的事情呢 。"史太太连忙挥手道："不打紧，不打紧。他们年轻人正讲得有趣，不必去扰乱他们。况且我们别处还有约会，毛囡已经提醒我，说要太晚了。"瑞福问道："毛囡吗？那一个叫毛囡呀？"史太太笑道："哈哈！我说的就是顾娘娘。我欢喜得他甚么似的，我年纪也痴长他几年，所以敢叫他的小名呀。我们要告辞了，你们这里还有客人呢。嗳！这位就是白路义君？我倒没有知道，你们也相好的？"瑞福道："那是我从前一位老同窗的儿子。——路义，你可好？"

白路义方才静悄悄的推得门来，脸上笑嘻嘻的，忽被史太太招呼了一声，瑞福听见了，就叫唤起来，问他一声好。他就急忙趋前一步，去把瑞福两手握住了；一面对妙儿颔一颔首。一回头瞥见伯爵也在那里，不禁脸上立刻泛得绯红。原来他同伯爵向有心病，所以每每避面的。然而今日到了这个地位，只得无情无绪的答道："老伯，我是来领我妹子的。"瑞福道："怎么这样早，甚么时候了？"路义道："时候不过四点半钟，但是我预约了爱媛，要去探个亲戚，他住得很远，所以要早些去呢。"当时爱媛见他哥哥进来，便对哥哥笑了一笑，并没起身。那二位女客起初亦只以为此女是个针线娘，到了这个时候才明白了。当下大家留心一看，却是一位极齐整的小姑娘。史太太心上就想请他届时一同赴会，还不曾启口，那顾娘娘已经猜到了他的心事，马上丢了眼色，止住了他。一面自己就说道："老先生，我们明天见罢。我盼望你不失约，一准来听我唱，保管你渐渐的入了门，你就爱听了。"瑞福道："那是再好也没有的了。但你们两位要同走，那路义又要领了他妹子出去，你们一个个都去了，要把我一个人丢在这里了。"

其时妙儿已在白路义身边，低低的同他说话，请他千万不要走开，因为他有要紧话同老子商量，要他一同在场。白路义道："小姐，你们父女有话商量，大约总是密事，要我在场作甚么？"妙儿道："你不知道，此事关我一生的苦乐，正是要紧关头，所以要求你作个证人呢。"于是路义不敢多言，只得自己懊悔多此一来。因为明知此番所论的问题，总是为着他同伯爵的姻事，而且惟有这件事情，他提起了就要头痛。但是妙儿的情意，势不可却，只得勉强应允了。

且说当时他二人说话之间，史太太、顾娘娘已经辞了瑞福，走出相馆。那位贾伯爵亲自送他们到了门口，已经退了进来，望了路义一眼，心里着实生气，因为他知道单单此人是他的劲敌。当下那个瞎子又在那里问道："儿吓，你在这里吗？""是吓，爹爹，儿在这里呢。""好呀，如今女客都去了，你把我那朋友葛兰德请过来，我有几句要紧话要问他。""他去了有一会儿了。""咳！我今天正想请他喝杯好酒，怎么他已是去了？而且我想问他那个谋死的妇人近日葬了没有，还有弄瞎我眼的那个人到底怎么样了。这个女流氓，要有一天到了我的掌中，我可一定不饶恕他，我先告诉你们。"【眉】只怕到了掌中，你还不知呢。瑞福说到这里，忽又放大了嗓子唤道："家菊！你给我过来。"妙儿答道："家菊也出去了。时候已将夜了，黑腾腾的叫他做工也是瞧不见了。""他坐在酒馆里，自然比相馆里舒服得多，叫他怎么不要走？我方才不是说过的，你们一个个大家都要走开，把我一个人丢在这里，此话我一点儿没有说错呢。""儿是不会离开你的。贾君、白君，还有爱媛妹妹，也都在这里。巧得他们都在这里，如今儿要同你开谈我们这件亲事了。""呀！来了。你这个狡狯小孩子，你毕竟忘不了这件事情。我起初还以为你要把这件事耽搁下了，怎么你又改了主意了？你的心思好活呀！你要有盼望我眼儿恢复的意思，你就不该赶着要出嫁呀！虽然，我也不想

| 88 |

你终身不嫁老公。白家兄妹，我本来当他们自己家里的人一样看待，你尽管当他们的面明白的说。贾伯爵有跟了史太太他们同去没有？""他在这里呀，爹爹。"【眉】一个"他"字称得亲热。妙儿一面说，一面把斐礼拉到瑞福的靠背椅旁边坐了。瑞福接着就说道："那么，我儿，你说呀。我可以办的，总依你就是了。如今想必你把日子也选定了。""要请爹爹选呢。""这些事我也不在行的，从行聘至结亲，不知照规矩要多少天。伯爵，这话我是同你说的呀，妙儿是比我更不在行了。我曾记得当初同他母亲定了亲，隔半个多月，然后成婚的。不过我们当时大家一点财产都没有，所以订立婚约毫不为难的。"贾尔谊方想回答，忽被妙儿抢着说道："爹爹，我们现在所论的并非是礼节与婚约问题，不过问你欢喜到士每拿去顽几个月么？""小孩子，你究竟在那里说些甚么话呀？""贾君有位嫡亲叔父在士每拿，是自幼抚养他成人的，现在病在垂危，叫他到那里去决别，贾君义不容辞，不能不去。然而儿的心上却决计不肯同你老人家分离。所以和你说知一声，倘使你心上不愿跋涉长途，儿就专等贾君一人速去速归；或者你心上高兴，不怕风霜，我们就择吉成婚，成了婚马上就结伴同行。左右我们照例结婚之后，须得动身到别处过满月呢。""好呀，好呀！你这丫头说的话好不爽快干净，我听了好不快活。而且我还得照样这么爽爽快快回答你呢。"

瑞福说了这几句说话之后，气得半天没有作声。继而心中细细想道："我女儿既经愿意，我何必一个人在中间作难？不如我就答应了，省得他们心上一个个的不舒服。"想了一番，他就说道："好吗！儿吓，我就和你们同去走一遭罢。但是去便去，有一件事却先要讲明的。"其时贾伯爵听见瑞福答应了声同去，已是喜出望外，犹如奉了恩诏一样。后来听他说有一事须得讲明，他心上想想，不用说是一件，就是十件八件都不妨的。所以当时就抢着说道："尽请吩咐，没有不依的。"瑞福道："我现在却是妙儿亲自服侍惯的，然而你们成婚之后，切不可再亲身服侍我，反而害得你们两夫妻有许多不便处。我把这一件先和你们说明了就是了。"

当下妙儿把一双雪白粉嫩的玉臂钩住了他老子的颈脖子，又把香腮紧紧贴在他老子的脸上，哀哀的告道："爹爹，这又何必多说？儿等若不来服侍你，还有那个来服侍你呢？"【眉】"儿"字之下加一"等"字，连伯爵都说在内也。亲热之极。"瞎了眼睛的人，自然少不得要人照应，但是未曾满月的时候，总有许多不便。满了月之后，你略略当心我些就好了。若要你们早夜相伴，非但你们以为不便，就是我也过意不去的。""爹爹，那里话来，这么说法，贾君听了，倒像我做女儿的不肯服侍你了。其实这是我分内的事，不必多说的。方才我所以要同你说的缘故，一来怕你老人家要怕路上辛苦乏力，二来要舍不得离开这间相馆呢。""这两件本来也不是愿意做的事情，但是我在这相馆里也觉得有些厌烦了，那些造像也将近完工了，陈家兼一个人也尽做得了的了，我到东方去的心意也起了好久了，不想耽搁了这些日子。临了等我瞎了眼睛才去。虽然，你将来样样式式都告诉我听，就同我亲见一样的。我们打算几时动身呀？""爹爹，怎么你一答应就又这么性急？真是说走就走，实在太好说话了。"

贾尔谊道："大人自从将令嫒许配小子，小子已经受恩不浅。如今又蒙你这样格外施仁，从此今生今世报答不尽了。就是我叔父倘得见我一面，那时他也要感激你老人家不知到怎么地步呢！在我做侄子的呢，也可以使他瞑目的了。"瑞福道："我将来身后一点儿东西没有留下，就没有人瞑我的目了。虽然，你们令叔是位世家贵族，我是布衣贫汉，那里可以和他相提并论呢！"妙儿听了，由不得一阵心酸，泪珠儿簌簌的流个不住。尔谊急忙说道："我叔父也素来羡慕你老人家的大名，和全欧人久知你大名一样的。而且他平生最景慕最敬重的是大艺术家。""多谢多谢。我却并非沽名钓誉的人。你令叔为人的价值，也可以略见一斑了。你愿何日成亲，尽可随便。但是今儿晚上，你必得在这里陪我晚餐。路义，你也一样等在这里，不许走。"

话说瑞福虽是一片美意，欲留白路义一同晚膳，那知他此际心上有说不出的种种难受，煞是可怜。瑞福要能看见他的面色，也断断不留了。路义心上踌躇了一回，口里嗫嚅着，正想告辞。妙儿毕竟乖觉，早已窥见他的心意，所以就说道："爹爹不要留白君罢，他还要伴他妹妹去拜望他的表亲哩，改日再来聚饮罢。"说着，一面就走到爱媛那边。爱媛也早知道这个情景，巴不得同他哥哥先走。当下妙儿亲亲热热和他亲了个嘴，对他悄悄说道："我们成亲时候，要请你做位陪亲，你可必要依我，不得推托的。"其实爱媛心上虽是十分不乐，然而口中却无辞可对，只得胡乱应允了。遂向瑞福告辞一声，回首又向伯爵冷冷辞别。于是兄妹两个一齐出了相馆大门去了。不知他兄妹两个去后又有甚事，且待下回分说。

第十五回

察行藏旁观私议论　赌衣物同病却相怜

却说白路义兄妹两个出得门来，到了街上，爱媛遂把左臂穿入路义臂弯之中，两个并肩而行。一面就向着路义说道："以后我们不必再上铁家的门了，去了反惹得你心上不自在。"路义道："怎么叫做惹得我心上不自在？我却不懂你的说话。"爱媛道："你心爱妙儿，难道还以为我不知道吗？"路义道："他能够爱我，自然我也心爱他。但是妙儿小姐平日举动，留心非常，惟恐稍一不慎，惹起了我的一片痴心，所以断不致累我妄用痴情的。虽然，无论如何，你断无与他半途绝交，不与往来之理。我劝你还是和他照旧的往来，因为他此刻正是用得着你的时候呢。你还没有知道，他不久就要堕入歹人术中了。这位伯爵不是专为娶他这个人，其实是专为娶他几个钱呢。【眉】偏是旁观眼明，天下事往往如此。我告诉你的话是不会错的，你看着就知道了。""我但愿你说错了才好。但是这个人，我也有些信不过他。忽然要出远门起来，这也是离散的预兆。还有一件，就是那位陈家箫，也和你一个意思，很不欢喜这位甚么伯爵的。""这倒不希奇的，他是一片忠心对待瑞福老伯的人，大约也看破了这位贵族的诡计了。"

"提起了陈家箫，我倒必得要告诉你，就是我们下礼拜想去逛博物院的事。我已经同他谈起过了，他也很喜欢我们一块儿去呢。"同去倒也很好。但是我想他这一天的衣服，总得穿得齐整些。平常日子，我只见他常穿一件褴褛褂子。""你见他时总在相馆里做工时的衣服，自然不能同游玩时比的。""哈哈！妹子，你要替他争面子，自然总有话说的。"

当下爱媛听了这话，急急的抢着说道："没有的说话。他待我很有礼貌，所以我有时同他谈谈，除此之外，一无别的了……下礼拜日，却已约定了要同去逛一会子。此刻你不必领我到客气的表亲那边去了，还是陪我到花篮街两益典当里去罢，那边也是顺路，不很过远，我要去取回我那副耳环。本来打算正月里取赎的。""月份还没有到呀，而且……""你没有钱赎，我自己有钱呢，我昨日领到了生活钱了，倒很有几块呢。""那么着我就陪你去，但是你可不许叫我一同进去的。""你放心，要是你进去，给人家瞧见了，还以为你把金表押了钱，去赴跳舞会呢。像我这么一个人，即使自己有首饰押钱，人家也不会疑我作甚么不可对人言的事。""那个自然，不是付房租，总是别的正用罢了。如今你要去赎耳环，你去赎罢，那时你自己进去，我在街上等着。多少钱你垫了，一到月底，我就还你。"

"这又何必呢？钱还是我比你富呢……我说，哥哥，那位史太太，你看他到底是怎么样一个人？我总以为是个女侦探家呢。""那个也许是的。这位史太太，他任甚么样人都请，都往来的。他起先就同贾伯爵一起的。所以甚么东道我都可以赌得：这位贾伯爵和铁家父女相识，一定还是从史家这边绍介的呢。""我看也是这样。你但看史太太一进相馆，就同伯爵多少亲热，又竭力的和顾兰如拉拢相见。下次他家里请客，还要请他去合唱呢。到了那天，你还去么？""我那是永远不去了。我从前因为去了受累，要是一向不去，我也不至于和妙儿小姐相识了。""从此你心里就爱上了他了？""咳！我们不必再谈这些了。但是那么说，这位顾娘娘定是曲家了。""头等曲师呢，他在俄罗斯唱了好几年，方才回来。""奇怪，怎么我以前从没听见过他？他的容貌虽有些异样，风韵是着实好的。""我看起来，却是平常得很。""你说他和贾伯爵两个起先不相识的么？""未必。虽然史太太两面一个个都和他们引见的，然而我总想他们先前一定曾经会见过的呢。只要看他们彼此相见的时候，虽是礼貌甚周，举动却总是闲闲的。而且我在旁边冷眼看见他们彼此对面一望，大有大家心照的神情呢。""他去拜瑞福老伯，又是甚么缘故呢？""我也不懂。但是他自称因为到了史太太那边，刚巧史太太要访瑞福老伯，所以拉着他同来的。瑞福老伯接待他，亦很客气的，往后他自然还要去呢。"

"咳！这种人同贾伯爵一样，靠不住的。""好得妙儿同这顾娘娘却也不过如此，并不怎么亲热的。但是我还有一句话要告诉你：方才你没到瑞福老伯处之前，有位警察先到过的，那晚出了事，送他回去的说就是他。他来讲了许多警察处查办的事情。""那个泼药水的人，他们有查了出来没有？""还没有呢。但是那谋毙的妇人和谋杀的缘故，他们已知道了。据说他生前是个女优，后来穷了。他们要谋死他，因为有契据落在他手里，大约是书信和当票之类。我也听得他们讲起两益当铺的。如今我刚巧要到两益去，所以倒想起来了。""但是他这些当票，是从那里来的呢？当铺里没有东西押着，是不借钱。瑞福老伯不是说过的吗？这妇人临死躺在破被窝里的呢。""虽是这么说，但是穷人也是慢慢儿的穷下来的。况且衣服、被窝、杂用器具，那一样不能当钱？我听说最小的押款是三个法郎呀。""也许是的。然而人家要谋死他，决不为了三法郎东西的当票，他这穷人，也断不会有甚么贵重的衣服首饰。""非但没有，他还求乞度日呢。但是也有人说谋死他的人，或者有甚么隐情在他肚里，怕他穷不过了要告发，所以下此毒手，也未可知。但愿他们

| 94 |

早点查着了正犯才好。"

"然则你还是信服警察的了？我却一点儿瞧他们不起呢。我若有了工夫去侦探这件案子，一定要比他们神速十倍呢。并不是夸口，我着实可以自信的。""陈家鼐昨天告诉我说，他也在暗里查探罪人呢。""那就很好了。然而我却不愿干预这些与我无涉的事情。假使瑞福老伯要想报仇，他应该叫他女婿干去。他女婿既然想谋得你那位女友妙儿的这份家私，他总得去出些死力呀。妙儿此刻可怜被这位伯爵迷昏了，只等他老子两条腿一伸，那时再没有别人替他管账，这位美貌伯爵就要为所欲为了。不必说这些妆奁，就是他这个人，还不在他的手掌之中吗？""哥哥，你这些话，都因为心上有了意见，发了怒气，所以说得这么的不公。没来由你又凭空料到伯爵将来的意思，这个日后的事情，你现在怎么会得知道？不叫做深文周内，有意罗织吗？真是欲加之罪，不患无辞了。【眉】自是名言，惜乎施之此处，未甚妥洽。所以大凡一个人议论是非，断不可先存成见；有了成见，说话就不得公平了。""这些闲事，我们不必去管他罢。这里已是花篮街了，你且进去取你的耳环罢。我就在这里大街上等你。"

话说爱媛心上，本来也是不欢喜贾伯爵的，虽然伯爵是他知己闺友的丈夫，没有几天就要结婚了，但是他心上也并没有一点要卫护他的意思，不过方才听他哥哥所说的一番言语，似乎太觉离经，而且含有醋意似的，所以抱着不平之气，大发议论。后来见他哥哥不愿意听他，亦无意同他辩驳，所以也就作为罢论了。当时二人且说且行，行至离花篮街不远，在一条克利溪街上，那白路义就在街旁一条路凳上坐了下来。爱媛也就独自一人踽踽独行，转一个弯，折到花篮街两益当铺里去了。

且说大凡一个人走到这种地方去，难免总要前后回顾回顾，然后溜进门去，惟恐被熟人见了，难以为情，这也是世人的通病。惟独这位白小姐却自以为穷得清白尊贵，不怕人家议于其后，所以堂堂皇皇，昂昂然的走将进去，并不曾做出探头探脑那种丑态来。原来白氏兄妹，于日用一切，虽然竭力挣扎，诸般从俭，无奈他虽不是长安居大不易，却是巴黎居大不易，所入总不敷所出，所以常有青黄不接，寅吃卯粮的时候。故此这位小姐在这当铺里，居然也走得烂熟了。当下他昂然进去，一直走到了居中的一个大账房里，推门进去。其实他们另有一所屋子，门上用黑字写着"闲人莫入"字样，就是另辟的密室，收拾得很是清洁，专门预备着那些体面人当当出入的。爱媛小姐心里也未尝不知有这个密室，但是他不必避人，所以非但不欲进去，连瞧都不屑瞧一瞧，竟熟视无睹的走过了。

且说爱媛小姐走得进去一看，只见大账房里人已不少。大抵穷人度日，过冬最难，到了年底，自然格外的艰窘拮据，所以当当的也格外多于平日，取赎冬衣的自然也不少。其时但听柜上唱价声，数钱声，取物声，除此之外，却肃然屏息，绝静无声。那许多的主顾，没有一个开口有声的；即使叫着他的号数姓氏，他也不过轻轻答应，不敢声张出来。其实旁边的人，也是同病相怜，并没有个管人闲账的。谁知道一个人到了这个地位，他自然而然就会心虚怕羞，置身无地的。这种神情，在有钱享福的人，叫他心里那里体贴得到呢？

且说爱媛坐在靠墙一条凳上，等赎他的东西。他看见来当东西的人实在不少，大小东西，无一不有。尽有不值这些数目，被柜上退出去的。其中有一个妇人，要想拿破东西押几个钱，给小孩子买饭吃，柜上的人不答应，那妇人只得带了两行眼泪，垂头出去。爱媛因为急要赎了东西，去会他哥哥，所以也没有去问他。原来典铺里柜台，一面当，一面赎，不在一处的。当的柜上人多，赎的柜上人少，因此赎当自然容易些。但须交了票子，算了银子，就可以了。

且说当时爱媛方在柜上交银，忽然外面又来了一个人，觉得一惊，退避不迭。你道此人是谁，原来就是自来学徒陈家鼐的便是。好得当时家鼐并没留心，所以没有看见。但是爱媛心上，以为诧异得很，暂且立在人丛中不走，要看他来此作甚。那边本有一个少妇在那里赎表，家鼐就在这少妇肩后伸手上去，向着柜上说道："这是我的票子。请你先给我赎一赎，我这外褂是等着穿的。"那柜上的人说："你且候着，还没有轮到你呢。你要等用褂子，你到明天三点钟来拿。你知道照章程，须先一天来咨照的。"家鼐道："你们动不动总是照章程，算了罢，明天也好，横竖我这新褂子，要礼拜日才用呢。"如今爱媛在旁边听了，心里倒明白了，知道他无非是为我约他去逛博物院起见，和我来赎耳环一个意思。天下有情人的心思，大抵出于一途的。所以把他方才要想避他的意思一笔勾消，而且恨不得此时彼此相见，各明来意，可以愈加显得同病相怜，大家要好，故此站着不动。一面陈家鼐被柜上的人说了轮不到他，他也只得耐心等着。正在四望闲观，忽然一眼瞥见了爱媛，他就除了帽子，走过来和爱媛招呼。不知他两个见了是甚么情形，且待下回分说。

第十六回

穷学徒发心行善事　大曲家无意露原形

却说陈家骕见了爱媛，连忙脱了帽子，过来相见，先就问道："怎么你也在这里么？"爱媛笑着答道："怎么叫我不来这里呢？难道你以为我有钱吗？抑或叫我去求人呢？""都不是的，小姐，我知道你不过暂时通融通融罢咧。要是我做得到，我包你……""你也办不到的；即使你办得到，我也断不肯要你帮忙，你也很知道的。"【眉】互相解嘲，趣极。爱媛说到这里，笑了一笑，又说道："你也不必替我着急，我不是来当当，倒是来赎当的呢。还是正月里掉不过来，所以当的。""我和你一样，我也因为要付房租，所以当的。我在奥屯街六层楼上，住一间房子，要付到二百五十法郎的房租。单是这一件，你就可知别的了。然而家伙是有限的，搬起家来，一辆车子就够了。""我们倒是近了，我们兄妹两个就住在腊八街呢。""说起了你的哥哥，我见他很有点惧怕的。""何以呢？""他似乎太觉静默尊重了，像我这种手艺人，和他合不来。""他做了银行生意，不由得他不自重些。然而像你这种工艺家，他是着实欢喜的。他现在的职业，他自己也不很满意。要是他谱的几套曲本脱稿之后，早晚得了善价，他就要告辞了，另图别业的。而且他很器重你呢，你但看礼拜日约你一同去逛，就不是自傲的证据了。你可是就为了这个，特地来赎外褂的吗？"

爱媛说了，忍不住的狂笑。家骠遂问道："怎么你已经知道了？""自然，刚才你说的声音老高的，我早听见了。""好呀！我老实给你知道了，也不要紧。但是到了礼拜，我穿了新衣服，你不要当我浪子看待。我若依然穿了这件旧衣服，是万不能和你们一块儿去的。所以没有法子，自己亵渎了身份，去弄了钱，才得赎出这件衣服呢。""怎么你倒会亵了身份弄钱用吗？""是呀，我这叫做降格以求呢。因为有一个开肉庄的许我四十个法郎叫我用猪油范一头母猪，放在他那门旁的窗户里，供着人家看。我起初不答应他，后来勉强应允了。他先付我二十法郎，其余的等到三天之后做成了再找。我想到那时候摆了出来，看的人一定多的，所以我的名字一定不肯铸上去。"陈家骠这么讲解了一番，爱媛也恍然明白了。想到在母猪身上铸名字的一句话，禁不住笑得一个不可开交。家骠发急道："你千万不可告诉别人，倘使你令兄知道我和屠夫做……"

家骠说到这里，忽听得那柜上的人唤道："此刻轮到你了，来罢。"家骠就连忙缩住了这句话，改口说道："小姐，你先请罢。"爱媛便走上几步，和那柜上的人结算利息去了。家骠不便跟着，独自站在一处，细细去看面前柜上那些当当的人，其中有一个妇人，年纪还不很大，外面穿的衣服虽还干净，然而穷相已是毕露的了。只见他正在那里和柜上争论，要将一只金戒指当十个法郎，柜上的只答应五个，他估量着价钱相去太远，万难成交，所以立刻就把东西交还那妇人。妇人没法，只得垂头丧气而去，一路走着，一路就哭了出来。那种苦景，却被陈家骠的一双冷眼看见了。他本是一个善观气色的人，并且他也深晓得巴黎地方过穷日子的苦处，他生平又最容易动那恻隐之心。当下他一眼瞥见了，又动了他那济困扶危的善心，于是蹑足潜踪的跟了他走。走不到几步，就向他低声问道："那不是你的婚姻戒指么？"

那妇人听了此话，觉得很是诧异，回过头来，向着陈家霡望了几眼，不敢便和他答话，慢慢的涨红了脸，嗫嚅着答道："是呀，先生，但是……"家霡不等他说完便道："想是你家丈夫丢了你，再也不回来了。你小孩子有几个？""两个，但是……""大约他们年纪太小，还做不了甚么，想来除了你自己，也没有第二个去养活他们。只怕你上几个月的房租还没有付，房东又在那里吓唬着，明日要撵你们出门外去，是不是呢？大正月里，天气又冷，要叫小孩子们露宿在大街上也不是个事情。"家霡这一番话，句句都猜到那妇人的心坎里去，所以他也没有别的话说，只有抽噎着说道："不是也只得了。"家霡道："你还去想想别的法子罢。""甚么法子都想过了，两个孩子从昨天起，还一点东西没有到肚里呢。这个东西，他们只许我当五个法郎，就是当了，只够多活一礼拜的命；过了这一礼拜，叫我又怎么样？我又没有一点儿生活可做。""你向来是做甚么生活的呢？""我从前本来在几家大铺子里，做柏林的羊毛生活。后来我自己愈弄愈穷，他们都不肯相信我了。我自己又没有本钱买来自己做。"

此时陈家霡眼见得他实在凄凉，那一点恻隐之心，更是按捺不住。于是心里盘算了一番，想到妙儿向来是最肯做好事的，常常见他周济穷人。想了一会，又问道："你住在甚么地方？我怕可以荐你一件事去做。""住波字拉路和未来脱街嘴角上。然而过了今日晚上，明日就怕不在那里了。""哦！是呀，你没有钱，那狠心辣手的房东，自然要把你们撵出来了，即使你们冻死了，也与他没有甚么相干。这么罢，你明日下午三点钟到白帝诺街九十九号铁瑞福先生家里，来找我姓陈的陈家霡，那时你来领些生活去做。""先生，你行这样的好事，就是我母子三个的救命王菩萨了。""我做得到是要做的。然而我家里有的是藤穿椅子，用不着甚么毛绒装饰的。不过我认识的一位小姐，他一定能帮忙你就是了。此刻你先拿些钱去买些东西，给小孩子呢。你房租欠了多少了？"家骦一面说，一面就从袋里把那屠夫付的一个拿破仑取出来，交给那妇人手中了。（按：拿破仑乃法国一种金圆之名，因幕上铸就前皇帝拿破仑肖像，即以拿破仑之名名之。每拿破仑一枚，合法郎二十枚云。）当时那妇人回答道："房租共欠十法郎。先生肯将我这戒指取去，抵押十个法郎，我就受你；倘是你作为施舍，或者作为赏我，我就不能领了。""这个我不算施舍，也不算赏你，你以后做生活得了工钱，可以慢慢儿还我的。就是十法郎，你也不够呀，倘是如数付了房租，你又怎么过得到明天呢？我说你就拿了去，快去买些面包汤水，去给小孩子们吃罢。"那妇人还要苦苦的推辞，陈家骦就把他一推，推到了账房门外。又向他笑着说道："你去罢，不用说这些无谓的话了。日后我娶了媳妇，成了家，还要雇你做管家婆呢。"

　　说毕，便撇了那妇人，回将进去。刚巧爱媛算毕了账出来，笑嘻嘻的说道："完事了，明天我可以来取耳环子了，礼拜日也可以戴出来了。此刻你去算你的罢。"家骦嗳嚷着答道："不，我已改了主意了。那杀猪的还欠我二十个法郎，我明日下半天去交了猪，再来赎褂子，也还来得及。"原来方才家骦和那妇人交涉的情形，爱媛本来都看得明明白白，所以同他相戏道："你何不简直的认了，说赎当的钱，已经到了那妇人的口袋里，去做了他们救命王菩萨呢？"家骦也和他戏道："小姐，你还不知道，这都因为我心上爱你，所以当了你面，行这一回好事呢。正经说，那妇人明日要到铁家去的，请你也和你那好朋友妙儿小姐说说，叫他做做好事。""那个自然。你如此竭力帮他，也真是难得，我也钦佩得很。就是那屠户万一不还你的余价，你没有钱赎新衣服，到了礼拜，依然一件旧衫子，那时我也得和你把臂去逛呢。""那倒可以保得定不会落空的。万一不够，我照样再做一头猪都使得。况且我得蒙小姐优待，同去欢畅一天，就多付些代价，也并不为贵。"爱媛笑谢了一声，又道：

| 101 |

"如今我必得先行了，不然你就挽着我手臂，一同送我到大街上去罢，我哥哥在那边候着呢。""不敢，不敢。我不瞒你说，我现在自惭形秽得很，而且你知道我这里还有事呢。"

家骦一面这么说，一面开了大账房的门，自己退后一步，让爱媛出去。谁知爱媛方欲出门，即又站住身子，用手在家骦臂上轻轻拍了一下，一面口里说："瞧！"但见大账房外面，有一个妇人从当里密室中出来，一路向外面大门而走，手里拿了一只硬板做的小匣子。此种匣子是典当里专放贵重首饰用的。那妇人一路走，一路细细的在那里看他手里那张物单，所以并没留心陈家骦，也没瞧见白爱媛。他们两个却都认识他。那个自来学徒，立刻就把手里那扇二重门一放，门就关了。他向爱媛道："怎么他也会有事情到这里来吗？一位大曲艺家，方从俄罗斯国回来，他应该满载而归的呀，这又奇了。哼！这位顾兰如娘娘，实在令人可疑，那么我想到葛兰德的说话，到底不错了。"爱媛道："他这个人，我也很心疑他，但是并不为他到这里来之故，因为我们也常到这里的。"陈家骦急道："话虽如此，但是我们不是有钱的人呀。像他……""恐怕他也不是常常有钱的，这些首饰，也许未到俄国之先当了的。你知道艺术家并不是包发财的。他此刻一到这里，自然立刻要去赎当了……""要就是他母亲的十字架，或是别的首饰，那里搁得到此刻？你听了葛兰德的话，你就要和我一样不相信他了。""怎么！他也认识他么？""此刻他还不敢指定，然而说他极像从前那麦尔高家的女人。那个人的名声极坏的，他常在下等跳舞会里走动，面上有个疤痕的。""这个人的脸上并没有甚么疤痕呀。"家骦摇首道："那可论不定的，因为我还没有仔细近看他呢，况且他修饰得极精工的。要他果真是麦尔高家的，我总在这几天里边要戳破他。""我但愿顾娘娘并非你说的那人才好，因为他常要到铁家去走动的呢。但是我们为了他，又耽搁了半天，我哥哥要等得不耐烦了。"

陈家鼎于是把方才要避顾兰如，所以关的那扇门，重复开了，说道："小姐请罢，我不再耽搁你了。"于是爱媛出了门先走，那位自来学生跟在后面，一路送将出来。这就是出大门口通花篮街的正路了。其时天已晚将下来，旁边廊檐底下，一盏煤气灯已经上了火。将近大门之际，爱媛小姐刚要转身向家鼎握手话别，家鼎脚底下觉得踏着了一块硬东西，遂弯下腰去拾起来，口里也说一声："瞧！"不知陈家鼎说瞧甚么，且待下回分说。

第十七回

拾戒指忽地起猜疑　上酒楼留心探踪迹

　　却说陈家弼拾起了那东西，拿到那朦朦胧胧的煤气灯底下一看，又说道："一只戒指。"爱媛道："恐怕就是你帮他的那个妇人丢了的罢？""不是的，他来当的是一只四面光的金戒指，就是婚姻戒指，这个却是男人的东西，你看上面还铸着个印呢。""这必是那一个来当当，不小心掉下来的。你还是拿去交给当里柜上，等失主来认领罢。""那是说说罢了，你看这里不是一只硬板纸的匣子吗？这不用说，定是那戒指的主人掉下的了，恐怕他匆匆忙忙从匣子转到衣袋里的时候掉下的了……我想这主人，就是顾兰如了。好一位大曲师！你记得他方才手里拿着一个匣子从这里走出去么？而且并没见有第二个经过这里呢。不用疑别的了，我看一定是他掉下的了。要是别人早掉下的，到了这时候，也早被人家见了捡去了。""幸而他还失落在你这个诚实人手里。你看他要亲身来赎，可见他一定看得这件东西很贵重的呢。""虽是那么说，然而他未必为了值钱之故，才贵重他。你看这块嵌的是蓝宝石，也不是十分贵重的东西。但是这上面刻着武士的徽号，只怕他重的是这个。""想必就是顾兰如那男人的徽号了。""难道他还有这么一位男人吗？怎么史太太和他介绍的时候，并没有提起呢？""或者因为他早年就寡了的，所以他也就不提了。""那也说不定的。只是我想这位大曲师，恐怕未必出嫁过罢。至于论到武士的徽号，除非得了军功，才能有的。他要是贵族中人，必定是由法国大战争的时候起家的了，然而我看未必呢。""无论他怎么样，你无缘无故，总不能把这只戒指留起来呀。""我何曾要留他的东西呢？不过要趁此机会，当面去交还他罢了。"爱媛听了此话，心里不觉疑惑起来，问道："怎么？你想要去拜望这个妇人吗？""是的。我心里很有几件事不能明白，正想当面去问他一问。譬如这个戒指是男人家的东西，他那里来的这张当票去赎他呢？""那个他一定不肯说的，而且你把这种话去问他，他还要生气呢。况且你也没有干涉他私事的情理呀？""到了那时，我自然先得赔个小心。他住的地方，他告诉瑞福先生时，我在旁边听见的。我若说是我先生叫我去的，想来他一定要见我。况且他在我先生家里见过的，总不见得就撵我出来呀。"

　　却说二人且说且行，缓缓出了当铺大门，走在花篮街上。好在其时街上不见行人，那爱媛小姐忽然的问道："你干这件事情，你到底要我赞成不要？"陈家骦讶道："怎么你忽然之间弄出这么一个问题来了？我甚么事都可以去干，我总不能使你心上不乐呀。""既这么着，我请你除了方才这些妄念，听我说话，马上把这戒指交还柜上，方才是那个经手赎出来的，你就交还那个。""很好，小姐，我就依你办去就是了。但求你许我看看仔细，然后去还好不好？方才廊下的灯光实在太暗，这里亮光还好，就不难看清楚了。然而印章却是金石家的一种学问，我却懂得有限，不过要看看这上面的徽号罢了。因为这位顾娘娘，我还不知他到底是顾娘娘，还是麦娘娘。既然亲身来赎取这件东西，则这东西的主人必是同他有关系的了。""这么说，你还是存了方才这个疑心呀！你这心思未免太固执了。""是呀，我想我这心思没有用错呢。且待我细看一看。你看这面子是个这么〈〉一个式子，纵横刻着几个细字，底子是黑色的。你不知道，此中很有一个道理呢。从前有个朋友是做雕刻师的，他很和我讲过的。你瞧角上还有三只鸟呢，两上一下，还不知是鹰，是鹦鹉，还是杜鹃。看他脚爪，一定是鹰，而且还有个弯嘴作证呢。小姐你看，这个上面还有个伯爵的记号呢。""任他伯爵的记号，侯爵的记号，与我却毫不相干的。""但是，小姐你知道贾尔谊是伯爵呀。"

至是，爱媛小姐心里有些觉得陈家鼐的心思所在了，所以问道："贾尔谊么，你疑心的就是他么？""这位伯爵，你不知道，他和顾娘娘很相熟呢。""然而毫无凭证呀。""凭证是没有，不过我心里猜度罢了。但是有了机会，我总得查他一查，所以我想去见见那个妇人呢。小姐，你须记得姓贾的不久就要和你那位女友成亲了，倘使查得那个曲师和他有甚么瓜葛，也好使妙儿小姐马上知道呀。""果真如此，我第一个先得告诉他。但是你也不过猜度猜度罢了，外边有爵位的人也不少，况且这戒指你也不能指定说是顾兰如失落的。""我想查个明白，也是为此。外边贵人虽多，爵位虽同，然而徽号是不同的。这件事，只要打听得姓贾的徽号，就可明白了。可惜这字太小，一时看不清楚。我若就去还了柜上，也不便问他借显微镜细看。你肯许我留到明天，向顾娘娘追问一番，定可探出各种隐情来了。不知你许不许？"爱媛呆呆立了数秒钟，没有回答。家鼐催着道："小姐，我在这里等你回话呀。"爱媛道："我并没有甚么回话。不过这戒指要是我拾着的，我连一刻都不要留他。如今却不是我拾着的，与我甚么相干？"家鼐道："我总想向顾娘娘一问，要这东西不是他的，我就把他交与近处警察，这事就完了。""这东西若是贾伯爵的，何以他自己不赎，倒要这妇人来赎呢？""可不是，我就因此有些疑心。所为者，不过是妙儿小姐的事，并不为我自己起见，你是知道的。"爱媛于是想了一想，说道："你自然是信得过的人，你要怎么，你就怎么去办罢。"

陈家骚听了此话，好像奉了圣旨一般，再三称谢了。还约他明天仍到铁家相馆里来会面，那时再告诉他此事的下文。又说道："我穿了这件褴褛衣服，不便和你哥哥相见，恕不远送了。"爱媛重复同他握握手，就飞也似的跑了去，要紧去找他哥哥。这里陈家骚站住了脚，伸长了颈，目逆而送之，直至他转了一个弯，影儿不见了，他才转身来。一手把那戒指往衣袋中一揣，自言自语道："麦尔高，好朋友，如今且看鹿死谁手罢。"

话说那天陈家骚约葛兰德晚上相会的那家馆子，就是旧城子相近落苏大街上一家。巴黎地方靠这一段，此种私家馆子也很不少，人家都称他为"家常馆"，其实是个中等酒饭俱便的地方。你要认真说他是个大菜馆，他却办不出大筵席的；说他是个大酒馆，他也备不了许多的酒。然而后面的雅座却也十分宽敞，喝醉的人不妨进去邯郸一梦，不虑搅扰；要消遣的人，也可到弹子台上一决胜负。所以一家馆子自有一家的主客，不过都是中下社会中人罢了。有几家是专备文士学生照顾的，他们往往借此为聚谈纵论之所。此时清晨，行过他的门前，诗声杂沓，洋洋盈耳。亦有几家是酒徒的乐园，但须衣服丽都，酒家肯予赊欠，他们就不到酩酊，不肯休歇。还有几家竟是藏垢纳污，流氓的渊薮了。此种地方虽常有警察看守，其实亦无如之何的。那陈家骚常到的一家，是艺术中人聚集所在，大家在此讨论工艺，喝瓶麦酒，习以为常。也有左近小铺中主人翁到此打牌消遣的，然大抵以工艺中人为多。馆主鲍别崇，平日也颇讲求工艺，所以和近边那些技师很是相熟投机。他馆里流氓虽未能绝迹，然而待之甚严，弹子房里，轻易不许他们进去。偶而有些罗唣，他就立刻挥之门外，惟恐主客厌恶，与他生意有碍。所以规矩商人，也就乐于相就了。

且说那位陈家骚歇了工，无非到他那里消遣，竟是他馆子里一位常客。几于无日不到的。这天晚上，他因为约了人，到得格外比平常早些，衣服也穿得齐整些。原来他同爱媛小姐分手之后，已回家装束过了。那件崭新的元色褂子虽还没有赎出，然而已经换了一件齐整的外套了。这件衣服，他除了赴跳舞会，也不常穿的，这自然是赴公众跳舞会的说话了。至于私家社会，寻常聚集，但须带一个白领，罩一件大衣，也就可以进去了，然而此等地方，他却是难得到的。

　　且说家骉等不多时，那葛兰德也穿了常服，欣欣而来。两个直了嗓子，对饮了几大杯酒，然后吸烟谈心，那鲍别崇也坐在一旁应酬，这话就越谈越觉高兴了，因为他们就把那个麦尔高家的当作题目呢。当时鲍别崇道："他这个人的性格，实在希奇得很，令人难以捉摸。他果真是一个跳舞的好手，到处有人赞他的。他手里的钱，自然也赚得不少，不然，那里撑得住这种开消？他还供给许多古怪的人呢。说也奇怪，听他的谈论，倒极似一位正派的妇人呢。自从他去了之后，我这里倒少了一个好主顾了。"陈家骉道："恐怕他还要来呢。""我也不想了。他还是某年戒肉节（天主教礼节）时候不看见的，他要还在世上，此时年纪也就不轻了。""我想你见了他，还不至于不识他罢？""那是一见就认识的，他脸上还有个疤痕呢，你是知道的。"葛兰德听了，插口道："这疤痕呢，早已看不清楚的了。"鲍别崇道："在他卸妆之后，浓妆之前，你看他这个疤，竟和鼻子一样清楚呢。"陈家骉道："最奇怪是他从前豢养的一班走狗，他们也没有一个知道他下落的。""那班东西，他要就呼之使来，他不要就挥之使去，那里还给他们知道他的踪迹吗？""难道自从他去了之后，这些人你也一个没有见吗？""你知道他们到这里来，大抵总在晚上，穿的衣服都是怪怪奇奇，没有一天同的。一到白天，一个个又另换一种神气。就在街上遇见了，叫我那里能认识他们？况且那时我也并没有留他们的心呀。""难道这许多人，你竟没有遇见过一个吗？""上礼拜我好像见过一个的，这个人因为他有黑胡子、弯鼻子，年年戒肉节时候串起戏来，他每每扮做新嫁娘，所以我有些认识他的。穿了矮领的衣服，拿了一朵黄花，这副形状，谁见了都要捧腹呢。那天夜半两点钟光景，我这里刚要关门了，他忽然间走来，问我要了一杯白兰地酒。我因为看他样子很仓皇，所以就给了他，其实我心里很不愿意。不知道他究竟从那里干了甚么事来，口里不停的在那里喘，好像牛一样。"是那一天晚上？你还记得吗？""我倒忘了，大约总在一礼拜前。""你曾问起他那个麦尔高家的没有？""没有，没有。这个妇人，我已经长久不见，早已忘了。如今不是你提起，我那里还想得着他？"葛兰德在旁边一直没有开口，至是他也说道："我也差不多忘记了。"陈家萧问道："你今天瞧见的那个妇人，你不是说他很像那麦尔高家的吗？""他看着是很像的，然而天下同貌的人自也有的。"

　　他们正在那里说话，蓦地里大门启处，进来一人。不知进来的是谁，且听下回分说。

第十八回

几文钱夫妻成陌路 一杯酒朋友托交情

且说陈家蕭约了葛兰德在酒馆之中畅谈欢饮，恰巧店主人鲍别崇与从前那个麦尔高家的也曾相识。这里陈、葛二人本来有些疑心那位顾兰如的来历不明，如今忽然聆了鲍店家一番议论，隐然吻合，不觉细谈起来，从此就谈入了港。正在谈得酣畅淋漓，尽情笑乐，忽然大门启处，进来一人。大家回首看时，但见此人身上穿了一件花花绿绿的古怪衣裳，足上套一双高筒靴子，直接到了大腿上面，一张紫堂色的脸上加配了一个血红的鼻子，活像戏台上扮出来的小花脸一般。【眉】然是好看！然亦可以觇见各处风俗不同。扮成此等鬼脸，徜徉于众目睽睽之下，吾中国惟最贱最下流之乞人或偶一为之，虽优孟下场不为也。当下走了进来，拣定了对面靠边一张桌子，昂然坐下。一面屁股方才靠着椅子，一面直着嗓子嚷道："拿一杯红酒来！"侍者答应了一声："是。"回身就去斟酒。

这里鲍别崇仔细看了他一番，不禁诧异起来，说道："这真所谓说着曹操，曹操就到了，你说奇呢不奇？"葛兰德听了，就急急问道："怎么？你如此说来，这才进来的就是你所说的那个人吗？"鲍别崇道："怎么不是？正是我那天晚上的主顾呢！麦家班唱戏，装扮新嫁娘的就是这个人。【眉】这副嘴脸扮新嫁娘，然是好看，又当合了"辛酉戊辰乙巳癸丑"之八字矣。他人虽然只有这么一个，然而他的衣服可是变换无常的。现在身上穿的这套衣服，你们瞧瞧，像个甚么东西？但是衣服虽换了，他那个鼻子总变不了的，而且他那一口黑而且长的胡子也没有剃，【眉】这口黑胡子，扮新嫁娘时奈何？所以一见就认识的。今儿晚上，爱利戏园那边有跳戏，想是他先到这儿来喝一杯，然后再到那边去了的了。"家蓖道："还有那些同班子的人呢，恐怕在马路上等罢？"鲍别崇道："不一定的。他们以前往往合了伙儿一起来的，自从麦家的去了，他们就星散了。如今他们既然一个个慢慢的出现，那麦尔高家的也恐怕不久就要收罗他们了。我们谈的工夫不少了。此刻我要少陪你们，到柜上去应酬来客了。"鲍别崇说毕，就起身去了。

这里葛兰德取表一看，不觉讶道："已经十一点钟了。"因对家蓖道："我和你老兄在一块儿，时候过得好像格外快些。我们本来谈得高兴，就谈到天明，兄弟也可奉陪的。但是今晚十二点钟还有公事，要去当班，须得回家改换号衣，所以只得告辞失陪了。"家蓖道："你有事尽管请便，不必客气。我等一会，恐怕还要到跳舞会去，那时少不得我们还要相见呢。"说毕，葛兰德点头自去，不提。这里陈家蓖别有心事，意欲独自一人，暗暗侦察那麦尔高家的并其党羽的举动究竟如何。正虑同着葛兰德在一块儿，恐怕有些不便，如今他要告辞，恰中下怀，那有不一口答应的道理。

且说那人进得门来，坐在家蓖对面一张桌上。生了那么一部浓髭，还加上这么一个鹰爪鼻，一望即知不是一个善类。这里陈家蓖正在细细留心看他，忽然听得玻璃门上剥啄有声，也不知道是甚么人。看看对面那个弯鼻子的人，依然吸烟自若，一动不动，可见他并没有听得甚么声音。但见他时时向着里面一间小弹子房里探头探脑的张望。这弹子房里另有一扇边门，与大街相通，所以那些出入的人，可以不必由这里酒间的正门往来。且说那人虽不停的往里窥探，但是那些打弹子的人却没有一个是他认识的。看他的光景，必然是等甚么人的。这里陈家骦却并不等甚么人，只是心里暗暗着急。看官，你道他急甚么？原来他急着要看看，到底敲门的是个甚么样人。如今这间屋里所有的不过是三个人，除了学徒和那弯鼻子的，还有一个就是店主人。所以来的那人除非是找那弯鼻子的了。当时陈家骦自己心里想道："来的不要就是麦尔高家的罢？但是叫我怎么可以知道呢？如今这个人就在我的背后，若说顾兰如就是麦尔高家的化身，那是我一回头，彼此都要认出来的。"所以他连动都不敢动一动。这里门上剥啄的声音倒又来了。鲍别崇那老头只管低下了头，在那里干他的事情。那弯鼻子的依然吸他的烟，别的毫不理会。

又迟了一会儿，那大门启处，就有一个妇人翩然走了进来。陈家骦一见就认识他，不觉暗吃一惊。【眉】他来何故，我也吃惊。心里想道："这就是我在当铺里遇见的那个妇人吓！"【眉】读者几疑其再寻陈家骦借钱来也。一面用手把自己头上一只毡帽往下一拖，就压到了眼睫毛上。恐怕被他瞧见了，大家不好意思，不如避了干净。一面心里还暗暗的埋怨他说："你结交的好伴当，原来也不是好东西，竟是个骗子。拐我的钱用，倒说家里有小孩子要饿死了，神气做得活像。我也不知被这种人骗过几回了，以后我却再不来上你们的当了。"【眉】不得不作此想。

他心里尽管这么胡思乱想，那两眼却不住的望着他们。只见那妇人一直往那坐着吸烟的那个弯鼻子的那张桌子边去，到了他面前就站住了，叫道："阿林。"那人两只手插在两边衣袋里，口里不住的吸着卷纸烟，听得有人呼他，他就答着说道："做甚么吓？"及至见了这个妇人，他又说道："毛毛，是你吗？"【眉】相见时如此漠然，夫妇道丧，为之一叹！那妇人道："是我呀！你瞧我的样子，难道改变了吗？你害我好找，如今我到底找着了你了。"那人道：“你到这来干甚么，你要我怎么样吓？”“你问我要你怎么样吗？我要你给我几个钱，买些东西给你的小孩子吃，免得他们饿死了。”“要钱！你真不怕害臊的。好么！你又怎么知道我有钱了呢？这又奇了。”【眉】问他要钱，却是如此。夫妇道丧，为之一叹！“你没有钱，怎么又会租衣服穿了，去赴鬼戏跳舞会呢？”那人听了这句话，就格外的动怒，悍然的答道：“这衣服不是我自己花了钱弄来的。”【眉】实在没得回答，只好动怒，所谓“老羞成怒”也。那妇人道：“我知道你本来没有钱，不过把我的钱晦气罢了。如今我所有的东西，都被你弄得精光了。数年以来，我吃了这些苦，连冤都没处去诉。要是我单身一个人生在世界上，怕没处唊饭，还要来觍颜求你？不过为了这几个孩子没饭吃罢了。”“那么着，你就把他们送了育婴堂就完了。”【眉】父子之情也断了，可发一叹！

那妇人听了此言，登时变了一副哭丧脸出来。陈家镳在旁边用冷眼细细看他，但见这妇人的眼泪扑簌簌如连珠一般从脸上直滚下来，看了煞是可怜。后来哭哭哀哀说道：“阿林，你且听了。自从你丢了我母子不顾之后，我何曾问你要过一个钱来？任你干甚么事情，住在甚么地方，我心里虽然有些明白，我何曾来找过你一趟？不过今儿晚上恰巧碰见你进门到这里，要来花钱受用，我在窗外看得分明，所以就在玻璃窗上拍了几下，要你知道。你却并不在意，一听都没有听见，叫人怎么不跑进来？谁知倒反来受你的气。”【眉】煞是可怜！“要是我早听见了，知道是你，我也早赶出来给你一个好看了，还要你进这儿来吗？”那人说了这几句，又瞪起了两只眼睛，看住了那妇人不动。那妇人也气极了，说道：“如此说来，你竟要打我、杀我么？好吓！此刻也不迟呀！你敢动动手，我怕你不去坐牢监去？你的孩子怕不要到街上求乞去？那时候，我的罪孽倒要圆满了。请你打罢。”“你话也说够了，我这里还是一个钱没有。你滚你的蛋去罢，我也没有这好手来打你，你亦不必害怕。然而你要再多罗唆一句，可小心一点！"【眉】做老婆的听者。

且说当时他二人的说话一句紧似一句，彼此不肯相下。那妇人的气力，自没有那汉子的强，然而他也没有要叫旁人助力的意思。【眉】可怜，可怜！我欲拔刀相助也。那男子另有他的道理，那里肯叫旁人干涉他的事情。【眉】自了汉之恒情。这里鲍别崇只要他们闹得不十分厉害，他也必不肯插身多事。陈家鼐看了这个情形，心上好不舒服，却又不便无端干涉，也叫无可如何。后来那妇人咬牙切齿的回答他道："我空了手，是必不走的。"那人听了，就揎拳捋臂的竟要动手起来，不过碍着旁边有人看着，也只好把口恶气硬咽入肚子里去，他心里的主意，不用说已是打定的了。所以对那妇人说道："你这人也太利害了，叫人看了，好像我不知有多少钱。其实我袋里所有，不过三五个法郎罢了。如今我要打发开你，也只好和你分而用之。你且出去，一会儿我们到大街上再说罢。"【眉】散场时如此，夫妇道丧，为之一叹！说毕之后，竟然就立起身来，要到柜上去算还酒钞了。

这里陈家鼐本来想等那人去了之后，暗暗地向那妇人打听些紧要消息。如今见他们要一同出去，也只好预备跟了他走。继而心里又暗自盘算道："我刚才既已许那妇人有工可做，他明天自必要到瑞福先生家里来的。到了那时，我必须细细的盘问他一番，不但可以知道他丈夫的底细，就是那麦尔高家的作为一切，或者他听得丈夫说过，也未可知。我方才错疑他日间的事情是做作出来，谁知实有其事。俗语说的：'一钱不落虚空地。'我方才平空把屠户处得来的二十个法郎给了他，谁知如今就要受他的益处了。但是他男子此刻要他到门外去，显然的不怀好意，至少把他一顿恶打，论不定还要下毒手弄死他。既那么着，我断乎没有旁观不救之理，不如先去唤了警察罢。"

主意已定，方要起身实行，那鲍别崇已是猜到了他心事，连忙给他一个暗号，叫他不必多管闲事。原来鲍别崇知道此人乃是昔年麦尔高家的羽党，向来无恶不作，不是好惹的。一面他自己也离了柜台过来，伸手一推，叫那人坐在椅中，不必起来。一手搁在那妇人肩上，轻轻的说道："我的好奶奶，你快回去罢。我这里不是你们夫妻相骂的所在；就是在大街上吵吵闹闹，也不成个体统。此刻我必不许他出去和你为难的，你放心走罢。到了家里，太太平平，早些睡觉。有甚么事情，等你们二人大家平了气，在家里细细的再计议罢。"那妇人听了他这一番言语，无话可答，背身要走。齐巧回过脸来，就同陈家曆打个照面，不觉吃了一惊。这里陈家曆看他的意思，好像就要招呼，求他帮助似的。连忙用手指搁在嘴上，同他打暗号，叫他不要招呼。那妇人也就会意，口里就说道："好，好！我去就是了。你这行为，将来叫你的小孩子们明白就是了。"【眉】除此之外，更无话可说，然是可怜！那人听了，又复开口同他争论。鲍别崇也不管三七二十一，把那妇人轻轻引了出去。【眉】只有如此调停之法。等他出了门口，到了街上，然后把门关上，回身进来。

　　陈家曆看了这个情形，心里好不难受。因为他有了钱，情愿在咖啡馆里受用，不肯顾家里小孩子们冻饿，岂不可恶！但是他心里别有用意，一时不便发作，只得把一口气忍了下去，渐渐平复了，倒想着同他兜搭兜搭，或者可以打听些消息，亦未可知。所以就带着笑问道："他是不是常常这样儿来搅扰你的么？"那人道："不，这是第一遭。今番是看在你们几位的份上，【眉】承情，承情。以后再要如此，我必不饶他的了。"家曆道："以我看来，一个人如果进益赚得少，还是不要娶妻的好。大凡一个人赚钱养活自己一个人是容易的，要是娶了妻子，就要把一个人用的钱分给两个人用，就要觉得不够了。等到后来生了孩子，那就不用说，格外要拮据了。所以一个人要想自己享福受用，不受烦恼，断断不可以娶妻。【眉】所谓"无家赢得一身轻"也。否则亦须到了三四十岁，有了积蓄，然后可娶。然而一个人有了妻子，是断断不能独自受用的了，因为式式先要顾着他，然后再轮得到自己呢。不过同妇人不相干的事情，他要无端干涉，那是为丈夫的自有教训他的权利。"【眉】此种大议论，恐是译者之借题发挥耳。

　　陈家骗发了这么一篇大议论，原来是要讥讽他的，谁知那人竟是一个粗胚，那里懂得道理，【眉】可谓对牛弹琴。因就答道："我在这里享福受用，他能把我怎么样呢？"说毕了，就叫鲍别崇，说道："拿杯好点的酒来，给我消消恶气。"陈家骗接口道："拿三杯来罢，我们大家一伙儿在一块喝酒，钱算我的就是了。"一面说，一面就把椅子移到了阿林对面，同他一桌坐了。还有一个位子，是预备着给鲍别崇的。当下阿林说道："你要请我，我也不必推辞了。横竖改日我有了钱，可以还敬的。"一面说，一面两手插在两边裤袋里，不伸出来。陈家骗道："你要回敬我么？看不出你竟是一个好人，失敬的很。今儿晚上，谅必你是要赴跳舞会去的罢？我也待往那里去呢。你从前那些朋友都怎么样了？怎么没有和你在一块儿？""不知你说的是那些朋友呀？""我说的就是那些每逢戒肉节，和你搭班在一块儿跳戏的。你不是常扮一个新嫁娘的吗？""你难道瞧见过的吗？""见过十来回了。老朋友吓，当初麦尔高在这里的时候，凡有公众跳舞会，我总去的，那时候我们比此刻还作乐呢。"那人道："麦尔高么？你认识麦尔高的么？"陈家骗道："我怎么不认识他？但是我从来没有同他交谈过，也就是我认识他，他不认识我了。"阿林起初闻得陈家骗提起麦尔高，不觉大惊失措。后来自己有些觉着，连忙装作无事的样子。又假意的转问道："你说的是那一位麦尔高呀？可不是那个住在马德街的红发少女，常常在来恩戏园见他的吗？""不是。我说的是脸上有个小疤的，在爱利戏园的时候，那一个不知道这位麦尔高娘娘呢？"【眉】麦尔高忽然有两个，岂亦如鲁之有两曾参耶？一笑。"那我可记不得了。""胡说！以前不是常常同他在一块儿搭班跳戏的吗，那里就忘了？我说，他此刻到底怎么样了？""我可实在不知道。我以前同他们一块儿跳戏的，也不知多少，跳完之后，各自东西，你说我一个个都记得吗？"

至是，鲍别崇插口说道："那是记不得的。然而这个麦尔高家的不是寻常人，他从前在我这里请你喝酒，也不知多少回数，你总不应该把他忘了呀！他在这里的时候，在我店里一天晚上用的钱，比你三个月花的钱还多。可惜后来就去了，那时你也不看见了。如今你又出现了，又穿的是跳戏服色，所以我疑心他也回来了。最奇的是你娘子，今儿晚上怎么又在这里把你找到了？从前你几年不曾到这里来，他也从没有来过呢。还有那天晚上，我这里大门已经关闭了五分钟，你才敲门进来要酒，那时候我几乎认不出你了。""那天晚上么？我不知道你所说的是那一天呀！""别装傻子罢，你要我认不得你，除非你把胡子剃了，鼻子割了，才行呢。【眉】剃胡子可也，如何要他受起劓刑来？一笑。我的老朋友吓！我说那天晚上到底为了怎么回事？看了你样子，好像在那里被警察要抓，所以急急逃跑似的。""胡说！我那天刚从暮冷路下来，走的急了些，所以有点儿喘气。那里是怕警察？我并没有犯罪，也没有人来控告，何必要怕警察？老实对你讲，那时因为所找的朋友没有会到，所以独自一个在这里坐了一会儿呢。"

说毕之后，便把身子站了起来。陈家藟问道："怎么，你要走了吗？还没有到十二点钟呢。"那人一面起身，一面取出一枚金圆，交给鲍别崇说："这是二十个法郎，算还酒账，多来找我。"又对陈家藟道："早些去也不妨，左右总是要去的。"一面说着，便昂然的去了。原来他袋里金圆不止一二枚，不过这种人，只要自己受用，不顾他人死活，所以不肯分给他妻子几个罢了。闲文表过不提。要知以后细情，且待下回分说。

　　吾闻诸新学少年之口头禅矣，曰"文明"，曰"自由"。一若一文明，则无往而不文明，一自由，则无往而不自由者。然吾骤闻之，吾心醉之，吾崇拜之。又曰"自由结婚"，吾骤闻之，吾心醉之，吾崇拜之。窃以为夫妇为人伦之始，使得自由，自可终身无脱辐之占，家庭之雍睦，可由是而起也。乃观于此回，而为之嗒然。此书吾阅之未终篇，其结果如何，未之知也，然观于此阿林、毛毛之问答，固俨然夫妇矣，乃若是，乃若是！自由国之人民，岂犹有问名、纳彩、父母命、媒妁言之缛节，以束其自由耶？岂犹彼此未相习即结婚耶？今而后，知文野之别，仅可以别个人，而断不能举以例一国。如谓可以例一国也，则如此人者胡自而来也？吾岂欲于此小节处故为断断辩哉，吾恶夫今之喜言"欧洲文明""欧洲文明"者，动指吾祖国为野蛮也，故举此以叩之。

（趼廛主人）

第十九回

入剧场改头换面　呈杂技萃精会神

　　且说陈家骕本来想靠在阿林身上，打探些麦尔高的消息，所以极欲同他细谈一回。谁知几句说话，已经触动了他的疑忌，就此起身要走，心里觉得好不自在。然而仔细一想："这种人，他既已存心防我，即使与他多谈，亦万万不能得他的实情，追问急了，反要起他的疑心。倒不如由他先去，我再跟踪而往，到了戏场，再作道理，岂不更妙？"主意已定，也就由他自去，并不挽留。又念道："他的妻子，我已同他相识，明日相见之后，如果问他一切情形，他的男子既然和他恩断义绝，谅他也不致再代他隐瞒，闭口不言的了。"陈家骕想到这里，心上很自宽慰。不提。

　　且说阿林把帽子整一整好，返身就走，也不再和陈家骕告别。因为陈家骕提起麦尔高，触了他的心，所以早已不在他的眼里了。【眉】是粗莽人举动。那位少年雕刻师，却又偏偏要同他亲近，不肯放松，紧紧的尾随了去。因为恐怕那妇人万一没有去远，被他撞见了，打将起来。【眉】他这种行为，其实与他人并无坏处，不过愈显他的下流行径罢了。若使有我在场，就可打他一个抱不平，免使那可怜弱妇吃他的亏。【眉】是热心人举动。及至出来之后，不见影踪，就知那妇人已自回去，并没有在此候他，那妇人还算是个见机乖觉的人。【眉】所谓乖人不吃眼前亏。阿林也没有往别处去拢，一路径往爱利戏园而来。

原来这戏园离鲍别崇酒馆本是不远，所以不多一会，已自到了，而且亲见阿林一直进去。家骕却并未随之而入，但在街上往来闲步，想把主意立一立定，再定行止。原来家骕这天自从出了相馆之后，运气很巧，接二连三的碰着了许多机会，得了许多消息，都是可遇而不可求的：在两益当铺里遇见顾兰如，在鲍别崇酒馆里遇见麦尔高的旧党，在当铺门口拾着一只金戒指。现在一寸心中，辘轳不息的思来想去，都是这几件事情，一时之间，想不上一个好主意来。【眉】可见侦探之术无他，亦在于随处留心而已。至于那只戒指，他因为放在相馆抽屉里恐怕不妥，所以一直带在身边。出馆之后，竟戴在自己小指头上。鲍别崇见他忽然有了这么一件东西，已经当面问过他，他把假话敷衍过去了。如今打算到跳舞会去。"好得那葛兰德也要到的，要是那个古怪女人麦尔高的妻子今天晚上果真要在那边出现，我们少不得要留心侦探他一番。还要想个法子同他勾搭，说几句话，藉此也可刺探他的口气。然而法子虽好，即有一层难处，因为那些旧时的同党既经他号召而来，各归旧职，这个弯鼻子的阿林自然也在其内。此人与我在鲍别崇店里遇见过，我们大家都瞧不起他，回来在跳舞会见了，不必说我还是看不起他，就是他也不是呆子，岂有不告诉麦尔高，叫他不要理睬我之理？这么一来，我们要想和他讲话一节，是再也不能的了。"

陈家骕心上方在踌躇忧虑，惟恐设施无效，忽然抬头一望，不觉计上心来。你道他有甚么妙计？原来他一路行来，看见了一家小小衣庄，乃是一个老年妇人所开的。他这里从来不卖新衣，都是收的旧货，任人拣选。有贪便宜货的，往往到他这里来交易。陈家骕也是这里一个老主顾了。因为不但买他的价钱便宜，就是买不起的，他还可以租给你穿呢。当下陈家骕见他玻璃窗里挂了好些衣服，不觉触动了心事，心下想道："我何不到他这里改扮一番？好得这位李婆婆和鲍别崇一样，最爱和我们工艺家要好，我更同他本来相熟，断无不相信我的。他这里衣服很多，可以由我拣选。那时我把衣服一换，再把面貌略略改变，不要说是阿林，恐怕任甚么人都要认不出我来了。"主意已定，就踏进门去，同那妇人招呼。

且说李婆婆乃是一个壮健老妇，为人和气非常。一见家鼐此时进来，业已猜得他的心事。因说道："你今儿晚上莫非又要往那里去作乐吗？你需用怎么样的衣服呀？"家鼐道："你有甚么好衣服，请你给我瞧瞧。你知道我是不欢喜穿军士服色的，今儿最好有甚么古怪些的衣服给我，在这里穿了就走。""那是最便的事情，你请到后面去穿就是了。你喜欢穿甚么，尽你自己去选。褂子、靴子、领子、带子、帽子、裤子，件件都有。不用说是我们欧洲衣服，就是日本衣服，中国衣服，也都有在内。【眉】不知可有红顶花翎朝珠补服？我们是素来相识的老主顾，你独自一个进去拣罢，恕我不奉陪了。你爱甚么，穿甚么就是。"家鼐道："很好。请你把门关了，待我一个人打扮起来。脱下来的旧衣服，请你代我收下，明天早晨来取。至于这笔租金，我们等三五天再算罢。""那么说来，你今儿要去干的，并不是甚么好买卖了？""本来是一件不相干的事情，我也不想在这里边捞好处。但是我现在除干正经外，私底下又和一个屠户做小货，很弄几个钱，尽我自己使。而且此刻即使我要预支一个半个月的工钱，我们那位瑞福老师也无有不答应的。所以请你尽管放心，不至于久迨你的。我现在口袋里确还有一个五法郎的金圆，但是既要赴戏园里去，必得要购入场券的；又或遇见了女朋友，更须请他们喝一杯酒儿水儿。所以只得请你欠给我几天了。此刻我要进去装扮了，请你把门关了罢。"

李婆婆答应了，退出来仍到店堂里。等候了约莫有二十分钟工夫，陈家鼐已经打扮好了，走将出来。一看，已把模样儿都改变了，不知道装成一个甚么样子，令人一见了就要发笑的。【眉】阿林如此可也，安分之陈家鼐亦复如此，足见彼国风俗之异。身上穿了一件花缎的紧身，前后都用花绳结束得紧紧儿的。【眉】想是借来孙行者的直裰。可发一笑。下身大小腿上，都用软皮裹紧，好像军人的打腿布一般。足下穿了美洲、印度种着的嵌花鞋子。肩上围着一块虎皮，好似披肩一般。脸上更用颜色开了一个花脸：额角是蓝的，下颏是红的，两腮是红白蓝三色相间的。【眉】不知较京班戏中单雄信之面如何？一笑。这种神气，真是一见了就要发笑的，那里还认得出他是那一个来。李婆婆见了，几乎把肚子都笑痛了。亏得他自己倒还忍得住，走过来恭恭敬敬和李婆婆握手告辞，【眉】做了鬼脸，还要行礼么？一开门就往大街上去了。

家鼐一径来到爱利戏园门口，只见电光澄澈，内外通明，几同白昼。门外车马喧阗，如龙如水。两旁站立之人，色色俱有，除管门、接客、侍者之外，尚有一班贫汉，专在此处找拾雪茄烟头，藉觅微利。（西人戏园中不准吸烟，故来者往往丢之于门外。）而流氓等人，尤专在此处遇事生风，以故格外热闹，拥挤不堪。闲话休提。

且说这位自来学生，本是一个勇壮之人，身材亦复高大。当时两臂撑在胸前，向人丛中直冲进去，居然被他撑开一条路来。到了门口，照例购票进去。不提。

且说法国此种大戏园中，除中间大厅、楼中厢房之外，两旁前后还有许多分室，以为来客用点、吸烟，并喝酒、喝水、饮咖啡之用；男女借作约会谈笑，尤莫妙于此。

当时陈家鼐入得厅来，只有葛兰德一个是他相识，此时他已穿了号衣，同他同事高利书并立门前。家鼐遂有意和他们对面而立，又故意的对着他，努眉闪眼的做鬼脸，要试试他，看认得出是我否。高利书见了，就喝他走开。葛兰德却笑而不言。如此看去，只怕他已经认出的了。当下陈家鼐就走了开去，一转身间，一眼就瞥见一个人，头上戴一只高帽子的，倚在一根庭柱上，目不转睛的望着门外呆瞧，家霈就心知他是在那里候他同党的。因自念道："我来得刚在时候上，好歹他的同党来了，我也可以看个分明。"其时台上所演的一出刚巧完结进场，忽见那边牌上又挂出一出，乃是四人对舞。家霈见了，心中喜道："这是我的好机会来了，但是还得先去找个对手，须要工力悉敌才好。"

原来他所谓"对手"者，就是少年女子了，此种少女，呼姨挈妹，非亲即邻，成群结队而来的，也不知凡几。内中也有正经靠着工艺度日的。女孩儿们，多是些小家碧玉，手头没有钱，不能到甚么大地方去逛。生长在自由国中，繁华世界，又不肯像中国女子枯坐家中，甘守寂寞。就由父母挈了，到戏园里来，自相寻乐。大约两旁边厢之中成群列坐的，多是此辈。衣裳大抵半新不旧，无甚华丽者；且有并此亦不可得，而假自姑嫂者。亦不暇代他们一个个的算清账了。

且说当时陈家霈选中了一位稍长的女子，明眸皓齿，出落得别样风流。因为方才演毕的一出戏中，也曾亲见他跳舞得十分精神，无懈可击，又好像从前在别处跳舞会中见过的。原来家霈往常只要手里有了五六枚法郎，他就往会场里跑的。如今这位女子，今宵刚正穿了一套新裁的衣服，本想显弄显弄，所以家霈请他作对同舞，他就满口应承。此是法国的风俗如此，并无生熟男女的界限。要在中国，是万万做不到的。【眉】西国好作乐，中国重体制。而且他不但自己应允了，还愿意再去找这么一对，串成一出呢。当时他回过脸去，就瞧见了这位戴高帽子的人儿，一看倒是认识的，所以就娇声呖呖唤他道："阿林，来！咱们一块儿串这出罢。"谁知这阿林竟摇摇头，走往大门那边去了。这女子因就说道："那有甚么希罕？你去你的，难道没有你，咱们就跳不成吗？"

不多一会，乐声大作，幕帘启处，脚色登场，两班的人就此作对对舞。那陈家霈尤欲显其所长，故事事占夺先筹，不肯落后。故此同他搭当的人亦格外拿出十二分精神来，一时棋逢敌手，旗鼓相当。忽如穿花蛱蝶，或似点水蜻蜓，令人眼光缭乱，目不暇给。居然博得拍手喝彩之声，恍如春雷一般，八面而起，还赢得一班专精此业的名优技师亦围绕以观，密若堵墙，各人口中亦啧啧称美不绝，这最是难得的事。一面陈家霈耳中闻得有人明明言道："这必是麦尔高的原班人马招回来了。"【眉】偏是他听得清楚，足见留心。

家霈听了，正在那里疑心，忽然之间，人声嘈杂，势如潮涌。只见人丛中，那戴高帽的弯鼻子阿林引了五六个奇奇怪怪的人，面上都有面具的，一路挨得进来。【眉】不知较《蚊蜡庙》《四杰村》等戏出场如何？扮的样子各各不同：有扮渔婆的，有扮看护妇的，有作土耳其装束的，有作军人装束的。内中有一个妇人，扮的是西班牙美女，最为华丽，衣裳首饰，金珠宝石，如果真的，足足可以值到万金。惟是面上笼了黑纱，令人不能见其庐山真面。所以家霈心里格外疑惑，以为不要此人就是麦尔高家的？要想亲近上去，却又不敢，恐怕被他认了出来，反而不好意思。【眉】你不去亲近他，他必然要来亲近你的。仔细一想："我今宵如此打扮，他也断乎认不出来。好得他到师父那里来的时候，我不曾同他见面。但是顾兰如是否即是麦尔高，麦尔高是否即是这个美女，是一是二，是二是三，令人实难捉摸。然而他要真是顾兰如，我所拾的那只戒指，他必然认识无疑。我今戴在手上，使他见了，必要问我的。"

家霈一面心里胡思乱想，一面手脚格外用力，拿出十二分本事出来，意思要使他留心观看，或者可以见我这只戒指。到了后来，忽然别翻花样，把个身体倒转来，就用两手撑在台上，居然亦能往来行走，好像中国戏园里扮的鼓上蚤时迁一般。其时那班新来的人也都上台，各献所长。但见那个渔婆把他手里那只渔篮高高往上一踢，踢入空中，迨其落下之时，乃以右肩承之。那个扮看护妇的却往来疾行，连踢飞脚，脚脚俱能足过其首，手足轻灵，异常活泼。其余诸人亦各有所长，花样甚多。【眉】有如中国江湖卖艺者流。原来这爱利戏园的规矩本甚自由，凡有一技之长者，无不可以登台自献。

此时这位陈家疀心里伈伈俔俔无非要想把他那只戒指使那妇人看见。谁知这么小小一样东西，又并没有金刚钻镶嵌的，除非放到他眼上，请教怎能使人瞧见？这等妄想，岂不可笑！后来转了几个圈子，忽然见有一双绝细、雪白、粉嫩的纤纤玉手伸将过来。【眉】可称一时艳福。家疀乘势把自己的搭当推过一边，接了这双玉手，二人竭力的狂跳。这妇人一则装饰华丽，二则跳舞活泼，遂使拍手喝彩之声不绝于耳。内中仿佛还有人高呼："麦尔高万岁！"陈家疀暗暗称奇，便格外留神起来。不知到底是否麦尔高，且听下回分说。

　　按：此回中所译，若陈家疀诸人之装束奇离，阅者骤睹之，当未有不以为怪者，不知彼国风俗固尔尔也。欧洲各国戏园富丽宏壮，法国为最。其造法虽各各不同，然结构大抵与上海张园安垲第仿佛，不过巨丽过之。自入门以后，除楼上两旁包厢之中皆为贵家妇女凭栏闲眺（大半与男子并坐）之所外，其中庭之中男女杂踏，十百成群，奇形怪状，不可究诘。此辈其实并非优伶，大抵皆听戏之人，有意装成怪样，博人一噱，亦有藉此乘间勾搭妇女者。盖入其中者，相遇之下，即可牵手狂跳，以为笑乐。而"跳戏"之名，谅亦由是而得焉。

　　右为译者自注，观于此，足见所谓文明国、自由国之风俗矣。今之心醉崇拜自由者，得毋亦以此故乎？或曰："若脑筋中旧习未铲除，故以为异，而不满之耳。"诚然，则吾不敢辞。
　　　　　　　　　　　　　　　　　　　　　　（趼廛主人）

第二十回

杯酒淋漓好男儿入彀　金光闪烁俏美女关心

　　却说陈家骦正在注足精神跳舞的时候，忽听得场上有高呼"麦尔高万岁"的声音，正在心疑，忽听起先搭当同舞的那个长身女子问道："他们在那里呼些甚么？"原来此女落单之后，心怀嫉妒，又见他们跳得格外精神，故特有意问他这句。家骦答道："你何不去问方才那个阿林？"这女子道："这种小人，我何屑睬他！"【眉】然则你起先何必招呼他？岂怀其不顾而去之憾耶？不知阿林之不乐跳舞，固自有意在也。家骦道："阿林和这妇人，看来定是一党的，如果问他，必定知道底细的。"这女子道："以我看来，这个妇人如果就是他们所说的麦尔高，也没有甚么希罕呀！"【眉】你便不希罕，可知人家正要希罕呢。此所谓"话不投机半句多"。家骦听了，也就默然不再言语。心念："他既不知麦尔高和阿林他们的底细，我和他多言也是徒然。"此时两班对舞的戏就此告终，大家相率下场。这女子忽言口渴非常，欲和家骦同到边厢买醉。家骦辞道："我身边忘带钱钞，怎么去得？"嘴里这么说，那两条腿已走动了。那女子一看色势不像，冷笑一声，不别而去，岂知正合了家骦的心愿。

　　原来家骦的心思，本在后来的西洋美女等一班人身上探个消息，所以就丢了这位同串的人，跑到咖啡馆来。一瞧，恰好这些人没有一个不在这里。但是初次见面，不好造次，一时之间，倒觉有些靦靦腆腆，不好意思起来。仔细一想："我这里除了葛兰德，没有半个熟人，不如还去和他商量。"于是转身向外，径往大门而去。

行不几步，忽觉有人在后面握住其臂，回身一看，不是别人，却就是那位装西班牙美女的佳人呢。当下就对家骉说道："阁下跳舞本领，实在精明的很。我见了快乐极了，所以稍停片刻，我就要央烦你和我作对同舞。此时你且请来和我同饮一杯。"家骉觉得他声音清脆，听在耳际，恍如莺声呖呖，浑身骨软。像这般音声柔和，词旨爽利，虽那位所谓大曲师者在我师父馆中谈论之时，亦从未闻得。所以家骉心念道："这位美女决决不是麦尔高了。"当下那位美女又说道："来呀！"一面说，一面就把臂欲行。家骉答道："多谢盛情，但是我并不觉渴呢。"那女的又道："这不妨事的，何必定要渴了才喝一杯呢？"家骉道："我除非身边有钱，可以还敬人家，才肯扰人家的；不然，我从来不肯和人家胡乱吃喝。"这女的又道："你也太拘谨了，如此，我反信不过你。既这么着，你不肯喝也罢了。但是我喝的时候，你不妨同我谈谈吓。"

如此看去，这美女必是有甚么说话要和他对谈，所以殷勤到如此十分十二分。那陈家骉自己却还没有觉得已经受了他的笼络，然而他心里也在那里想道："倘使他果真是了麦尔高家的，就怎么样呢？莫非我虽画了花脸，他已经认出来了？或者就为这只戒指被他留了心去了。这都是我自己卤莽之故呢！"

其时这妇人见他依然呆立不动，若有所思，只得又催促道："方才我见了你的跳舞，实在欢喜得很，所以要同你成个相识。老实同你说，这满园子许多的人，不过是你和我两个懂得跳舞罢了。"【眉】所谓"天下英雄，惟使君与操耳"。一笑。家骉道："我是不见得怎么样，不过助兴而已，你却着实是位跳舞内家。想必是从玛拉嘎及色维越等处（二处皆西班牙西南部之名城）学成而来的。"那美女听了，就说道："我正从那边才来呀。"家骦道："这就是了，怪道我许久没有见你呢。"那女的急急问道："怎么？你以前也曾见过我吗？"家骦道："可不是吗，我方才听得有人喝彩，喊'麦尔高万岁'，我听了就记起七八年前，这里爱利戏园有个常常往来的人了。但是他颊上有个疤痕的，如今你脸上笼了一脸的纱，使我也看不分明，不知到底就是麦尔高不是。"那美女听了，不觉吃吃的笑道："你这人好不刁钻，你无非要我去了笼面纱，见见我的真相，看看到底好不好罢了。这也不是难事，我回来揭了，尽你瞧个饱就是了，何必要扯这许多谎呢！但是此刻在人丛中却不行的。回来晚饭的时候，尽你细瞧，你看有疤痕没有？我想你要不是扯谎，一定记错了人了。你说的那位麦尔高家的，又过了这么七八年，年纪必然不小了。我却还不到二十岁呢，我的小名叫做宝玉。你若随我来，我不妨把我的历史告诉你。你不来也不行的，我方才已经定了一个座儿，此刻只怕点心已经做好端来了。"家骦道："这是你和你们同伴诸位吃的，我却没有份儿。"那妇人道："的确是为你我二人的，我并没有甚么伙儿伴儿呢。不过进园的时候，遇见了许多扮小花脸的，还有别的脚色，就是方才大家合伙儿跳戏的。我即使同他们在一块儿，亦不过为一时取乐而已。其实我却独自而来，还得独自而往。除非你肯同我到美国馆子去晚餐，我才有了伴儿呢。"家骦道："我不是先和你说过，可惜我身上一个钱没有带么？不然，我也很愿意请请你呀！"那美女道："你何必这么客气，即使你真的没钱，也不应该说。况且你既诚心请我，何必定在今宵？今天我先作个小东，改日你来罢。"

　　二人你推我让，家骦那里禁得起被他花言巧语，说得天花乱坠，无言可答，只得随了他，走到舞场后面一个咖啡馆里。谁知进得门来，但闻人声嘈杂，已是人满之患。原来跳舞过的人，差不多都到这里来，吃的吃，喝的喝。而且方才和那美女同来的一班男女也都在这里了，然而彼此见了，并不招呼。家霭也就相信他和这些人是不熟识的了。

当时二人走到一个屋角里，有张空桌，桌上摆着一盘点心，热腾腾的在那里冒气。一个侍者候在旁边，他见二人来了，返身就走。不一会儿，拿了两盅酒来。【眉】所谓醇酒妇人也。一笑。二人且饮且食，谈谈说说。那美女就自己称说是加第斯（西班牙西南名城）大戏园中第一等跳舞家。家霭道："你法国话说得何以这么好？恐怕不是西班牙人罢？"他说："我本来生长在巴黎的，所以心里总想常在巴黎住着。如今那边却又订了半年合同，还得再去。过此以往，我决计要到这里来常住了。那时候倘使你仍在这边，我们就可以常常在一块儿跳舞作乐了。"【眉】如此意远情长，不知家霭闻之亦心醉否？"那就很好。要你果真是麦尔高娘娘，那就越发好了。""嗳！怎么你脑筋中总忘不了麦尔高？难道你爱上了他么？""并非如此，不过因为他跳舞的本事实在高强罢了。""比我如何？""那是全然不同的，所谓各人有各人的巧妙。你难道不知道他么？其实你要知道他的细情也不难，只要问方才那个长胡子的人。想你还记得，就是在你我之后跳舞的，他是麦尔高一党里的人呢。"【眉】家霭亦善于词令。"我道你说的是谁，原来就是那个鹰爪鼻阿林。这种奴才下人，也配我们和他说话吗？别人不可知，他的打扮是一瞧就知道的呀。"【眉】二人言语，针锋相对，煞是好看。

二人你言我语，谈个不了。谈到后来，居然互相展问邦族，各通小字。一个叫做宝玉，是早经说过的；一个家霭，却又忽然自称诚之起来。原来他此番来的宗旨，本想刺探他人的隐情。如今遇见了这种鬼鬼祟祟的女人，惟恐反被他人刺探了去，所以冒用了这么一个别号，亦聊以借此自警之意。【眉】二人谈来谈去，谈了半天，却彼此都没有一句真心说话，写来煞是好看好笑。谁知宝玉闻之，不知何故，就蓦地举起酒杯来，恭祝他康强福禄。当时陈家霭也慌忙

| 129 |

举杯还敬，行了一个碰杯之礼，准备着彼此自饮多福。却不提防家蓲手上戴的一只金戒指，先前惟恐他瞧不见的，如今金光闪烁，直射到他的眼睛里去。他看见了，就问道："好一只精致的戒指！何不使我见识见识？"家蓲听了，不由得情情愿愿脱了下来，递交他手里去。

原来这只戒指，人家留心了好一会了。而且这位希奇女客，来得却也突兀得很。想诸位看官都是些明眼人，也早猜到了几分，到底是些甚么缘故。做书的人他既然如此做法，我译书的人如今也还不便替他揭破一切。虽然，妇人家留心看人的饰物，也是世界上最通行的习气。【眉】骂尽世上妇人，译者不怕被世上妇人咒骂煞耶？至于要说他与这当典门口拾得的戒指有甚么关系，所以特地设法来看这一看，这却并没有真凭实据，何敢妄指。闲文休提。

且说宝玉把戒指取得过来看了一回，忽然问道："怎么这戒指上还刻着一个徽号，难道你尊驾是位贵族么？""不是，这戒指还是吾祖母传遗下来的，并非我自己的。"【眉】是明明认失掉戒指的妇人作祖母也。可发一笑。"那不是一个样儿吗？你祖母既然生自华族，你母亲自然也是华族，你自己也不必说了，你原说你不是个寻常人呢。但是这徽号是各人各别的，不知你们府上的是怎么几个字？既是你祖宗的号，你必然是知道的了。""这个我却实在没有知道，我几次三番想把他瞧个明白，无奈字迹太细，总瞧不清楚。""这也奇了，难道你总没有问过你母亲吗？要吾祖宗有了这么一个显赫名号，我不但不忘于心，而且还要把他绣在衣襟上、手帕上呢。"家蓲听了，无言可答，默不作声。这位西洋美女手里拿了这只戒指，两眼盯住了望他脸上瞧着。家蓲心里着实觉得不好意思。然而足见是个诚实人底子，想了半天，竟想不上一句回答的话来。

后来还是这位美女先开口说道："咱们来做一桩小买卖儿，你可愿意？"家蓲被他突然一问，心上又是一惊，因道："这个……"

说了两个字，底下还没说出来，那美女就说道："我老实告诉你，我看上了你这戒指了，你肯卖给我吗？""叫我卖掉戒指？那可不能，我不是做这种买卖的人。""那么着，你送给了我罢。""那也不行。我的好小姐，这是吾母亲遗传下来的东西，我当他是件无价之宝呢！""你不肯送便罢，何必推推托托的。这么一只戒指，顶多也值不了一百个法郎。你的意思我懂得了，我也不敢怪你，但是我说过我看中意了，我就加上一倍，给你十个拿破仑罢。""这戒指是不能卖的，不必说是十个，就是二十五个，我也发不了财。"家藐说了这句，那个所谓宝玉的心里以为他想争多几个，所以问道："我就给你三十个，你说怎么样？"【眉】此所谓硬买，倘答应了他，只怕还要强赊。"不行，随便加到多少，我总不卖。""你这人，也总算是个呆汉。据你方才自己说，戒指上刻的甚么字，你连一个都不知道，希罕的东西是这样的吗？如今有人给你六百法郎，你还不肯卖。要是拿到当铺里去，恐怕二十五法郎，未必有人要。或者你不信我有三十个拿破仑，你可要瞧瞧吗？""那也算不了甚么，我很知道你有钱。然而这戒指我不能卖，这是家传的东西呢。""很好。然而你们祖宗是些上流国民，容或有之，至于贵族这句话，我非但不敢恭维，而且实在不信呢。""然而我这戒指要是没有缘故，没有来历，我又何必不把他卖给你呢？要是穷人得了六百法郎，岂不可过半年快乐日子，又何必不肯呢？""据我想来，这戒指必定不是你自己的。你不肯卖的缘故，大约因为假自友人，必得去还。是不是呢？这也可见你老实之一端。你说到底是谁的？恐怕你还是从甚么妇人处取来的，这妇人必然又是从他情人处转借来的，再不然是他从大街上拾来的。你且把他姓名、住址告我，我不难马上打听他一个水落石出。""你弄错了，这戒指的确是我的，所以我有不能舍弃的道理。你又何必如此亟亟，大有志在必得之概，这是何意呢？"

那美女听了家藐这句话，立刻就把戒指往家藐手里一丢，立起身来，返身就走。口里说道："这却不与你相干，不必问我。"心上好像有大不舒服的样子。既又回过脸来，变了主意，说道："我虽并非珍宝的收藏家，然而向来有种脾气：凡是心上瞧得中的东西就想要买，价值不论大小，也不管他值不值。其实买了回去，也不过丢在家里搁着。此刻你既不肯卖，那就算了，我们也不必因此小事，伤了交情。来，来！咱们再跳舞一次，然后同去晚餐，你想何如？"家蒿道："跳舞是果然很好，晚餐似乎还嫌太早。""这么说，你很欢喜在这儿玩玩，还不想出去呢？""也不敢滥玩，但是我来的工夫不多，所以还想再跳舞一二回，回来晚餐，胃口也必然好些。"

原来家蒿推托不去，心里别有缘故。一则，急欲到门口问问那葛兰德，到底认得出这西班牙美女是否即是麦尔高。二则，因为这怪货忽然之间同他联络亲近，实觉奇怪得很；此番又要邀他晚餐，不知暗里可有甚么圈套？【眉】这算作乖。又想："我这戒指不卖给他，回来不要用强来抢？因为其时那些同来的党人都在园里，只要他口里说出一声弄到了有赏，恐怕个个都肯出死力来夺我的呢。"【眉】岂敢，岂敢！这是陈家蒿一人心里打算的话，暂且不提。

且说当时陈家蒿有意推托，说了晚餐尚早，不如再去跳舞的话，那美女就说道："你要跳舞，我们还得大家一同去跳。至于晚餐你不去，我就不妨一人独酌，况且我要寻伙伴也很容易。我见你闹了半天，怎么依然是个单身汉？而且我生平最不喜欢的是单身汉。【眉】你去陪着他便不单了。如今……我说诚之，你要去作乐，你就去你的罢，但是仔细着不要丢掉了你们祖宗的金戒指。"说完之后，见他转身飞步就去，不一会，已到了这咖啡馆中，向中间人丛中挨将进去，把一只手臂去搁在一个头上戴盔的男子肩上。那男子就趁势扶了他，二人并肩而行，一路往跳舞场那边去了。

方才一盘子点心，二人差不多都没有尝过，不过单单喝了几盅酒。这笔账却早已有人照例先会过了。所以一待食客起身，侍者已早把杯盘收了下去，一时之间，这些男男女女也都起身，往前面跳舞场而走。但闻足声栗六，碗盏叮当。

此时陈家骦心中毫无主见，扰乱异常，见此情形，也只好随众而散。及至到了跳舞场上，举首一望，但见那个顶盔束带的黑须男子，和这西班牙美女面对面，手握手的，已经在大舞台上回翔旋转了。还有那些同党的人，他刚才虽说是不相识的，如今却依然成群结队的在那里作对对舞了。仔细看看，那位美女一面虽在那里跳舞，一面口里还在那里唧唧哝哝讲个不了。讲了一会，又向那些党人一个个转相传述。家骦见此情形，不觉暗暗吃惊。不知他惊的甚么，且待下回分说。

扮西班牙女子之人，写来闪烁异常，其果顾兰如耶？果麦尔高耶？抑皆非耶？迷离扑朔。即阅者今日尚未必能辨，遑论当日陈家骦矣！

动之以酒，动之以色，动之以重价，皆不为动，陈家骦自是好汉。

（跰廛主人）

第二十一回

逞强梁同心困家鼐　毕游戏革面露原形

却说陈家鼐见那扮西班牙美女的嘴里唧唧哝哝在那里说话，又见他的党人一个个转相传述，各各点首会意，不知鬼鬼祟祟要弄甚么神通。家鼐见此形景，不觉暗暗吃惊，自言自语道："这一定就是麦尔高的一班同党，毫无疑义的了。他这唧唧哝哝，必然是在那里发号施令，不知道要摆布甚么圈套来谋我呢，等一会出去倒要小心防备他们才好。"一面心里这么打算，一面就转身向外，想到大门那边去找葛兰德说话。岂知此时园中正当热闹之际，人山人海，势如潮涌，一时之间，那里挤得出去。好容易挤了许久，方始找着了他。此时可巧高利书往角上一个小屋子里憩息去了，只剩葛兰德独自一人站在那里。陈家鼐向他招呼了一声，就告诉他道："今儿晚上，麦尔高他们一班宝货都在这儿呢。"

葛兰德不提防忽然之间，有人和他说出这么几句话来，不觉兀自诧异。仔细对他看了一看，不觉失声道："呀！原来是你，扮得真好呀！了不得。我不是认得你的说话声音，我实在瞧你不出来呢。"家鼐这才想起自己扮了鬼，人家看不出我的本来面目。【眉】无面目见人者，正宜扮此鬼脸也。因说道："可不是么，我方才扮了好一会儿，才扮到这个样子。我且问你，你有瞧见麦尔高的女人没有？他们一党有好几个人呢：一个看护妇，一个军人，一个渔婆，还有一二个别样的人。他自己，你谅来不说也瞧出来了。"葛兰德道："不知是笼纱的美女不是？我早就留心到他了，然而麦尔高家的是从来不戴笼面纱的呢！"家蓁道："从前他虽不戴这个，如今也许有甚么缘故，他所以要戴，又那里说得定呢？况且今昔情形不同，此刻他变名换姓，惟恐有人见他庐山真面，他何必一定不戴这个呢？"

葛兰德听了这番议论，未及答言，忽见前面人丛中有一班人，无端蜂拥似的挤将过来。仔细一瞧，见一个扮军人和一个黑须的人也在其中，这两个是最容易识认的。还有几个，不必说，也是他们一鼻孔出气的人了。当时若有意若无意的渐渐围将过来，不一时，看看自己身子和这位少年雕刻师都已困在人丛中间，此时人声嘈杂，孤掌难鸣，心里实想不出一个善法来。再回头看时，只见这班人独把陈家蓁一个人拥到了墙脚旁边去了。这明明是不怀好意，所以心里着实代他担忧。但是人多如蚁，拥挤不开，所以势力皆穷，无可设法，只得稍待须臾，以观其变。

却说这里陈家蓁忽然之间被这班人把他紧紧困在垓心，一面是墙，三面是人，弄得动弹不得，几乎连气都喘不过来，闷得要死。偏偏内中一个人力大如牛，撑开一条铁臂，挡在他的胸前，遂使身子歪都不能歪一歪。家蓁此时计穷力尽，无可如何。幸而这件事他先有些料到，所以不至十分慌张。他心中暗自忖道："这是金戒指发作了。"因就把两手紧紧捏成两个拳头，抵死不放。亏得他也不是斯文人，手中力量也还来得，故而虽说一双空拳，勉强还能支持，所以这班强徒竟然夺他不动。然而此时拥挤得格外厉害，几乎被他们把身子推倒下去。愈挤愈紧，实在忍无可忍，欲想开口声张，却又昂首不起。这一下子，不被他们挤闷得死，总算是他的造化了。

旁边那些看客，却又一个个两眼注射在舞台上，但知道墙角里偶然有些拥挤罢了。这些小事，谁来理他，那里想得到其中有这么一个缘故呢。不过葛兰德一人心上是明白的，但是他也被困在人丛中，挤得气闷要死，谅来也是这些人有意把他牵制在一处的。【眉】此是笼纱妇人在舞台上转相传述，设法先困住警察兵，以便行其抢夺也。不必叙明，令读者自知。又好得他手上并没有戴金戒指，所以挤得还松动些，比陈家骦好得许多。渐渐挣扎起来，竭力呼救。幸而高利书离得不远，遂和别的几个警察闻声过来，把一干人尽力驱散，这围就此解了。然而陈家骦的性命已经险的不得了。当时陈家骦被这些人拥挤得无可如何的时候，他把两个拳头藏在胸前，抵死不放。那些人渐渐挤压上来，他的身子不能支持，也只得渐渐俯伏下去。所以究竟那个要想动手夺他的戒指，他竟没有瞧见。但觉有支羽毛曾经在他脸上刷了几次，当时亦莫明其故。【眉】不知比与胡子接吻如何？一笑。既而不觉恍然大悟，想来此物定是那弯鼻子阿林盔兜上的雉尾。

解围之后，他定了定神，放开拳头，就把阿林那班人不问情由，拳足交加，且打他一个落花流水，先出一出气。那几个警察也取出鞭子，随手乱挥，见人便殴。不一时，这墙角里一大堆人，好似洪水决堤一般，哄的一声，便散了个干净。然而有心前来摆布陈家骦的恶党，至多也不过六七人，他们一见势头不妙，早已飞也似的跑了。大约其人愈狡，其走愈速。这些被警察鞭子打跑的，反都是无辜之人，代他人受累，真是无妄之灾。【眉】无辜之人往往代人受罪，可发一叹。凡遇此等处所，往往玉石难分，也是无可奈何的。

且说几个警察正在那里扰扰攘攘，拿人驱人的时候，家骦独自一人站在背后，休息了一会。此时气已舒了，精神也复了。心里正想上前帮助他们，仔细一看，却不见了那戴盔的人；其余几个同他一党的，也连影响都没有了。不必说，是趁势在人丛中逃跑了。回头看见高利书却带着几个人，家骦心里是明白的，知道这几个人不知有甚么晦气，要受一点子小累，总算他们的不幸了。想到这里，忽见葛兰德走上几步，在他耳边轻轻说道："你方才说得不错，麦尔高家的是在这里呢。那弯鼻子的确是他党里的人。他们这种花样，也闹得不止一次了。"家鼐就急急问道："你打算把他捉到警察局去么？"葛兰德道："自然要拿的，你知道这恶妇在那里么？"家鼐道："我们同去找他，谅来他未必就逃得那么快呀。方才不是在舞台上么，此刻怎么就不见了？"葛兰德道："我们到咖啡房去找他。"

于是二人同到一间卖咖啡的旁室里，找来找去，那里有这美女的影踪。家鼐心上好生不乐，说道："怎么竟被他兔脱了？谅来定是纷扰的时候走的。还有一个我们大家在鲍别崇店里遇见的人，也不知去向了。要抢我东西的就是此人，当时我虽没有亲眼见他的脸儿，然而我想来也没有第二个。但是这个人呢，我以后和他总有相见的日子，不怕驴子去变狗。所最可惜的，怎么今晚麦尔高家的当面竟把他放过了？"葛兰德道："这也不打紧，你要遇见他的时候多着呢。因为这春季戒肉节的斋期一共有四十天，你也知道的，这四十天佳节里边，各处跳鬼戏的多得很。那麦尔高不回法国则已，他既回了法国，凡遇这种热闹的跳舞会，他无有不到的。这里下礼拜四也有大跳戏，我可以包你拿得定在这里瞧见他的。"家鼐道："我没有许多工夫去候他，这是一层。还有一层，我方才和他谈了许多说话，我的底细虽没有和他说明，难保不被他侦知了去。【眉】自己要做侦探，却又怕反被所侦的侦了去，真是斗智。要我再像今晚这样同他委蛇，他也必不肯再来信我的了。而且这一班人恐怕等不到下礼拜四，就要闹出些新花样来，比着今晚还要厉害。所以我看最好你和你们几位同事商议商议，先动手把他的党羽拿获了，然后再根究他们党魁的姓名、住址，何难一网打尽呢？"葛兰德道："我也心里这么打算，但是总要他们先犯一二件违律的事，然后我们才可以动手拿人吓。"【眉】做公人的，自然要望他人犯法，自己才得热闹。一笑。葛兰德道："他这班人方才几乎把我们两个弄死，这还不算违律犯法吗？"家骠道："我们当时就把他们拿住，他们就没有话说，此刻就不行了。你若动一动手，他们见你毫无一点凭据，就说他没有干甚么，是我们有意诬蔑他们。一声号召，群来反对，我们这里三五个警察，那里是他们的敌手？不是反吃他们的大亏吗？"家骠道："既这么着，我还是早一点儿回去罢，免得他们一计不成，再生二计。但是那麦尔高既有了号令，论不定还要跟我出去，到街坊上动手。所以我想最好等他们再上台跳得热闹的时候，我就悄悄再去。此时正在停场憩息之际，我若出去，正中奸计。"【眉】他也胆怯了，足见此一班人之强横。葛兰德道："你虑得极是，竟早些回去罢。路上须格外留心，不可大意，方才鲍家店里遇见的人，正恐就在此间左近相候呢。"陈家骠道："若是此人，我却并不惧他。至于说起鲍别崇的酒店，兄弟是差不多夜夜去的，你老兄有暇，尽请过去谈谈。如果不嫌简慢，弟当做作小东，大家也可以畅谈心事。"

陈家骠说毕之后，不待葛兰德答言，转身便行。原来高利书把方才拿获闹事之犯讯明无辜，即行开释。【眉】这几个人也算不幸中之大幸。若在中国，必无如此便宜。事毕之后，仍来原处。当见陈、葛二人相对言语，故特徐徐行来。家骠心中急欲回去，不愿再和此人纠缠，所以不待其至，匆匆别去。乘这些看客纷扰之际，悄悄推门而出，历阶而下。但是出了戏园之后，心上兀又忐忑不定，多一个问题出来。你道又是甚么问题？原来家骠身上穿的衣服光怪陆离，最为瞩目。在戏园里边大家瞧惯了，倒也不觉得怎么样。但是一出了这座大门，任凭你跑到甚么地方，人家都要仔仔细细上上下下的打量一番。【眉】巴黎习俗已惯，还不要紧。若在中国地方，半夜三更遇了他，一定当他是鬼，要吓煞人也。就算别人不说甚么，自己也觉得不好意思。况且这副嘴脸，回到寓里也不成话说。所以打算仍回李婆婆旧衣铺去改换装束。然而此时时候说早也不早了，不知他那里可曾闭门，所以心里忐忑不定，想想去又不好，不去又不好。加之戏园门外站着许多流氓、车夫，又不知这冤家阿林可在其中，我若走得过去，岂可东奔西突，没有定向？总要想定主意才可一径冲去。而且身上没有银钱，不能雇车代步。左思右想，不得良策。自己呆着脸想了一番："只得徒步走到李婆婆处，换了衣服，然后回去睡觉。明日一早起来，还得去访顾兰如，要请问他可曾失落戒指没有呢。"

想罢，就出了这爱利戏园的大门，下了阶级，从人丛中挤得出来，一路匆匆而行。得不多时，忽见一株大树底下，一条路凳之上，有一个戴小帽穿短褂的人睡熟在那里，于是家骗一路行时，便留心望着他。岂知家骗走过了这株大树之后，再回头看时，却见那人早已站起来，在自己后面跟踪来了。在灯光底下，隐隐见那人足上穿的是一双高筒靴子。家骗心上猛然想起："方才在鲍别崇那里遇见阿林时，见他穿着一双顶高的靴子，此时不必说，也就是他了。他把将军帽除去，换上一顶小帽，身上再罩上一件短褂，以为改头换面，人家就可瞧他不出来。我却不必细瞧，已自知道了。但不知那麦尔高的女人又躲藏在甚么地方呢？咳！家骗，家骗，你这只金戒指总是个祸水，你要格外留意小心才好呢！"

陈家骗一路胡思乱想，把脚步放开了，急急而行。不一会到了李家旧衣店的门前，轻轻推进门去。只见那李老婆子独自一人，躺在中间一张栲栳椅里，呼呼的打鼾。家骗轻轻把他叫醒了。那婆子睁目一看，就问道："怎么这么早你就回来了吗？难道今晚爱利戏园里没有好顽意儿吗？"家骗应道："我已顽够了。我的衣服往那里去了？我就要换呢。"李婆婆道："在后面屋里，就是你方才脱下的地方，也没有人动过你的。请快快去换过来罢，换好了，我要关门睡觉了。此时时候已不早，大约没有买主来了。"家骗道："好，好，我一会儿就换过来了，你请不必烦心罢 。"陈家鼐说罢进去，一一改扮起来，就觉得方才说的一句话，未免太容易了。原来他脸上描了一脸的颜色油漆，去之甚难，连卸带装，擦脸洗手，极快也需半点钟工夫。好容易擦净了脸，换过衣服，取镜子照了照，不觉心上喜道："依然还我本来面目了。"

且说他方才擦脸的时候，不得不把那戒指除了下来，放在桌上。此时重复要取来戴上去，无意之中却见桌上放着一面小巧精致的显微镜，不觉喜出望外，乐不可支。他见了显微镜为甚大喜 ，且待下回分解。

陈家鼐所拾金戒指，上回扮西班牙女子之人欲以重价求之不得。此回却围攻之，要截之，无非为此戒指。从知此戒指之关系必重矣。而此女子究竟为顾兰如否？顾兰如究即麦尔高否？至此尚不表明，我阅之闷损欲死矣！

（趼廛主人）

第二十二回

观徽号揣测得端倪　避凶锋潜藏免灾晦

却说陈家骧换过衣服之后，无意中看见桌上放着一面显微镜，不觉大喜。私念道："我心里正想要用着这件东西，不意他这里倒有现成的搁着，也算是我的侥幸了。"看官，你道他侥幸的甚么？原来这戒指面上镶着一块深蓝宝石，石上镌着数行字，纤细得异乎寻常，比之蝇头小楷还要小几十倍。家骧的目光总算是极好的，还是一些也瞧不出甚么来。如今看见这里搁着一面显微镜，自然乐得借来一用，省得再到别处去设法。所以笑嘻嘻的说："如今，我可以把这戒面宝石上所刻之文，细细的照出来了。但是一件，这金石图章也是一种专门学问，我于此道是门外汉，全乎不解的。虽然，我苟能把这些字句认了出来，就不难着想了。"于是陈家骧把戒指、显微镜用手巾擦净了，就在灯光之下照了又照，观之再观，好容易把其中所有字母一个个详了出来，再一个个联缀上去，贯串成文。文曰：

Ny char,ny destrier,Rien que mon bras.

非车非马，干戈是将，克敌致果，我武孔扬。【眉】十六言可称外国《诗经》。一笑。

陈家骧细细看去，知道这是刻的四句铭。四句之中，却分两种文字：前半是日耳曼文，后半是法兰西文。家鼐看来看去，也莫明其故。既而忽然想着："这必是那失落戒指那人的祖宗古时受的封号。观其语气，不是古名将战胜后的自负语吗？此人既以此语自负，后来国王论功行赏，封以爵位，就把此语作为徽号，勒入勋章，也未可知。以后子孙世世遗传，保守弗失，以此为荣。于是遂将此语镌诸戒指，绣入巾帕等类。这也是贵族子弟们的习气，不足为异。但这戒指是在两益当典门口由顾兰如手里落下，由我自己手里拾得，他也不是贵族，那里来这徽号？岂不可怪？"【眉】上海地方，无论舆台皂隶，戴颜色顶子的不知多少，何足为怪！思来想去，无从索解。

　　隔了一会，不禁矫手顿足，欣喜欲狂，自言自语，又复自叫道："嗳！家鼐，你怎么聪明一世，糊涂一时起来了？再过几天，要和我那师妹妙儿小姐成婚的那个贾尔谊，不是口口声声自称伯爵的吗？是了，这个徽号，必然是贾氏祖宗的了。但是贾伯爵当的戒指，何以要这位顾兰如去代他取赎呢？这不用说，他们两人暗地里有密切关系的了。嘎！原来如此，我如今可谓恍然大悟，愈想愈明白了。咳！幸而天夺其魄，使他失落的戒指不先不后，不偏不倚，恰恰被我陈家鼐拾得。这倒也算是件奇事，实非意料所及。倘得由此一路侦探下去，探出些机密事来，这戒指的关系可就不轻呢！"

　　陈家鼐独自一人站在那里，尽管出神，一时之间，前前后后的一切事情，禁不得都涌上心来。他就样样式式的比较盘算，益觉得他们一举一动，在在可疑，想到后来，又想到了方才那西洋美女愿出重价购他戒指那件事来，心里越发狐疑。私念："这只戒指如果卖给不相干的人，要他十个法郎未必肯出，他何以竟肯许到六百法郎之多？我既不卖给他，他竟舍了和平办法，用强硬手段，打算要抢，再三再四的使出许多法术来，好像志在必得似的。如此看来，那扮西洋美女的定然就是顾兰如的化身，毋庸再疑，这也罢了。他手下还布满了许多羽党，其中没有一个是好人，都是些下流凶恶之徒。他的行为既如此，他的为人也可想而知了。贾伯爵既然和这种妇人有密切的关系，则贾伯爵的为人也可想而知了。最可笑的是贾伯爵和顾兰如二人在我师父面前，彼此都装作大家不相识的。此刻想起来，亦无怪其然。因为这顾兰如必定就是麦尔高的化身，那麦尔高的名气是从前人人知道的，那贾伯爵亦深知其然，所以不敢和他认识，恐怕万一露了马脚，累得他自己也不当稳便呢。"

陈家骦想到这里，又不觉长吁短叹，代他师妹担忧，暗暗忖道："咳！可怜我那师父双目失明之后，益发的懵懵懂懂，像蒙在鼓里一般。【眉】在鼓里，不知可曾睡觉做梦？一笑。我那师妹是年轻闺女，那知世情的变幻，禁不得被贾伯爵花言巧语，他就要坚守德义，以为许了终身，是必得要嫁他的。【眉】此自由结婚之所以难也。我于此事，却始终大不以为然，惜乎没有证据，无可阻止。可喜今天晚上被我刺探了许多隐情，不患无据，我免不得要详详细细告诉我师父去。【眉】不怕破人婚姻之罪恶耶？哦！我知道了，陈家骦是法兰西人，不曾读过文昌帝君阴骘文也。我既有了这些确实证据，也不怕他不相信我。我明天一早先得去访访顾兰如，认认他脸上的疤痕要紧。有了这个证据，他就是麦尔高的化身了。至于那个阿林的底细，我不难去问他妻子毛毛。此人凶恶异常，恐怕是麦尔高余党里的第一名呢。贾尔谊的来历，我也得去侦探一番，还要打听他到底往那里去，代那一家公司办事。大不了，我就亲身跟踪了去，总要探得一个水落石出，我才歇手。况且葛兰德也已说明，肯助我一臂的。但是办事须有一个次序，须从头上先行办起方好。所以我先得探一探这戒指上所镌的铭文，究竟是那贾伯爵祖上的徽号不是。此事亦并不烦难，但须托白小姐转问一声铁小姐，就可知道的，大凡少年女子，最留心这些事情。即使妙儿小姐尚未知道贾氏祖宗的徽号，不提则已，提起之后，他既钟情在此人身上，心中必然关切，以后一见了，定要问他的。而且这是荣耀增辉的事，贾伯爵亦必然一问便答的。"

陈家鼐正在那里左思右想，想得出神的时候，猛然听得有人大声呼唤，不觉吃了一惊。仔细一听，原来不是别人，就是店主李婆婆，当向家鼐问道："怎么的你装扮了多时，还没有装扮好吗？"家鼐急忙应声道："好了，好了。"一面答应，一面就匆匆向外而走，手里那只戒指就随手往衣袋里一放。及至走得出来，看见李婆婆方在那里关锁银箱，是打算歇手的样子。回头见了家鼐，又笑着问道："我要请你帮一点儿忙，替我关几扇百叶窗，你可干不干？"家鼐听了，便接口道："干干，这有甚么不干的？我租你的衣服，你肯欠给我，我已感之不浅。关几扇窗是极便的事，那有甚么肯干不肯干的话呢？"

说罢，匆匆向外，将要开门之际，忽见有一张极可怖的面孔，加以满腮的胡须，逼近在玻璃片上，目光闪闪，向内张望。【眉】却可怕也，莫非是鬼？家鼐不防，倒被他吓了一跳，一刹那间，那人已转身大踏步而去，然而家鼐已经认出了他。比及开门出去，看见大街上还有三个不三不四的人，本来都群聚一处的，及见有人开门瞧见，却又故意各自东西。要认他们面目，已是相去太远，望之不能见了。家鼐心里已很自明白，知道他们是要等我走出去来寻事的。因为第一个在门口隔着玻璃瞧见的，就是阿林，那三个定是他招来的余党。

于是心中颇觉踌躇不决，要想雇了马车回去，又可惜身上没有带着几个钱。如果独自一人走得出去，则双拳不敌四手，何况他们有四人呢。故此决计退得进来，要向李媪商量。因猝然问道："李婆婆，你老人家和我相识也多时了，倘使今儿晚上有人把我杀死，你可愿意？"李婆婆道："万一有这等事，我还要拼着点眼泪哭你呢，那里有愿意的道理？"【眉】自是积世老婆婆语。"既这么着，你今儿晚上可不必叫我出这个门，因为我一出了你这个门，就不得活了。方才有四个人，在戏园里就要和我厮打，所以我早早避了出来。谁知此刻他们还都候在门外，我倘一出这里的门，恐怕走不到第二个转弯角上，他们就要大伙儿动手攻我了。他们方才必定瞧见我进来的，所以尽在外面等着不去呢。""怪不得方才有人在门外探头探脑的，而且他们的模样生得怪难看的，我虽不是胆小的人，却也在迷迷蒙蒙的时候，被他们吓过一跳了。""你还没有知道他们的底细呢，我却是有点儿知道的，他们这些人，平常弄死个把人是看得稀松，好似扭死一只鸡一样，连眼都不眨一眨呢。""那么着，我们万万不可再住在这里了，回来他们不要攻进来么？""那倒不必忧心的，这里是热闹地方，四面都有人家，不必说往来巡逻，常川有人，就是爱利戏园门口，也还有两个警察驻着。况且他们要找的，并非是你老人家，又何必要攻你这铺子呢？""他们虽不找我，然而难保不乘机打劫我铺子里的东西。""那是谅他们没有这么大的胆子，这里和爱利戏园相距不过五六十步路，那边跳舞得正热闹着，要到黎明才止，你说他们敢打劫店铺么？但是我若走得出去，他们必然要跟着跑的。"

　　"要我放你出去受他们的害，是断乎不肯为的。但是怎么办法才好呢？""这也不见得有甚么难处，我们但把大门紧紧的关上，躲在里面，就不怕了。他们要敢攻门进来，那时必有许多声音，人家听见了，就会来干涉的。"【眉】倘在中国，必无人来管你闲账，所谓"各人自扫门前雪，莫管他人瓦上霜"也。"躲在里边便怎么样呢？""我的好太太，咱们作叶子戏耍钱不好么？你铺子里怕没有这顽意儿么？要不然，我们大家对坐谈天，你爱听甚么笑话古事，我把最好的讲给你听。""谈天谈到天明为止么？多谢，多谢，我已想睡得了不得了。""你要睡，就请在这栲栳椅上将就安睡一宵罢，我在旁边替你守护着。天明之后，我即送你回府。好得你白天里本来不常做买卖，今儿晚上就不舒服些，你明儿尽可回府休息一天。你这一转移间，可算救了我了，我自然感激你不浅，你自己也可以安心了。""倘然真的他们有意要害死你呢，莫说一宿不回家去，就是两宿我也愿意。但是你们这些手艺家往往撒谎哄人的呢。""我却不会骗你的。况且这个时候，我还和你老人家开顽笑么？实在因为一出门去，性命就危险的很。"

"他们要害死你，总有一个缘故呀。你又不是个富翁，衣袋里亦没有装足了钞票，就算他们是流氓拆梢党，总也不会无缘无故来找着了你呀。""这件事情，是因为有个女人杂在其中。【眉】尝言："女子与银钱，实为天下祸根。"不信，但看中外各种官司案件，没有一件逃得出"财色"二字范围的。倘世界中绝了此二种物事，则政简刑清，不足道矣。从前有个很有名的女人，叫做麦尔高的，你可曾耳闻过没有？""脸上有个红记的麦尔高么？我也知道他的，他买过我好几回东西，我也收买过他好多旧衣的。""他到底是甚么样一个人？""他的行为品行，是都不足道的。然而看他服御奢华，挥霍豪侈，又好像是个贵族似的。平日做人，很是尖利刻薄的，他有个情夫是个赌鬼，麦尔高赚来的钱，都被他作孤注，整千整万的输掉。【眉】麦尔高的情夫是赌鬼，读者请记之。若不是这样，多少年来，麦尔高早发了大财了。"

家蒳听了这话，急急问道："他这情夫是姓甚么的？"李婆婆道："这个，他们秘密得很，老身怎么知道？然而他们两口子，近来分散了好久了，不知是为甚么缘故。【眉】就为这个缘故。其实那麦尔高也并没有到乡下去，也没到外国去，我想一定仍旧在巴黎住着。因为没有多时，我曾遇见他呢。""那么说来，你见了他是认识的了？""自然是认识他的。他的模样儿生得很标致，头上青丝是不很多的，风韵是极漂亮的。但不知你何以要问起我这些话来？"家蒳听他忽然转问这句，因就用言支吾道："因为方才在跳舞会里，有个脸上蒙纱的妇人，那些不知进退的呆汉都误以为就是麦尔高家的，故此问问你。如今时候已不早了，谅来你老人家也必不至于撵我出去，我要就此锁门，托庇宇下了。你请安心睡下罢，有我陈家骉在这儿保驾呢。"【眉】托人宇下，还说是保驾。在家骉自是戏言，然今日何家骉之多也。当下李婆婆略略推托了几句面子上客气说话，就在栲栳椅上卧倒下去，不一时就呼呼的睡熟了。

且说那陈家骉心上不愿意把其中细情和他说明，所以不再多言，让他睡了。至于关着麦尔高情夫的种种细情，只得暂且纵他一纵，以后慢慢的再来探他。因为他目前的心事，又转到了那几个光棍身上。原来他们此际还在外面阴魂不散似的转来转去呢。家骉在玻璃窗里瞧见他们一个个都占着一条路凳卧而假寐，有意装成睡熟的样子，意思要想骗他乘机溜出去，所谓"请君入瓮"，然后可以瓮中捉鳖。谁知家骉是你乖我也不呆，借得了李婆婆的店，暂做了安乐窝，不来上当的了。他已拿定主意，枯坐到东方发白，非但不想乘隙跑去，他在室中连烟都不敢吸，惟恐烟气氤氲熏了满室，有妨那李媪的呼吸，害他睡得不安。以为他既好意容留我，庇护我，我何可反而搅扰他，使他不能安睡呢！所以连一点声音都不敢有。【眉】此等德性，我中国人实有愧之，此吾不敢为我国袒者也。然而阿林那张可怖的怪脸，却几次三番的从窗上来探。【眉】设无李婆婆，家骉危矣。到得后来，看见陈家骉实在的毫无去志，他的心思渐渐的懈怠，后来也就撒手的走了。一个既走，那几个也一个个的足里明白了。

交了七点钟时，天已大明，街上渐渐有人迹往来，声响不绝于耳。于是家骉就把李媪叫醒，反扃了门，一路把他扶送到马德街李氏寓所。然后告辞而退，自己走到一座咖啡馆里用过点心，方始回去。略略歇息了一会，便提起精神，前往拜谒顾兰如，要行他那侦探手段。不知探的消息如何，且听下回分解。

陈家鼐一意不满于贾伯爵，固由于其忠，而贾伯爵必有不满于人之处。露于家鼐之前者，妙儿独迷恋之，盖弱女子最易被欺也。欧洲素略男女嫌疑之别，女子得与男子酬应往还，自非绝无阅历者可比，犹有妙儿其人。况吾国女子严于界限，以深闺不出为贤，于人情世故，如坠五里雾中，轻言自由婚姻者，何不一念及之也。

数凶徒要陈家鼐于路，写得闪烁可怕。

陈家鼐恐妨李媪呼吸，终宵不敢吸烟一节，虽闲闲数语，颇能唤起人之公德心。小说有改良社会之能力，其此类也夫。

（趼廛主人）

第二十三回

技艺家偏学侦探术　跳舞会乃成撮合山

大抵西国风俗，黄昏时候为众人行乐之际，而所以行乐之道，亦不一而足。巴黎繁华，甲于天下，行乐之处，亦较别地为多。即如那陈家霶，不过是一个雕刻师的徒弟，居然也是今晚戏园，明夜酒楼，跑个不了。

且说家霶自从那夜在李婆婆旧衣铺里枯坐了一宵，天明回来，略略休息了数小时，便到恩施街访顾兰如。当时进得门来，并不见有一个男仆，却有一个侍婢出来应客，明眸皓齿，语言伶俐。当将家霶引到了一个书房之中，窗明几净，陈设精雅。家霶坐定之后，就欲请见大词曲家。那侍婢道："我主母并不见客，我不敢轻易去回。"怎禁得家霶一定要见，说："有一件东西，日前于无意之中偶然得来，后来知道这件东西乃系顾夫人所失落的，所以不揣冒昧，特来当面奉还。"那侍婢听了此话，就转身入内，回明主母。不多一时，即出来称说："家主并无东西遗失，请陈先生不必在此多渎。"

家霶受了一场没趣，只得扫兴而回。【眉】枯作了一夜，急急来访，非独家霶急欲见之，即读者亦急欲其相见，以观其相见之情形矣。谁知顾兰如偏不见面，文势曲折，非但家霶扫兴，读者也有点扫兴。然而原著如此，译者只得对不住了也。然而他心内自己明白，其

149

中只有两个缘故，没有第三个的。其一，顾兰如所说的话如果的确无疑，则我要想踪迹跟寻的一条路，是全乎不对的了。其二，或者他因为这只戒指是在两益典当门口失落的，认了这件东西将于自己体面大有妨碍，所以宁使丢了东西不要，却还要说出这几句谎话来装虚场面，也未可知的。总而言之，这二者之中，必居其一。若由后说而论，则陈家骦此来，本是大错特错，万不应该的。你道为何呢？因为家骦此次亲身来访，虽未得与顾兰如相见，然而以后顾兰如再去访铁瑞福时，倘在相馆里遇见了陈家骦，必然能认识的了。论不定他当时还在门缝里瞧着你呢；要不然，那侍婢伶牙俐齿，也足把家骦的神气形状，详详细细的告诉主母了。这么说来，你要侦察人家的没有侦到，却反被人家侦察了去，岂不是多此一来么？可怜陈家骦费了许多心计，仍然毫无头绪，非但这一处探不出消息来，连别处的消息也都无头无脑，大有所如轵左之概，心中好不烦恼。

且说陈家骦在道中认识了的那个穷婆子，家骦既把他荐与妙儿小姐，那妇人就于约定的时候到铁瑞福家里来。妙儿小姐见了他之后，非但给他事情做，还周济了他许多东西。原来那妇人的母家姓伍，小字毛毛。据他在妙儿面前所述的历史，煞是可怜，所以妙儿格外资助他。

家骦待他辞了出来，就一路跟了他走，细细盘问他丈夫的来历。那妇人本来觉得难以为情，不肯深言。但是他夫妻二人在鲍别崇酒家处争闹时，都被他当面亲见过的，所以亦无可抵赖，只得略略的告诉他。原来他嫁了阿林已经十年了。当时阿林本是一个手艺人，在一个大工厂里作工。起初也待他极好，隔了半载之后，渐渐的变了心，一日不如一日。后来稍不如意竟敢开口便骂，动手便打。过了三年之后，居然不别而行，不知去向。留下一男一女，要他老婆自己一个人养活他们，这日子就一天难似一天，所以弄到这步田地云。【眉】夫妇道丧，可为一哭。然而吾闻西例，夫妇可以涉讼者，观于此，不能无疑，何毛毛之驯也！至于问到他丈夫平日的一切行为举动，他竟全然委为不知不闻。他丈夫虽这样不长进，他好像还不愿意暴他短处似的。【眉】此妇大可敬可怜。然而他夫妻二人分离以后，彼此显然不相闻问，也是实情。而且阿林所居的地方瞒得极紧，永不肯使其妻子知道。大约是在旧城子左右，亦不能得其实在。家骦心上最要紧是打听他那麦尔高的消息，谁知他非但不知其人，连这姓名也从来没有听得过呢。【眉】不闻麦尔高姓名的，自是安分妇人。

陈家骦于那妇人身上既然探问多时，不得要领，他的心思就转注到葛兰德一人身上。原来约他晚上有暇，便到鲍家一壶春酒店叙叙，所以天天盼望和他相见。谁知葛兰德公事很忙，不能常到那里，所以和他相会的时候也很少。问到瑞福这件案子，据称，警察处连日所查的事，是要追究已死白氏丐妇以前的情人为谁。因闻得白氏生前颇有财产，皆为其情人挥霍净尽，故欲追求其人，俾可究出谋毙白氏之故。如此一路根寻下去，穷源竟委，或者可以查出那天晚上浇泼毒药，无端致害瑞福先生双目失明之人，也未可知。岂意迄已多日，毫无影响。所以这件案子竟搁住了，毫无一点进步。加之此案中一切情形，自据当时瑞福先生亲口相告后，复据警察数人详细报告总巡，故警察总长亦已深知一切，无庸传讯一人，所以此案格外好像无人提起似的了。而且此案之中被人谋毙之白氏，并无苦主代他告发。所可作为原告追究此事者，只有瑞福先生一人。然窥瑞福先生之意，只求他令媛妙儿小姐终日嘻嘻哈哈，逍遥快乐，毫无愁态，他老人家已是心满意足，何尝有一点报仇雪恨的意思呢？非但不想报仇雪恨，而且瞎了两只眼睛之后，倒反委心任运，无牵无挂，一点事都不放在心上，只有这位自来学徒陈家骦，却是东探西访，着实费点心思。然而一时之间，急切又查不出甚么证据来，所以叫他背地里着急得甚么似的。俗谚所谓"皇帝，不急，急煞太监"，这就是陈家骕当日的情形了。

且说那位贾伯爵当时因为叔父来信，说抱病极重，故他决意要往小亚细亚士每拿地方一行，俾与叔父相见诀别，所以商议，欲将婚事提早办理，以便相偕东行。此事瑞福亦已答应，允许照办。故此贾伯爵动身东行的日子亦已选定了。铁家父女各各欢喜，自不必言。这是瑞福失明之后，第一次遇到的喜事，这也无怪其然。这几天之中，贾伯爵几于无一天不来相访，来了之后，就和他父女两个在客厅里相见剧谈。妙儿因嫌相馆里人多繁杂，故渐渐生疏起来，不似往日天天必在这里聚会了。从此连瑞福的踪迹也稀了。外面的朋友，如史太太等一班人，竟绝迹不来了。但是一般技师美术家，却天天往来不绝。这都是瑞福的同业故交，因闻瑞福双目失明，复将远游东方，所以特来探望的。那白爱媛小姐本来和妙儿最亲近，自从相识以后，几于无日不在一处，如今也不过偶然一来罢了。至于白路义，是已经许久绝足不来了。所以妙儿天天不过和他父亲及贾伯爵二人，在客厅里谈谈说说，消磨永昼。如此情形，只害得陈家骕孤零零的独自一人，守着这个相馆，好不冷淡清静。【眉】冷淡清静，正好想法子。一笑。因此他心里对了那伯爵，格外的怀恨多嫌，不喜欢他。大约他们二人因为没有香火缘分之故。

且说白路义兄妹二人要约了陈家骕，于礼拜日清闲无事的时候，一同逛博物院去，陈家骕忽然拜此宠命，心上好不快乐。而且爱媛方说明，这是他自己高兴，先和哥哥说起的，所以心上格外欣喜得甚么似的。谁知事不凑巧，刚要届期，那白路义忽因偶染微恙，不能践约，只得展缓七天，至下礼拜日再去。于是家骕格外振刷精神，竭尽能力，留心刺探，意思要想尽这六七天里边，把那贾伯爵暧昧情形侦探一个明白。然后于下礼拜日见了爱媛方可把他女友妙儿如何坠入圈套，几遭不测，如何被我侦探隐情，援登彼岸，如此一五一十，在爱媛面前可以大大的夸张一番，以显自己的能干，还可叨爱媛的赞扬。

你道陈家蕭何以平空白地忽然生出这许多妄想来？原来他心上和贾伯爵是不合意的，这不合意的缘故，连他自己也说不出所以然来。后来自从与白路义相契之后，心上更又加上一个私见，以为像我师妹这种才貌，与白路义那样人品，二人相配为偶，岂不是天生就的一对璧人？却偏偏去许了这位伯爵，心上好不自在。于是因妒生恨，一心要寻他的短处，偏偏那伯爵的举动，在在有可疑之处，所以家蕭格外的留了心。及至拾到一只金镶戒指之后，益发好似拿到了真凭实据一般。正在明查暗访之际，忽然又有提早婚事之议，心上不觉为之大动，于是乎他脑神经中就一层层的幻出了许多理想来了。常言道："理想者，乃事实之母也。"今陈家蕭的理想如何，侦探如何，暂且按下，停停再表，且将顾兰如唱曲之事先行叙述一番。

且说顾兰如约定要在史太太家里开会唱曲，届期并要邀请铁瑞福父女同去。瑞福早已允下了，且要他徒弟陪了同去。如今曲期将届，自不免有一番热闹。诸君不嫌烦絮，请先把这史太太的来历先行表白几句。

话说这史太太，既然人人都称奉他"太太"一字，自不必说，是曾经嫁过老公的。但是几多年来，人家只见他是个只身妇人，从没有听得人家说起他老公为人如何，何时过世，没有一个知道详细的。有人说史登来生前是做银行生理的；也有人说他是专门做空盘生意，买进卖出，以做输赢，博余利的；还有的竟说他是放债盘剥重利的。【眉】以我看来，三样都怕不免。盖必要做了银行生理，方有胆做空盘及盘剥重利也。众论纷纭，莫衷一是。总而言之，他遗下那一份家私，为数可就不小。但观史太太所居马德利街上一所住宅极华美，极宏敞，一年房租需付四千法郎，其余一切服御享用，都与富家大族相似，如此豪奢，一年至少非有四万法郎进益不办。所以闻得人说，他所受的遗产虽大，然而每年官息所入，未必就够供他那种阔绰举动。

他的交游极广，神通极大，在巴黎地方，竟是把"月下老人"做了他的专门行业，平日专门预闻人家男女婚姻之事，于中取利。他做这一门生意，赚钱又多，名声又好，不论男女，都欢喜他，感激他。【眉】此种生意倒也别致，老公做了银行生意，老婆却做元宝生意。可发一狂笑。然而他经理这种事情，并不是招股份，合公司，挂一块招牌，设一间办事房，然后堂堂正正说明了代人承办一世男女婚媾之事的。也不用甚么伙计，也不必在商部挂号注册。他的办法，不过他那里常常开跳舞会，置酒请客，犹如曹操请关公一般，三日一小宴，五日一大宴，召集一班男女，聚在一堂，他就互相介绍，俾成相识。其中不免有怨女旷夫，目成心许的，他就从中做个牵头，两面拉拢，成其美事。结缡之后，彼此感其玉成之劳，自然两边都有酬谢。凡遇富室名媛，妆奁丰厚的，被他知道了，虽生平毫不相识，也要委曲设法，竭力罗致。然后渐渐的运动他嫁人，事成之后，这一笔酬谢，至少也要二八的扣用呢。他这种办法，只要看女相夫，不生歹意，就是贫富悬殊些，也还无甚弊病。好得西国开明较早，结婚自由，苟非男女自相爱悦，他人无从勉强，否则就不堪设想了。然而世路崎岖，人心诈伪，难保无希冀财色，百计以谋再娶的。于是倒行逆施，犯出诸般罪恶，斯世岂无其人？惟史太太此法，行之数年，尚无此等情弊。而且他的主意，亦并不是专门运动上流社会的，他那里大厅之中，一堂聚会的，最多是中富及小康之家的少女，和那些中等社会的少年技师。而且这两种人，大家联合起来，亦较为容易。所以就这两种人中他经手拉拢的，已有十来对，都是画师、琴师、曲师之类，与富室女子成的眷属。大抵富室女子心上属意的人，只要规规矩矩，端端正正，能够自己养活自己，初不计较有多少家产，所以就容易些。史太太赚这笔佣钱，【眉】竟说是佣钱，然则只算贩卖人口。一笑。也不很费力，极稳极当的。

至于贾尔谊初至史太太屋里时，亦不过自称是个平常士人，并没有说起是个贵族。史太太见他仪表不凡，很是器重他，一意要代他作伐一位富室千金，使他享福一世。【眉】史太太亦是以貌取人者。后来就在妙儿面前竭力撺掇，说得千好万好，禁不得贾尔谊又是一个辩才无碍的，几次三番花言巧语，就把一个妙儿的心弄得活了。以后渐渐相稔相悦，就此算许了他。这都是史太太一人之力。不然，妙儿住在家里，没有人常常请他赴会，那里会和这伯爵相遇呢？

说了半天，这唱曲会究竟唱些甚么曲出来，且听下回分解。

一路读来，以为一世鬼蜮都是史太太一人牵弄而出者。至此忽将其补叙一番，说得堂堂正正，不过以媒妁为业，似亦寡妇之常，令人疑惑不定。

（跰躔主人）

贾凫西鼓词

贾凫西　　　著

吴趼人　　评点

裴效维　　校点

《贾凫西鼓词》序

　　呜呼！风云扰扰，变态万千，人海茫茫，乱评黑白。成者王侯败者贼，乃史家不二之法门：诛其君而吊其民，为奸雄欺人之饰语。通鉴欤？史籍欤？吾一往复斯言，而不敢尽信也。而况时势变迁，竞争剧烈，谬妄之说，因而丛生。吾见夫优胜劣败，实弱肉强食之遁词：天赋人权，惟凶暴残刻者享受。是故善杀人者，一跃而几于文明：讲礼让者，万人尽讥为腐败。时评欤？舆论欤？吾旷观斯世，亦不敢信以为然也。借曰舆论、时评皆可信，则善噬人者虎狼，何不贡以文明之谥？善攫食者饿鹰，岂亦得为进化之征欤？然而舆论竟如是，是则无可奈何者矣。吾于是揣摩时势，商榷舆论，远观全世界，近观吾宗国：国家如何？呜呼！是皆欲于舆论中求一名誉而不可得者也。然而国家、社会、政治、教育、程度、思想，历数年十数年而终于如是。呜呼！其不可为也。已知其不可而为之，世无孔子，吾其为晨门欤？许由洗耳：未必羞为帝王：箕子佯狂，岂尽心乎君国？时势之所逼，舆论之所攻，迫而为之耳。此吾年来厌世之心所由生也。

　　贾凫西先生为胜朝遗老，而考遗佚传中无其人，行箧中书籍无多，不及详求矣。撰有《鼓词》一册，书中两叙一跋，亦皆不著姓氏，益无可考。其词则嬉笑怒骂，皆厌世之文，盖当时有所感之作也。同治末年，曾有人以聚珍版印行，其书仅十余页，迄今三十余年，当尽饱蠹鼠矣。三水麦子正臣搜罗得一册，持以见眎。余读而爱之，将以付诸《月月小说》，商诸周子桂笙，桂笙以为旧，曰："《月月小说》皆新著，忽阑入此，毋乃成瑕？"余乃止。既而愈读而愈爱之，遍索于书肆，非独无有，且多不知有是书者，乃决意重梓之，以公同好。或曰："当此锐求进化之时代，子乃为此厌世语，提倡此厌世语，君子不将讥为冷血乎？"曰："冷，吾不敢辞。南北冰洋，冷极矣，然使凿冰洋为隧，而探地球之中点，吾知其热度将十百千万倍于地球外之赤道下者。君子庶几谅余。"

　　　　　　　　　　　　　　　趼人氏序，时光绪丁未二月。

原序一（统九骚人）

山不可摇，云雾宣其气：海不可量，潮沙泄其机。山海尚有不平之积，而况人之食味、别声、被色而生者哉！当其寂处阒然，如蚕斯缚，如蠖斯奋，悲喜交集，曲折万端。洎乎应感起物，心术形焉，蚩蚩者随起而灭，稍有聪明，为之咏言焉，长叹焉，播之音乐焉。盖余横目古今之书，莫非心之不平为之也。天心不可见，闲尝验于山之云，曳紫流光，而必不同于昨日：又即验于海之潮，涵天浴日，而必不同于去年。因知心之所触，各有浅深：目之所遇，各有彼此。心动于中，目接于外，如矢在弦，发不可遏，工拙靡尽，偏全奚恤？自昔湘江囚累，尚疑怨君，蚕室腐史，不免孤愤，诰六经而下，不诡大道者鲜矣。至于文心不同，各创体制，以言语而变盱睢，以鸟迹而变结绳，褒贬易誓诰之文，纪传改编年之体，文章异态，夫复何穷？乃有传奇，固三百篇之余绪：有演义，或麟经左史之支派。盖予读《文献通考》之续书，尚列《琵琶》《水浒》之稗史。窃谓感慨既深，言之痛切，尺幅穷万古之变，片言发千载之覆。如贾先生之《鼓词》，即谓子美诗史、屈平《天问》以来堪步后尘焉，盖未多愧也。先生济宁人，字凫西，失其名号，明时进士，其家世亦未暇考。至作书之故，亦未及周知。然观其字成鬼哭，丝动石破者，先生之唾壶欲碎，先生之柔翰万折矣。涂鸦小儿，依口学舌，自矜醇正，方以先生之讪毁昔民，噤口不敢道。则是仁、义、礼、智之字，荀、杨不识其点画；《易》象、《春秋》之文，庄、老未穷其旨归也。呜呼！小知不及大知，岂特蜩与莺鸠云尔哉！

原序二

　　余之序贾先生《鼓词》在乾隆元年丙辰秋也。逾年七月二十三日，复为论述其意，偶以新病，屏笔墨者二十有四时，既愈而后卒其事。盖文不加点，难免刺谬，而词以达情，不避指摘，爰复为之序曰：

　　文章之来，邈矣远哉，其端肇于鸟迹，而其盛发为典谟。皋、夔拜手，明良作焉；旦、奭分陕，清庙咏焉。粲而成章，所以敷皇猷，扶心传，其系重矣。三代权操于上，故咙言有禁，而横议者诛。汉世权操于下，故言不雅驯，则荐绅缄口。若是方技百家之说，叛经离道之书，隐僻怪诞之论，学士大夫畏而去之，肄业非所及也，而况乎稗官野史之流哉！顾吾闻尼父之言曰："博弈用心，犹贤乎已。"东坡之言曰："苟有可观，皆有可乐。"然则文章小道，大雅不废，街谈巷议，雅化攸关。粤自周室东迁，杂说蜂起，心心有主，喙喙争鸣。庄叟内外之篇，非尧、舜而是桀、纣；荀卿乐之论，薄孔、孟而杂刑名。乃至乱民必诛而游侠立传，草窃必杀而《水浒》为书。士君子心胸垒块，天地文章，借得杯酒，互为草稿，但能以意逆志，何妨往而不返。则予之流览于贾先生《鼓词》，心之所注，何不可焉？且夫君子务知大者、远者，小人务知小者、近者。念予家号雅儒，室有缥缃，虽名山之业，未敢妄希乎先进。而春官之笔，亦且留意于鸿文，属以覆盆永戴之故。而中郎万卷，零落无存；惠子五车，差池未睹。自计身己败矣，名己裂矣。金殿视草，虎帐飞檄，既己零落于春梦，而载酒问字，对月评诗，又复契阔于乡儒。惟此《鼓词》一册，风雨晦明，与我共对，时一抱膝长吟。而阃茸狱吏之辈，亦颇能解其旨趣。吟之既久，感之愈深，序而存之，论而述之。譬犹蜣之转粪，已忘其臭：更如鸩之食蛇，言甘其毒而已矣。喔乎哉！文章一道，何往不存，苟有心得，随遇而解。牛铎可以知乐，曝背可以献君。故琴瑟在御，而三郎膻鼓解秽：文为涌泉，而门人说鬼倾耳。近世之士，沉没墨牍，文似而实非，尚不如《鼓词》之不拾牙慧，使读者有须眉起舞之乐也。

时丁巳七月二十七日，统九骚人再序。

正　文

论地谈天，讲王说伯，第一件不要支离不经，第二件不要荒唐无味：言言都是药石，事事可作鉴戒。那刚胆的人，听说那忠臣孝子，也动一番恻隐。那婆心的人，听说那奸妄邪淫，也起一番嗔怒。即如荆轲报仇，田横死节，讲到这个去处，令人慷慨悲壮，吐气为虹。又如那忠臣抱恨，孝妇含冤，讲到这个去处，令人咨磋伤叹，嘘欷流泪。再提起那曹操杀董承，秦桧害岳飞，讲到这个去处，令人怒发冲冠，切齿咬牙，恨不能生嚼他几口。又如提起那武二郎手刃西门庆，黑旋风法场上劫宋江，讲到这个去处，令人心胆俱快，跃然舞起，真个要替他操刀。如归湖之范蠡，奔山之张良，飘然长往之刘基，看这些人前半截的施为功业，尽该去做。如骖乘之霍光，得君之管仲，恃功请王之韩信，看这些人后半截的结果，名利事就不争了。见多少拔山举鼎的好汉，到后来反害其身，可见生死为难逃之天，虽说是势力，也不全在势力。见多少舌剑唇枪的英雄，结果处百无一成，可见成败有一定之数，虽说是智谋，也不全在智谋。想周公恐惧流言，王莽谦恭下士，说到这个去处，可见人心叵测，再不可以言貌取人。像阳货讥仲尼，臧仓毁孟子，讲到这个去处，可见毁誉无凭，是非颠倒，圣贤不得时，也遭世路坎坷。尝过这些滋味，参透这些机关，才知道保身是哲士，贪位是鄙夫，安分是君子，妄为是小人。唐、虞、夏、商、周，到底同归于尽：巢、许、伊、周、吕，可以并传不朽。盘泥飞天，各有长短：廊庙山林，各有所好。明公漫道这是说书的浪谈，于人心实有补助。但古今书史，汗牛充栋，从那里开头？石渠天禄，万卷千箱，打何处说起？有了，有了，释闷怀，破岑寂，只照着热闹处说来。

　　十字街坊，几下捶皮千古快。半生清海，一声醒木万人惊。凿破混沌作两间，五行生克苦歪缠。兔走乌飞催短景，龙争虎斗耍长拳。生下都从忙里老，死时才会把心宽。一腔填满荆针刺，两肩挑起乱石山。汉陵唐寝麒麟冢，只落的野草闲花荒地边。倒不如粗茶淡饭茅屋下，和风冷露一蒲团。科头跣足闲玩耍，醉卧狂歌号酒仙。日上三竿眠未起，算来名利不如闲。从古来争名夺利不干净，好叫俺老子江头白眼看。

你看满目蓬蒿，遍地荒冢，埋没了多少豪杰，也该唤醒大梦。怎么太上老君，已是住了二十二天，还尽力拉风匣，落得个踢倒丹炉，成了火焰山一座。花果山孙悟空，已是做了齐天大圣，又去西天取经，走了八十一遍，死里逃生，祸中求福。可见富贵功名，最能牢笼世界。在下有一对联，敢为聒耳：

　　混杂的万般色相，直死歪生，欺软怕硬，若要平头正脸，便无世界；

　　滚圆的两个东西，连明带夜，斜行倒走，倘或叉手打坐，那有乾坤。

又有一首《西江月》，一并请教：

　　混混茫茫岁月，嚷嚷闹闹尘寰。虽然头上有青天，自古何曾睁眼。　　死后七颠八倒，生前万苦千难。神灵享祭鬼图钱，善恶没人招管。

老子江头漫自磋，贩来今古作生涯。三百二十八万有余载，只用俺几句闲言讲到他家。一时张开谈策口，管教他万古英雄没了遁法。混沌初开人物杂，三皇御世驾龙辇。庖羲掌教结罗网，鸟躲鱼藏把命花。炎帝神农尝百草，赭鞭草木早生芽。督亢反了蚩尤氏，黄帝为君起了征伐。灭了涿鹿十里雾，从此后欺软怕硬乱砍杀。【眉】鼓词皆北音，故"法""伐""杀""万"字皆可借入麻韵也。其他仿此。（趼注）

这三皇五帝前后世界，原无文字纂纪，不过衍袭口传。其间出头的人物，各要仗自己本领制伏天下。不知用了多少心机，使了多少气力，费了多少唇舌，经历了多少险阻利害，干过了多少杀人放火的营生，教坏了多少后人。

你看那茹毛饮血心已残，燧人氏着火又加熬煎。有巢氏不肯在山洼里睡，遂使那榆柳遭殃刨成了椽。女娲氏炼石补天多费手，到于今万里覆盆不见那层天。少昊金天都曲阜，云阳埋葬小山尖。颛顼迁国高阳去，有孙彭祖宇钱坚。高辛建国亳州住，有四妃生了四圣共八元。只因帝挚九年诸侯废，立了个陶唐大圣纪尧年。浲水滔天谁惹的祸？那百姓鳌嗑鱼吞死了万千。伯益氏放上一把无情火，狼虫虎豹也不得安然。四岳九宫举大舜，一十六字接心传：丹朱不才臣做主，神禹为主又遇着传贤。为舜挂的三年孝，四百历数纪夏元。善射的后羿篡了位，少康一旅整朝权。自从放了夏桀帝，这又是黑色牛犊命该全。

自从神尧坐了哥哥的宝位，大舜得了丈人的家私，神禹受了仇人的天下，成汤夺了暴主的江山，其间一眠千年，难明就里，也有可哭的，也有可笑的。在下只一言两句，教他哭也哭不得，笑也笑不得。

那时节黑洞洞的世界难睁眼，怎么得清朗朗的乾坤过上几年？沉重重的山河才到了地，轻清清的星月未着上天。神人难处魍魉旺，也亏了三唱更鸡惊动鬼门关。那时有十日并出晃了一晃，唬的些狐子妖孙透胆寒。亏了善射的后羿放了九枝雕翎箭，那十个红轮只剩了一个圆。为甚么大旱七年不下雨？桑林白马祈龙涎。最可笑翦爪当牲来祷告，不成体统怎么传？只见他桑木板顶在脑瓜上，也不怕滴溜了泥丸打了眼圈。全仗的挺硬的脊梁担重担，谁教他撅起屁股唱个喏圆。更可笑古董斯文知礼数，左拉右扯坐了席筵。谁兴的祭祀玉皇杀白马？倒恶的九万里清虚把恶心翻。

这话都是中古时候干的营生，遭的年景，也有停当的，也有不停当的。其中最停当的，只是神尧大舜，虽做了一朝人王帝主，却得一身脱净，万古传留。且说尧为甚么把天下与了舜？他想着："我这宝位原是我帝挚哥哥的，我将他热腾腾的宝位坐了七八十年，于今发白齿落，也算快活够了。可叹生了个儿子丹朱，教他一盘围棋，也不会下。待于八位皇子中拣一个聪明伶俐的，传位与他，又道天下爷娘向小儿，还怕小兄弟们不知好歹，七拗八挣。又加上洪水未平，共骕、苗鲧，一般利害行货，倘或乘机弄起刀兵，九位皇子那里招架得起？就是两位公主，也要魂飞魄散，东躲西藏。欲把天下让了巢父、许由，他又装腔做势，洗耳牵牛，逃得影也没了。想一个千妥万当的法子，舍得却还是留得。访闻着有一个壮年好汉，吃辛受苦，孝行过人，不免将他唤来，试看试看。把九位皇子托给他，两位公主嫁给他。后来就委他收拾了四凶，再把天下让与他。既不落老年帝主兴兵诛戮的名色，又省惹下许多冤仇，我那后代子孙也免得受刀下之苦。"所以不把天下与了儿子，却把天下与了女婿。这便是尧让天下与舜。

正是天下原非一人有，子孙传流不到头。婿承翁业真奇事，不是大舜千古仇。想当时阳城一避虽然假，又怎奈朝觐讴歌不自由。

再说舜为甚么把天下与了禹？舜想道："我从耕田耙地出身，这天下是我丈人给我的，何尝是俺家世传的祖业，也不是白手打来的江山。当年鲧治洪水，八年不成，原来天数如此。就是怀山襄陵，合该有此劫运，难道与他相干？我承岳父之命，将他殛死羽山，化作一个三足黄鳖。我又生下一个商均不肖之子，恰好外甥随舅。那鲧却生的儿子神通广大，伏虎降龙，那等利害。自古道：'打倒不如就倒'，不免把这偷来的天下，做个现成人情，落个好相与，结识了这个英雄，他也就恩怨两忘，我也好身名无累。"主意定了，遂带着英、皇二位娘娘，驾幸湘湖，还是避阳城的故事，假托名色，说五年巡守，原是旧例如此，一去不返，遂即晏驾苍梧之野。这就是舜把天下让与禹。

> 正是百丈艨艟千尺篷，一帆高挂水空。纵然飓母风头险，只在丹山碧岛中。英、皇鼓瑟何必多啼哭，也省得湘竹斑斑血点儿红。

再说那干得停当的，屈指无多，就数着了周家文、武父子，也算得真正圣贤，真正豪杰。那豪杰认得真，拿得定，忍得住，下得手，才干得事。自从羑里中潜龙七载，从伏羲八卦，演出生克剥复之理。凡卡世卜年，九五飞天，以及洛邑定鼎，东周降秦，都算的明明白白。虽曰人事，实由天命。自我看来，总之弱肉强食尽之乎矣。最可恨翻舌头的杀才崇侯虎，挑唆的西伯图圉住成了家。散宜生定下一条脂粉计，献上个兴周灭纣的女娇娃。因此上羑里放出周西伯，倒加上提调两陕专征伐。夜梦飞熊猎渭水，收了个能征惯战的姜子牙。世子纳聘了邑姜女，全仗着自须丈人把舵拿。他爷儿们昼夜商议行仁政，那纣王糊里糊涂在黑影爬。几年家软刀子割头不觉死，只等得太白旗悬才知道命有差。

自西伯得专征伐，三分有二，还咬着牙根，不肯动手。到临终时密嘱世子道："时至勿疑。"至世子承袭，天命已归，陈师牧野，火焚了妲己，剑诛了商纣，天下方为周有。假如武王假斯文道学起来，高抬贵手，姜太公刀下留情，那纣家十万亿的子孙，六百年的故旧，安知不死灰复燃：况有伯夷、叔齐一班义士，微箕、胶鬲无数忠臣，就是太子武庚还不是败家之子。于今替他想一想：

那纣王七十万雄兵肯出力，那武王前思后想留点人情，姜太公一肚子阴符少施展，那虎贲三千丧了残生，黄金斧钺折了刃，甲子日回不去孟津城，三位叔叔保来武庚的驾，朝歌城一战齐唱凯歌声，到于今武王纵有千张嘴，谁是谁非说不分明。

所以武王认得真，拿得定，到这忍不住的时，便狠一狠下了毒手，一刀请下纣王的头来，悬在太白旗上。姜太公白发飘飘，鹰扬马上，指挥三军，布告中外，放了三声大炮，又呐喊了三声："咳！都来看纣王的头呀。"那朝歌城里人山人海。

一齐说无道昏君合该死，咱把这新主龙爷尊又称。这才是一刀两断君臣定，秤锤绑住在定盘星。全不想六百年的故主该饶命，同口说七窍的贤人为甚剖了心？哎！没眼色的饿莩叩谁的马，你看俺行孝的君王还载着木父亲。满街上拖男携女去领钜桥粟，后宫里美女佳人跟着虎皮军。一霎时血流漂杵杀了个净，这才是自古灵长第一君。

后来到赔上了两位孔怀兄弟，才成就了卜年八百。算来就是积德累仁，还是强的得手，弱的吃亏。因想起夏桀不杀成汤于夏台，成汤一得脱身，却放夏桀于山东定陶县，遂囚死南巢。商纣不杀西伯于羑里，遂落了这场结果。后世如赵国不杀秦家质当的异人，带犊子吕政，便灭了赵国。鸿门宴楚霸王不肯害沛公，乌江问渡，高皇帝定要逼死项羽。那韩信不听蒯彻之言背叛高祖，高祖却用吕后之谋害韩信。写不尽今来古往，懊悔杀壮士英雄。按下后事，再整前腔。

灵长自古让周朝，王气东迁渐渐消。春秋瓜分十二国，七雄割据逞英雄。秦家杂种把六国灭，只落得胡亥、子婴没有下梢。乌江逼刎了盟兄弟，负义刘邦功业高。当初腰斩白帝子，变了个谦恭王莽篡了朝。光武中兴桓灵败，锦秀江山姓了曹。三人结拜桃国义，三顾茅庐不惮劳。累杀了英雄只争挣三分鼎，不如那甘受巾帼的晓六韬。赤壁鏖兵把心使碎，祭风的先生刚把命逃。木牛流马排八卦，六出祁山替谁家熬？

你看那周、秦、两汉，转眼都成梦幻。曹瞒欺孤灭寡，落了万世的骂名。司马懿依样葫芦，看他有何结果？

秋风吹落中营星，铜雀春深草自青。卖履分香还掉鬼，曹瞒死后马啼鸣。你看他如狼似虎恶父子，再一辈行酒驿亭打支应。那刘聪扎住团营洛阳县，堂堂的主公降了驿丞。金牛跳了能行马，玉板登身化做了龙。奸心狡计司马氏，百年何尝有一日宁。正是生灵血混长江水，到于今一阵风来草木腥。

话说两晋风流，又变做了六朝金粉，其间五胡云扰，后起了十六处烟尘。在下错断龙掉尾，省些兔颖文：

江南五代起宋家，一掷百万手狡猾。龙行虎步生成贵，可怎么八世为君都犯着殃煞？萧梁事业传同姓，同泰寺舍身把金钱花。侯景兵来神不佑，饿死台城睁着眼巴巴。陈霸先阴谋夺了幼主位，隋杨坚害了外甥起大家。无人伦的杨广杀了父，积作的看花扬州把命搭。这其间六十四处刀兵动，十八国改年建号乱如麻。何时翻了江河水，淘净潢池战血沙。

再说大唐之国，气象何等冠冕，体统那样广大，传国二十一主，享祚三百余年。然春秋责备贤者，且将他伦常宫闱排说几句，并捎带五代过手，后接入大宋、辽、金：

大唐传国二十辈，李世民血溅宫门兄弟上差。后宫里四百宫人放出去，倒把个巢刺王妃做了浑家。不识羞的则天戴上冲天帽，没志气的中宗把盆口夸。洗儿钱接在贵妃手，赤条条的禄山学打个哇哇。擅杀了留后自称节度使，藩镇当权主征伐。砀山的贼民升了御座，只有那殿下猢狲挝了几挝。从此后朱温家爷们灭了人理，爬灰的老贼被儿子砍杀。沙陀降将又作了皇帝，十三太保乱当家。石敬塘倒踏门女婿夺了丈人的碗，堂堂男儿靠着个娇娃。李三娘的汉子又作了唐高祖，咬脐郎登极忒软匼。郭雀儿兵来撑不住，把一个后汉江山送与他。最可惜三娘打水受了半生苦，作了太后临朝还在乱军里爬。郭雀儿天下落在妻侄手，柴世宗贩伞螟蛉没太差。五朝八姓转眼过，日光摩荡照天家。紫云黑龙护真主，陈桥兵变统中华。身加黄袍伴打挣，这还是香孩儿郎弄狡猾。听信娘亲把江山让，烛影摇红是甚么家法？二支承袭偏兴旺，贤臣猛将聪堪夸。那其间生龙活虎辽、金、夏，铁马铜枪乱挤插。虽然出了几个贤国母，马角不生睁着眼巴。三百年的江山倒受了二百年的气，掉嘴的文章当不得厮杀。道通天地有形外，男儿金缯费叉扒。日射晚霞金世界，担头折尽江南花。雄赳赳契丹并阿骨打，中原拉碎乱如麻。满朝里通天讲学空拱爪，铁桶乾坤半边塌。【眉】骂尽宋儒，令人通体为之一快。从古至今皆如此，说那些古董斯文作甚么？十二道金牌害了岳武穆，也是他讲和的秦桧不打死蛇。宋朝里的江山原没一统，铁木真杀戮蛮情手太辣。可惜了文天祥脚不着地全无用，陆秀夫葬江鱼腹鳖嗑牙。这是那宋家崇儒重道三百载，天遣下两位忠臣来报他。【眉】似讥似赞，当有言外意。

在下只两片唇，一张嘴，又把他那六七百年的英君懿主，武将文臣，惊天动地，伯业皇图，生前的金甲玉印，死后的白骨红尘，一气攒来，几言道破。列位试猜一猜，只有八个字，还是"欺软怕硬，直死歪生"。

世事茫茫不可论，北元又起奇渥温。干滩河上雄兵摆，大宋凌夷换了乾坤。剪断截说到了顺帝，优游不断任权臣。反了挑河贫手十七万，引起了山童妖氛戴上红巾。皇觉寺里生好汉，英烈归心不让人。徐达三军无对手，阃外排兵常遇春。沐英、邓愈、胡大海，十八个豪杰建大勋。谁想分茅裂土山河净，血流之灾又在本门。长子早亡孙承重，为甚么仗着毒叔谋幼君？他八十岁回家也该饶命，到于今骨头渣子没处寻。方孝孺自作原该自己受，那朋友门生是他甚么亲？铁铉死守济南府，只挣了一对女儿落在风尘。这才是大水冲了龙王庙，狠心的金龙不认得一家人。有一朝金枝玉叶风吹落，报应在涧辙里龙子与龙孙。为甚么说到中场便罢手？只怕你铁石心肠也拭泪痕。

在下不是逞自己多闻，夸自己多见，但读些古本正传，晓得些古往今来。你看那漫洼里十字大路上放响马的贼棍，骑着马，兜着弓，撞着那贩货客商，大叱一声，那客商就跪在马前，叫大王爷饶命，双手将金银奉上。那贼棍用弓梢接住，搭在马上，扬鞭径去。到了楚馆秦楼，偎红倚翠，暖酒温茶，何等快活。像俺谈策之辈，也算九流中的清品，不去仰人家鼻息；就在十字街坊，也敢师生对坐。只是荒村野店，冬月严天，冷炕绳床，凉席单被，一似僵卧的袁安，嚼雪的苏武。

像俺这满肚里鼓词盖着冰冷的被，倒不如出鞘的钢刀挑着火炖的茶。

列位老东主，你听，这却也不是异样的事：从来热闹场中，便宜多少鳖羔杂种：幽囚世界，埋没列数孝子忠臣。比干、夷、齐，谁道他不是清烈忠贞，一个剖腹于地，两个饿死于山：王莽、曹操，谁说他不是奸徒贼党，一个窃位十八年，一个传国三四代。还有甚么天理？话犹未了，有一位说道："你说差了。请问那忠臣抱痛，六月飞霜；孝妇含冤，三年不雨：难道不是天理昭彰么？"我说：咳！忠臣抱痛，已是苦了好人：六月飞霜：为甚么打坏了天下嫩田苗？孝妇含冤，那里还有公道？三年不雨，又何故饿死许多百姓？况于已经害了的忠臣孝妇何益？【眉】可谓至理名言，可谓辩才无两。自此至篇终，读之而不生厌世思想、者，无人心者也：读之而徒生厌世思想者，亦无人心者也。曾记得在某镇上，也曾说过这两句话，有人也道："你说错了。到底是积善之家，必有余庆；积不善之家，必有余殃。"我便说：不然，不然。昔春秋有位孔夫子，难道他不是积善之家？只养了一个伯鱼，落了个老而无子。有人说他已成了古今文章祖，历代帝王师。依我说来，就留着伯鱼送老，也碍不着文章祖，也少不了帝王师。再说《三国志》里，曹操岂不是积不善之家？共生了二十五子，大儿子做了皇帝，传国五辈四十六年。又说他万世骂名，依我说来，当日在华容道上，撞着关老爷，提起青龙偃月刀，砍下头来，岂不痛快？可见半空中的天道，也没处捉摸；来世里的因果，也无处对照。你是和谁使性，和谁赌气者？

忠臣孝子是冤家，杀人放火的天怕他。仓鼠偷生得宿饱，耕牛使死把皮剥。河里游鱼犯了何罪，刮了鲜鳞还嫌刺扎？杀人的古剑成至宝，看家的狗儿活砸杀。野鸡兔子不敢惹祸，剁成肉酱加上葱花。杀妻的吴起倒挂了元帅印，可怎么顶灯的裴瑾握了些嘴巴？玻璃玉盏不中用，倒不如锡蜡壶瓶禁磕打。打墙板儿翻上下，运去铜钟声也差。管教他来世的莺莺丑似鬼，石崇托生没个板渣。海外有天天外有海，你腰里有几串铜钱休浪夸。俺虽没有临撞门的无价宝，只这三声鼍鼓走遍天涯。说罢闲言归正传，试听俺光头生公讲讲大法。

原跋（无名氏）

木皮者，鼓板也，嬉笑怒骂之具也。崇祯末年，先生以明经传家，为县令，迁部郎。鼎革后，高尚不出。行年八十，笑骂不休。自曲阜移家滋阳，闭门著书数十卷。木皮子之嬉笑怒骂，有愤心矣，乡人多不解。有沛县阎古古、诸城丁野鹤为手订，付其子，盖阎、丁当时常来其家云。

附　识

按：此本向有传抄，脍炙人口，而大同小异。外有太师挚适齐章平话一篇，已借入《桃花扇》中。盖木皮先生以前代逸民，愤结于中，隐姓埋名，一鼓一板，邀游城市街巷间，信口成文：与屈子《离骚》、腐迁《史记》同一抑郁，而发为不平之鸣，使闻者欷歔悲感。有心者各录其稿，故详略不同。前两序为予曾伯祖萼亭先生（讳□□）作。先生雍正癸卯拔贡，高才绝学，终身不第，抑郁以终。曾因事逮系，其悲愤之气，有不觉溢于楮墨者。所著诗古文词、经义韵学，已刊《望奎楼全集》，今版已湮灭大半。未刻者有《注释奇门烟波钓叟歌》等书。其《治河》一册，则采入《经世文编》矣。诸城野鹤先生所著十余种，亦尚有藏本未刻者，惜皆未睹其全。

同治戊辰闰月，旷视山房竹石主人附识。

情中情

侠心女史　　译述

吴趼人　　　点定

裴效维　　　校点

第一章

甘冒险少女访知音　送远行老人挥别泪

羞沈那者，意大利女儿也。幼失怙，美丰仪而尤深于情，虽毛嫱、西子，温柔不过之。当羞沈那二十二岁诞期，有名康忒达者，为羞沈那幼时褓人也，及期康忒达以羞沈那已笄，曰："吾代庖之责，可以拱手称谢矣。"乃称觞以宴羞沈那于其别墅。该地去勿能赛海湾仅一矢路也。诞之晨，爆声隆隆，旗影飘飘，祝贺之仪，炫人耳目。时日中，载酒扁舟，歌声与桨声相和也。一时少长咸集，欣然以从此游。薄暮，盛开筵宴，以燕嘉宾。酒阑，乃各燃花爆于长林丰草间，毕剥之声，不绝于耳。

维时方四月，炎焗逼人，恶暑袭衣，羞沈那乃纳凉于衣啥拉。一日，康成达偕羞沈那及侍婢巴廊斯，缓步野游，徘徊至勿能赛海口。适一船驶至，名法哀。羞沈那曰："船来矣，吾作维也纳一游可乎？"康忒达答曰："汝年尚幼，道路阻且长，汝踽踽独行，恐非能冒此险者。"羞沈那曰："此易事耳，何惧为？吾意欲环游大陆，以见天地间山川草木，鸟兽虫鱼，光怪陆离，矜奇炫异诸民物，以饱吾眼界，酬吾夙愿也。吾且重赴巴黎，道经巴黎，以达伦敦及巴海密耶海口。吾于是立秀奥峰，俯瞰万千，天然画图，映入吾眼帘中，岂不壮哉此行，快哉此游乎？曩吾意会山水于心胸间，如化身于云雾中，溟蒙莫辨。吾必身经目验而后已，吾乘是船以往维也纳，诚良会也，吾不可失之。"方羞沈那立谈间，双蛾展翠，顾盼生姿，点樱绽红，笑容可掬。斯时也，康忒达怜恨交萦，心不许其往，乃婉言导之曰："世路险阻，人情苍狗。以汝蒲柳之姿，只身远行，往返于洪涛巨浪中，吾甚为汝栗栗也。且如是而往，使吾心滋戚矣。汝毋亟亟，容缓图之。"羞沈那执意言曰："是无难，吾行志已决，多议胡为？今夕，吾必往维也纳。"康忒达沉思良久，遂允其行。

羞沈那乃治束装物，顾谓康忒达曰："吾挈婢同往何如？此行翁知之否？吾将往英之克来服村，觅吾旧友于彼。"康忒达闻言，讶之曰："汝径往克来服村乎？汝得无儿女情长，钟爱于彼乎？汝方笄，何痴情乃尔？"羞沈那乃一转秋波，笑而言曰："吾何痴之有？天涯地角，任人而行，吾终吾身以享吾之自由而已；我而不能偿吾之愿，顺吾之行，是放弃自由而不能自保所有也。吾自忖之：吾当走克来服村，一访异地故知，藉谈衷曲，畅何如之！吾蓄此志久矣，美自今始？吾终夜思此，不能成寐，以冀有自由之一日。然则今日之往，正吾暴日希望心所惓惓者也。"康忒达佯言曰："然则汝隐忍以待者有时矣？汝何狡也？"羞沈那曰："翁且视之，吾束书盈箧，备途中岑寂时，以作遣兴之资，翁无虑我孤寂。吾今往，非独吾，有使婢为伴。设吾至其地，吾先造圣得斯小姐家。小姐，固吾旧识也，与俱往，当不拒我。吾朝夕侣伴，可破寂寥矣。"乃复问康成达曰："翁识圣小姐否？彼固一好女子也，貌称可人，俊雅绝俗，吾固非其匹也。"康忒达作疑状言曰："曩游学于英之拉丁学校者，即此女子乎？彼貌与汝均，但年孰长？"羞沈那曰："彼差长三岁。自今以往，有询吾以年者，吾当数彼齿以对。翁熟视吾，亦类二十五岁之女子乎？"康忒达答曰："汝身过中人，然体态轻盈，明眸善睐，且颊生红晕，唇染朱樱，卷发覆额，色泽若金丝，吾视汝貌，当不称汝年也。汝虽加数年以解嘲，然皮相天然，不事假借，汝以老大自居，人且以二八佳人待汝。汝行诸途，则道路以目，一时汝波光流露，旁观而惊心动魄者正不少也，汝何以往为？此地有崇山峻岭，曲涧回塘，山川清景，任汝领略，又胡为乎涉重洋，犯巨险，而独作异乡客耶？始吾以汝作巴黎、伦敦之游，不久便返。今欲往克来服村，何与汝前言相径庭也？吾不允此行。"羞沈那曰："前言戏之耳，恐翁有所阻。如许吾往，则谨行接吻礼以为别。"康忒达曰："行止，非吾所能阻也。然阻汝之行，非吾所愿，吾受汝父寄托之重，吾当尽吾庇荫之责，乃无负于汝父。吾视汝犹吾女也，汝独不以父执视吾乎？亟亟欲行，使吾老人忧，汝将何以为心乎？即欲往，姑侯数日而行。"羞沈那于是愁眉双锁，泪盈盈而欲下，顾谓康忒达曰："翁言诚是，爱我多矣。然吾意已决，奈何？吾自知年幼，不足以撄波涛之险恶，人情之诡谲。然阅历深而世故熟，随机应变，吾善自转圜而已。翁言吾当铭佩，异日当有为翁地者。此行似有拂翁之意，翁其有我，我将去之。"康忒达于是瞠目咋舌，知不可强留，乃许其行。

临行时，康忒达谓之曰："勉旃，汝好自为之，无令后人笑我拙也。"羞沈那默默然无语，惭感交并。于是足趑趄而不前，面唏嘘而无色。乃泣谓康曰："离情难诉，别恨谁知，吾心中一若与翁长此永诀者，今日何日，何使我黯然魂销若是之甚也！异日吾至维也纳，当付函左右。"言毕，握手登舟，飘然而去。康忒达乃目送羞娘，呆立半日后，遂怅怅而归。

第 二 章

小登临正言论生计　闻艳色戏语结婚姻

英之南有公园，邻海岸，地佳甚，为都人士游宴之区，一时裙屐往来，络绎不绝。时维四月，天气清朗，半晴半阴，树木交紫，葱葱然翠芽怒苗。群鸟飞来，操音林表，以娱游人耳目。时日光微透，空气渐疏，名花盛开，罶列左右，香气袭衣，令人心醉。去园约百余码，卒然有一人乘舆而至，视之，乃安生也。安生自外游归，道经此园，遂命停骖焉。顾谓御者曰："汝驾轻车回，此去距国无多路矣，吾可徒步也。"安生言毕，遂入，绕园一臣，四顾寂然。但见鸟嘤嘤以求友，木滋滋而向荣。忽行至一僻处，有吟声琅琅然，触于耳畔。安生讶然曰："声从何来？"乃遍寻吟者不得。行数武，见一少年独自徘徊于林下。心异之，以为吟者必是人。其人顺而长，貌殊文秀，而衣履清洁，雅不类俗人，一似有旧相识者。安生唤曰："子非吾故人罗守基乎？在此何为？"彼应之曰："异哉！子胡为而来此？"安生乃前与之语曰："吾与子当有夙缘，今不期而会，诚意外事也。"罗守基乃掷果盈盘，光彩灿烂，红白错杂，进而与安生曰："佳否？子视之若何物也？吾知天下多美妇人，粉白黛绿者，都以人力施之，谅不能若是果之色泽天然也。"安生曰："诚然。是固犹十五世纪时美术家所镌刻于书中者。当时美术发达，号称极点，书中所印诸物，人视之若珍宝。今汝所掷之果，其价值当不在十五世纪时美术下也。"安生言次，目闪视如电，似有讽刺之状。盖安生为人聪慧，举动不逾矩，无佻㒓之风，时人以奇男子目之。当安生与罗守基遇时，知示己以果，为彼诱煽少年之计。而安生言笑自若，面无动色，则其深沉大度，于此略见一斑矣。二人立谈许久，扪表看时，已三下钟。遂各分道而散，安生乃独自步归。行一二里许，道逢管家者来，名阿君安。安生与语曰："怪甚，吾度于今日必来，子果来。近吾行游数日，尚健甚。一星期前，吾作旧金山之游。是处为名胜之区，奇山异水，天下独绝。吾朝夕倘佯于彼间，如登九霄之上，不意人间亦有此福地也。吾畅甚，固不负此游。"阿居安曰："自君之出矣，已三月余，吾屈指望君归。"安生曰："何悬念若此？"二人乃相述别后之事，缓步而归。

行数里，村舍在望，甲第连云，而群峰环绕，仰观岊然。

安生谓阿君安曰："前村隐约，想至吾故里矣。"盖安生家去市集数里而遥，半村半郭，有屋数椽，依山而筑，颇具雅致。家构园一区，四时花草，遍植满其中。国之前，湖水莹然，清澈可鉴。夹岸芳草，依依向人。满堤垂柳，稀疏青碧，映带左右。天然景致，雅不让西湖十景之一也。山之阴，大海环抱，汪洋一片，朝浴曦而暮濯月，光彩夺目，几不可以言语状。登高一览，胸襟开阔，看云影天光，纤尘不染。对此能令人尽忘俗虑也。

安生既抵家，与阿君安畅谈数日。寻思野游，乃与阿君安携手同行，途中默然，不作一语。比至一土丘，丘斜上，高约一里许，土人盖筑以供登临之乐者也。安生曰："吾其登乎？"乃两手抠衣，纵步而上。须臾，立于丘上，以手示阿君安曰："大哉！海之为物也。浩浩荡荡，茫无津涯，遥接天际，一碧万顷。此所谓观于海者难为水矣。"阿君安答曰："海其亦有情乎？灿烂者其光，澎湃者其声，亦似欢迎吾子之来者。波涛相荡，声韵琅琅，颇悦于耳。突然而来，又如千军万马之声，汹汹骤至，伟矣哉其势也！"

言已，二人迤逦下丘，向荒村野畔而来。则见四围禾黍，一片青青，耳不闻鸡鸣狗吠之声，目不睹茅屋炊烟之景。对此茫茫，百感交集。维时已六月，天暑甚。安生谓阿君安曰："野草离离，蹴之生火。骄炎若此，微物何堪？回忆城中居民，地狭隘而人稠密，际此长夏，其将何以消受乎？"阿君安曰："君无过虑，吾近得新闻，且告君。以君之智慧过人，试思索之。"安生哑然失笑曰："子从耳闻目睹中来，惟子自知之。吾居局外人，固犹聋聩也，又乌可逆料吾子之意？设吾有先觉之明，则过去、今生、未来，三昧之化身，善恶臧否，吾可以凭吾臆断，泄漏天机，而知所取舍矣。"阿君安曰："吾告君，君当何以谢我？"安生曰："惟子所命，如子所言。与吾身有密切之关系者，吾生当衔环，死当结草，以感吾子之盛情。吾谨洗耳以昕。"阿君安曰："感吾之德固直，但闻吾之言，君毋作骇状。"安生曰："此特吾幼时之习惯耳，闻有人言可惊可疑之事，则为之动容变色。今吾子所言，率庸常语耳，何以异为？"阿君安曰："既若此，吾且明以告君。于英之克来服村，吾建宅一所，欲与君居焉。寻有来税居者，故不果。"

安生闻言，作色相顾，而目不定视。阿君安曰："吾之是言，知君必不以为异。夫以室租人，亦贸易之一端也。彼偿我以钱，我租彼以室。彼得吾室以安栖息，我获彼钱以沾滋润。"安生曰："若是所获者能几何？人将以为吾囊内钱空，遂不免阮郎羞涩，顾为此补苴之下策。天下事必名利两全，斯为美。吾为此而图利，吾即以此而丧名。舍名而取利，吾所不取也。"阿君安曰："君富家郎，所言乃如此。乃祖乃父披荆棘，冒霜露，不知费若干之经营，耗几许之能力，而始能拥积厚资，以为子孙幸福。君不甚吝惜，弃若泥沙，且于家道肥瘠，如秦人之视越。吾知数年以后，家中生计，日益萧条，不可思议矣。前数月，君外出，游费稍巨，一来复前，某钜行股东以书付吾，彼言甚愤愤。书略云：近因商务梗塞，钱币积滞，君存款项下，子息甚微云云。"语次，以簿记示安生，忠告善道，令无作闲游浪费。曰："君亦知君侪地位，如秋风偶起，蝇蚋都稀；炎景稍更，物状易露。所处特危甚，一旦把持不定，便尔落魄终身，奈何？"言已又问曰："君需钱否？君之所需何用？君亦知生人供给，辄有定数，挥霍金钱，勿论腴田沃产，一呼吸间，尽可散失。君日费一日，所入必不敷所出。欲均出入，道在撙节。撙节者，生财之不二法门也。君知所以撙节之，则君即知财之如何以生。吾于克来服村以室租人，诚为君图久远，全名誉也，吾岂故为是锱铢之利计耶？"

安生曰："然则租者何如人？其家视中人之产何若？"阿君安曰："君憨甚。千金之子，坐不垂堂。安有以富人子而不远千里而来，入他人之室者乎？君阅人多矣，世风日下，黄金结交。以若之阔绰如许，尚问人之生计。吾独不然，克来服村之租者，非富家郎，乃美女子也。"安生曰："此女系英国人否？彼来有僮仆随伴否？"阿君安曰："彼固意大利人也。彼居克来服村，所挈来者，只一女婢。婢貌称可人，鬟垂髻抱，不加修饰，而风流自在，为其主所最宠爱者。"安生讶曰"伊果为意大利人乎？"阿君安曰："诚然。吾以名示君，彼即意大利之羞沈那也。当年声名显赫，芬芳齿颊，遥想其人，洵无愧意史所载名妹之流亚也。彼年富貌美，百般韶秀，俨然与意大利女皇克提之像相颉颃。一令他人瞻睹芳颜，浑疑为天仙下降，凡尘中那得如此尤物。以是不为其情迷色惑者卒鲜。"安生曰："果尔，则克来服村之室，固非吾有矣。彼茕茕女子，离家远适，我一见犹怜，矧如此绝世丰姿，来租吾室，可谓佳人奇遇，而忍取其租金耶？"阿君安曰："吾以室租人，而不能偿我以金者，天下宁有是理耶？且是女举动规矩，风范大家，付之于吾，吾可以效犬马之劳以答君。彼居吾室，无他求，以室内有一礼堂，清闲幽寂，可作彼朝夕颂祷之地。其外室中陈设，精微适目。据彼云，彼固一旧家女也，其父止生一女。蓄积余资，存贮某银行中，权子母之利，以为彼饮食衣服计。彼乐攻书籍，经史山积，无所不览。所携来者，于目颇宏富。口操英语，甚清晰，与吾辈相仿佛。以彼幼时在意大利，所结交往来者，大都英之女友，此无怪其然也。彼初与吾遇，言吾甚和悦，蔼然可亲而不可犯，为彼生平所未睹，故与吾心惬意洽，无纤芥隙。”

安生闻之，遽然曰：“若是之美，可谓天下绝无而仅有之女子矣！”阿君安曰：“不宁惟是，羞沈那尚有一女友，英人也，名唤圣得斯小姐。小姐为水师提督圣得斯之女，幼生于意大利，与羞沈那相善。后同学于英之拉丁学校，时羞娘、圣姐有‘双凤’之称，时人目之以二鸳，盖言其举止轻扬，窈窕有凌波之概，宛如鸳在水中，逐波而上下也。自吾一见羞娘，心迷欲醉，意狂似颠，几不自知何为而至此。故每于夜分沉闷时，握管拈毫，赋诗以赠之。诗曰：‘女儿何事倚栏干，独理淡妆应怯寒。为乞嫦娥借圆月，夜来同作镜中看。’彼见吾吟句，喜不自胜，以为天下人能道出彼之衷曲者，莫如阿君安。遂引为莫逆交，时呼吾为彼之阿君安云。彼两手纤纤，柔荑入握，香生两颊，滑腻无双。彼敏锐如针芒，光彩如旭日初升，朝露未晞，返照闪烁，不可言状。所可奇者，彼时语人云，年已七十四矣。”

安生愕然曰：“其然，岂其然乎？何以子前言彼富于春秋，而今又忽忽若是之老大也？吾甚不解。然则子得无诳言以搪塞乎？天下宁有七十四岁之妇人，而能若是之秀丽姣好者乎？果如是之年，吾知其将就木矣。”阿君安大笑不已，曰：“吾言诚诳君。然则圣小姐吾熟识之矣，圣小姐告吾，羞沈那不惟无七十四岁，且不能足其半数。鉴貌辨色，当无逾二十五岁云。是则羞沈那实与圣得斯小姐同年也。君不闻某年某月，有二月旋行于赤道之间，其殆二人之化身软？"安生复问曰："羞沈那美则美矣，但不知已许聘未？"阿君安乃瞠目咋舌而答曰："君之问题，促人实甚。谁为彼夫，彼为谁妇，吾安得而知其底蕴？使如此神算无遗，则前途茫茫，后路悠悠，天壤间婚姻秘密之权，任吾揣度，尽入吾掌握中矣。"阿君安于是搔首问天而歌曰："上帝堂堂，照临四方。生人配偶，谁实主张？示我迷筊，其惟彼苍，其惟彼苍。"

安生闻歌乃曰："男婚女嫁，人之大伦，何恤乎人言？想乃夫作九泉下人矣，不然，何秘密乃尔也？"阿君安乃伪言曰："然也，君何由而知之？彼乃一婺妇也，孀居独宿，于今数载矣。"安生复以言挑之曰："彼既为未亡人，然则空房中夜，独守岑寂，子竟忍坐视之。不如使媒妁通问，以续为子室之为愈也。嘤鸣求友，鸟犹有情，何以人而不如鸟乎？子言彼富有财产，子得之可以乐享无穷。子言彼沉潜经史，子得之可以揣摩有益。以子如此之羡慕，则由羡而爱，由爱而敬可知，爱敬相生，斯夫妇之道至矣。且言为心声，发诸口而征诸心，子既若是之羡慕，若是之爱敬，是子之情丝万缕，意种千苗，早属意于羞沈那矣，子曷从吾言？吾知羞沈那当擢子于世界上之第一乐境，使子为世界上之第一伟人。于于是昂首天外，脱颖而去，享自由之幸福：又何至局促若辕下驹，复在吾羁绊下也？良会难图，子若失之，匪惟使羞娘真成薄命，即抚心自问，子亦太不近人情矣。"阿君安曰："君休矣！无为是言迫我。吾年现尚幼，婚姻之事，何须急切以求？及期而往，固未为晚也。"安生仰首自言曰："男儿于此，何多忸怩而无决也？"

二人且行且言，已抵家。于是相对踟躇中庭，相视而嬉。

比行至室南，时日光下射，满照窗牖，左右疏柳，略有微阴。当夫夕阳西下，光线返拍，园中花卉，斗秀争妍，有令人心旷神怡，留连而不忍去者。二人于是拾级而登，排闼而入。扉半启，室内黑暗，无光线可通。行至正室，顿觉豁然轩敞，别有洞天。室中陈列玩物，清洁可爱。室成方形，广袤约数十余迈。四壁疏棂，漆色可鉴。地砌以方石，上覆一毡毯。屋之隅，安火炉数座。其一隅有梯一架，可通楼，装饰华美，颇雅观。室中排藤椅数张，方圆参错，不一其形。架上图籍琳琅，目不暇给，虽谓西园东壁，亦不过是可也。

　　二人遍游数地，寻至一书斋，稍有别趣。修竹茂林，映带左右，时有微飔，帘影披拂。二人遂入，向坐而语。阿君安曰："今日，来复之第三日也。明晨，当前往该村，觅吾旧侣。"安生曰："访者为谁？"阿君安曰："何待言，吾所访者，羞沈那无疑也。"安生曰："明晨径去，似稍迫。"阿君安曰："然则来复之第五日何如？奈是日不利吾行。君初返，曷先我以往乎？君以明晨为过速，然则后二日而往，君以为过缓否？"安生沉思不语，乃以手扪袋，取雪茄烟卷授阿君安，寻又取其一以自吸。既而曰："来复五日，适合余意。但吾初自外归，跋涉奔波，觉肢体疲乏，懒于起行，吾甚不愿外出也。"阿君安曰："然则君请择焉，君于何日闲，即于何日往。"安生曰："是固难预决也，吾意欲休息数日，再订行期可乎？矧此间不乏旧友，吾初自外来，酬酢往返，虚与委蛇，亦世故人情中之不可少者。今戚属里党，尚未趋谒，何至于素未识荆者，遽尔造次一往？则卑逾尊、疏逾戚之诮，岂不授人以为口实乎？"阿君安曰："善，容再图之。君近日饱受风霜，似觉困顿，调养摄卫，自是卫生要事。君浴后，约钟报四下，可至园中啜茗俟吾，吾必至，当与君密谈数刻。"言已各散。少顷，阿君安飘然而来，与安生相施礼毕，乃言曰："前言君幸无忘却，以吾意度之，无论若何，君当于来复日一往。"安生诺曰："吾知之矣。"

第三章

阳春景物览赏怡情　空谷足音忽逢知己

　　羞沈那冀踞坐于林下，独自凝目注视于远树间。则见蔚蓝匝地，滴翠横天，枝叶交加，千变万化，有目不暇给之态。林之稀处，日光闪烁，苍苍天色，时隐时现。树绕三臣，约拓地十余亩，中有高柯，出类拔萃，如翠岫矗立于万山中。遥望林际，隐如市集，其中生机发达，郁郁葱葱，鸟兽聚集，升降不时，跳舞万状。其外飞鸟布空，互相呼唤，以达其怡情悦意。时有乳鸦堕巢，上下其羽，刮刮之声，聒于人耳。林下风来，时含香气。羞沈那对此，不觉心醉神迷，恍惚不知所措。乃自言曰："曩在意大利时，若此乔木森林，得未曾一寓目。即奇花异草，珍禽怪兽，亦难邂逅。矧丛集一处，万象毕呈，天何若是之不平也！定独厚于英而薄于意大利乎？回忆生人在世，毫无凭藉，其不平之处实甚，忧者弥忧，乐者弥乐，一似天之于人，容有私意介于其间，吾可以意大利与英之林木作比例观也。虽然，天不能普遍众生，天至不仁，不以阳春烟景，任群生纵观，而特设山川以阻隔之。而轮车铁轨，可以泄大地之交通。然而吾今日至此，得览斯盛，安能数典忘祖，谓非天有以使之然欤？于天又何尤？吾侪视天，谓有厚薄于其布施：天自视之，亭毒众生于洪钧大冶之中，直无所区别也。人之忧，人之乐，皆种种因果变幻而出者耳。是故无忧无乐，因果以熄；一忧一乐，来往靡涯。大造实有调剂转圜之力焉。"

方羞沈那凝思时，觉有声触于耳畔，若云："彼来矣，彼已至英国矣。吾何由而知之？吾曾目睹其来也。一日，彼徐徐独行，距我约二迈许。吾见之，容貌温和，有君子风，以是吾知其果来也。"羞沈那愕然曰："伊何人也？声从何来乎？"羞沈那乃呆若木鸡，目不转瞬，思有以会其意。其实所云，乃圣得斯小姐佯作是语以嘲之也。是时圣得斯小姐适野游，身衣儿服，足踏革履，姗姗莲步，袅袅柳腰，其丰韵柔婉，行止未尝躁妄。世之论其举止者，戏谓其年已度古稀之数云。彼出自贵族，生非寒素。乃祖为英之武僚。父即今之水师提督，声名藉甚，时与萧尔孙屯守相资者也。圣得斯幼从父训，以是规行矩步，彬彬文雅，迥出乎寻常人之外。彼目光睨人，活泼如桃花流水，别开生面。使见者领其神味，合当许为国艳天香也。彼斜欹于马车中，两颐丰采，娇嫩欲滴，光华透露，倍觉精神。旁一侍婢陪乘，年可十六余，修饰清洁，雅不涸俗。

是时御者缓辔而行，向一花园而去。比至，圣得斯命停，以纤手扶婢而下。各持一木杆，杆之两端饰以白银。二人履声橐橐，迤逦行至草地，圣得斯言曰："彼至矣，吾见其来也。"羞沈那复闻言，不觉大惊，引领而望，言者乃圣得斯也。羞沈那心中诧异，手执紫花一茎，科头垂立，貌益增妍美。乃向圣得斯小姐曰："来甚当，吾岑寂于此，盼姐来，非一日矣。闻姊前有采薪之忧，近想喜占勿药。"圣得斯答曰："蒙姊存问，吾痊可多日矣。"正立谈间，羞沈那作色相向，面透白色。圣得斯言曰："姊何为而然，何顾视愕愕也？"乃侧立于其旁，附耳与语曰："安生已至矣，姊知之否？吾前见之于火车站处。彼下车时，手提一棕色皮囊，所带行件颇充富。安郎虽初自外归，行无倦色，而态度如常。一切装饰，堪称华美，俨似当代名王希哈之像。姊当于来复日，吾绍介相见于礼堂何如？

吾度彼不日当来与姊一晤也。"羞沈那闻言，故作异状问曰："彼果来乎？吾若有……"言至此忽停。于时羞沈那乃与圣得斯执手而言曰："近数日，吾心绪瞀乱，精神恍惚，若有为嗜欲所中发者。"圣得斯含笑答曰："若是乎，姊何以堪此？"

第 四 章

惊艳色游子病相思　评品格良朋恣嘲谑

安生私语曰："吾近日若有所思，忘餐废寝，肠一日而九回，如吾身入于魔障中一般。岂以一女子之故，遂令吾中心惓惓，而不能逃脱于色海情天？吾何若是之痴也？抑岂近日天时酷暑炎热，有以使吾心智不爽，神昧不安者欤？"夫安生何为而发此言也？盖安生言时，独坐于一亭中，未言之先，固有所见也。亭构于园之西角，中可容五六人，凡以为游客憩谈地也。亭之畔，树阴密翳。蜂蝉之声，时闻耳际。芳菲佳卉，栽种盈园，落花满地，因风作舞。时日光相映，五色烂熳，犹古时女皇冠冕之饰。中有玫瑰，红白参错，有如解语，起伏道旁；又若含羞，僵偃草上。时见飞鸟，集于林间，黄鹏一哢，好音相随。安生于此，不觉岑寂俱破，乃凭几而坐，抽毫伸纸，随作函数笺。书毕，乃徘徊庭畔，觉体乏，遂归。

行距园数里，瞥见一马车，飞驶而来。安生以康衢孔道中，车辆往来，不知凡几，固无足异者，遂乃置之度外，不加留意。及见二女同车，乃停步移时。顷刻，车渐近，见一少女两手揽辔，操纵自如。稍长者坐其旁，与之言笑不已，左顾右盼，似若照会少者，令睨一少年。安生领此情景，以为少者或有意于吾。霎时间，神为之往，如芒刺在背，举步不安，乃目逆而送之。车去渐远，乃怅然而返，踯躅歧路，不知所为。心中忐忑不已，觉有物悬于心中，摇摇而不定。于是幻想奇因，倏忽万状，无不毕呈于目前。时而耳中闻有车声至，时而目中见有女子来，飞尘四起，眼光迷离。乃抚然曰："车中人已成往事，何其丰神态度，犹历历在吾目中也？吾思此少女，当不类英人，其殆外来而旅是邦者；不然，吾前此何竟未之一睹也？曩闻人言，有所谓羞沈那而居于克来服村者，意者其执鞭之少女乎？坐于其侧者，或者圣得斯小姐，亦未可知。"垂头默语，疑鬼疑神，方寸之间，如丸走板，顷刻之间，直不啻有几千万之旋

转也。于是万念纷乘，怅怀无已。回想彼美，得未曾见诸畴昔。转念自身，亦可谓多此缘幸。"当吾初遇时，见其容貌端庄，举止活泼，怡然自得，不知其笑靥为谁而开？彼目稍斜睨，动人魂魄，樱桃小口，不尽娇羞，有一种含情欲语之态。惟恨轮蹄远去，翻使劳燕西东，以致吾情意天涯，断绝何续？即令普天下之人设身处地，亦谁能遣此？吾可谓止饱眼福，幸中之不幸矣。人云羞沈那有倾国倾城之色，绝世佳人之目，吾始以为未必然也。由今思昔，人言不欺我哉。观其秾纤得中，修短合度，衣裳楚楚，飘然若仙，虽谓英国胭脂队中，无能出其右者可也。"

旋又自疑曰："是或非羞沈那乎？然吾从前道经此村，何以未曾一见之也？今卒然而遇，必为异乡人可知。虽然，无论其为羞沈那与否，佳人邂逅，亦人生一乐。无如良会不再，使人焦思苦虑，瘝寐以求，忧亦无逾于此耳。"安生自见羞沈那，倏经数日，自觉身体乏倦，心智昏迷，如恋床之病夫，卧不思起，镇日恍惚。又若插足于滇雾中，有时如醉如梦，隐约间见有女同车，绝似羞沈那与圣得斯小姐，容止修饰，无不毕肖其真，而一种飘飘有凌云之气。又为目睹而心许者，流波顾盼，黑白匀称，传神恰在阿堵中，华美外观，窈窕自若。及心神一定，又无所睹，不觉面生红晕，燥若秋

| 191 |

阳。乃自言曰："吾视羞沈那于吾英巾帼中，当为第一流人物也。虽起千古名媛淑女于九泉下，当亦不能与之等量齐观。吾有生以来，奇花异草，未尝无一见，然不若是之香色俱佳也。天乎天乎！何使吾怀疑而不得其真？意者其为羞沈那乎？则一介书生，何足为匹？必如是者，殆想望天河之星，择其燎亮者为偶，岂非楼阁空中之想？然自揣命薄，倘得与羞沈那重相觌面，已为缘不浅，更何敢作他妄想？意者其不为羞沈那乎？则如此小家碧玉，僻壤穷乡，又何由而得此？"于时二者交萦于中，沉思莫定。

正仿佛间，闻履声橐橐，启扉而入。安生心中狐疑，以为羞沈那或者至矣。移步探望，乃阿君安自外归也。阿君安少坐，独语于室中，喁喁良久，似计算租税账目情形。寻乃往安生房中，见安生手不停书，旁若无人，佯为不知阿君安来者。阿君安与之施礼，安生不答。阿君安心异之，以为安生若有不豫色然，必有他故，幸无以撄其锋而触其怒也。阿君安侧立久之，见安生挥写如故，淋漓满纸，阿君安似觉烦絮，乃强颜而言曰："君何为而侮我？吾且有事以告于君。"安生回首顾阿君安曰："子言则竟言矣，又胡为乎必欲吾搁笔静听，搅扰吾所有事也？"言讫，复握管而书。阿君安略有觍然之意，曰："君与吾朝夕伴游，无时或间，亲爱若昆仲，言听计从，号称相契。今相商以事，何遽听之藐藐也？君请少停，且与吾谈片刻何如？"

阿君安乃言曰："吾外出数日，为君催租敛税，以尽吾会计义务。今已竣事，吾是以复命于君。君未归之前，有友来过访，留刺案上，以为异日聚首之约，君曾寓目否？君亦知吾于前数日往羞沈那家，为君道候。君近当珍重自爱，调养休息，则来复日礼堂之晤，不至爽约。"安生闻言，反怒为笑。阿君安复问曰："君从远日以来，胡为有沉忧之色见之颜面？"安生答曰："吾近为天时沉闷，觉头晕目眩，殊少兴趣。"阿君安闻言，异之曰："天何能为患也？君之所患，吾知之矣，君又何苦而为此饰辞也？以吾观之，清风习习，满陌韶光，一时高车驷马，兴高采烈，士女为踏青而往来者，不知凡几。君惑于他故，意惹情牵，而转归怨于天时耶？吾欲随声附和，亦实难于启口也。君曷登楼四顾，天空一碧，万里无虚，飞烟袅绕，若悬若坠：海水浩荡，与天同白，素练高飞，一泻千里，如龙吟虎啸而来。更有珍禽奇兽，助人游兴，桃李盈园，点缀成趣。如此良辰美景，诚四时之不可多觏。虽罄囊橐以求之，恐亦不能购诸万一也。君尚不满于中，吾甚为君不解。"

安生于是辞屈，不复置辩，乃应声曰："美哉天时，但于子为然耳，吾则有所慊然不足也。吾生于斯，长于斯，故乡风景，耳目久之，以是吾厌心易生。吾方踌躇于此，尚无所决。"阿君安曰："君何不决之于吾？吾为君决，君当以何日往见羞沈那。"安生曰："固甚愿也。无如一言及彼妹，愈增吾万分烦恼。此中苦况，可为吾自道，而难为子言者。"阿君安曰："君何倨之甚也？社会交际，相持以礼。矧男女初觌面时，尤当以特别看待。今羞沈那以一闺秀之身，不远道路而来，亲造君室，以表趋谒之忱，会君外出而不果晤，吾且代君约以来复日相见矣。彼既以礼来，则君当以礼往。君若不从吾言，吾恐有负于羞沈那之来意，圣得斯小姐之初心。"安生闻言，昂首以目注视阿君安之面。阿君安复言曰："君，家督也，内而亲戚党谊，外而邻里友朋，其往来酬酢之仪文，固惟君是问。"安生曰："子言甚善。"

语际，觉肢体十分困乏，以肱凭额，伏于几上，似欲作黑甜乡之游。默念："吾往见羞沈那，固吾心中得意之事。奈此事郁积于中久矣，吾既不能宣播之于口，以是苦无左右先容，亦惟隐忍待时，以迄于今。今幸得阿君安一言，吾乘机而去，岂不遂吾夙愿，而成吾二人之美事耶？"少顷，欠伸而起。阿君安言曰："君疲怠若此，怜甚。可于啜茗时，多取果饵食之，或能滋补万一。"安生低头不语，乃取镜自照，不觉失惊曰："数日间，吾不意吾瘦比黄花，憔悴一至于此也！"

安生乃复坐，觉房中甚暖，遂偕阿君安散步至花园内。安生自思良辰将近，心中雀跃，但恨日长如年，天公偏不做美，坐令异地相思，几同牵牛织女之两相望也。心中胡思乱想，如将获至珍奇宝于来复日，其烈烈如焚，欲急于一见可知。于是二人乃并肩而行。经一华屋，屋之侧，苍松翠柏，老干纷披，几不能见天日。有群鸟集于其上，时相往还，别有乐境。安生即景生情，喟然曰："天地间无知之物，尚能择木而栖，以遂其性。矧人为万物之灵，则其对付情人，当不知又如何愉乐也。"阿君安闻言，卒然曰："君何忽又乐甚？"安生曰："乐则乐矣，然有所思忆，奈何？"阿君安曰："君何所思？君何所忆？正不妨明以告我也。"安生曰："子细猜之，以证子之智慧何如？"阿君安曰："吾度君不久当以羞沈那为室矣。"安生闻之，愕然曰："子误矣，与吾所思直相去万万里也。"阿君安曰："虽不中不远矣。君若语我，吾且为君执柯何如？"安生曰："如子之言，真所谓以己之心，度人之心矣。吾料子或有意于羞沈那，特反作是语以激吾。"阿居安曰："然，君何由而知之。"

安生闻之，顿生酸念，乃不悦曰："子若有意于羞沈那，吾恐羞沈那未必钟情于汝。"阿君安曰："君何觑视吾若是之已甚者？"安生曰："吾为此言，非有他故，以子年未冠，口尚作乳臭味，何遽能行此成人之礼？"阿君安曰："是固然，三十有室，于礼为当。君亦知岁序如流，光阴似箭，吾儿更寒暑，岂不能底于此一境乎？"安生曰："三十而婚，吾恐子言未必果中也。即幸而言中，亦只借媒母以娱情终老耳；欲得一美人以奉箕帚，恐子年半百，尚无希冀之一日也。"阿君安曰："君无礼实甚！吾何苦以辞辩，吾惟自信生平，未尝以年齿傲人。君言吾年幼，吾且自惭老大。盖吾于世间纷纷扰扰结客场中，阅人不知几许，竟无一当意于吾者。今君以羞沈那无所钟情于吾，岂以吾才学不中足耶？吾涉览群书，更仆难数，则君之素所知也。畴昔之夜，吾方咏羞娘一绝，彼且以吾为天下有情人，则吾或可有成为眷属之望。若以吾仪表不外见耶？则吾之躯干虽不能卓尔超群，然五官四股，并皆中度，尚成人格，发丝缕缕，耀人眉宇间，手足无跛僻之疾，头颅无偏侧之虞。吾自观之，尚差强人意，可以与羞沈那借优俪之欢也。"安生曰："能若是，则更善矣。然则吾之所言，或有不当，亦未可知。"

二人各自无言，乃径向园中一厅而去。甫入，门遂启，见大厅中铺陈精美，罕与为匹。地盖一花毯，乃波斯所出也。有书籍数十余种，置几上。安生与阿君安往检之，尽小说杂志之类。乃选一善本，踞椅而坐，互相参看。未几，安生倦于视，独自起行，徘徊于厅中。则见四壁字画，张挂淋漓，如奢侈妇人女子之装束一般。安生于是心不耐烦，尘念复起，恍恍惚惚，又见车中之二人来于室内，翩翩衣服，仿佛鸿惊，喃喃笑声，细若鬼语。寻又见其扶椅而坐，作喜色。安生目中见此幻形奇景，遂不觉若迷若痴，呆立不语。阿君安异之，乃置书于几，起而向安生言曰："君何所见而若此？"安生曰："子借我来此，恍若置吾身于跳舞场中，所阅无非檀板笙歌，所见无非住人美女。吾子之盛情，容日当泥首以谢也。"阿君安曰："异哉！此乃一厅也。吾与君外，别无一人至，何来此跳舞之举？君所言，乃乌有事也。"安生猛然闻阿君安言，乃大笑曰："吾过矣夫！甚矣情之中于人心之深也！"

第五章

纵游豫林下得奇逢　姿娇憨言中藏谜语

　　二人言罢，遂赋归来。安生满腹牢骚，郁郁无所发泄，乃假寐永叹。一夕无话。

　　至翌晨，天方破晓，明尚不能辨掌纹。虽鸡鸣而起，孳孳为利者，如农家野老、贾夫贩妇之流，尚未工作往来于田野间，而安生以五内焦躁故，不能成寐，已披衫下榻，独自徘徊于卧室内矣。斯时也，万籁俱寂，阒然无闻，但觉壁上一架悬钟，摆声清澈。少顷，闻钟报五下，安生乃步登角楼，推窗一望。但见远树含烟，曙色如洗，不觉有平原如此，不知道路几千之感。乃四顾天色，见东方已明，遂计划一番，预备妥洽。又恐惊醒阿君安，疑吾早起，不知有何事故。乃缓步下楼，轻启半扉而出。

　　安生行至旷野，觉清晨爽气，呼吸最宜，遂停步移时。渐见红日东升，光芒万丈，倒射于大海中，如万道金蛇，其光彩闪烁不定。怡然自得，曰："吾宅于此，占水陆风景之胜，可谓二美具矣。"言吃，乘兴前往，心无定向。瞥见一群羊自山坡而下，觅草而食。安生乃行近山麓，驻足片刻，乃沿坡而上。见一带丛林，苍松翠柏，列成队伍。四围望之，罨蔼层层，飞渡海隈，真所谓造化奥妙，尽在无声无臭中；犹道德之在人，充足于内，正不必见诸外也。安生领会情景于胸中，不觉陶然曰："今而后，吾知早起之乐，宁有涯欤？"于是步于林中，出入数四。

少顷，觉红日渐高，有声四起。枝头鸟语，唤醒眠人。其音之悠扬嘹亮，如度曲一般；好似从世界初开时，将一切才子佳人、旷夫怨妇、英雄儿女之牢骚抑郁，历历诉出，令人闻之，起无限伤心之感，而不觉倦睡也。其外又有蜂媒蝶便，度蕊穿花，忙碌寻食。其彩翅翩翩，往来于日下，倍觉悦目赏心。安生因此感触而言曰："世界如此之大，人物如此之繁，其熙来攘往而不求休息者，无非为求活计耳，即下至微物亦何莫不然。鸟也，雀也，蜂也，蝶也，皆赋此能力以遂其所有事也，时而飞集花丛，时而往还林下。岂物之性，固若是之好劳而恶逸哉？亦以求自给而已。然则世之自食其力者，其劳动之苦，又当倍蓰于此可知矣。"

自言自语，不觉信步，由一平坡而下。行一二里许，觉稍倦。见前有森林数处，阴可蔽日，默念："吾且憩足于彼，或可得一美景供吾领略也。"心中无所游移，遂径向林中而去。甫至，乃倚树而立，掉头四顾。忽见一女子立于林下，其相去远近，约有二百余步，隐隐约约，不能辨其面貌如何。默念："昧爽之时，此女子来此何干？其必为野合私奔可知。然举止甚庄重，又不类倚门卖笑者一流人物，且与吾前日所见于车中者相仿佛，或者为羞沈那乎？但一轮红日，初上三竿，吾想羞沈那尚高枕而卧，则此时必不来此。即令癖同齐妇，不喜久拥鸳衾。然梳妆理鬓，束服整冠，尚须延宕晷刻于闺阁中，则此时必不得至此，又可想见。若其亭亭仃立于彼者果为羞沈那，则定为阿君安私约于此，以共订知心者也。顾乃大言欺余，谓来复日相见于礼堂。幸天假之缘，令吾不期而遇，则吾之命运，转胜于阿君安一筹矣。但吾久恋于此，尤恐阿君安视吾外出，彼于此得以脱身独乐，来践此约，则彼我觏面之际，未免妒忌心生。我何不远引高飞，再图后会之为得哉？然而林下美人近在咫尺，何难以絮语相亲，侦探个中底蕴，又岂可飘然远去，以失吾当前之希冀？"思至此，真有如触蕃之羊，两难其进退也。

而不知此亭亭伫立者，正羞沈那也。彼以旅居无聊，独处岑寂，乃早起作清野之游，以吸受新空气，故徘徊于此树林之中。伫立既久，忽现惊惶恐怖之色。此时安生行渐近，思欲至前相见，奈无人介绍，男女之际，未容唐突，踌躇不决，心旌摇摇。自念："今日之相逢，实为奇遇，独惜无一人为我先容，斯为恨事耳。"徘徊于林外一土丘之上，注目而视，略能辨羞沈那惊怖之色。而羞沈那此时惊恐愈甚，自念："孑然一身，谁可援手者？"突瞥见安生呆立丘上，默念："此人必待吾前往求助者。"于是移步前行数武。安生望见其行近，心中暗喜，乃亦下丘而迎。羞沈那又复停步于林中，顾视安生何以处彼。安生心中早已布置妥切，以为彼来此，吾且前与之施礼，一看其情意何若。于时心不由主，急步而前，握手为礼，略叙数句套语。羞沈那亦复殷勤款洽。二人于是情见乎辞，眉飞色舞。当此景况，虽有诗家画手侧立其旁，恐亦不能描摹尽致，绘写肖真也。

羞沈那猝然以手指树上，谓安生曰："使我惶恐而惊怖者，即此物也。吾欲以瓦砾击之，但恐不能一发即中耳。将伯之助，能无望于子乎？"讵安生此时竟魄已向九霄云外，虽羞沈那有言，实无所闻也，惟目不转睛凝视羞娘，更无暇及于树上何物。羞沈那见安生如此情形，似痴似迷，心中不由气闷，益加焦急，复询此究系何物，乃久站于树枝之上者。安生闻言，始仰面而望，见树枝之上，摇乱不已。视之乃一黑猫也，盘踞枝上，摇尾瞪目，呜呜作声，目光炯炯，向枝上欲捕一黄雀。鸟乃见机而作，翱翔天空，俄又往还林下，如是者数四。猫不觉心烦技痒，愈欲得此以为快，遂大肆雄心，跳跃枝上，几疲于升降。安生顾而语之曰："蠢物蠢物，何不解人事乃尔，来此搅扰吾意，触接吾目，殊令吾憎恨。"羞沈那曰：

"愚矣哉黄雀也，何不举翅高飞之为愈，顾乃栖恋于此，吃惊受吓胡为者？"言次，面带愁容，作死灰色，若大失所望，不胜恐怖之形，口唇紧合，颜色悚然，迷魂丧魄，似乎猫将得彼以甘心。安生答曰："何可去者？汝不见夫一枝之上，有巢数处，是以彼往来而不忍去，为护其小鸟故也。"

于是安生将所持之行杖举起，向树中而掷，惊去黄雀。复掉头向猫，以悴厉之声呼唤之，乃叱其名曰："白泰蒲夫（猫名也）下！"复鼓掌为声，令猫知之而下。猫乃转视，而其状甚舒展，竦肩而起，一跃而至其前。于时尾直如矢，背曲似弓，近安生之足而立，吮舔其毛，复绕行安生数周。孰意羞沈那惧此猫甚，其畏惠之情，溢于言表，一呼吸间，时闻咨叹之声，猝然曰："唉！谢汝，谢汝。"复露出纤纤一手，指猫谓安生曰："此汝之恶猫耶？何其凶暴性成乃尔耶？两目深黑，怒视夫汝。彼习惯而然，似以此可邀汝宠也者。"安生曰："然。白泰蒲夫，诚为吾中心所喜悦者，吾亲爱之，若家人中之一分子也。汝善视之，毋以彼为恶物也。彼猎技最长，且多慧，计其随猎所获逾百数矣。"羞沈那闻言，俯视白泰蒲夫，惟微笑而已。乃婉言曰："自泰蒲夫，诚哉其为美也，吾爱其名。倘彼允以不复试其技，掠飞捕走，吾岂有不满意于彼者？"

安生佯为不闻，但领会羞沈那之服色如何潇洒出尘，羞沈那之容貌又如何娇妍脱俗。当其看得入魔处，颇有云想衣裳花想容之概。直使羞沈那身上一丝一缕，一眉一发，辨晰之毫无遗误。想其痴迷若此，又那得不魂消魄散也？忽谓羞沈那曰："汝真似鸟中之名黄鹂者。"羞沈那曰："类黄鹂乎？果尔则谢汝之比拟矣。"安生曰："然也。汝可于黄鹂飞在空中时，唤之使下，自与之比拟，则汝定有类于黄鹂，而后始知余言之不谬也。"羞沈那含笑答曰："黄鹂岂得为美者？法音格姥之鸟当首屈一指耳。"言时一笑嫣然。安生睹此，愈觉羞沈那美不胜言，皓齿朱唇，掩映鲜丽；好似一朵玫瑰，封掩雪中，红白未尝淆乱。遂不禁乐极而言曰："清晨相见，慰我以腻言，因是以激我留心观视，幸无负此良辰。"羞沈那闻言曰："噫！自今以往，吾当以寡言笑为戒。假令彼留意目中，岂非使彼永无乐之一日乎？吾辈幸无自蹈危地也。"安生乃以静悄之声，赞敬交至。羞沈那又复笑如故，音节谐和，如玉石相击，作叮当响，入安生之耳，自觉悦怿不已。

安生乃忽然忆及曰："吾于是信其当不以轻薄子责我也，倘我以奇特之事要索于彼，一观其允与否，则今日相遇之乐，不难再见于异日矣。"遂以言挑之曰："吾辈唯一主义，在乎当前之遴选耳，择之得当，斯终乐矣。"羞沈那答曰："然也。无如非常之人，当在英国，子直往选焉！但在意大利则少其人，即令有一二，囿于习俗，锁于见闻，一令他人寓目，遂不免有瞻前顾后之思，如我殆其中之流亚也。且我更有一弊，时喜外出，作吟诗弄句之游。如吾生平所最钟爱者，即'the honrs imm tcloti'之章是也。"安生曰："诗词中之'the honrs imm tcloti'者，纤巧雅致，最为难能之作，此当是意大利改良进 步之诗也。"少顷，羞沈那以目俯视，为之怆然，若有不胜感触之事。乃摇首而语之曰："诗已忘之久矣。回溯当年吾揣摩而抄录之，不胜其劳，迄于今，又尽遗之矣。"安生曰："若是乎，吾亦当为之扼腕嗟叹也。"于是安生与之纵谈，语中含蓄感喟意思，曰："不独诗为然也，世界上之有知觉理想诸物，如沧海桑田，变迁不定，盈虚消息，曾几何时，而同归于尽，尚何珍爱夫区区文字也哉？如必不得已，亦惟异日收集残编剩简时，获一佳本，以求德国之工作者，付诸梨枣可耳。岂非东隅之失，而桑榆有得乎？"安生以悃款之诚，解劝其忿。羞沈那心中始觉涣然冰释。俯思良久，顾谓安生曰："此事即托之于汝，汝当置之于心而毋忘却也。"安生輂戚曰："奚其可哉？吾且有事萦怀于心，交际之外，尚须攻习简编，兼之记忆心甚劣，以是细故琐事，易涉于忘。"羞沈那笑而言曰："汝记录之于簿册，一翻检之，即应手而获矣。"安生曰："甚至吾自已之身，亦有时而忘，又遑计及他物也？今请以二十分钟之久限，我当更有别事相告。"羞沈那允之。

安生思索一番。羞沈那静候于侧，将闻其告以何事。安生言曰："事之萦于吾心，非一日矣，吾决不能委弃之，何故？日昨吾趋谒汝家，奈未值，殊深惆怅。及相遇于今晨，不胜其乐，于是千思万虑，搅扰于心，以求得善机，但至今未能一就。吾岂不重优吾之所有事乎？犹之负重债于汝，使我无一息之暇也。"羞沈那闻言，戏答曰："负债之累，未必为我而然。果尔，则吾当为汝之债主也。"安生复解曰："免吾债累，惟有一法：吾惟叩罪于债主之前以恳请耳。"羞沈那戚然曰："吾不解何故，汝之债累，亦使吾引以为戚。"安生曰："汝真慷慨过人，实巾帼中之矫矫铮铮者。自今以往，吾当深佩斯言，不复有浪费之举矣。现有屋数椽，留在美境，久不施涂刷，未免有陋室之讥。但其原主担承，后当以此室归之于我。"羞沈那目光流注，讶曰："君子居之，何陋之有？且吾闻人言：'绳枢瓮牖，尚足以蔽风雨。'矧若此之建造得宜，有立弗来舍馆之宏敞，有薄克金姆宫庭之华丽，居之亦云足矣。尚以为陋，汝之心真无厌也。"安生曰："既若是，何以人弃如敝屣，奔走而来此乡曲之地以居乎？"羞沈那停思片刻曰："吾察其情，未得其故。"安生曰："汝何为大言欺余？岂以吾有所未审耶？大抵英人建造之制，崇尚简朴，无踵事增华之志向，惟乐于畋猎，故一岁之间，每每屡徙其家。"羞沈那沉思良久，曰："吾知之矣。然则猎事之外，抑更有他故乎？"安生曰："余则未能尽悉也，但有一事，可略知之。彼国内居民，新建一国会，每年大集群武士于其中，选举自英之四境，以互相竞武驰马游骋，任人娱乐，镇日未尝倦困，以是显其民之尚武精神而已。"羞沈那于时别有会心，忽谓安生曰："当其斯会盛行时，汝将何以处置汝之白泰蒲夫猫也？"言际，指猫而笑。

猫若能解人意也者，忽窜入茂林丰草间，望之俨如猛虎。忽而俯身蛇行，阒寂无声；忽而号跳怒吼，穿林升木，以炫其技之长。目光闪烁，时上视不转。羞沈那与安生静视其如何，缄默无言。俄顷，安生谓羞沈那曰："如此能力，汝当许可。彼静如处女，动如脱兔，此无怪我之爱彼之情挚也。"羞沈那曰："彼慧美诚然，但我尚有望诸彼者：苟能和顺驯娴，则更足令人悦矣。彼顾视睥睨，注意雀巢，此乃其旧念复发耳。"安生曰："彼习惯如是，当以何法化喻之？"羞沈那曰："吾有一言，贡诸左右，汝其宥我之憨也。不若缚之于此，使彼既不能逃脱，则其命运穷而智慧竭矣。俟过一二时之久，彼四顾彷徨，自觉烦恼，虽有禽物以及林木，亦不足以动其野心，则彼得脱以后，不复有再至之思想矣。"安生闻之，默念曰："此果美人畏此猫之诚意耶？抑别有狡狯之思，故为是寓言耶？使果为寓言，亦不能解其言中何物。"

踌躇间，羞沈那又曰："果能割害以徇余之请乎？请速决之。"安生乃作媚声以呼猫，猫乃纡徐而来。时羞沈那已将围带解下，潜伏于玫瑰花侧，以小刀断去带之一半，俟猫来即缚之。忽谓安生曰："吾辈当先缚其颈。可取吾之带，为一圈以诱之。"安生从其言。羞沈那乃蹲伏诱猫，安生自旁睨之，见其巧鬟盘云，长眉舒黛，韶秀之色，令人神怡。而衣中熏染香气，时时扑鼻，尤觉醉心。一时之间，又不觉心神为之扰乱矣。于时羞沈那系猫于树，回首向安生以目一盼，笑而言曰："吾其可以行乎？"遂径向克来服村而去。良会难图，佳人已渺，安生亦惟有兴尽而返而已。

新庵译屑

周桂笙　译

吴趼人　编辑、评点

裴效维　校点

《 新 庵 译 屑 》 序

初，余以彭君伴渔之介绍，获交周子桂笙，日惟以商榷文字为事。厥后交愈益密，情愈益深，日惟以道义相劝勉，以知识相交换，商榷文字一事，转视为偶然之举矣。顾桂笙虚怀若谷，相交达十年，片言只字，必出以相质证。于是余二人之交谊，与夫互相期望之心，反为之而掩。此余不得不急白之于知我及桂笙者也。去冬，同乡君子组织旅沪广志小学校成，交推余主持其事。于是日与二三同事研究教育之道，舍学校而外，几无复涉足之处，坐是与桂笙疏。戊申八月，桂笙以此卷来，嘱为编次。检阅一过，则皆桂笙以前所译，散见于各杂志者，至是纂为一编，意将不欲自负其迻译之劳，藉是以问世者也。窃谓文章一道，大之可以惊天地，泣鬼神，寿世而不朽；次焉者，亦可以动魂魄，震耳目，以为救世之助。寿世之文，如昔贤著撰者无论矣；即救世之文，如时彦之发皇议论，警醒一切者，以之灾梨祸枣，或犹可见谅于君子。而桂笙所译此编为何如文也？其文则鸟语蛮鸣，其技则雕虫篆刻，顾犹鳃鳃然敝帚自珍，而余复为之序之，抑何所就者浅且隘也？呜呼！此岂桂笙之初志也者！此岂余与桂笙互相期望之初志也哉！天地虽宽，侧身无寄，茫茫人海，道大难容。庄生之著《南华》，屈子之作《离骚》，岂好为谲异违世之谈邪？毋亦愤世嫉俗，借以喷薄其胸中之积忿耳。世之读此书者，其知桂笙之为人哉。戊申仲秋南海吴沃尧趼人氏序。

205

弁　言

　　余平生喜读中外小说，压线余闲，辄好染翰作小说、译小说，此知我者所共知也。顾读书十年，未能有所供献于社会，而谨为稗贩小说，我负学欤？学负我欤？当亦知我者所同声一叹者矣。此编皆平日读英、法业报时所选小品之有味者，随笔译成，无条理，无宗旨，亦犹夫曩者所译诸篇也。拉杂之在我，摧烧之一听诸人。新庵主人识。

卷　上

顽　童

美国某夫人，当而仁，于慈善事业，恒三致意焉。一日，偶洲某学堂，适某学童以过失被罚，面墙立。叩其师，则云："此童以顽梗著全校，教化无所施，骂罚终不悛，且穷于术矣。"夫人蔼然问曰："君亦尝善视之否乎？"曰："始余非不善视之，奈野性难驯，非复可以待诸生者待之矣。"夫人默然。视学华，特就此童而诏之曰："某日散馆后，必过吾，勿忘。"嘱毕乃去。

至日，童果应召至。夫人大喜，与之坐，示之以书画玩具，娱之以钟鼓琴瑟。日既夕，饷以盛馔。共意盖谓天下之人，苟以至诚待之，当无不可以感化之者也。食既，笑而问曰："人皆坐以承教，而子独面壁立，吾以为辱莫大焉，而子顾乐之者，何也？"意盖将于此下针砭焉。言未已，童呕应曰："前日之受罚者非我，乃彼德也，彼以夫人与有今日之约，特赂我一铜圆，为之代表耳。"

　　研人氏曰：读此篇者，鲜有不怪顽童之顽者矣，然而我犹以为孺子可教也。何也？彼犹能忆夫人是日之约也；非独忆是日之约，且赂人代表以赴约，是犹有羞恶之心者也，孟子曰："无羞恶之心，非人也。"顽童犹得为人乎！吾入世以来，所见无羞恶之心者，盖比比然矣。顽童顽乎哉！

伞

西洋以绢制伞，轻巧使取携，较之中土油纸之制，殆不可同日语，然惟其轻巧也，每易遗忘，亦最易误取。虽平日于他事极狷介诚机者，时或不能免此。此殆与夏日之扇相类，偶误取携，不必其出于有心也。

美国纽约某甲偶出行，遇雨，适未携伞，又以惜新冠故，拟购诸市，而一时苦无物色处。张皇间，几张盖前行者，其友也。默念："苟追及之，借其伞之半以自庇，便以求伞肆，计亦良得。"遂趋及之，自后抚其肩曰："良友，吾将有求子子之伞也。"其人却顾，则俨然面目者，一素不相知之人。甲知自误，惶恐将谢过，而苦难措词。正嗫嚅间，其人之面转赤，状极忸怩，遂以伞授甲曰："吾固未审为君之物也，谨以返璧。"言已，匆遽冒雨行。甲乃于意外得一伞，且不知其所自来，以为怪事，作函遍连亲友，传为笑枋云。

　　跰人氏曰：一伞，微物耳，无意失之，或不足以挂齿颊；无意得之，居子不免于内疚矣。顾乃函告亲友，传为笑枋者何故？且我无意得彼无意之得，而致彼之惭焉，亦不思他日果遇真主人，公又何以为情也？一笑。

演　　说

　　演说一道，滥觞于希腊，而盛行于今日之欧美。上而大政治家，下达工党，非演说不足以成名，亦不足以集事。以故无一处无一业无演说，甚至数人之会亦必为之。然演说极难，必有新理想、新学术，始足动人闻听。故彼中演说之人，平日既有习练，临时尤有预备，而不敢轻于发言。凡有可以取悦听者之意者，无不粲苏张之舌，为娓娓之谈，盖不如是不足以博座人之鼓掌欢迎也。是故登台者每兢兢，惟恐不能得台下人之欢心，若优怜之必以喝彩为荣者，殆亦演说家之通欤？

　　美国某社，一日演说科学，来者概免入场券，而听者仍寥寥无几，听席寂然无赞扬者。主演者兴味索然，几不能尽其辞。俄一人施施来，衣衫殊褴褛。既入，即就近据户旁之座而听焉。坐甫定，即鼓掌顿足，一若不胜其欢迎也者。他人遂亦从而附和之。自此掌声雷动，不绝于耳，遂各尽欢而散。演说者颇感其人，将行，特过其前而谢之曰：“拙论极蒙称赏，具见知音。”其人喟曰：“不佞何尝称种赏尊论乎？实告君，顷君所言云何，实毫无所闻。不过以此处不取费，故特借以避户外之寒威耳。至于鼓掌顿足，亦某取暖自快之一法，于尊论乎何兴？”

　　跰人氏曰：乙巳六月以后，抵制美约事起，各社会之演说者无虚日。试往聆之，则今日之演说于此者，明日复演说于彼，屡易其地，而词无二致，如移置留声器然。不知视此为何如也？

吸　烟

某处大宴会，少长咸集，裙屐翩跹，盛会哉。席终，宾客散坐。一老者探囊出小匣，徐启之，取淡芭菰，笑顾旁座者而问曰："君亦喜吸此否？"其人以为老者将以赠之也，亟应之曰："唯唯。"老者乃颔首徐徐曰："然则余虽对君吸烟，亦不致为君所厌恶矣。"

豢　鳄

戏亦多术矣，胡为乎有取于鳄也？鳄之为物，身硕而多力，古即能为人患，故见之者避之惟恐不及，否则亦饵捕而诛之耳。乃不谓近人竟有豢之以为游戏之具者，岂非声色犬马之外之别开生面者哉？法兰西人有方姓者，生平雅好此物，前后所获，大小无虑数十百尾，铸铁柜蓄水以豢之，日哺以牛羊之属，鳄游泳其间，亦自忘其为囚也。柜巨且高，方梯而升，俯而瞰，日以为常。鳄趋而就哺，方以外，一切声音笑貌，绝无所闻见。久而久之，遂略辨语意，呼之使来，挥之使去，操纵惟方之命。于是乐不可支，日下水与群鳄相嬉狎。其下水时，亦不以火器随，惟手持短棍，聊以自卫而已。他人见之，莫不惴惴。而方独处之泰然。意且谓此外无以自娱也，宠之爱之，不啻视为第二性命云。

　　跀人氏曰：鳄，恶物也，性何以能驯？观此，岂鳄之能驯耶，殆以人习鳄之性，与之相近耳。虽然，戏亦多术矣，于此乌乎取？如曰好奇，则奇于此者未尝无有也。吾于是百思不得其解，仅谥之曰：甘与异类为伍而已。

又曰：昔年上海渔人网得一鳄，修约六尺余。时余从事沪南制造局，亲见局总办某观察出银饼四枚，购而纵诸江中。或议之曰："是害人物，胡为而纵之？"余笑为之解曰："今之纵盗殃民者从矣，何独于此而疑之？"

鱼　溺

日耳曼格物学家某，生性好奇，喜颠倒物性，飞者走之，走者飞之，不以为异也。一日，忽又发奇想，拟设法出鱼于水而活之。因钓取一鲤，注水于柜而畜之，躬自哺饲，而默察其性。日必输出清水一匙，而以氧气若干纳水中，适相当取出之水之量，毫厘弗爽也。行之既久，水日少而气日充。又久之，水且不足以蔽鱼体矣，而输水纳气犹不少辍。察鱼之呼吸渐觉不便，两腮翕张，勉强殊甚。未几水全涸，而鱼竟不死。盖失水之后，实借空气以自养云。自是，鲤竟脱离水族之习惯，而与陆地之动物无异矣。此格致家者，于是大喜过望，珍之若拱璧，爱之逾掌珠。继且取出柜外，置之平地，与猫犬同豢。鲤亦颇善伺主人意，往往追随左右，若小鸟之依人。有时蝇蚋飞过，为其所见，则必纵身跃起，捕而食之。盖犹是水中追逐虫蛆之性也。一日，主人偶出闲步，遇一板桥，鲤踊跃以从，以趋亦步，追随于后，一如平时。方至桥中，忽一蝇横飞而过，鲤见之，即纵身一跃，攫而食之。用力过猛，不觉跃于桥栏之外，误坠河中，意溺死。

跰人氏曰：吾闻有浪子之改过者，复使入妓家，则面觍局

211

促；又闻有恶少之迁善者，复使詈人，则呐呐然不能出诸口也。殆与此鱼之溺相类。

购　帽

泰西之人服御奢侈，相习成风，而妇女为尤甚。故至纤极细之物，亦往往日新月异，瞬息不同。虽曰商业竞争之剧，要亦彼国士女奢靡之习有以启之耳。偶读英国杂志所载问答之辞，虽寥寥一二语，其情景宛然如画。爰译之：

一人匆匆奎息行，其友见而问曰："子行何急急也？"对曰："适为荆妻购一新冠，亟欲持归，稍迟恐新样复出，又嫌不入时矣。"

联　车

西国铁路如织，密若蛛内。其车头机中，初用蒸汽者，继而改用电，今且进而用汽油矣。亦可见科学之昌明，时运之进化，而其竞争之烈，亦有匪夷所思者。

某国合众铁路公司中之总董而兼总办者，曰史密士，公司一切主权，悉归掌握焉。初，史有外甥马立师者，大书院之毕业生也，特就史乞一席为馆谷地。史不之许，曰："我不能假公济私也。"既而曰："虽然，欲以亲戚之故而徇私情，固吾所不为；若敬能习勤耐劳，则某所监修路工之役，若肯为之，亦一唼饭处。"马不以小就而辞，遂委之。马视事，风餐露宿，夜以继日，与工人同甘苦。既而以奋勉故，遂进而为管车，为总管，为电师，为书记。至是已二年余，遂为总办所信用，而稍稍委以重要之事矣。

会有外城铁路公司者，忽然无端添收股本，遍贿本处公董局绅，竟得邀其议准，将 K 字街敷设铁轨之权，由合众公司之手，夺归外城公司。布置运动，均出以秘密。既获凭照，事已妥协，始宣布。比史密士闻信，以事出不意，几如疾雷之不及掩耳也。遍览公司中人，惟马立师才大心细，胆识俱备，堪与共任大事。因特召之入室，与密商曰："K 字街者，盖合众公司电车往来之孔道，出入之枢纽，此路一失，则各段分散，不能联络。故无此路，即无公司，此势所必争也。今彼以贿赂之力，蒙混求得其权利。明日即拆吾轨道，一交子，彼必相夺。今已酉矣，距此尚六小时，即上控亦已不及，矧枭署远在百五十里外乎！虽然，吾辈亦断无听其自然之理；况彼之办法，皆出于诡乎！吾将以汽车往，请示谕禁，以保权利。所有公司中事，暂归汝掌握，百执事亦悉听汝指挥。无论如何，轨道断断不可使动，或出之以和平，或阻之以势力，汝主之，吾不为遥制。设轨道一毁，则不啻以大权授彼掌握，则吾事将去其大半，纵控告得直，亦将成大讼，非搁数年不可，如是则非吾公司之力所能久持矣。汝其为之。"言异匆匆遂去。

马既奉命，即警备工役，密为布置，以备夜战。盖舍此而外，更无御之之方。居顷之，急足至，递来电函。发之，则史密士所乘汽车中途脱辐，整理需时，今夜无再归之望。阅竟，颓然气沮。时已及亥，距明日只三小时矣。心焦如焚，更无良策，展转规画，思所以无负委任者，而左右又苦无足以与议之人，踌躇不能自决。冥索久之，忽拍案而起，曰："计在是矣！"召总管，传号令，以大小货客各车三百余辆，满载工役人等，于 K 字街中左出右归，如连环然，回旋不息。车上灯光烁然，远望之，如火龙之夭矫。左右村民知之，咸来聚观，或登车凭轼，笑语为戏，以不须纳资也。工役人等且有重赏。马躬驻总车站前，指挥来往；预召警察，以保护车辆。西国通例，凡电车行驶时，不得加以损害，犯者有罪。故马屡屡以此语语警察长，且重言以申明之，使不令他人近其车，遑论损害矣。

至是，外城公司所派拆轨之人，皆垂手鹄立，作壁上观，无敢近者；其主者亦往来驰骋，仆仆于道，往返筹策，达旦犹不得要领。则有御四轮汽车，风驰电掣而来者，合众公司总董史密士也。坌息降舆，手出皋谕，以示众人，禁勿妄动。而外城公司以衙署向例，以申闭而已启，纵工于运动者，亦决无如是之神速，故均目之为伪也。讵按察司恩蒙，亦继史降舆，朗谕警察长曰："此余所亲判者，乌得为伪？有以非礼相加者，尔将任其责，其必欲争典直，则三日之内至本署，余当为持平而断定之。"警察长免冠鞠躬，唯唯而退。于是如火如荼之大举动，辄为之冰消。史密士既得其情，乃拊马之背而谓之曰："今日之事，非马公不及此。今而后，吾既服膺矣！即日推马为公司总办，仅以总董一席自居焉。而马生联车之举，遐迩传述，竟成笑谈。

赚　客

德京柏林有某戏班，一日定议，欲以戏资所入充善举，虑无以耸动一时，而所入不丰也。筹得一策，甚儿戏，而其效验竟大著，且甚可笑。先是于登台前之数日，柏林各报章，佥载一新奇广告，略曰：

　　余有某君，欲为其侄女赘一快婿，用特广为布告。其有中匮乏人，而自问可以入选者，请修函某寓所，详询一切。某君并无子嗣，谨此一女侄，此外尚有一保姆而已。产业约值一万五千元，且别有商业，乏人经营，赘定后，将并以付之，听新婿之布置。某君将藉以娱老，更不制阻云。

广告既出，一日中函询者，无虑数十百通。数日后，凡函询者，各皆得复。略谓：夫妇乃人之大伦，贵在互相爱悦，片纸只字，末容遽定，尚图谋面，再订终身。故仆定于某日之夕，率舍侄子至某处戏园一号厢楼候教云云。

届时园之上下，凡上等客位，几尽为男客所占，后至者几无容足地。园中利市三倍，班中诸伶亦声价陡增。然来者之意，固在彼不在此。故当时园中万目睽睽，视线所集，咸在一号相房，且多以望远镜频频窥测者。亡何，曲奏既终，芳踪犹杳，仰观俯察，想像徒劳，不得已，始纷纷散去。出门惘惘，且有始终不解其所以然之故者云。

食　子

大西洋北，有岛曰埃士兰者，译言冰地。殆地居极交冰带中，故以得名。向为丹麦殖民地。某年，丹后临幸，岛中人民咸欢迎之。大牧师某者，以齿德尊，后优礼之，得侍左右，辄携以同游。凡岛中足邀一盼者，牧师亦莫不指导以观，相处既稔，后遂亦知其娶有室家，而非出家和尚也。因一日偶询曰："有子女几何矣？"顾牧师本岛中土著，虽略解丹国语言，实未畅晓，即率尔对曰："有二百矣。"盖丹国"子女"一语，其音与埃士兰之"绵羊"句相近，因而误解也。后闻之大奇曰："如许之多，何能养育乎？"对曰："是亦易易，夏则刍牧山中，冬则宰而食之耳。"

　　跰人氏曰：近日有人创言，吾国人不能结团体之故，在于各处方言之不通。诚然哉！吾于吾国方言，惟不通闽语，又足迹未尝至闽也。故与闽人相对，则彼此茫然。强相与语，误会者不知凡几也。读此篇而益信。虽然，彼特国外之一殖民地耳，吾自统一之国，奈之何其不思所以齐一之也哉？

津　师

西律凡涉论者，例得延状师为之辩护。故业此者林立，其上者固不专以代人涉讼为事，其下者则欲求讼事而不可得。故新得凭照以问世者，欲求其道之行，大非易事。恒有株守无聊，反御车马出游，仆仆终日，藉以耸他人之耳目者。其情状，盖与中国医士之乘舆四出，故作忙遽，迨病家来邀，转迟迟乃至，以自炫聘请之多者，同出一辙，诚恶习也。

美国某生习律法，卒业领凭后，赁屋一椽，榜其门。一时苦无问津者，枯坐无事，时出闲游。惟出必留一纸于门，藉告来访之人，纸书"公出逾一小时即归"八字。邻人见之夙矣。一日，有黠者为书数语于后曰："试问：汝即归来，有何事事？"亦恶作剧哉。

　　跰人氏曰：惜乎！中国医士，无要于涂以叩者，曰："你忙的甚么？"

鹊 能 艺 树

合众国之西南部，有地名亚里崇拿（Arlzona）者，美之行省也。土地肥沃，松楸尤盛。父老相传：凡此森森者，人迹未至之前已有之。故知非出于人之手植，实一种绿鹊为之播种。鹊巢松林之间，生性喜以松实埋地中，习以为常。前年东部某党人游历其境，亲见一鹊以长喙啄地，良久飞去。异而察之，则沙土仍平坦无迹。掘地寸许得一物，则松实也。举以问土人，土人咸笑之，盖彼已司空见惯矣。从知天之生物，自然能发生之，初不藉乎人力也。

　　跰人氏曰：恒见乡间，老树桠枒间别出一种叶，与本干所生悬绝者，谓之寄生。叩之老农，云是鸟食果实，遗粪树巅，而仁随粪下，及春萌芽，久乃长者。当与此参观。

禽　名

美洲合众国西部弗吉尼省有某夫人者，尝三易其夫，而其名皆为禽属，人以为奇，不知其已身与亲属之名多有属此类者，亦可谓遇合之巧矣。夫人闺讳莺儿，既而适婿，字曰病鸳；婿死再醮，厥号瘦鹤；未几鹤死，乃适今夫鹏云。三人各有所出，夫人实卵翼之，今已雁行成列矣，计有小鸳二，小鹤一，小鹏三。夫人之翁贴有六，而名属禽类者盖三：一鸿、一鹊、一凤也。今彼夫人全家侨居燕子岛鹰扬城之黄鹂坊。而记载此事之人，其别篆琴尾，琴尾亦鸟名也，且与夫人有鸟萝之谊云。

跰人氏曰：此则可锡以嘉名，曰"百鸟归巢"。

窃　案

柏林某法堂尝研究一案，其问题为饥饿将死之人，能否以一顿啖价值半马克之面包云。德律，人当饥饿欲死之顷，窃食不为罪，施薄罚而已。适有窃食者，面包之值乃抵半马克，疑其太多，一人之腹未足以纳之，故颇资研究。盖恐售赃与人而伪称饿徒，则不可恕矣，后讯得窃者乃一工人，窃得面包后，分其半与将饿死之友，衡情酌理，卒免其罪。夫此事到纤也，乃亦曲折推求，不厌周详如此。使在东方，则尊臀苦矣。一笑。

趼人氏曰：吾读此篇毕，反复思审，忽发一奇想，则欲普告东方饿夫，使之航海至德国偷面包去也。书竟为之狂笑。

以术愚狮

日耳曼兽戏班炫技于荷兰首府，声誉藉甚，驱策登场，辄有人满之患。班中有技师以善驯狮著，演时必持脯入笼，掷脯狮前。群狮见之，恕吼欲攫。技师则以一足加脯上，阻之使不得食。观者皆股栗屏息，为技师危，至有变色者。盖恐兽之喜怒不可以理测，或遭噬也。如是者有日。英人某思有以难之，与这约为胜负，谓能使群狮不食三日，而后仍敢以此术行于众人之前者，愿以巨金为酬。技师处有顷，曰："可，惟须三来复后行之。"英人诺。届时乃遣人逻守之，迭为更替，昼夜不息，不使群狮得食。三日期满，观者麇集。时狮皆饥火中烧，吼声不绝，大有虎兕出柙之势。当吼声极烈之顷，技师手巨脯，岸然入栏，掷之于地，举鞭临之。群狮竟无一敢近之者，驯伏畏摄，无异曩时也。惟吼声起，则全笼为之震撼。然虽怒目眈眈，视巨脯在前，而不敢少动，视眈眈而已。有顷，技师俯身拾脯，复投于地，则环而攫之，斯须净尽矣。观者莫不鼓掌称异。英人以金如数与之曰："吾诚负矣，虽然，吾如约输金，子必告吾以术。"曰："是皆于三来复中预为之者也。先以煤油渍牛脯，过三日，持以与之，狮皆见而反却矣。然后更易佳脯与之，乃大嚼焉。久之，遂习以为常，凡先与之者，例却不食。故是日所与者虽佳脯，亦不敢尝必俟再投举，而后食也。"

趼人氏曰：前数年，上海辟一园，曰大花园，有兽戏一班在焉。御兽之西人，役一华童为侍者，童素顽梗，瞰西人出，

| 219 |

辄效西人，持棒与兽戏，久之，技反在西人上也。西人知之而妒，乃遣之。于以知兽类既驯，则尽人可狎，不必定技师也。

重修旧好

波斯与希腊二国绝交亘二千三百九十三年，至一九零二年始复派唐立帝氏至雅典，为波斯之驻使焉。盖自耶氏纪元以前四百九十一年，波斯遣使雅典要索水土，以为降伏之征，希腊不从，遂绝使命，不相往还。良以水与土为物虽甚微，而关系国体至重也。至是始重修旧好云。呜呼！自古国际交涉，修怨之久，当以皮二国为最矣。

　　跞人氏曰：吾深佩此二国之人之血性也。以视乎今日各国，阳为敦睦之言，而阴行侵略之谋者，其欺人为何如哉！

最古共和

圣马里诺者，乃千五百余年之古国，所称世界最古之独立共和国也。界乎欧洲意大利大陆与半岛之间，位于亚卑尼山之东麓，面积仅三十二方里，人口约九千余。自耶氏纪元四世纪以来，即独立行共和政体，为世界最先之共和独立国。近世纪以来，已在意大利保护之下，故内政虽仍独立自治，而对外之名义，则不能与独立国相提并论，殆即所谓市府国家者也。呜呼！此卓尔自立之所以可贵也夫。

代父代母

　　欧人大都崇奉新旧景教，旧教即天主，新教乃基督也。凡教徒无贫富贵贱。生子女三朝后，必至教堂行领洗礼，而因以命名焉。行礼时，则以亲友中之贵显而有德望者为证人，虽常人亦必择稍有声望者为之，男者谓之代父（Godfater），女者谓之代母（Godmother）盖其时儿母分娩未久，犹在床褥，故请人为代表之意。此等代父代母，例以男女各一人为之，多或四人、八人不等。亦有男子仅请代母，女子仅请代父者，而世俗固以数多为荣也。考欧族古来女子代父之多，当未有若普鲁士郡主爱林者，爱林之代父，竟达四千余众。先是一八六六年普法之战和议告成，普亲王亨利提兵归国，入境，适为郡主命名之期，因令军中将士四千余人，悉至教堂观礼，而为其女公子之代父焉，盖创举也。

　　顾彼教命名之意亦不一，其权皆操诸代父代母。往往捡基督门徒之诞日，与儿女生日相同者，即以名之，谓之圣名，盖其人皆教中所谓先圣先贤者也。至于普国郡主之所以命名爱林（Irene）者，因德语爱林，犹言太平，故用以纪念和局云。近世西教东渐，吾国之人奉教者亦一遵西礼，然大抵陈陈相因，男则名以若瑟，女则玛利亚耳。二者乃基督父母之名，故人人耳熟能详，外此非略解经典者不能举也。

讷耳逊轶事

　　百年来英国以海军称雄世界，建海军之威者，实提督讷耳逊。讷耳逊率其艨艟舰，与西班牙、法兰西等国水师相周旋，敌皆披靡。自是英国海军之威立，而讷氏之名亦显矣。讷藉海军以显其名耶？海军藉讷以著其威耶？世有具读史之巨眼者，当亦无以左右之。迩年日俄之战，日将东乡氏大歼俄军于日本海，世人遂以东方讷耳逊目之，与讷之相后适百年，一何奇也！一九〇五年为讷氏百年之大纪念（讷于一八〇五年十月二十一日大破法兰西西班牙联合舰队于脱来发茄，即于是日中弹阵亡），英国报界皆列其遗像于报端，且有全报皆叙讷氏之历史而不及他事一语者，亦足觇彼族之崇仰古人矣。迢迢百年后，又当为东乡氏之大纪念，吾不知日本人又当何如？

　　讷耳逊毕生战绩，以那尔（Nile，在埃及北部地中海沿岸）一役为最著。然其成功之始，乃在于至微极纤，与军事绝不相涉之一针，不亦毕乎？讷氏率师与法军遥拒，而不能侦知法军之踪迹也。自有此针之一刺，乃藉以求得其端绪，而大奏肤功焉。时英军实于意大利之那不勒湾，上将军阿克敦之夫人从征，婢侍夫人饰项间围巾，误以饰领之针刺夫人，痛，呵之，惧，跪而自陈其匆遽之故，而请罪焉。婢，法人也，兄某实役于法军。婢夙侍夫人居英，久无耗，适兄以书来，读之，怦然若有所思，手为之颤，致为此误云。此一刺也，盖若或使之者。阿审知之，索书阅之，则法军之所在及其谋毕叙焉，急以献于讷氏。讷据书定谋，率其军舰，一举而破法。论者谓此一针之功也。天下事有造端甚微，而所诣极大者，其此类乎？

新庵曰：讷耳逊为英吉利百年前卓然一名将也，生平颇多名言，余最爱其一说曰："勇者虽死，一死而已；怯者虽生，一生而已。"

污　水

西俗，妇女多嗜曲糵，丈夫弗能禁也。或以伤肺为言，始稍稍有减饮者。近世科学大昌，各处皆尚演说，男女之智慧日进。值有演说家极言饮水不洁之为害者，反复推阐，委于取譬，犹恐空言之不足信也，以实验明之：借灯影之回光注射壁间，取沟中污水一滴加于灯帘之上，电光之中，诸景毕现，几如禹鼎铸奸，温犀烛怪之无所遁其形也。水中微虫至纤极细，穷目力而不得见者，至是俨然若牛鬼蛇神，蠕蠕然作战斗状，历历在目。望之可怖，几疑为地狱变相，且令人作三日恶也。既而演说者取烧酒一滴加其上。转瞬寂然，不复动。盖酒性烈，足以杀虫也。自后凡酗酒之妇，莫不以此为口实，几于饮水解渴，亦必以酒和之，为丈夫者皆未如之何云。

按：西人平常解渴皆用清水，惟富人乃得用矿泉水之属为代，故其取水极洁。至近世轮舶汽机发明以后，在在需用清水，故自来水之创制，实亦时势所不容已者也。吾国风俗，各处不食生水，无贵贱皆以茶汤为消渴之品，故鲜有讲求洁水之法者。幸茶汤皆沸水，尚得无恙。故西医考察，称华人饮茶最无损害，亦赖此焉耳。盖水中蛆蟗，一经煎沸即死，绝不能为害；而吾人不敢食生水，食之即患腹泻者，即蛆虫为害也。洁水即不尔矣。

索　拉

一九〇六年七月十四日，值法兰西改立民主节期，伦敦路透公司传来专电云：法国议院，已将迁移索拉遗骸，入于邦戴翁之议案通过云。

电文简略如是，阅者殊未易领解也。蒙按索拉，字爱弥（Emile Z La），法兰西之大文豪也。母本法国产，父为意大利著名机器师，寻迁巴黎，因家焉。索拉少时以贫故，为人佣工，年薪不过六百佛郎。嗣不原，乃弃去。然闲居无可存活，不得已复佣于巴黎大书肆（Hachette），初在发行所。肆主见其读书綦勤，尤留意各种小说，乃延之入编辑所。索以是得获交诸文学大家，从此浸淫典籍，专心著作，每一稿脱，各日报争罗致之。索拉之名，至是渐显，卒分文坛一席，盖其学有本原也。索氏所著爱情小说，颇极一时之盛；而戏剧词曲，尤脍炙人口，他如社会小说，影响亦甚伟大。其一般改良风俗之能力，后人咸受其赐。故人虽云亡，追思弥笃。因相率提议，欲将索氏灵辒移入邦戴翁（Pantheon）陈设。邦戴翁者，巴黎之大礼拜寺也，凡大人物之有功于社会者，苟得国民同意许可，例得将灵枢移入寺中供奉，盖不朽之盛举也。索氏迁入问题既入议案提议，遂得众意金同，照议通过。

从此将与天地同寿，极难得之异数也，其恩荣较之中国人祀贤良祠尤甚。盖专制之国，恩出自上，无论其人生前有功社会与否，但能博得君上一纸诏敕，便可备位其中；而民主国立法自下，故其人非有大功于社会，则决不能得国民同意。夫博全国人民之同意，较之但博一二人之欢心，难易不啻霄壤，恩荣之厚薄，亦由是而判，夫索拉氏者，浅视之，不过一小说家；即重诹之，亦不过一文学家耳。顾国民崇拜之者，竟若是其至也。然则才智之士，又何乐而不思谋有益于社会哉？若我中国，则但能博得君上一人之欢心，而求得高官厚禄，则在世不患无生祠，殁后不患无专祠，国民之非笑，所弗恤焉。夫如是，则人何必苦思绞脑以谋有益于社会哉？此专制之所以为专制，而共和之所以为共和也。

索拉之书，虽经尽译英文，而中有数种，英人严禁，不许在其国内出售，以种种道德，与英国民俗情形格格不相入也。盖英国小说，体例素严，属地出版之书，且有不准运至母国者，则他国人之自成一家言者，无怪其然矣。

朝　　鲜

朝鲜政府以丙午年为皇太子选征元妃之期，故特颁禁令，不准通国男女嫁娶，必俟选定元妃，方能驰禁云。盖犹是东亚古代专制之遗风也，亦可谓笃守旧法者矣。朝鲜一国自日俄战罢，已为日人挟入肘腋，无异囊中物矣，所以不即郡县之者，尚有所待耳。使其君臣上下及此警悟，幡然变计，竭力奋发，虽未必遽能自立，或尚可苟延残喘。顾犹醉生梦死，妄自尊大，一若不知其国之既亡也者。朝鲜人苟且偷安，殆非至斩绝皇祀，墟其社稷，必不自觉其亡，岂知今世之人国者之别有新法耶？虽然，吾方自哀之不暇，又奚暇为朝鲜人哀也！

设法与行星通消息

法兰西科学大书院中，近忽悬赏四十万金，提倡学术。见此赏格者，莫不骇异。盖吾人今日犹未名囿于故习，他日智慧日进，目的已连，则又将以今日之骇异为少见多怪矣。然其提倡之事，固亦甚奇，谓不论何人，凡能创一新法，可以与地球以外之行星通消息者，当以贮款相赠云。

克虏伯制造厂

克虏伯者，德意志全国第一无上之实业家也，一八一六年设厂，专造一切枪、炮、火药、战舰、鱼雷以及水陆军用兵器之类，以应全球各国政府之取求。故声名大著，基业日充，而制术之精，尤能与时俱进，人莫与竞。德意志全国军队用品，十八九取给于是。而德国陆军能雄视天下，为全欧侧目者，克氏之利器亦与有力焉。如此巨厂，不与异姓合股，而能独立至八十余年之久，良非偶然。盖欧洲创大事业者，公司为多，即日本人之所谓会社也。以无量之巨金，犹创一业若克氏者，虽欧洲商业号种极盛，亦不数数觐，美国庶几有之。

迄年克虏伯厂亦为改为公司之说，德政府及德国制造轮船厂等，皆竭力运动，以冀其成。盖最后之克虏伯氏殁于一九〇三年（克氏出殡，今德皇威廉第二亲为步行执绋焉），身后无嗣，遗产归其女公子盘雪承受，为今德国第一大富豪。厂中百执事，实其新婿为之领袖。新婿鲍伦氏，于一九〇六年十月十六日成婚礼，德皇亲临赐贺，演说吉词，并勖以永永以世界攻守之具供本邦取求；又赐新改从克虏伯氏，以世其业云。厂中所雇军队有二万之多，专为操练器械以及防守巡警之用。其他一切可想而知矣。此为厂价值计英金八百万镑，合这之一切私产，不下十二兆镑，约中国一万二千万元，皆为其女公子一人所拥有。成婚之日，犒厂中员司工役人等百三十万元云。

中国曩年所购德国军械，大抵皆出自克虏伯厂，所费币项不知凡几。合肥李文忠薨，其厂特范铜像，由驻华代表满德赠之李氏，藉作纪念，传之不朽，即今巍然矗立于沪北丞相祠堂隙地者是也。其像酷肖文忠。

戒 骂 会

骂人，恶德也，于人无毫末之损，于己有行止之亏。故君子不为也。然习俗移人，贤者不免。勋名鼎鼎如合肥李文忠公者，犹不免以乡谈骂属吏。而一般无耻小人，遂有以得其一骂为荣者。此皆彰彰在人耳目，不可掩也。上行下效，捷于影响，被骂者旋回本署，即转骂他人。恶德也而成为恶俗矣。至于赫赫官府，高坐堂皇，拍案叫骂，习为故常，恬不为怪，又何怪乎下流社会中人一 启口便狺狺不已也哉？大抵士君子读书明理，平日出言雅驯，爱惜身分，不肯经易辱人。此外如商贾等人，几以骂人之俚谚为其语助之词。吾国人公德私德，败坏达于极点，此亦其一端也。

欧洲吾国自近世纪以来，互相仿效，彼此竞争，文明程度，进化靡已。而美洲各国，尤有后来居上之势，顾犹迁善惟恐不速，去恶惟恐不尽，殊令人望而生畏也。合众国有宗教家，以文明国人虽已风俗改良，可免自相詈骂之习，而对于黑色贱种之人，有时或不能免。因特创立一会，招人题名，以相戒不许詈骂他人为宗旨。一时闻风兴起，各处响应，臻于极盛。美总统闻之，亦驰书褒美，极力赞成云。呜呼！吾国苟不欲改良社会，整顿风俗则已，苟其欲之，则此种戒骂会之设立，亦殊不容已也，愿吾士夫君子、仁人志士，弗以事小而忽诸。

> 跰人氏曰：吾国且有以骂传者，如灌夫骂座、山膏骂人之类，不可胜记。遂使后世竟有以倨傲傲骂，自为名士者。而译者顾独以责下流社会乎？吾谓下流社会之骂，不过粗夯而已，顾不如上流者之以骂人为高贵也。

兄弟甚多

伦敦某童，一日痛殴其弟于道，弟仆，复握其足而倒曳之。或见之，婉言动曰："毋然。子如是，不将伤乃弟耶？"童曰："是何足虑？吾家中弟犹多多也。"

张翁轶事

美国芝加高有张生者，富商子也。生平最喜自述其先人微时轶事，以夸其会计之能，藉作谈助，而资笑乐，闻者亦往往为之绝倒云。初，生之父张翁，尝赁某巨第下层之一室，陈杂物于其中，以能博蝇头之利。入息虽不甚巨，而翁之计学极精，度支亦极省，故往来出入，恒有所赚。积之既久，数殊不资。顾此巨第者，本由数人分赁居住，嗣渐渐为一衣肆所并占，惟翁所赁之室居如故。衣肆执事意犹未足，乃谋之房主，愿独得此屋居之，赁金虽巨不吝。房主以翁占屋虽少，而赁居已久，虑无辞以处之也，乃转令衣肆执事自向翁婉商。执事乃诣翁，以让屋为请。翁曰："我居此便，不愿徒也。"曰："我已尽赁此室，不原亦不得不徒矣。且以商业资本而论，汝亦百不逮一，我已以三倍之赁值许房主，此岂汝小铺之力所能堪耶？倘知难而退，犹不失为度德量力之人；且我将竭力相助，代觅新居，俾可即日迁徙，仍理旧业。如执迷不悟，定欲留此，则一月之赁金，已尽耗汝之资本，使汝不复有立锥之地矣。"翁闻之，怃然为间，曰："诺。然乞假我半月，俾从容布置，君其许之乎？"执事允其请。越半月复至，重申前议，则翁笑谓之曰："汝辈苟爱之，则亦不妨仍前居此。我自今以后，可不必再付赁金，惟汝辈须月增赁二百金，此间全屋，鄙人已置为薄产矣。"

　　跰人氏曰：一旦暴富，每自讳其本来，此亦世人之常情矣。张时好谈其先世微生轶事，殆不染忌讳习气者。世之稍有势力者，辄逼人于无可奈之地，以自鸣其得意。夫乌得无量之张翁，一一以此法对付之。

牙　医

　　西国牙医，本有专科。近年逾究逾精，凿孔去腐，皆用电机为之，轻柔录便，较旧法之用足踏者，殆胜十倍。拔牙之法，先用空心针，以药水主入牙床中，使牙根松浮，牙肉麻木，然后拔之，绝无痛苦。

巴黎某少年，一日因患牙痛，就某牙医求治，医乃坐之于机器椅中，使之仰面张口，略加审视，顾谓少年曰："我知之矣，治之之法，非尽拔诸牙不可。"少年闻之大骇，曰："是奚可哉？所患仅蟠牙一处，与他牙不涉也。苟不能治，则去其一可矣，与全口之齿牙何与，而欲飞去之耶？"医闻之，反身启案下椟，出手枪拟之曰："苟再支吾，我立毕汝命矣！"少年不得已，闭目张口，任其所为。至六七枚后，血流满口，痛不能忍，于是狂吼不止，声震户外。为警察所闻，询知其状，拘以去，始知此医乃新染狂疾者，遂与少年同送医院，分别医治云。若某少年者，洵可谓无妄之灾矣。

既病狂矣，胡复可以为医？跰人氏曰：否否。吾欲藉此病狂之医，以医世之丧心病狂者，岂非一绝大快事？书竟为之一笑。

卷　下

私　囊

一人晨起，语其友曰："昨宵不幸为贼所算，窃去饰物约值千金之谱；然金钱竟毫无所失，犹为不幸中之幸。"友怪之，转问其故。则曰："饰物因藏保险铁箱之中，故竟为贼所窃；若金钱，则皆在拙荆私囊中，故贼亦无所施其肱箧伎俩耳。"

> 新庵曰：欧美人所制保险铁箱，往往有"水火盗贼皆保无虞"字样。近日美国桑港地震之后，继以火灾，凡铁箱之佳者，其中所藏纸契，皆得不毁，亦可想见其效果矣。顾犹不能及妇人之私囊，可见妇人私囊之巩固，无与伦比也。一笑。

简单利息与复杂利息之分别

有精于算术者，以其下开算得之数，寄登伦敦某报，见之令人眙愕。盖同一利息，简单与复杂之相差，顾若是其巨焉。据云：设有人于耶稣纪元之第一年，以英币本尼（Pennx）一枚存行生息，利不加利，则迄今一千九百余年，所得之简单利息，不过八先令而已：若以利上加利而算，则复杂之利，其数乃达于一三二，〇一〇，〇〇〇，〇〇〇，〇〇〇，〇〇〇，〇〇〇，〇〇〇，〇〇〇，〇〇〇，〇〇〇，〇〇〇金镑焉。

言　情

泰西风气，男女言情，形之笔墨，不甚为讳，盖其所言之情乃爱情而非私情也。其女子有自由择婿之权利，而男子之有友谊亲故者，亦得直接作书请求。然为之父母者，非无干涉之权也，特以此事关乎儿女一生之哀乐，故不如听其自然，但担最后承诺之责任而己。盖父母少时之结婚，亦自由选择，推而至于父母之父母，亦莫不皆然。故虽欲干涉，而习俗已成，无如之何矣。

英人有温氏者，亦素封也。其夫人一日因作书乏笺，乃求之于其女公子之案屉中，无意中得旧札一束，略加翻阅，皆言情之作，意颇不怿。乃下楼示其女，盛气问曰："若与通邮者，谁氏子也？夫言情亦多术矣，何若是其絮絮之甚哉？惟有告尔父，使若从此与之绝耳。若告我，孰作此寄汝者？"女闻之，柔声静气以对曰："母既以此责问于儿，则儿亦不敢隐。请母姑戴目镜，再一谛视之，不见此斑斑者，皆数十年前之旧物乎？盖父少时寄吾母之牍耳。"

天　生　奇　疾

日本大和国吉野郡大东村，有出云与志治者，其夫人某氏新产一儿，生有怪症：呱呱落地时，即见右目下微有红肿。尔后累然坟起，臃肿不堪，与儿之日月俱增。越二月，其大如碗，垂垂然一巨瘤矣。遂送大阪某医院求治。医者施以解剖术，于疮中获小人一，五官四肢无不备，不过具体而微。远近闻之，莫不诧为奇事，然据医者之论，则谓此胎本系双胞，特不知如何，彼胎忽于中道误入此胎之皮肉中，以致不能发生，成此怪象云。然亦异矣！

趼人氏曰：此条若入《聊斋志异》或《山海经》，则又群起而指为伪托耳。新近少年偶窥得一二新学，尤指斥无遗。吾国古医书中所载疣瘤疮癞中之有动物及金石物者，指不胜屈，若偶举为谈助，则嗤者斥者随之矣。不知其对于此事，又将云何也？

世界最长之须

一九〇六年五月二十二日，伦敦考文德大公园左近，史梯文氏所设叫货肆中，陈列品内有一奇物，乃世界最长人须，将以竞卖者。一时哄动多人，观者接踵，户限为穿，莫不以一睹为快。须为已故英人卜亚慕之遗物，亦无异一份遗产也。长达英度十四尺，称为世界第一，洵可当之无愧。卜氏晚年因具此长髯故，尝列入数处大博览会人类馆云。

趼人氏曰：光绪八、九年间，上海《申报》尝译西报，载一长髯人，谓其髯长至无可位置，遂盘于腰际，至数匝云。《点石斋画报》绘为图，一时盛传观之。不知与此是一是二也？

废物利用

欧美诸国，极利用废纸，美国废纸中，尤以废弃之钞票为大宗，制为器物，极坚硬耐久。铁路车轮，大抵皆用纸制成，然望之不能见，故不言则鲜有知者。盖纸轮之外围以钢圈，裹以铁皮，纸为中坚而已。纸轮约厚四寸，钢圈约二寸余。与轨道相接触者乃钢，非纸也。纸虽坚韧，以之与钢轨相摩荡，则损坏殊易，故但用于内。约计省铁三分之二，而重量亦减轻不少焉。

今世界第一大琴师乔庆

乔庆，字若瑟，今世界最著名之胡琴师，一八三一年七月十五日生于泼雷斯堡。泼雷斯堡者，匈牙利国中之一小村落也。自幼颖异聪敏非常，若有宿慧。年十二，入电疾地方高等学校，越五载，学业大成。复从名人谈维氏游，遂崭然露头角。素究心音律，至是乃被举为威玛大戏园总理。一八六八年至柏林组织皇族高等音乐学校，声名藉藉，大显于世。美洲合众国尤重其人，恒以厚币聘之往各名都大邑演说音律之学。故乔氏岁必渡大西洋一次以为常，数十年未或间断。英国康桥大书院赠以律学博士学位，示优异也。

附乔庆轶事二则

乔博士居德国汉挪卫时，见其处士女踔冰之戏甚盛，隔窗望之，历历在目，往来冰上，疾如飞隼，进退回旋，莫不如意。博士顾而乐之。心念是固易为，何妨效之，亦行乐中之一大快事也。不觉技痒，亟欲一试。因匆匆至河畔，遇一人，询之曰："先生欲踔冰耶？"乔曰："余于此道，从未学问，今日不过见猎心喜耳。"曰："无伤，我当为先生指导。"因取冰鞋为博士束缚之，曰："可矣，请起立。"

复告之曰："举右足则如此，举左足则如彼。"言己又曰："行矣。"博士果从之，乃一技足，十数武踬而颠矣。其人大声呼曰："噫！"急前行扶之起，徐徐曰："踔冰固不若抚琴之易也。"博士为之粲然。

或尝问于博士曰"以公一生遭际之隆，何患不传：且数十年中所见所闻，尽多可惊可愕之事。即以音律而论，当亦别有心得。未知平日亦尝笔之于篇，为他日身后流传计否？"博士对曰："余何暇为自身作行状哉？余生平从不喜作一自负语，何敢形诸楮墨而灾梨枣耶？"问者曰："虽然，岂不闻李士德身后，亦传有日记一部耶？"曰："是固然也，李盖最喜自道者也。"李士德（Liszt）亦匈牙利之著名琴师，兼工画术。始见巴牙尼尼之乐器，而改良洋琴之构造，声名藉甚。一八八六年航海至英伦，归国未久而卒。盖一八一一至一八八六年间人也。

俭　德

今德意志皇后宫中珠玉玩好，价值不过五百万马克：而后之私有者，仅值二百万马克耳。余皆冕旒之类，价值虽巨，皆朝廷官物，虽得用之，非所有也。后喜雅妆，不喜饰珠玉。皇亦不甚注意于是。故除国有大典偶一盛妆外，往往累月不御珍物，人皆称为俭德云。

　　跰人氏曰：称俭德者，惟珠玉一类，已拥有二百万，其不足为俭明矣。所可贵者，宫中之有官物耳。若在专制国，则宫中之物，尚何别夫官私耶？

最古律法

考古家温格来博士，近觅得古书一种，为巴比伦王项来贝氏所定之律，实最古之法典也。王生于纪元前二千二百五十年，按之彼教经典，实与犹太人之祖亚伯拉罕同时。遍考载籍，实可称为律法之鼻祖。盖较之摩西之律书，犹古五百余载焉。律计二百八十二条，制度颇已详备。爰摘译数条于左，以见上古西国律法之一斑。

一、妇人售卖解渴之物，既收代价，而不与人以相当之品，则当投之于水。

二、为人妇者，倘专事浪费，或虽不浪费而不勤操作者，本夫可以退休，毋须偿款；惟非艰于生育，而丈夫无故出妻者，则随嫁妆奁当尽数归妇。

三、休退未婚妻者，男子当偿以相当之款。

四、嫠妇之有子女者，非邀地方官之批准，不得任意再醮。

　　玡人氏曰：按西历纪元前二千二百余年，实当中国夏纪，而中国尧时已定五刑，据此，则中国开化之早益信矣。且尧时五刑沿用至今，不失本意，而无投诸水等奇刑，则文明亦自我中国开之矣。观于第二条，则妇女奢靡之风，亦非彼族古代所尚也。

美人之游费一斑

一九〇五年中，凡往来游客旅费之用于意大利境内者，其数达英金十五兆镑，此意国公家调查之数也。其中半为舟车之费，半为逆旅及购物之费。投资者以英吉利、德意志二国人居多数。意大利有古罗马旧址，实昔时欧洲文明之中心点，故国中古迹胜景独多，游人往往麇集其间，过于他国；加之西人性喜遨游，服御豪奢，第求安适，不惜糜费。故游资所集，竟成巨款。然欧美之人，于理财之术，筹之良审，良以俭啬积贮，不如灌输流通。盖俭啬积贮，则其利私而小；灌输流通，则其利公而溥。且有财之人，苟不出余财以自安乐，则他人不能沾溉余润，以为分养之资，而一切旅馆、舟车、饮食之类，非但不精，且将无人举办。如是则虽有出资之人，亦苦无处购求矣。于是而商业衰败，地方冷落，财源枯竭，游人绝迹。吾中国乃适蹈此弊也。故俭诚美德矣，然有相当之财，而不作相当之用者，其为害于社会，亦殊不鲜。故西人不惜糜费，务求安适，非为一己安适而已也，亦欲分其利以生利也。盖苟能人人技其资财以入社会，则自然而财源流通，商务繁茂，地方兴盛，游客麇集矣。于是而一切旅馆、饮食，自日就精良；而舟车往来，亦愈益交通。意大利之得邀他国人驻足遨游，投此巨万之资，亦非偶然者，盖必有其善于招徕之道焉。

每当夏季，美国富人皆以欧洲大陆为避暑之场，而航大西洋东渡者，莫不先至英伦。故其游费在英国挥霍者，殆以万万计。盖美国富人之豪奢，尤非他国所能望其项背，一冬所得之利，尽以付之于夏而不惜，但求一身一家之安适快乐而已。往往一家不过数口，而独赁一船，不搭客。其至旅馆下榻也，亦独包一层。其费虽巨，彼为清静舒服计，不之惜也。此其人之家资，少或数百万，多则数千万，皆美国之实业家也。如必珠堡之煤商、钢铁商，芝加高之麦商，纽约及波士顿之银行，费城之保险与夫面粉、糖商、煤油商之类，不一而足。每届溽暑，挈眷东渡，莫不以伦敦为乐国，亦有倦游既返者，亦有便道遍游各国者。游客既不惜资斧以求快乐，地主亦精益求精，以博欢心。他国亦有闻风而来，藉分余利者。即美国各处，亦特选最精食品用品，并挑专业售货之伶俐女子，运往英国，以应取求焉。欧美各处，无论舟车、旅馆，其间一切陈设应用之物，无不精洁美备。故游客往来，不须自携行李，但取革囊一件，中藏银行支票簿一册，即可到处为家，事事称意。即挈眷同行，亦无庸多带仆役。

反观吾国，则内地不足道，即各通商口岸，向称得风气之先者，旅行家少携一物，即觉不便。此虽原因于旅客之不肯多费，然栈家亦太不讲求矣。至于官场往来，携物尤多，更为所厌。其到任到差之时，件数尚少：及至卸事而归，则行李之数，动以千计，豪仆相随，往往数十人，到处骚扰，有如盗劫，下属供张，携取一空。曩年斯美、驾时二轮之陈设，非不富丽美备，行之数月，残缺不全矣，皆官场所强取豪夺。以视欧美人之公德，何东西人度量相越之远耶！

逃学受绐

麦德温（Mark Twain）者，美洲合众国之大著作家也。生于汉尼堡，在密稣厘河流域。此河发源于落机山。与密西西必河合流，亦美国大川之一也。麦晚年归里，常在乡学演说，所至欢迎。尝在某蒙学述一小学生事，闻者莫不解颐，而其乡之人，至今犹能道之，且引之以为稚子逃学之戒云。其说曰：某家一小学生，一日黎明梦醒，忽自大呼有疾。家人咸为惊起，皇皇然亟为延医，不敢少迟。须臾医者乘快车由远道莅止，急入室，问所苦。童曰："半身觉痛。"问头痛否，曰："有之。"问右手颇觉僵木否，曰："微觉之。"问右足何如，曰："亦然。"医者已心知其意，因以目视其母而谓之曰："尊恙固不轻，虽然，至礼拜一，必仍可入塾读书也，今日礼拜六，午后例当给假休息。不如乞一病假，节劳半日。"童闻之，讶曰："今日已礼拜六乎？我犹以为礼拜五耳。"未儿医者既去，童亦渐渐起床，自谓霍然矣，遂怀书入塾如平日。比至塾中，始知是日乃礼拜五，非礼拜六，医者特给之耳。

趼人氏曰：吾昔见一童子，日聒其父携往观剧。其父绐之曰："俟礼拜七，当携汝往也。"童乃日日检日报，每至礼拜六，辄喜曰："明日观剧矣。"乃明日，见"礼拜日"下无"七"字，不禁嗒然。与此逃学童子，正复相类。

学 说 不 通

瑞典一乡人子，席丰履厚，家资巨万，称小康焉。年才弱冠，已娶妻生子矣。一日有友过从，其人方据胡床观书。既忽跃然而起，废书长叹。友怪问其故，曰："尽信书不如无书。"友请其说，曰："书中所言'人生皆同'一语，不通孰甚。曩吾子生而重九磅，邻人之子初生仅七磅耳，夫安得谓之'人生皆同'耶？"

某伯爵

俄国某伯爵，年虽已老，兴复不浅，时喜作用狎邪游。一日复至所欢处，促膝而谈，久无去志。妓虽厌之，而利其多金，不敢遂下逐客令也。既而伯爵问此何时矣，妓闲闲对曰："不敢说。"伯爵曰："恐已将届我告别之时矣。"妓女曰："然，已逾之久矣。"

印度杨树

印度多杨树，树大而荫广，凡千人之军驻于一树之下，其荫足可蔽之而有余。其国有著名大杨树一株，躯干多至四百，旁枝多至八千云。

美俄煤油之比较

以寻常通用之灯盏试之，凡美国所产一百一十度光点之煤油，较之俄罗斯通常出口之油，其亮光胜百分之十二云。

女界之大资本家

世界女权之发达，殆当以澳、美二洲为最。据北美坎拿大政府最近发表之渔业、航业一览表计之，凡妇女之为轮船主人者不下七十人；轮船之外，尚有帆船五十六艘，其主权亦皆为此女资本家所有焉。

蚊虫传病宜防

美洲合众国驻扎古巴军队中，有医官曰罗士者，医术极精。晚年尝独创一说，谓每当暑季，人所常患之一种黄热症，以及诸色容易传染之病，都由蚊虫为之传播。盖蚊虫性喜噬人，由甲而乙，其毒即由血液中转相授受，为害极速云。其说一出，国家即命诸医深加研究。嗣据查复，佥称允当确凿。美政府因拨公款四万金圆以奖之，而其时罗士已不幸逝世，此款遂归入其遗产之中。而从此杜绝蚊类，遂亦为卫生界一重要事件焉。

制造金牙

英国有最大金类制造厂，所制牙医所用镶补人牙之一切金器配件，种类綦繁。即此一项，每年需用纯金至四万两，价达英金二十万镑。亦云夥矣。泰西各国近世纪以来，几于无一事不讲求，无一人不讲求，此亦关乎人类进化之理。然豪奢者必先之以富，而致富之道，舍学术末由。

干涉主义

费尔特费者，美国第三之大市府也，为独立时代国会所在地，人口共约一百二十九万三千余。而百禄街与教徒街之间，尤为人烟稠密之区。一九〇六年六月某日，公董局之卫生部，特派出警察百名，医员五十人，突至其处，逐户轮验，以致全市闭门者，凡历五时之久。计半日之间，共验一万四千人，其中未经种痘而强之立种者凡三千人，卒查得患天然痘者一人云。

俄 国 人 瑞

俄罗斯西伯利亚西部多木斯克府医院中，近有一老人至院就医，年已二百岁，闻者莫不异之。然有三代与之相稔者，皆知其年为不虚也。且所有一切契据，如婚约等类，皆可作证云。此老丧偶后，未尝续娶，已鳏居一百二十有三载。子一，年九十而亡，时一八二四年也。俄皇彼得大帝在位时，此老尝亲见之，音容笑貌，犹仿佛能记。老人寿虽奇长，精神亦颇矍铄。惟两足不良于行，故往来出入，皆用抬床从事焉。

　　趼人氏曰：此老若生中土，则百岁坊将重建矣。然而步履需人，已无生趣矣，长寿何为？

父子同选为议员

一九〇六年，英吉利下议院新选议员中，凡父子同时被举为议员者有七人之多，父子并言则为十四人。父子同院共议国政，一时传为美谈。爰有好事者相与醵资若干，于三月晦日设筵燕之，以志其盛。惟大政治家张伯伦父子，皆坚辞不至。盖诸人皆自由党人，而张氏父子则联合党之伟大人物也。

小不可大算

美国《芝加高日报》主笔，尝纪《微物之价值》一则。谓是处铁路一带各车站中，只就废纸一项计之，以一九〇五年一年所积，售之得价五千金圆之多云。凡铁路公司沿途各站用过之钢笔头、针、钉、铁罐、敝帚，以及破坏之各种机件等类，集成巨数，皆可易金。甚至烬余煤灰，亦可出售，不售亦可用之以培路基。凡此种种，视之若甚细微，殊不足以当巨大公司之一盼。然大者小之积，彼铁路之所以能成富豪之公司者，何莫非由小而渐大，由大而臻于极盛？譬彼银行，世界营业，推为至巨，算计利息，纤及毫忽。故一九〇五年，合众国全国铁路所售废物之价，乃达美金一百二十五万元，数亦可观矣，不知皆从针、笔、废纸、旧钉、敝帚而来也。

跦人氏曰：由此观之，微物皆不可恝置矣。吾国人最爱惜微物而不能利用之，殊可惜也。又如一饭糜之微，亦不许弃置。例如孩童之食饭，盂底余粒，必使尽之；堕于地者，必使拾之。创是举者，必有深意存焉，意若曰：日日之视为颗粒者，积岁计之，即为斗斛也。昔乎其不明示此意，而假罪过、因果等语以怵之，徒导民于愚也，哀哉！

废 物 变 成 戏 物

　　法兰西一印字馆主人，一日偶闲步厂房中，见一工人以白纸屑一握，戏掷于一少女之身。此少女亦厂中工人，适有事行过其处也。主人于无意中忽睹此状，不觉有所感触。亟往察之，则其人手中方制厚本月份簿，其上端穿线处凿两小圆孔。而此纸屑则皆圆孔中之余也，大小相等，光滑可爱，堆积一处，不知其几千万片。即命扫贮一器，不许弃置。便命用颜色纸若干置凿孔机中，凿成同式小圆片无数，与前之白纸片相掺杂，然后装潢成匣，以待善价。越日，报中广告即遍传各处，购者遂纷至沓来，居然利市三倍。盖法国风俗，凡男女成婚后，携手出礼拜寺时，观礼亲友例以米粒撒新郎之身，所以与之相戏而示妒意也。向之用米者，至是皆改用此彩色纸屑。人皆爱其轻巧灵便，故至今乐用弗衰。店主人亦从此每年多增一项巨大入息。而撒米之制，遂因之而废云。此等纸屑，细微己甚，弃之亦毫不足惜。乃一经有心人之点缀，便成一种可爱例用之物。甚矣天下无弃物也！

　　趼人氏曰：吾曾见一贫儿至马口铁肆中，乞取其剪下极碎之废铁，扭成各种花样置纸灯内，爇烛其中，则多种花样之影附于糊灯之纸上，楼台亭阁，花鸟禽鱼，车马人物，无不毕肖，且大有画意。呜呼！吾国岂无巧思人哉，特无人提倡之，遂终不得行其技矣。

画　师

中国画术，往往为书家兼技，用以酬应，专门以一艺名家者甚鲜。下焉者，不过画匠而已。画法亦专取写意，以神韵为主，花鸟木石，以神似胜，不以形似胜也。故下笔无一定之理。即以人物论，类皆追写前修，鲜有摹拟时人者。盖写古人可以胸次臆造，而写时人即不易以意为出入也。中国古人之画，亦各有价值，然大抵资秉聪明，而自出心裁，不拘拘于绳墨。后人无其天资聪明，即不能依法则效，亦是大病。且各秘师承，不相讨论，非特自遏发达之机，且多失传之弊。尤可笑者，明系今人之笔，必曰仿古人某某，而其画究与所指古人之法合否，不问也。岂古今人之不能相及耶？

西国列画品于美术，亦艺学之一也。一切古人名画，皆张之于博物、美术等院，任人临摹浏览。其画以惟妙惟肖为主，类能穷形尽相，神情毕现。所谓欣戚笑言，皆穷生动之意，驰骋弋猎，各有奔飞之状者，殆有过之无不及。盖形似之至，神即生焉：非如中国之画，于形外求神也。西国画师又善写时人，适与中国画家相反，然其艰难十百倍之。其为名人写照也，往往先将其人其地审度至再，成竹在胸，而后下笔。如英国百年前水师大将讷耳逊战死后，名画师谈味诗欲图其状，乃亲赴其战舰维多利亚号中盘桓累月，而后成之，卒能毫发无憾，为世所重，至今犹藏诸英京博物院，国人视为至宝。然在西国皆数见不鲜，无足奇者。近见美国某杂志所载，至有画师以生命博画图者，译之以告国画家。

俄罗斯大画家范西蠡者，生平以善画战状著名当世。所作战图，发皇威武，栩栩如生。俄土之战，范更亲执兵役，从征西亚，所绘诸图，尤为世所宝贵。范尝偕俄兵四十名，道出中亚细亚，为鞑靼人所围，几及于难，战争七昼夜，援兵至，围乃解。躬冒艰险有如此者，亦所以为图也。又范尝于军中作一图，画一战死者露尸战场间，少一足未及画，而酣战适至，即荷枪助战，越四昼夜，始归而成之。盖当时摄影之法未行，一切战争之状，全赖画师描写。又不肯以意为之，必欲得其确实之状况，故不得不亲出入于枪林弹雨中也。厥后俄土大战之全图告成，有人罗致至欧洲各国游赛。过德京柏林，德皇特命国中军士均往寓目焉，其见重于人如此。亡何，日俄战起，俄国舰队败于日本，范亦溺死某舰中。

英国有名画师胡德微者，亦以善战争写真著称，尝屡赴敌以求图画资料，如一八八二年埃及之战，一八七八年土耳其之战，皆与焉。

法国人物大家梅松年，拟图拿破仑雪中战争之状，往来跋涉，险遭冻毙。图成，卒为国人所称赏。所作拿皇之像，英爽威武，宛然如生，有呼之欲出之概。至于雪中车辙马迹，亦无一处不体会入神。其用心耐劳处，当非吾东方画史中所能有也。

　　趼人氏曰：前半论吾国画家，最为确当，然吾国人亦非尽无致力于画者。如赵子昂善画马，一日闭户不出，其夫人自门隙窥之，则见其据地作顾盼势，俨然马也。

　　近人邓铁仙作花卉，每移花灯下，以影作稿本，即此意也。至于摹古人之什，则有钱吉生之弟子，误白阳山人为白汤，画家始扫地矣。

　　按：铁仙先生名启昌，号跛道人，江宁人也。于画无所不能。晚年目力稍逊，故不甚写人物。所画菊花，名目繁多，洵称空前之作。盖亦今世画师中之鲁灵光也。

（新庵自记）

主笔牢骚

西国某日报主笔，一日大发牢骚，愤然书于报曰："天下笔耕之难，当未有过于报馆主笔者。"盖报中偶有纰缪，则人人得而见之，亦人人得而指斥之，如日月之食，莫可掩也。或记一事，偶有一二语失实，则更群起哗然，指为造谣生事。若夫平常之人，虽有过失，除二三亲友外，余皆无从得而知之也。不宁惟是，其知友且将造报馆之门，求主笔者代为之讳：又或遇有死亡，则其友且必踵馆求主笔为之代立小传以著于报，扬其善者，讳其不善者。惟为之主笔者，一旦言姐，则国人必快然于心，而且私相庆幸曰："造谣生事之某主笔，而今死矣。"此虽嬉笑怒骂之文，要亦阅历有得之语，故能有慨乎其言之。吾知局外人必不能道只字也。

趼人氏曰：报章者，舆论之喉舌，国民之耳目，国事之机关，为之主笔者，其任至重也。右说特个人之私言耳。虽然，其处境之难，诚如所言，吾固亲尝之矣。然世亦有旦夕求为主笔而与此说为反对者，吾援隐恶扬善之例，不欲暴之。

十年不寐之奇病

美洲合众国新浙西州忒伦顿城有韩斌（A·Herpin）者，历十年不寐，为从来未有之奇病。据医学家言，吾人休息动作，皆由心君所主，有时或可勉为支持，然至多不能逾九十六小时。是心君不能久劳不息，历四昼夜之久也。今韩斌自一八九四年以来，迄已十年，寝不成寐。久之虽或偶一交睫，然屈指计之，十载以还，殆未满四十度。以是世界名医几莫不以此君为研究之资料，而其故卒莫能明也。忒伦顿本繁盛之区，名医如林，韩斌尝遍访之，曾无寸效。旋至费城，就医数月，名医诊遍，亦不见功。新浙西远近各大病院中，韩斌亦尝一一居而求泊，冀可涤烦洗虑，静心养疴，庸讵知虽欲入梦数小时，亦不可得。美国诸医皆束手无策，视为奇疾，及相率纷纷抵书至英，商诸伦敦名医，或有以妙方相贻者。韩斌莫不如法而试，不敢少怠，卒亦丝毫不能相应，徒事纷扰。计其自患此症，于兹已十余稔，盖其撄是病实在一八九四年以前也。惟初时尚能稍稍假寐，至近十年间，竟有终年不得交睫者，即勉强合眼，亦神志清醒。年少时尝肆力于音乐，故凡遇社会中有喜庆宴会之事，咸有非韩不欢之概，韩亦坐是而退休极晚，然愈晚而愈不得睡。亡何，从诸医劝告，弃乐不作，从早休息，而不睡之病，卒未少瘳。然行之既久，于人身精神，不无少补。某年举一子后，复终宵瞪目，竟岁如周公之坐以待旦矣。子年十六，韩妻不幸构疾而亡。自是，韩氏不复知人世间复有所谓睡魔者。

韩病日深，而精神爽健，年胜一年，亦咄咄怪事。今身量重可百八十五磅，亦无他种疾苦。一日中办事时刻，少则十二时，多则十四时，以为恒，无因病间断者。公事毕，即回宅休息，与常人无少异。平日十时归寝，约卧五时而起，惟苦不得梦乡佳趣耳。韩尝谓人：每当夜深，万籁俱寂，人人入梦，彼独精神焕发，毫无倦容。可见其神经之灵敏活泼，异乎常人。苟使终宵不卧，明亦无妨一日之事。惟日复一日，觉过于劳顿，故不得不偃卧数小时，以自休养，虽不入睡乡，功效与鼾声若雷者正同也。故每夜十时左右归寝，昧爽始起，自觉精神爽垲，胜于隔宿，自此虽镇日勤劳，略不疲倦。于此可知虽不寐，要不可不休息也。韩氏十五年来，办事能称职，无遗误。医者虽谓其神经瞀乱，然行动与常人无异。第有时举目四顾，则厥状颇怪，外此殊未见有奇相，能知其为独醒人也。且性极温和谦冲，观其平时社会欢迎之众，即可想见其为人。居室极精，享用亦务求安适。家道称素封，亲友之贫乏者，时有以赠恤之。今年已四十有一岁。自谓于斯世不敢有所过望，亦知足君子也。

　　跰人氏曰：吾读此篇竟，不觉大艳羡之，急欲求其致病之由，而不可得。盖余年来从事撰述小说，而苦所居近市，白日喧闹，不便构思，往往于夜间从事，通宵达旦，日间则蒙头大睡，所谓"俾昼作夜"也。故曾撰一联以自嘲云："瞎说胡诌当著作；鼾呼高卧忘光阴。"虽然，自是以后，吾盖无消遣行乐之时矣。近来日间更苦有编辑之役，辄不得睡；而夜来功课，势难荒废。乃改为中夜即起，酉戌之间即睡，而劳顿更甚，休息之时更少。夫乌得此人之病传染于我，俾得以偃卧之时，为吾消遣行乐之时耶？一笑。

忽得忽失

　　谚曰："一两黄金四两福。"又曰："横财不富命穷人。"甚言人之贫富有定数，而非偶然也，蝇营狗苟者闻之，亦可已矣。虽然，有朝为富家翁，而夕成窭人子者。富贵如梦，变幻俄顷。此其理，亦殊不易测。苟其命中当贫，则不应骤得巨资；苟其命中当富，则不应失之俄顷。故命数之言，亦殊附会不足信也。大抵出入巨万，瞬息靡定者莫如赌，由富而贫，由贫而富，倏忽变化，莫测端倪。在欧洲赌国中，如摩纳哥、西班牙等处，盖常有之事。其次则为商。有某商者，矿师也，贩卖矿场，失而复得，得而复失者，一生所遇，多至六次。卒购一铜矿，如获石田，乃尽丧其资，富人也而乃赤贫焉。最异者，尤莫如某女子接受遗产，其得失之间，不逾一分时。富人侯沙尔者，英人也，年老无嗣，家财巨万。在医院病革，立命召其奇女至，而以家产与之，其数不下英金三十余万镑。乃辞未毕，而忽然气喘不止，移时再欲有言，则已力竭气绝，视之瞑矣。遂不知其所谓三十余万镑者为契卷，为现金，密藏何处，遍搜不获。不得已，复归家作女红度日如故，非所谓一场空喜者欤？

> 跰人氏曰：中国人闻之，必曰命也。然侯苟得毕其词，女遂致富，又不闻谓为非命也。是故吾曾以私意训"命"字曰：命，无定也。

大 洗 衣 作

英国伦敦最大之洗衣作中，其晒衣之路线，延长至七英里，其上皆有遮盖。每次可晒衣八万件，需时不过一句半钟云。

皇 后 精 医

葡萄牙皇后亚米利氏，学问湛深，精于医术，尝在医科大学卒业，领有文凭，盖女博士也。世界各国皇族中之精究此术者，当以后为第一人矣。盖各国后妃、公主，以及贵族妇女之得有各种博士之学位者，固不一其人，然虚名为多，鲜有实学。惟后自幼研求，阅历功深。道路往来，车马填塞，往往事出意外，伤及行人。而后见之，每亲为疗治，必至敷药束帛，诸臻妥协，始登辇而去，从无因尊卑之分，稍有膜视之意云。

雷锭发明家

雷锭（Radium）者，乃一种新发明之原质也。提炼甚难，故其价极贵，每两值至英金五万六千镑，亦云巨矣。然功用殊神，中上之家苟藏得相当之一小方，置诸食厅中，无论严冬奇寒，可以不炉而燠，且可永远不坏。雷锭之性极透光，中隔金钱十数枚，视之如无物；较之爱克斯透光镜能照见人肺腑者尤神。在医学界之功用，尤莫可殚述，且瞽目能使复明。如他日出产能广，提取较易，则世界一切燃料，殆可尽废。发明者之功，亦伟也。

初，发明雷锭者为法兰西大科学家居里博士，号比爱（Peere Curee），为巴黎苏而部纳大学之科学教习。其夫人亦邃于科学，才学与博士相伯仲。一九〇六年四月十九日，博士偶出闲游，失足跌道中，不幸为货车所碾，不治而卒，年仅四十有八。闻者莫不悼惜深之。

英吉利君主之俸额

各国元首，如共和国之大统领无论矣，各立宪国皇君主之年俸，皆有定额，由议院为之制定，额外不能多取一毫。以视专制国皇帝以全国人民财产为一己之私有物者何如？且不第俸无定额而已，一切珍玩异宝，以及食用诸品之取之于各省大吏者，一年之中，不知凡几，而犹美其名曰"贡"。殊不知大吏取之于属吏，属吏仍取之于民也。夫君之好货既如此，臣之贪婪又何怪其如彼？若欲责以洁己奉公，当自明定君臣之俸额始。

英吉利君主之俸额颇优，每年例支英金四十七万镑。计入

英君英后私囊听其自用者，一一〇，〇〇〇镑：

宫内诸职官之俸金，一二五，八〇〇镑：

宫内一切费用，一九三，〇〇〇镑：

恩赏、工程，二二，二〇〇镑：

额外不能预定之款，八，〇〇〇镑：

共计四七〇，〇〇〇镑。

英太子年俸，额定英金二十万镑：太子妃十万镑。其余诸王族懿亲，亦均有一定额俸。

世界中之赌国

摩纳哥（Monaco）者，法兰西境内一世袭之小侯国也，在地中海沿岸，法国东南，与意大利边界相近处。全国疆土不过八十英方里，人口十二万六千，全国军队一百二十六人。有市镇三处，曰摩纳哥，曰公大孟，曰孟脱加六。孟脱加六（Monte Carlo）地形狭长，东西可三英里，南北半之。全镇皆有建筑，毫无隙地，故并无农业，而赌博著名世界，输赢极巨。欧洲各国之有刘盘龙癖者，咸趋之若鹜，盖所弗禁也。国之侯曰亚而培，以一八四八年生，一八八九年嗣位。有正副领事各一人驻扎伦敦，英国亦有正副领事各一人及教士一人驻于其国。

跈人氏曰：吾国大吏之筹款者，动辄言彩票，当可为摩纳哥第二矣。

德意志军中利用黄耳

犬为家兽中之最有益于人者，且极重恩义，故有义犬之目。吾国乡人，皆用以为守夜之助，终宵不息，宵小匿迹暗陬，犬辄见之而吠。盖无光处亦能视物，此天赋之特性，非人所及也。尤善嗅，故用于猎，可作向导。尝见吾师俞厚堂先生（前法文公书馆法文总教）蓄一猎犬，体不甚大，而性极灵敏。以三百金购自某法人。携之出猎，辄奋勇当先，每有所见，即能遥为指示：如见兔则伸左前蹄，见雉则伸右前蹄，野猪则逆行数武，狐狸则前行数武，诸如此类，暗号甚多。教练之精如此。京师有游手好闲者，恒蓄犬以为玩具，矫揉造作之法亦颇多：面之长者可使之圆，体之大者可使之小。其价值亦颇昂贵。然玩物丧志，无益于人也。

德意志军营中，用犬运送枪弹，效验大著，已教蓄成群矣。

少数人之巡哨队中，用之尤得力。紧急之际，使之递送文报，亦快疾无伦。苟有生人自远而来，为人之目力、耳力所不及者，犬能先嗅得之，而示人以惊惶之状，百试不爽。然必教练得宜，使之不吠，庶不致为敌人侦知，否则即不能用矣。兵士递送文报，往往不便乘骑，乘骑则易为敌人所窥，即不免为飞弹所中。故有时不得不减缩速率，步行从事。惟犬绝尘而驰，不虞人见；即见焉，而敌之枪弹亦不易及。其运送枪弹之法，以双联囊缚于犬背，状似马鞍，往来前敌，飞奔极速，非人所及，亦不虑为敌人所得。盖教练时，常使生人效他国军人装束而诱之，迨其既至，则痛挞之。数次以后，犬望见异服之人，即不敢近，逃之惟恐不速。德意志陆军，号称天下第一，益之以犬，愈当精进矣。

笔 战

法兰西人诡异之风，迩年来愈趋愈甚，年复一年，不知伊于胡底。俗语曰："笑话年年有，今年格外多。"可为法国人诵之。故居是邦者，几于无日不闻奇谈，辄为之捧腹不置。巴黎某报主笔，因揭载某事于报，大不满于某政治家。翌日忽得一书，略曰：

> 某某阁下：无赖若此，与尔挑战，我殊不屑，然亦不得不加以薄罚。今姑赐二掌，分加于尔左右颊。所以不实用狙击者，盖出自余之逾格恩施也。某某手泐。

某主笔作书复之曰：

> 某某戎首阁下：尊意不欲实行交绥，以伤我命，但邮赐掌颊，聊示薄责，拜领之余，无任感谢。兹谨邮呈枪弹六枚，加诸尊元之中，藉答盛情，务希笑纳。公既以书捆我，我即以书杀公，亦报施之道宜尔也。从此公当以死自视，不复再为斯世之人。盖公一启札，弹即飞入公首中矣。遥对尊尸，鞠躬三肃。某某手复。

见者无不轩渠。

惧母一人

美国人罗某，有少女曰小仙者，生而胆怯多惧，其父患之。一日，特将平日搜得种种譬喻，向之陈说，委婉曲折，冀启愚蒙。女闻之，孳孳憨笑而已。演说既毕，女一一转询其父曰："父苟见牛，亦将不惧乎？"曰："牛性甚驯，不足惧也。"曰："然则马可不惧乎？"曰："马胆綦细，何惧之有？"曰："黄犬见人辄吠，遇之必惧矣。"曰："虽吠，不啮也，何足惧哉？"曰："蜂虿有毒，父必惧矣。"曰："此等微虫，更不必惧。"曰："然则父闻雷鸣，必大惧矣。"其父大笑曰："蠢哉！此虚声耳，更何足惧？"小仙默然良久，乃曰："吾父之胆识，诚能加人一等。若是乎天下之物，吾父皆不之惧，所惧者不过吾母一人耳。"

太 平 铁 道

美洲墨西哥国内有狭轨铁道，合干路支路计之，长千二百英里。自创迄今二十余载，从未失事伤人，故人皆目之为太平铁道云。

欧 洲 糖 市

麦达堡者，德意志之巨镇也，在柏林西南易北河畔。有砂糖之大市场在焉，欧洲各国之糖，大抵皆出于其市。故有总机关在焉，其总理为德人李溪。每至月抄，则以其调查所得之数，列表报告，全欧生产，一目了然。欧糖大抵皆用甜红萝卡所制成。尝见其本年四月份之报告，据称自一九〇五年九月至一九〇六年四月，此八个月内出产之总数，乃达六百九十七万三千吨，较之上期，盖增多二百十一万四千吨云。

　　跰人氏曰：异哉！欧人之嗜甜也。吾闻吾国医家言，嗜糖者辄多齿患。其普通之比例，则吴人喜糖而发齿较早，粤人不喜糖而齿发较迟；简单之比例，有齿患者，叩其生平多喜甜食，无齿患者则反是云。吾国医学久以腐败著，此语未必足以供研究，姑存其说云尔。

空中飞艇

英国武员包惠尔近著一论，登诸英国《国闻报》中，专推阐近时所制空中飞行机器之利害，世人皆属目焉。略谓：世界创行一器，往往利害相倚。即如现今新行之空中飞艇之类，他日如果盛行，则于吾国前途、人民财产，必被极大影响。现在飞行之器，制法极精，厥有二种：其一如飞鸢然，不用气球提携，亦可上冲霄汉，同时可乘数人，安然上升，高至三千英尺以上，枪弹所不能及；其一即为空中飞艇，藉气球上升，随风飘荡，不能往来自如。今兹之制，则竟如为气球添翼，进退咸宜矣。李暴田一九〇二年所制之艇，迄今上升三十三次，每次皆能往返安然，虽有狂风，亦所不惧。近时所制，益加改良尽善尽美，每一小时能行六十英里，升高至一千一百二十米突。野战炮所能攻之点，不过达一千米突而止。故作者以为此种飞艇、飞鸢在太平时，无论欧洲何国，皆可飞越英法海峡，以达吾国，而摄取沿海一切防御建筑之影。战争之际，则可用以抛掷炸药于吾兵舰、药库之上，吾海陆军队皆将末如之何。不宁惟是，美国何勒脱兄弟，且以汽油机器装入飞艇中，亦既试验有效。夫以此种汽油运动之车，行之陆地之上，已捷莫与京，每小时约逾一百英里：若更用以飞行空中，则其速率将不可思议矣。鸣呼！吾国海军，号称天下第一，苟长此不变，牢不可破，不知将何以御此新器？有此飞行机数百号，一旦翔集于吾国界之上，即可为所欲为，莫之能御云云。

包氏之言如是。《国闻报》主笔既记其说，复从而为之言曰：谋国之忠，思虑之远，孰过于此？宁得以杞人之忧目之耶？盖包氏亦空中飞行界之一人也。故一旦空气苟为人类战胜，则天下大势必将一变。而此种利器，倘许作为争战之用，则诚有如包氏所言，爆裂炸弹，必将从空而降，使人防不胜防矣。是故海牙万国平和会下期会议之际，不如添入公法，永著为例，此项飞行机器，一概不准充作战具，以破世界平和，而伤无限生灵。此亦抵制之一法也夫。

译者曰：余尝怪夫欧美各国事事物物，何以进步若是其速，往往令人惊心怵目，至于如是也？吾思之，吾重思之，则可一言以蔽之曰：彼此不落人后而已。故甲国新创一物，则乙国即尤而效之，且必求精进焉，务思有以过之而后已。一国如是，他国亦莫不如是。夫同是一物也，其效尤之人即能殚思竭虑，有以过之。则始创之者，必愈益求精，以底于尽善尽美，自不待言。而竞争之道，于斯益烈，盖彼此莫不循优胜劣败之天演公例者也。欧洲如是，美洲亦莫不如是。至吾亚洲，殆事事甘居人后。即以此空中飞行机器而论，彼欧洲、北美诸国，几莫不互相仿效，自能制造。若英国者顾虑之深，犹且如此，则彼不能仿效者惊魂动魄，当复何如？矧吾中国之未尝梦见者乎？虽然，吾中国人向以虚骄自大著称世界者也，即使见之，吾知亦必恝然置之，淡然轻之，不曰"奇技淫巧"，则曰"此为吾国所素有"。何以言之？盖古者列子尝御风而行也。甚且觍然号于众曰："此西方人窃吾东方人之余绪耳。"追至他人学成谋我，始瞠目不知所措，误尽苍生，噬脐何及？苟有先几之士断断与争者，彼必从而讥之曰："汝曹崇拜外人，不知爱国。"嗟嗟！曾是爱国之士而如是乎哉？

意大利火山为灾

费斯维火山在意大利西南之滨，地中海沿岸，临那不勒海湾。那不勒者，意大利最殷富之都府也，风景绝佳。山在其东南约十英里之遥，高四千一百六十一尺。喷火之口，其对径可半里，深三百五十尺，盖亦世界著名之活火山也。此山往古本已久熄，自耶氏纪元后六十三年起忽大震。其后七十九年又破裂，波辟及希科拉纽二市皆被毁。尔后自一六二一年大喷火以来，又屡次火发。丙午四月初，地忽大震，山火喷发，数日不熄，乱石有冲入天际数千尺而后下者。近山市镇，悉为灰烬，伤失人口牲畜不计其数，数十里外之城市孔道中亦积灰没胫。意王闻变，立饬水师往救被难之民，而王与后亦亲诣慰问，优加抚恤。亦近世纪来，欧洲莫大之巨灾也。那不勒之商业极盛，出产丰富，而湾中所产蛤蛎之属尤著名。近有德国大科学家某氏宣言，谓此类产品，再越二年，必将绝迹。盖自经此次变故后，沿湾滩地，震坏殆尽云。不知其言果验否？

吊蚌珠之新法

"有女怀春，吉士诱之。"若是者，世俗谓之"吊蚌珠"。

此言自北而南，由来已夙，亦不解其何所取义。然予之所谓吊蚌珠者，乃实事而非寓言也。亚洲南洋各岛，以及印度沿海等处，土人之以吊蚌珠为业者，实繁有徒。其人皆习水性，能久居海中，然散漫无稽，各不相谋，无数十人以上之团体。嗣西洋人见有利可图，乃创为公司，大举搜采。上下则用机器缒之，行海则制橡服衣之，头箍铜器，口含皮带，可以喘气，可以视物，虽在水中，毫无所苦。于是取蚌愈多，得珠愈盛，而获利乃愈丰矣。然所获之蚌，未必尽皆有珠。有今日虽无，而他日或有者；有今日虽少，而他日或多者；有今日虽小，而他日或大者。若所获之蚌，不问大小有无，而一一剖之，以定去取，则未免可惜。盖死者不复生，今日之所无者，他日亦不能更有矣。于是西人又殚精竭虑，思得一法：用新发明之爱克斯光（X Rays），即俗所谓透骨镜者。渔人备有此物，获蚌以后，珠之有无，不难于壳外照之，有珠者取之，无珠者舍之。从此无宝之蚌，不致罹杀身之祸。此法创行于印度之锡兰岛云。

乐　　善

芝加高者，美洲合众国之第二大都会也，属伊里女士州，人口约一百七十万。其处有一善会，专以收豢失宠无主、无家可归之各种猫、犬为义务。会中一切规则，悉由妇女组织而成。会董则白氏夫人，实为之领袖。夫人有族伯曰伦德者，美京华盛顿之甲必丹也，孤老无亲，而富有资产。白夫人与之不通音问者有年矣，近忽以金元五十万邮汇赠之，所以嘉奖其善行也。先是数月之前，芝加高某新闻社曾将善会章程及办理情形备载于报，并将总董之照片揭印报中，故伦德因得悉其始末，喜其慈样，立即嗣以为后，而以家资五十万元分赠焉。夫人得之大喜，即分其大半捐入会中，遂与诸女同志谋所以扩张之法，实行一切慈善事业。盖初仅收豢猫、犬之类，不过妇人女子熙熙之仁耳。伦德在美京，亦颇有声望，因与前大总统夏礼逊氏友善，卜居首都。年已古稀而精神矍铄，犹如五十许人。此次慨分巨金，人咸多之。而白夫人布施多金，人尤以为难能可贵云。

善　产

北美坎拿大威尼比克地方有施姓者，其妻新产，孪生四子，男女各半，共重十九磅。第一女重三磅，命名曰罕伦；第二女重六磅，命名曰多罗的（按：罕伦、多罗的皆欧洲古时女杰之名）；第三男重五磅，命名曰爱德华（今英君主之御名也）；第四男重亦五磅，命名曰韬多·罗斯福（美国现任大统领之姓名也）。父年二十九岁。母法兰西氏，年仅二十二岁，连此已产四胎。妇年十六时，第一次生产，即获二子；第二次得三数，然皆不育；第二次产一男，已将周岁；第四次四儿，皆无恙。亦可谓善养儿者矣。

孰 不 愿 富

美国大富豪陆克弗来氏，人称煤油大王。尝屡号于人曰："能有为我易一新喉管，换一新胃囊者，愿分与家资美金百万元。"卒无敢应者。此二处为饮食入口消化必要之部，关系极重。而陆氏此二部甚疲弱，故进食呆滞，身躯亦因之不能健爽。惜今世医家虽有剖腹解肢之技，尚无易脏换腑之技。不然，孰有不愿致富者哉？

　　跰人氏曰：使《聊斋》之陆判在，必能享此百万之富也。

旱　灾

澳洲南威尔斯地方，曩年大旱为灾，丧失牲畜无数，计牛三万头，马五万匹，羊最多，一千七百万腔。牲畜之价，由是大增。故所失者畜，而其损仍归于人。

德皇子结婚自由

德意志联邦皇帝威廉二世者，今世界第一英明雄武之主也，任事勇敢，喜争先着，高掌远蹠，手腕敏活，英断果决，不假顾忌。虽为立宪皇帝，而其霹雳手段，自外表观之，颇似专制国君。其实不然，但观其昨年之宣言，可略见一斑。盖彼虽于家庭父子之间，亦极尊重自由，界限分明，毫不侵占也。皇之言曰："朕子纳妃，必听自择所爱，但顾永偕好合，立予册封；决不以牵涉外交，见好友邦之故，使之勉强成亲。况此事关乎男女毕生之悲乐，较之恩荣爵禄为尤重，断不能丝毫假借也。且世之男女，皆有自择配偶之权，朕之太子、众子，亦何必独异哉？"云云。盖欧洲各邦，颇有战国风气，往往两国相亲，则从而联姻，以致爱情淡薄，不能白首相终。撒克逊王妃，甚至冲突离婚。此其最近之征，德皇殆亦有鉴乎是。

网鱼之新法

予既译吊蚌珠之新法，详纪南洋群岛西人创用透骨镜照视珠之有无，以定蚌之弃取，而录入《译屑》矣。兹更述瑙威人网鱼之新法，以见西人科学日精，巧思百出，吾人对之，能毋惭悚？瑙威国濒临北海，渔业甚盛。近有创为新法者，试之良效，故一时竞相仿制。所用之器，皆创自前人，此人不过能善用之耳。犹之透骨镜初创时，不过为治病之利器，而后人善用之，则无往而不利焉。其人所用之器，则合传声机、电话机二者而成。法用铁匣一具，中置传声器严扃之，投于水中。传声器之电线，则由匣中传出，联系于渔舟中之电话机上。舟中人苟执电话听筒昕之，则舟之四旁水族往来之声，皆可闻之历历，而鱼之多寡有无，更不难辨晰矣。鱼大则声宏，鱼小则声细，盖其声皆由鱼之翅鬣在水中鼓动而来也。从来网鱼之业，皆在暗中摸索，技网以后有鱼与否，皆茫然无所知。故往往再技再举，一无所有，空劳动作，多费时间。自有此机为之传递消息，而诸弊皆一扫空之矣。

新发明之救生艇

外洋轮船中，皆有救生小艇，悬于舱面，备不时之需。顾限于地位，不能多备，往往有人多舟少，不能悉容之虑。近有创为新法者，以舱面所备乘客闲坐之木椅员必不可少，而急难之际无所用，因即以其地，安放救生小艇。艇作梭子形，上有平盖，中隔以栏，平日栏之左右，皆可坐人，俨然椅也。艇底尖锐，则以埋之船甲板下。不幸失事，则去其盖，即为小艇，一应篷樯桨舵之属，皆在其中，俯拾即是，如法装配，即可应用。从此乘长风破万里浪者，又多一保险之具矣。

译者曰：观于此物，其设想之巧，制造之精，作用之妙，殆蔑以加矣。欧美之人，何幸而获此哉？虽然，以之遍布于中国江海各轮之上，我知亦徒然无益。盖吾国人民涣如散沙，团结之力最为薄弱，平日不知公德为何物，一旦祸生仓卒，只图自救，不顾大局，卒至纷纷扰扰，同归于尽。若丁未八月十日大福轮船在镇江附近失慎，伤失人命至百余之多，闻之令人气沮。同舟诸人苟能稍稍镇定，须臾援舟麇集，即可同登彼岸，不折一人。顾于存亡呼吸之顷，犹复各自顾惜行李，不以性命为重，狼奔豕突，阻碍交通，卒之施救为难，不死于水，则死于火，迨援舟既至，业已无人可救。呜呼！岂不哀哉！

世界最小之表

今日世界中最小之表，当无过伦敦某珠宝肆所藏者。此表本英国侯爵夫人项丽仙之物。夫人生前以奢侈豪华著于时，表壳亦赤金，与寻常金表无异。特具体而微，玲珑精致，不殊一枚英国价值三本士之银币耳。表中长针，合之英度，不过八分寸之一云。

四十万邮片同寄一人

法国某处铁路中人有不满意事，要求主任者改良，卒不应，因循已将十载。盖铁路绵亘数千里，执事供役人等四散分居，虽有志结合，末由联络也。嗣有人思得一策：用邮政明信片四十万张，正面大书议院大总统台鉴，背面历叙要求之事，皆先用铅字印成，密寄全路各处人役，使签名后技入邮筒。法国邮政章程，凡寄议院大总统之信件，无庸粘贴邮票。故未及一日，四十万邮片，皆纷纷由各方面而来，集于总统一人。亦恶作剧哉！

八人成为四双

英国某乡有小村落，名脱来尔（Trail）者，一家四男与一家四女同时结婚，村人传述，播为美谈。有苏梅士者，生有四子，皆务农；同村何德来，亦农家之有声者也，家有四女：长者年二十八，幼者十八岁。二姓门户相当，男女亦年貌相若，遂彼此说合，共缔姻好。且男女八人，自幼往来无间，偶俱无猜。遂于同日同时，结为夫妇。岂月老故作狡狯神通，不然何相值之巧邪？

波兰盐城

天下名城巨镇之以环玮华丽著称者多矣，未有若凯尔堡之奇特者也。凯尔堡地居俄属之波兰，与克兰考相距密迩。全城尽在地底，居民三千余，皆窟穴于盐块中。地本绝住盐矿，民即矿中工役。开辟后，各就盐之空处，以次施工，建屋分居，逐渐成市，遂有盐城之称。盖建筑楼台，皆就地取资，即以矿中盐石堆垒而成，且雕镂精工，略不苟简。中有教堂一所，尤为各处之冠，洁白明净，表里透澈。日夜到处皆燃电灯，光明澄澈，尤为奇观。十余年前，俄皇亚力山大御驾亲在游幸，叹为得未曾有，几疑身在水晶宫中。特赐宝石镶嵌十字架一座，供奉神前。地中终年凝寒，不知有传染病，故居人恒得以寿考终

黠婢

田舍翁某，家小康，性愚而呆。有时或发兽性，则不可以理喻。灶下婢葛氏者，本庖人女，年少而黠，酷喜杯中物，且饕餐殊甚，然亦惟知味，故调羹弄馔专长，秉家学也。一日，主人折柬邀某某二客至家午餐，命备佳肴。葛氏奉命惟谨，羹馔外，别宰二雏鸡焉。火候即至，而客踪杳然。葛乃告于主人曰："妾今日特备铁排小鸡二，已成熟如初写黄庭，恰到好处，及时不食，殊可惜也。"主人曰："善，会当亲往邀之。"遂匆匆命驾出。

葛返身入房，见日已加未，因念自朝迄今，勤劳未息，佳客不来，未免负人。至是忽觉燥渴不可耐，遂倾酒自酌，意殊适然。一盏既尽，客不至如故。至厨下，则异香满户，芬芳触鼻，闻之不禁馋涎滴地，不克自持。推窗四望，阒焉无人，知主人犹未归也。意存染指，聊解馋吻。乃启釜先取鸡翅，食而甘之，渐及两足，浸假而尾去矣，浸假而首亦去矣。既而出外四观，毫无影响。默念主人此去，必转为所留，反客为主，故至今不归，且恐归时已夜深矣。

| 265 |

思竟，怡然自得，且斟且酌，愈饮愈豪，放胆大嚼，无复顾忌，不须臾而二鸡尽。

亡何，主人归，则已杯盘狼藉矣，而主人不知也，犹狂呼备馔，曰："客将至矣。"已乃磨刀于石，其声霍霍然，将及锋而试，为瓜分雏鸡计也。少焉，二客果联袂偕来，翩翩而入。忽见婢倚窗竭力挥手，状殊惊惶，曰："客休矣！速毋入，入则两耳将不能保。盖主人今日呆性大作，所以亟亟邀诸公来者，宁为请客计，不过欲割公等之耳耳。岂不闻主人磨刀之声犹霍霍其未已耶？"客倾听良是，知其素有呆性，亦遂信而不疑，急抽身返。婢见计得行，复入诳主人曰："主人今日所请，果佳客哉！"翁惊问何故，曰："婢方和盘而出，以飨主人，不意特备之雏鸡，忽为二客各攫其一而去。"翁闻之爽然，自念："予因候客之故，忍饥以待，岂可任彼尽攫以去，使我偏枯。"乃急持刀追之，见客去犹未远也，大声呼止，而遥伸一指示之，其意将谓请还我一鸡也。二客见其白刃在手，亟亟追来，以为将各割一耳也，奔走愈速。归家后犹各惴惴然自抚其两耳云。

拙　妻

乡人韩四，有妻奇拙。一日，四持杖整衣，将往城市，临行意颇踌躇。既而谓其妻曰："我此去，非勾当三日不得归。设有贩客来乡，欲购此二老牛者，汝不妨引之往观，然价非二百金不售，虽分文勿让也。汝其切志之。"妻答之曰："行矣，毋多言，妾所为自当尽如君意耳。"韩四曰："能如是固佳，第恐汝智出孩提下，我转身，汝即尽忘之耳。然我手中之杖，决不汝恕，苟误乃公事，毋望体有完肤矣，慎之。"戒毕遂行。

翌日，果有畜贩来乡，言欲购牛。韩妻引入与观，并告以价。

其人大喜曰："牛甚佳，价颇贱，殊当吾意。"言已，解索牵牛而出。继且自启栅门，将驱牛出庄矣。韩妻乃牵袖阻之曰："尔以我为愚人耶？弗以二百金来，其毋行矣。"客曰："诺，微汝言，我几忘之。"既而曰："今晨匆匆而出，不意遗我钱囊。虽然，无伤也，我将留物为质焉。"因遂择三牛中之小者以还韩妻，并谓之曰："姑以此畜质一宵，明即来赎。"韩妇欣然从之。客去，洋洋自得，默念："今日之事，如是行之，可谓竭忠尽智矣。想韩四归来，亦必赞成也。"

越三日，韩四归，足未履阈，即询牛之所在。其妇率尔曰："已如教以二百金售之矣。其实牛老而瘦，不值此数，幸其人未论价之贵贱耳。"问价银何在，曰："客因偶忘钱囊，故犹未取，然不久自送至耳。是可弗虑，彼有物作抵偿也。"问何物，曰："三牛之一也，苟其价银弗至，则牛亦弗与可也。且此畜于三牛之中为最小，妾取其食料较省，故特舍彼留此。是妾之于此事也，亦自谓心尽焉耳矣。"

美洲大树

美洲森林中最多大树，在加罅宽尼省南部，大树尤夥，皆考之历史而不可详者。经精于推测者言之，谓当生于五千年以上至八千年云。美国有博物院，专陈列天然物产，并考求其历史。中有大树一节，自二十尺高之树干上截下者，径可八尺余。以其树节推之，约生于纪元前五百五十年。更有在哥伦埠者，则其对径乃达十三尺余也，可谓巨矣！

神　鱼

澳洲新西仑南北两岛间有海峡，名枯克。南岸有港，名比陆罗。港外有神鱼焉，其来何自，居此几何年，人咸莫能测。然各船长之往来斯港者，靡不识之，群呼为神鱼者，垂三十寒暑。此鱼不知何因，辄与轮舶相习，每一轮抵港，鱼必迟诸数里外，以为向导，数十稔如一日，风雨昼晦无间。附近各港轮舶，频仍出入于此者，船长于抵港之先，类能确指神鱼出现之时之地，屡试皆验。鱼身约长丈六七尺，作淡灰色，厥状类鲸。恒虚气水面，故人习见之。初咸呼为小白鲸，后奇其行，故神之云。此鱼独行港内外，未尝有侣。出见之际，鱼背巨翅，上植水面尺余。群议其喜与轮为缘之故，言人人殊，或言轮底恒多螺蛳之属盘结其下，鲸与舶摩击而过，鳞翅与轮底相触，螺皆纷坠，彼乃得从容吞食。此其一说，顾犹未尽其神也。

世界水族受议院议决案之特权保护者，厥惟此鱼。一九〇四年，澳洲议院有人建议，不准捕捉此鱼：将来枯克海峡或为此鱼长养子孙之所，亦不得加以损害。违者处以五十元以上，千元以下之罚金。议案旋获通过，永著为例。

自由结婚（四则）

近世欧风东渐，自由之潮日盛，奔腾澎湃，骎骎乎灌输及于全国。此亦时势所为，莫可止遏，纵有反抗之人，效力盖亦仅矣。盖反抗之者，不过少数之老远守旧者流：而欢迎之者，则通国少年，滔滔皆是也。虽然，迎之者狂也，拒之者愚也，苟能因势而利导之，亦未始无大益于吾国也。夫自由之道多矣，有宜于我者，有不宜于我者。其事亦至复杂，断非一二言所能解决。矧以专制之国，一旦而欲入自由之域，其抉择之方，岂可不以审慎出之？故自由不难，得自由而善用之，斯为不易耳。若夫所谓"结婚自由"者，非近时人民所自定之一新风俗哉？政府既未默许，国人亦未公认，可谓自由之至矣。当其始也，不过一二新学家有慊于旧俗之繁礼多仪，故创为新法，以省浮华。如盐山刘君千里之于桐城吴小馥女士，其最初见于海上者也（礼成于乙巳八月二日），然犹假地张园，广邀宾客，堂哉皇哉，当众为之。及其继也，遂有某处学堂，男女学生既就讲堂中，仅烧洋烛一对，双双屏拜，便成夫妇。循是以往，将来流弊所届，不可终极，有必非创行者之所能梦见而逆睹者，可断言也。兹事体大，吾人所当加意研求，而不容轻忽者也。

中国女学，凌夷已极，故中国女子之学术思想，殆无足称。即偶有一二略解风云月露之词者，亦若凤毛麟角，不可多得。然中国女子之道德，自古至今，迄不少衰，实足以冠绝尘寰，而天下莫与伦比。盖环球六七十国，其不文明者无论矣，即号称文明国者，其女子未有不好逸而恶芳。惟中国女子则不然，宁牺牲毕生之欢娱，而惟博取贤孝清节之名誉是务，未尝贫以贱劳苦而易其初心。中国妇女之墨守道德，至于如此，夫亦可谓至矣尽矣，蔑以加矣！夫死之后，法律虽许别嫁，而中国妇女，人人皆以再醮为耻。其有遇人不淑，秋扇见捐，亦惟自安薄命，不敢怨天尤人。而其最后之希望，惟在抚育儿女，俾之成人而已。呜呼！人但知节母旌表之可荣，而不知皆从哀苦中来也。况乎世之节孝贞烈之贤淑女子湮没而不彰者，又比比然邪！虽然，吾中国妇女虽有此天秉之特性，而礼教之束缚亦未始无功焉。盖节妇之以终身相矢，有感于故夫之爱情而发，犹可说也；若夫贞烈之女，既无故夫爱情之可言，顾亦毅然决然，誓守终身，甚且毕命以殉，此何故哉？彼岂不以婚虽未结，而名分已定邪？此岂非礼教束缚之效邪？先王制礼，如亲迎、奠雁之仪，正所以表夫妇为人伦之首，不容苟简之意。后世奢靡成风，遂多繁文缛节。后生小子，未读古书，遂执是以为制礼者之病。吾惧夫中国数千年之礼教，将扫地以尽也。虽然，中国今日男女婚嫁之礼，按之情势，亦不能不量为变通，以期归于一制。然第求恢复古礼，删节俗例可矣，殊不必别创新法，效颦西俗也。何也？中国际此道德沦亡、民智蔽塞之时，幸而尚有礼教纲常维持秩序，而宠妾虐妻之事，遍地皆是，且多见于富贵之家，夫妇道丧，可为一叹。倘再藉口简易，创为新法，并此告朔之饩羊而去之，则他日始爱终弃，朝婚夕散，其不为禽兽也几希矣。盖中国一夫多妻之制，倘长此不改，则妇女虽有道德，亦将自陷益深，衰弱愈甚，而终为桀黠之男子愚弄欺侮，而无可如何而已。吾友南海吴趼人征君之言曰："中国今日对于此问题，当务之急，乃在于普及教育，而并不在乎哑哑提倡婚姻之自由也。"此诚正本清源之论。然他日文明日进，女子必有脱去羁绊，不受束缚之一日，谓予不信，盍以美洲合众国之现状为前车之鉴。合众乃美洲新造之大国，文明自由，达于极点，骎骎乎凌驾欧洲，有后来居上之势。夫以如此文明国民，而授以结婚自由，则男女配偶，直可百年好合，永矢白首矣，讵知事有大谬不然者。据最近调查所得，此二十年中，夫妇离婚之案，多至一百余万。自由结婚之效果，亦可睹矣。

其 一

英国《人民报》曰：翌年（即一九〇八年）世界中最足动情，堪资研究之新文章，当无逾合众国调查部之新刊报告书。美国男女配偶，本极自由，然结婚以后，凶终隙末，不得已而请求离婚者，所在多有，且有年盛一年之势。幸各处皆有特设法堂，不难详细调查。闻彼中央政府，顷已派员至各联邦，分头调查。约计自一八八七至一九〇七，前后二十年中，各处法堂所发准予离婚之印谕，不下一百万张。现在调查总机关部已摘录案由，详细造册矣。此皆怨女旷夫之事业，抑亦自由结婚之效果也。所愿有立法之责者及早提议，将离婚律例详加订正，通行各联邦政府，共同遵守，庶几可收全国一致之效欤？

其　二

迩有美国某氏者，一日特设盛筵，邀请男女友人赴宴，都凡五十人，皆新近请得印谕，准其离婚者也，且皆社会中之表表有声者。是日所提议，即为改良结婚问题云。辩论终宵，迄无成议，东方既白，始散席焉。又美国各处向有所谓"出妻俱乐部"及"离婚总会"之类，亦所以为讨论结婚离异过于自便之问题而设者。然风气之成，由来者渐，非一朝一夕之故，积重难返，未易骤改也。

其　三

美国纽约第二十六街，有礼拜寺一所，古刹也。此寺结构虽小，而声名极大，以自由结婚著名世界。寺中住持某，年迈性慈，凡男女来求注册婚配者，循例付讫规费，无不悉如其请，使有情人尽成眷属，双双欢谢而去，从不细加盘诘。人都便之，其门如市，一般秘密私婚之可怜虫，尤趋之若鹜。不特美人乐就之，欧人之渡大西洋而至此成礼者，亦颇不乏人。按其册籍，伶界中人之结褵于斯者，尤较他处为众。盖私婚之人，大抵有难言之隐，不可告人，故不惮跋涉，利用此寺。然此种婚姻，必难久恃，大抵中道脱辐，自愿离异者，皆私婚苟合者为多，所谓欢喜冤家。岂主持其事者，初料所及也。

今此寺住持霍顿博士有鉴于此，幡然变计，特宣告于众曰："自今以往，本寺结婚章程，均与他寺一律。无论男女，苟不能将确实年岁，以及父母认可之据，一一证明，使人满意者，本寺皆不予成礼。无父母者，当以尊长、亲属或保姆为代。男婚女嫁，须彼此相当，不可过于迁就，致殆后悔"云云。自霍氏改章后，一月中，因证据不全，未能满意，而不予注册赞礼者，凡二百五十五起。由是观之，此举与社会前途大有影响。惟彼法律家以代办离婚印谕为业者，从此将骤少一宗收费耳。

其　四

至于夫妇控告离婚之案，千奇百怪，莫可端倪。翌年美国调查部之报告出版，世界中即有专书，不必多赘。姑以巴黎最近之一案译之，可概其余。

法京巴黎离婚法堂，有丈夫控其妻子，自愿离异，俾得自由者。控诉大意，无非以其妻性喜豪华，奢侈无度。据称其妻一年中购四季新冠，多至二十七，每冠平均值二十金左右；制新衣二十五，值四千五百金之谱，他无论矣。问官叩其妻，则云丈夫岁入巨万，妻子添置服饰，费此区区，殊不为多；且当时赠嫁妆奁，亦足值十万金；何遽如此悭吝云。于是问官衡情酌理，判断夫妻依旧和好，不准仳离；但妇之服饰，亦量为限制，以后年不得过三千金云。此二人虽幸免劳燕分飞，然其夫妇之为夫妇，亦可以想见矣。

趼人氏曰：余与译者论时事，每格格不相入，盖译者主输入新文明，余则主恢复旧道德也。吾国旧道德，本完全无缺，不过散见各书，有出于经者，有出于子者，未汇成专书，以供研究耳。诚能读破万卷，何求弗得？中古贱儒附会圣经，著书立说，偏重臣子之节，而专制之毒愈结而愈深。晚近士者偏重功利之学，道德一途，置焉而弗讲，遂渐沦丧。而恰当此欧风东渐之际，后生小子于祖国古书曾无一斑之见，而先慑于强国，谓为其文明所致，于是见异思迁，尽忘其本。呜呼！抑何妄也。不宁惟是，彼之祖国古书曾无一斑之见者，其于他人精华之籍所得几何，从可知矣。舍我之本有而取诸他人，不问精粗美恶，一律提倡。输进之精者美者庶犹可，奈之何并粗恶而进也？虽然，此犹曰失于审择耳。其尤甚者，则专为自私自利计。如谈自由而及于结婚，其语乃尽出于少年之辈，稍老成者必不肯言。其故果安在也？彼谈自由者，徒哓哓然曰"自由""自由"，曾未闻有一研究自由之范围、自由之法律者。审如是也，则深山大泽之中，有最自由之一物焉，曰龙蛇豺虎，公等何不从之游也？是故讲自由者一及于范围、法律，则必有大不自由者在。欧美最重自由，而与人晋接之顷，有未识其姓名者，虽晋接再三，非有介绍，不得率行叩问，此吾国人刻不可耐者也。举此小事，以概其余。公等日以自由之声聒人耳，而曾不肯一讲范围、法律，公等谓非借此为自私自利计，虽苏、张来辩，吾不为屈也。

且夫输进文明云者，吾非必欲拒绝而禁遏之也，第当善为审择云尔。以余观之，彼之文明，彼自以为文明耳，而认其为文明与否，其权在我。对于一琐事之微，尚当审辨其是非而论定之，矧此关于全国之学术思想者，顾乃作一犬吠影，群犬吠声之举动乎？况风俗礼教对于社会习惯性质，有密切关系，必欲尽毁我之所有以从人，公等或优为之，全社会未必尽能为也。

吾今存一说焉，以俟诸公之定断。其说维何？则凡学他人者，必先得其短处是也。犹忆吾束发授书时，蒙师教我读，字未尝识也，而师年老多咳病，吾退塾时，殊不复忆字之能识与否，而必作伛偻状以学蒙师之咳。吾少年曾学为画矣，六法未谱，东涂西抹，不能成一幅，而笔砚狼藉，朱粉满案，且及于唇面之间，种种画师之丑态毕呈，甚且过之。家人见之而笑，始哑然而自惭也。吾又曾游于大江南北暨燕齐吴越之间矣，在在方言不同，非互学不能相通，然以此地之人学彼地之语者，未必遽能操其语，而彼地詈人之词必先学得之。此其明征也。公等新少年，历岁月几何矣？窥他人之学术几何岁月矣？姑勿论有自私自利之心，即曰无之，而所学果何如矣？金圣叹先生之序《西厢记》也，其言曰："现见其父中年无欢，聊借丝竹陶写怀抱也，不眴眼而其子手执歌板，沿门唱曲，若是乎谢太傅亦慎勿学也。现见其父忧来伤人，愿引圣人，托于沉冥也，不眴眼而其子骂座被驱，坠草折臂，若是乎阮嗣宗亦慎勿学也。现见其父家居多累，竹院寻僧，略商古德也，不眴眼而其子引诸髡奴污乱中冓，若是乎张无垢亦慎勿学也。现见其父希心避世，物外田园，方春劝耕也，不眴眼而其子担粪服牛，面目黧黑，若是乎陶渊明亦慎勿学也。"金氏之言，盖戒人慎于造因也。彼所举者，其因非尽不良，而结果皆恶，若是乎审择之不可不慎也。公等动言输入文明，吾不敢菲薄公等，吾且崇拜公等为中国造因之英雄，然而其慎审诸！其慎审诸！

今之恃译西籍而图输入文明者亦多矣，何不亦如周子之译此条，择其短者，亦表白于我国人，俾得有所审择耶？周子译此篇竟，持来商榷，喜其与余之见同也，亟书此归之。此说一出，亦知必多唾骂攻击者，然而非所恤矣。

英美二小说家

中国科举时代，凡得隶名甲乙榜，或仅青一衿者，均为社会所重；彼为秀才、举人、进士者，亦人人以此自豪，入仕后尤处处得占优势，号称正途出身。其人之才不才，可置而勿问，但有科名以冠于姓氏之前，则不才亦才矣，俗尚然也。而真有才学之士，苟不赴试，或试而被黜，则虽学究天人，曾不得享受学位之名誉。偶有一二鸿儒硕彦，声气广通，得督抚大宪为之专折奏闻者，亦只赏以官阶职衔而已。至于勋名彪炳，位至侯伯，非无特赐进士出身者，然此系朝廷异数，不世之旷典耳。惟贾人之子，挈金报效，则殊恩所需，乃有给予举人，准其一体会试之条。此中国科名之大略也。西国则不然，无论国君民主，皆无策士之典，其甄别之权，一操诸各大学教师。彼教师既有量衡天下士之责，即人人皆可受其别择。学中执业弟子试而合格，固得学位，而文名藉藉，众所共知。如各国执政大员，与夫报馆主笔，小说著者，苟未得学位，或学位犹卑之人，而其资格足当才士之选，可以当之而无愧者，各大学教师亦得予以相当之学位，以示褒宠。每有宣布，士论翕然，从未有侥幸得之者。方之中国较短长于一时之间者，其得失为何如邪？故不特各国臣民视此三数大学之名誉学位为至荣极宠，各国君主后妃亦莫不郑重视之。

伦敦之西，有都邑曰奥斯福（Oxford）者（日本人译为牛津，盖以意为译者），其地最富于宏壮瑰丽之建筑物，而英国盛名鼎鼎之大学亦在于是。一九〇七年六月二十七日发一榜，得进士学位者五人：

一、英国威尔斯亲王康诺；

二、英国现任首相班蒲门；

四、英国大将鲍富；

四、美国现代小说巨子克来门〔即人称麦德温（Mark Twain）者也〕；

五、英国现代小说巨子纪伯麟。

之五人者，皆以文学受知，故士论尤引以为荣。然赫赫懿亲，名相上将，乃与英、美二小说家同邀盛典，不伦不类，在中士所必无者，而外国则恒有之，不分贵贱，惟才是重。斯真能实行平等主义者矣。

此举之前，则有俄国外相槐脱氏得赏学位之事，一时士论所在，莫不同声公认。盖俄罗斯为日本所战败，艨艟巨舰，全军覆没，内忧外患，岌岌可危。而槐氏议和之顷，不亢不卑，卒能告厥成功，无伤国体，其不辱使命，有足多者。同时吾国出使考察宪政大臣泽公端方，亦同邀此典，则不可解矣，岂以研究宪法有心得邪？

考拿喇脱

Cement，译言物之有黏性而能胶固者也。昔有人发明一种矿灰，色微青，以水和之，可以胶砖涂瓦，干即坚硬如石，因锡此名，果有大用于世。流入中国，市贾肖其音而译之曰水门汀，其实亦未尽吻合也。西人初亦不过用以平治道路而已，盖砖石所砌之处，更以此灰和水涂泽之，则其地便平坦如砥。厥后愈推愈广，功用至不可殚述，浸假且有以之制器者（如阴沟水管以及各色方砖、枕木之类，尤为筑路之大宗云），浸假而能造屋矣。中国各处所需此品，初皆来自外洋，今直隶、湖北亦已设厂制造。种类颇繁，惟尚须讲求推广行销之策耳。但西人进步之速，月异而岁不同，于此品外，复已别有所发明，即所谓考拿喇脱者也。考拿喇脱（Conolite），西人称之为"木材之新替代"。其原料以木屑为君，而以一种白色水泥为佐，药水和之，状如水门汀泥。用法亦相同，惟一则宜于厨屋沟渠，而此则厅堂绣阁，无施不可，无论木石砖砌之地，皆可以之涂泽。比燥，即光滑和润，坚如铁石。其性似刚而实柔，仿佛如木，故能履之无声，击之不碎。第发明伊始，价值略昂（铺设之费，每一方码厚不逾寸者，约需规银二两余），故仅得于富室见之，他不多睹也。其性耐洗涤，无渗漏之患，故轮船兵舰用之最多云。至其颜色，则视所用木屑为转移，如红木则为赤色，乌木则为黑色之类是也。余尝取其原质少许，如法调之，自制一圆砚，亦颇光润可喜。苟有良模，复使良工为之，当益见精美。此中国自有砚以来所未有也。

收取牛乳之机器

美洲合众国北部，密苏里邦政府于戊申春仲踵行博览大会，藉提倡实业，谋地方兴盛，亦招徕客商，吸收外资之一法也。一时全国各联邦政府以及工商士庶，莫不闻风兴起，恐后争先，举各挟其奇技淫巧，山珍海错，赴会陈设，互相比赛。陆离光怪，无奇不有，神工鬼斧，非夷所思之品，不胜枚举。尤奇者，机械类中列一收聚牛乳之器，制法巧不可阶。此器发明未久，故知者犹鲜。盖将取牛乳，向以人工，故用力多而出品迟。今以机器为之，一时之间，可以吸取六牛之乳，毫不费力，合棚七十五牛之乳，仅以一小时零十五分钟毕其事。前后所需以集事者，不过童子二人而已。由是观之，一机之力，足可敌数十人，而其速率尤不可以道里计。凡牛乳之鲜美与否，亦系乎时间之多寡。今神速至此，则其品之美从可知矣。制造之奇，直可与造化争功。故说者以为自今以往，彼发明家苟再致力于此，必能创成一器，使群雌粥粥者每产一卵，必具双黄；或使群蜂酿蜜，无间冬夏。亦可谓善谑者矣，然亦安知此为他日必无之事邪？

摩　根

　　摩根者，美洲合众国之豪富，人称为托辣斯大王者也。全国铁路、轮船、银行等种种实业，凡资本在数百万元以上者，殆无一不与有关系。盖握大西洋两岸金融之权者臻数十年，人故锡之徽号曰"商界之拿破仑"，其势力概可想见。据精于钩稽者称，一九〇五年中，摩根各项商业除经营所费外，所获子金实得美金四千二百万元云。

　　跰人氏曰：天下之金钱几许，当于若干年之后尽入彼囊中，安得再有精钩稽者而一核之，可骇亦可笑。

免冠礼

　　纽约《太阳报》尝载一笑谈云"吾俗以免冠为敬人之礼，非此即为不恭，习焉而遂安之，并不知何所取义。闻东方某国有以脱屦为礼者，正与我辈同病，特脱屦之礼，较之免冠尤觉烦难。浸假吾人之冠，亦如妇女之饰羽缀花，甚或长发作髻，细纱笼面。吾恐尔时必将别求他礼，而不以脱帽露顶为敬矣。"云云。盖意有所讽也。

又一则

　　美国《新学报》载一则云"迩有新学家发明一脱帽法，制一器，若钟内之机簧然。世有见女宾而懒于为礼者，大可购用之，庶可免无礼之讥也。置器帽中，遇人第微俯其首，则帽自能上升，可免举手之劳。礼毕略一昂首，帽即自落而自正，不烦动手。惟用者日须上弦，如钟表云。"西俗重视妇女过于男子，而美国尤甚：妇女教育之程度，亦高于欧洲：故所至皆受男子之敬礼，初不必彼此相识也。国中舟车，皆为妇女特设精室，广众中有妇女至，则争起让座，惟恐不及。右说盖讥不礼妇女之辈，与上节之意不同。

跰人氏曰：友有曾游于英、法者，归为余言彼俗之敬女子，诚如此篇所云也。女子何以如此之可敬？吾曾百思而不得其解，更不知其对于妓女又如何也？

为 君 难

千九百十年五月六日，英君爱德华七世崩。次子威尔斯王即位，承佐治四世后，为佐治第五。册妃梅丽为后。逾年服阕，筮期六月二十二日行加冕礼。皇皇巨典，日月照临之下，国徽飘扬之区，莫不腾欢庆祝，君后将相、贵族专使来朝称贺者数十国。猗欤休哉！英国天下莫强，得人亦最盛，亿兆芸芸，竞申忠悃，然爱尔兰一隅，独毅然示梗：女王维多利亚临御之初，竟植黑帜，今王将行幸，又不乐欢迎。民气之不易挫如此，真立宪国如英犹有所憾，矧其纯伪者哉！顾余览其加冕仪注，有专制国所必无者，不可谓非差强人意。爰撮译如左，愿与未见原文者共读之，有心人寻源竟委，倘亦想见其畴昔定制之深意也夫。

第七条　设誓

君主业于一九一一年二月六日，当两议院众人之前，将宣言书草就宣布，并已画押。今大主教届时在威明斯德大教堂，于神前诵经毕，次诣陆下宝座前面立，使之设誓，然后加冕。大主教次将下列问题逐一质问君主，君主双手捧书一册，一一敬答如下。大主教问："汝愿诚心诚意应允立誓，以后治理大英国及爱尔兰联邦暨各属地人民，将悉依议院议准之法制以及律例与夫风俗习惯而行否？"君主对曰："朕敬谨应允，悉照此行。"大主教问："凡有一切审判，汝愿尽力使之悉按国法，毋枉毋纵，公正无私否？"君主对曰："朕允。"大主教问："汝愿尽汝能力，使神权、福音真传、新教悉仍旧贯否，汝愿使英伦教堂、新教主义、崇拜礼节、治理规则悉按国法保护，照常存留否？英国所有法师僧侣及彼等寺院，并一切照例应享之权利，汝愿悉保护之否？"君主对曰："朕悉允照行。"

君主对答毕，乃起身离座，诣神坛前肃恭设誓。此时不加遮蔽，庶使万民共见。一面由大主教手捧神座所设圣经一部，诣君主前。君主以右手执经，乃发誓曰："朕顷者应允各节，朕悉照行，神其鉴诸！"言毕以口啜经，并以御笔画押于誓书。

按：仪注全文共十有六条，右其一也。

预　言

爱提生者，美国电学巨子也，近世新创各种电机，爱氏之功最多。迩复发预言，谓诸新发明家，不久将有下列种种之成就云。

甲，布也、钮也、线也、包皮纸也、硬板纸也，自机之一端技入，俾一炉而治，厥能组为衣服，成裹载筐，乃出于机之彼端，列肆发售，不费丝毫人力。

乙，器皿之用木者，将代以钢铁。钢器之值，较木质仅需五分之仅，盖铜器取材少而轻巧，不若木器需材多而笨重。且种种色泽纹理，仍可施髹，一如木质。

丙，镍格尔将代印书纸张，镍纸二万页，厚仅寸许，方之寻常印书纸张，坚韧柔软，值亦较廉。

丁，嚣奇氏发明之电力耕种机器一旦告成，则以前所用农具一律废弃。

外此爱氏预言中之最有关系而耐人寻味者，莫若制金术。夫点铁成金，古今痴人梦想已夙。诚如爱氏预言，异日必有善法，得以工制黄金，所待研究者，功成之早晚耳。制金术既明，人人皆能自为，市廛贸易，且薄为土直而弗受。世界金融，殆因之大有变动焉。

译者按：方今中国政府放手大借外债，动以万万计，将来清偿之日，其在人人能自制黄金时代乎？爱提生为世界名人，富有学识，所言必不虚构。理想者事实之母，殆可操券以待。我政府诸公高掌远蹠，亦岂尽昧昧者。无知小民窃窃私议，且有妄思起而反对者，殊不值衮衮肉食者一哂耳。鹏飞万里，其志岂鸿鹄所知，此之谓欤？噫！

送注迎来之学生

夫中国之所以败坏至于如此，盖凡为中国人者，人人皆尸其咎，而士子之罪，尤莫可遭。以其冒士之名，无士之行，而大恶所在，尤莫过于不知耻。

是故聘教师也，设学堂也，诚哉其为强国之良药，当今之要图哉。盖他日之官也、将也、商也、农也、工也，胥将于是而取给焉。故吾今日各学堂之学生，即中国他日之主人翁也，其受社会中之荣誉也，较之昔日之士子殆高数倍焉。虽然，今日之学生，有愈于昔日之士子乎？此则今日人人所欲知之一问题也。吾恐学生也，士子也，盖一而二，二而一者也。今日之学生，即前日士子之变相，且变其名不变其实者也。呜呼！若是乎吾社会中又何贵乎有学生？

| 281 |

且昔之士也，无论其学问若何，凡是斯文中人，殆莫不受社会之欢迎焉，虽下流社会中人，亦莫不知敬文人者。然吾一不解今之学生，同是文人，何以动受人侮也？如学生与教员之冲突，学生与警察之冲突，学生与军人之冲突，学生与商人之冲突，诸如此类，几于报不绝书；甚至学生与僧人冲突者有之，学生与尼姑冲突者亦有之。而各处毁学之案，亦复层见迭出。其原因虽各有不同，要于学生不能无责。

夫治国之道，非学莫从，而为学之人，非少年又曷由哉？然今之少年，其自视果何等也？夫向之士子，亦未尝非学生；而今之学生，固依然是士子。顾所以分而言之者，以不能无新旧之别耳。然吾学生之当自别于士子者，岂仅在此名词而已？举凡一切学问、道德、言论、思想，皆当惟新之是求，惟实之是务，而处处有大过人者，而后庶几可以服人之心，而自副其名乎？

吾亦学生之一，吾恶敢非毁学生。然有一奇耻大辱之事，虽不知耻之士子所不屑为、不肯为者，乃吾最可贵之学生竟优为之，吾舌尚存，吾言曷容以已。其事惟何？则迎送是也。向者三忠灵輀路过上海，排队而走送者，学生也；大腹贾沈某举殡，排队走送者，学生也；银行买办席某举殡，排队走送者，学生也；某绅举殡，排队走送者，学生也；某富翁举殡，排队走送者，学生也；某制军、某抚军过境，列队站迎者，学生也。呜呼！以吾最高尚最优美之学生，竟与衙役、僧道、旗锣伞、鼓吹手诸人等量齐观，岂不可惜？岂不可耻？虽然，向者吾以为此特上海学生之污点耳，他处不尔也，庸讵知他处学生之特色，且有甚焉者焉。

丙午九月某日《顺天时报》中所登《彰德观操纪》中有一节曰："又所到车站，每有各处学堂生徒迎来送往，诵国歌，呼万岁，有序不紊，学皆知兵，群结团体，将来为国家干城者，必由此学阵中组织。一念至此，吾侪访员，不能不为各学堂生徒诸君前途祝。旋为呼万岁而过，亦观操中宜特笔之事"云云。盖九月初二日，该报访员道中所见之事实也。

呜呼噫嘻！欲结团体，亦多术矣，何必定须排列队伍，送往迎来，效从前腐败兵勇之所为，而后始为之团体也？该访员之冷嘲热骂，吾甚为诸君愧之矣！学生诸君果能群结团体，一雪此耻乎？吾愿自今以往，其速联合各处学校，一心一德，拒绝此事，而各以一纸榜于门曰："概不迎送！"

吾读此稿毕，不禁哑然失笑。盖吾旅居江南有年，久之，遂染江南之习惯，于江南各种社会，皆有所窥见。恒见江南说书者流，于茶肆中布小小方台，每日入，辄登台，鼓阮咸，唱弹词，以娱听者。而其台上必高标一纸曰："恕不迎送！"呜呼！曾是学生而说书者流之不若耶？（偈）

禁 烟 不 制 药

英人呼阿芙蓉曰 Opium，而"鸦片"二字，殆粤人之译音也。故苟效粤音读之，其音原近；反是则去之远矣。

此物流毒中国百余年，废人数百万，伤财数万万。政府利其税而忘其害，由来已久。至今始悟非计，幡然改图。不知其害之中于人心者既深且固。

尝闻深于瘾者言，戒不难，而守蓁难，甚有方之守节为尤难者。盖嫠妇守节，视为固然，故心如枯井，无复他念。吸烟去瘾者，方且甘之如饴，朝夕沉溺，寝馈与俱，舍之且不难哉？然苟有良药先抵其瘾，后除其疾，数日后不见他异，亦自然而心安胆壮，不思再食。惟浅者数年，深者数十年，朝呼夕吸，已成习惯，一旦去瘾，无所事事。富者不必言，彼其能吸烟成瘾，持久至数年数十年者，要非无力之人。故非特不能守，且多不愿戒者。或出于万不得已而至于戒，戒而居然能绝者，卒亦不能苦守终老，偶遇疾病，有触即发，比比然也。盖不食之人，方视为毒蛇猛兽，深恶而痛绝之。吸食之人，视之不啻山珍海错，嗜为甘旨。故不绝其来源，而徒责人以不食，是不揣其本而齐其末也。譬之以山珍海错，罗列于饕餮者之前，欲其不染指，岂可得哉？今中国烟肆林立，土药遍地，而欲人不吸，何以异是？故无论吸者之不能戒，即戒矣，亦万难坚守。何也？此物既能受社会数千万人之欢迎，则必有可取者存。今明明有可以恋爱之物，置于恋爱者之前，而欲其不恋爱，是好恶拂人之性也。数十年来，非无劝戒之人，然舌敝唇焦，总归无效者。凡吸食之人，皆存得过且过之心。故苟不绝其种而断其念，更有何他法以收其功？

今以雷霆万钧之力，痛饬戒除烟毒，诚当今切要之图，然于揣本究源之道，去之尚远。盖一经成瘾，断非威胁力迫所能奏效。必以药物清理而调养之，庶几可无性命之忧，而戒者亦无所畏惧。唯药物当否，调和綦难。在省会繁盛之区，各种方药，名目繁多，不妨听其自择。若夫穷乡僻壤，既无药物可求，复无监察之人，则亦将听其欺饰隐匿，仍以不戒为戒乎？创议禁烟有人，而从未闻有为吾民谋一戒烟方法者，亦可异已。岂黑籍中人，皆在可屏之列耶？不解政府禁烟之宗旨，果安在也？谓其痛恶此数百万嗜烟之人，而欲陷之于死耶？则一旦绝其来源，火其存土，使嗷嗷不得食，则皆将瘾发而自毙。谓欲使之戒除烟毒，而成为强健之国民耶？则何不早为谋安全之药物以救之？使一旦误吞吗啡，则非但不能强健，且将中毒以死，谁非上帝赤子，顾可漠然视之乎？

　　吾尝发议，谓吸烟之人，死不足惜。今睹此篇，始悔前议出于过激，而叹吾友周子真仁人也。吴趼人注。

新庵谐译初编

周桂笙　　译

吴趼人　　编次

张　纯　　校点

吴　序

周子桂笙，余之爱友，亦余之畏友也。余旅居上海，忝承时流，假以颜色，许襄日报笔政，周子辄为赞助焉。此篇盖即借以塞空白者也。既入报纸，则零断散失，不复成章。爰编次之，重付剞劂，氏此编周子自序已尽其言，余无可序。余当序，周子更当序。余之于周子，周子通英、法文学，而尤肆力于祖国之古体文，顾殊不自满，好学下问。己亥之秋，因彭君伴渔介绍，余方识之，交久而弥笃。始爱之，继敬之，终且畏之，余亦不自知其何为而然也。恒以所为文见示，美矣，备矣，而犹必殷殷请商榷。如余之不文，复何足以商榷文字，然偶有见及，必为敷陈，辄喜谢以去。虚衷如是，则周子之学正未艾也。此余交之因爱而生敬者也。顾周子洵洵儒者，无严词，无道貌，而余甚畏之，偶得一新理想，或撰一新文字，必走商之；或作狭邪游戏事，则避周子如不及。顾周子未尝责我也，而余之畏惮之如是，周子得毋别有所可畏惮者耶？举此以告读周子此书者，勿徒以其为翻译家、行文家已也。周子与余论道之言稿，万笔不足以尽。余最服膺其一言，曰："凡事必审度祸福而后行，则天下无可行之事。"呜呼！举此语亦足以略见其为人矣。余旅沪二十年，得友一人焉，则周子是也。此编成，问序于余，不敢以不敏谢责。书此归之周子，其不以我为谀否？然而余则敢自信为非谀也。

光绪癸卯暮春之初南海吴沃尧拜手序于汉皋。时方以春树暮云，怀念故人不见为怅怅也。

自　序

　　人生束发受书，得觇异籍，当勉为中外通儒。若仅仅于学成译材，所就既已小矣。虽然自庚子拳匪变后，吾国创巨痛深，此中胜败消息、原因固非一端。然智愚之不敌，即强弱所攸分有断然也。迩者朝廷既下变法之诏，国民尤切自强之望，而有志之士，眷怀时局，深考其故，以为非求输入文明之术断难变化固执之性。于是而翻西文，译东籍尚矣。日新月异，层出不穷。要皆觉世牖民之作堪备，开智启慧之助洋洋乎盛矣哉。不可谓非翻译者之与有其功也。于是乎，译材固不可以仅目之也。世之君子所译者如是。若余此编，则既无宗旨，复无命意，牛鬼蛇神徒供笑噱，又复章节残缺，言之无文，乃亦与时下君子所译鸿文同时并出，毋亦徒留笑枋于当世耶？虽然，此编之成，初非余之本意，盖吾友吴君趼人怂恿之作也。吴君为南海荷屋中丞公之曾孙，家学渊源，文名藉甚。生有奇气，素负大志，与余交最莫逆。尝谓人曰："得识周某，不负我旅沪二十年矣。"尝历主海上各日报笔政，慨然以启发民志为己任。然其议论宗旨，喜用谐词，以嬉笑怒骂发为文章，盖谓庄语不如谐词之易入也。尝出泰西小说书数种，嘱余迻译以实其报。余暇辄择其解颐者译而与之。三四年来，积稿居然成秩矣。略加编次，遂付梓人。友人索阅，聊省抄力。若云问世，则吾岂敢。

　　光绪壬寅二十八年仲冬之月上海新庵主人书于知新室。

卷　一

一千零一夜

亚洲西南有赛生国者，其历代帝皇本纪中载有贤君焉。君聪明睿智，士庶归心，威武英明，邻邦慑服。有丈夫子二人，长曰吓利亚，次曰吓齐南。兄弟皆著贤名，友于甚笃，国人尤交誉之。亡何，君晏驾，遗诏以长子吓利亚继统。吓利亚遂即王位，是为波斯王。吓齐南克尽弟臣之道，竭诚矢敬，以事乃兄。王亦优礼有加，益尽友道。继思分其富贵以俾乃弟，遂以泰泰立地别为一国，使之守之，爵与己等。吓齐南受命就国，即以沙马坑为泰泰立国之都城居之。相去既远，一别十年，未当相见。

吓利亚思弟颇苦，而又不能使其源源而来也。久之，思念益苦，必欲见之。特命丞相出使泰泰立国，召弟来朝。吓齐南知使臣将临，躬率百官朝服郊迎，敬兄之至，及其臣也。握手为礼，问兄王起居，使臣代答如仪。且宣王命，吓齐南感激涕零，旋即寓书使臣。略曰：

> 兄王待寡人恩义周备，岂敢忘心。虽然兄王之念寡人，究不能逾寡人念兄王之切也，纵无兄王命，寡人亦将请朝。以守土有责，未敢顾私谊而忘大义。贤相衔命来，寡人敢不拜命？且幸敝邑宁谧，贤相其为寡人作十日留，当与贤相同行，觐我兄王。请下帐于敝邑逆旅，所需谨戒有司供给。

越十日，吓齐南部署诸事既备，别其妃，率从官，离沙马坑，至使臣营帐，即其旁驻跸焉，将俟诘朝命驾也。

驻甫定，意忽动，思返见其妃。盖吓齐南优俪綦笃，既行复返见之，益欲以表其相爱之殷也。虑既审，遂微行归，径至内宫，则妃方与仆通，状貌甚狎，曙逾夫妇。勃然怒，拔佩剑并诛之，投尸宫外巨沟中。怒少息，潜出。怏怏返行在，默不告人。昧爽时，传旨启銮，侍卫仪从扈跸驾遂行，从者皆欢抃鼓舞，吓齐南独不怿。盖夙夜之事未尝忘也。于路未尝有喜色。

既至波斯京城，则吓利亚已率百官出郭以迎矣。十年渴思，一旦以解，乐可知矣。相见皆降舆行抱见礼，慰问万端，盖欲申诉思恋，而莫知所自言也。相见毕，复登车并驱入国门。辇下诸民，欢呼万岁。王置弟于行宫，盖专以吓齐南之来而营者，绮栏雕甍，备极富，靡与御园衡宇相望也。王既置弟，复出沐浴更衣，而后复与相见，各踞胡床，抵掌话十年别，友爱之笃，于此写其真焉。惟日不足，继之以烛，至午夜，王始别而寝。

王去，吓齐南倚榻默然，心事又作，盖以妃事萦系胸臆，棼如乱丝，不能或解，终夜不寝，坐以待旦。蕴于中，形于外，不豫之色又见。王察弟之不豫也，既动之以友爱，更百计求所以悦之。而吓齐南之不豫如故。享以肥甘不豫，娱以声色不豫，被以轻暖不豫，王尽所以悦之之道既穷，而吓齐南之不豫如故也。居无何，王将出猎，敕令猎人大会于围场。围场距城将百里也，吓齐南以不豫如故，不欲行，请留宫中，免与从猎。王从之，乃自率群臣猎焉。

吓齐南独处一室，恼想益繁，念遭际不幸，几欲自挝，偶起四顾，则牖外御园望之历历在目，倚窗闲眺，陡见园中有与仆人握手喁喁狎亵不可以注目者。非他，盖兄王吓利亚之妃，而己之嫂也。吓齐南既睹此状，默念妇人之性大都如是，则世之为丈夫者，谁不如我，吾何为不豫哉！言念及此，百忧顿解，胸中廓然。呼食，食至，啖而甘之，盖自沙马坑启銮以来，无此甘味也，昔之肥甘声色轻暖无此愉快也。

越二日，王猎旋，见吓齐南有喜色，不禁大乐。亟请其故，吓

| 290 |

齐南初不肯言，王诘再三，不敢复隐，遂具告以夙昔之故，且谢手刃二人之过焉。王闻之，称许有加，且曰："使吾与弟易地，恐不止于徒杀二人也，或者手刃千人，庶足以泄忿乎？弟之容忍，不可多求，苍苍者必鉴弟之仁慈而锡以多福也。虽然吾弟之不豫既，闻命矣，今之所以易忧而乐者，何也？请毕其词，以解此惑。"吓齐南初不欲扬嫂氏之恶，伤乃兄心。而王诘问无已，继之以哀乞。不得已，即所见者具告之。且曰："弟睹此，始悟天下妇人皆如是，以得解此烦忧也。"王闻之狂怒，烈性火发，吼声雷鸣，即奔宫中，置其妃于死地，且诛其仆焉。意犹未足，誓于天曰："藐躬凉德，遇兹荡妇，贻寡人羞。寡人辱守先君之土地，得旋其权力于国中，自今以往，必日御一女而日毙之，庶几不蒙此耻。虽然吾弟知之必阻我，吾弟去当践斯盟。"

亡何，吓齐南辞归，王赐赆优隆，率百官饯于国门之外，吓齐南遂行。王乃践誓，日选一民女进御。越一日，即迫令自毙。其有不从者，处以极刑。盖自是日御一民女，亦日毙一民女也。丞相某颇著仁闻，抗颜以诤，请罢苛令，至以生死争。而王终不悟。于时怨谤大作，民情汹汹，凡育有女子者，交相为讳，其有已被残杀者之怨毒可知矣。甚夫恩怨之易于感人也。吓利亚，贤王也，赞颂之词，遍于道路；苛政行，则咒诅之者，无异于昔之赞颂矣。甚夫，恩怨之易于感人也。

丞相谏于王不用，殊不自安，乃告于其女公子焉。丞相有女公子二人，长曰希腊才，次曰敌那才。希腊才勇敢绝伦，博闻强记，读书目十行下，其才貌与德行且相孚。丞相每顾而乐之。既告于二女。希腊才毅然曰："儿虽不敏，愿以蒲柳姿事王。"丞相愕然，举王之暴戾以告之，曰："儿欲事王，无乃求死欤？"希腊才坚请行，曰："儿之求事王，非徒事之已也，儿当效忠告善道而佐以权词，将有以感王，使罢此苛政而拯我邦女子。虽然儿之请事王，危道也，儿岂不知之？惟大人弗以儿女之私，败儿壮志。儿之此行，谏王而用，国人之幸也。即其不用，儿死且有荣焉。"丞相卒不怿，盖不忍其自投于陷阱也，乃设为寓言以讽之，冀息其念，曰：

某商人豪于赀，市肆之外，别置田园，以为畜牧。牲畜既繁，嘶鸣之声不绝于耳，念此必有所言，第人不能辨耳。会有通兽语者，商欲学之，而其人靳不以授也。商乃设誓曰："使吾通兽语，有所闻，必秘之。其有以兽语告人者，天将谴我。"其人乃授之。自是商亦通兽语矣。尔时，国俗重驴而轻牛，驴惟显者得乘之，牛则司耕耨而已。商以驴牛之贵贱悬绝也，共置于一棚，俟于侧以察其所言。无何，牛鸣辨之，牛与驴语也。其言曰："吾与若同为兽类，尔之乐殊令人景仰无极也，有仆人随侍而顾覆之。浴则为尔浴，食则进尔食。充肠者大麦，解渴者清泉：而终日晏豫。不过主人偶出尔，驮之一往返耳。尔之遭际视我为何如也？以末粗为羁，勒于泥泞为前驱，仆人执鞭伺于后，其有不前者，鞭挞横加焉。以末粗之笨重加之于己，无殊桎梏益以催迫，遂使我肩项间无完肤。自晨至暮，役始毕，而所与其果腹者又皆粗粝。我之遭际视尔为何如也？虽欲不妒尔不可得也。"驴曰："此尔之自苦耳，使尔非多力而耐劳，曷至于是。且尔何驯哉？不知奋角以施其威，不知顿足而示以怒。造物之与尔自卫者，何弗备尔？自昧而弗用耳。彼以粗粝至嗅而去之，彼能不以精者来乎？能如我言，必有大验尔。其知所感我。"牛以为良言也，谢之。明日佃者役牛，则倔强不受，役驱东则西之，驱西则东之，盖有所受于驴也。日既哺，牵之归棚，则触角狂吼。佃者却步走。又明日，视之食料不动如故，牛颓然卧地作呻吟声。佃者以其病也，走告商，商曰："牛病乎？以驴代之。"即以役牛者役驴，亦以待牛者侍驴，勿姑惜也。于是驴竭蹶终日，且受鞭扑。及夕归棚，已困顿欲死矣。

丞相之为是言也，将以如驴之自败，讽希腊才也。希腊才曰："此喻不足以易儿志，儿仍愿事王。"丞相曰："前言未毕也。商人有妇，吾将以商人妇为儿喻。"

商知驴之困顿也，欲悉其状。及夜偕其妇步月同出，至棚侧察之，闻驴问牛曰："明日佃者复役尔，尔将何如？"牛曰："无他，仍当如尔教耳。"驴曰："若然当思有以自保其身命者。吾闻诸主人矣，主人之言曰：'牛病，毋任自毙，不如杀而货之。已命屠人矣。'吾既闻此，不忍不告，而坐视尔罹刀镬之惨。使明日仆者以粗粝来，速起而啖之。或者主人察尔无病，舍而不杀未可知也。否则诘朝，事非所敢知矣。"牛闻之顿悔，觳觫之状见于颜色。商见闻亲切，不觉哑然而笑。妇见商之无端失笑，也不解其故，异之，请曰："夫子何为而笑？请语妾，同一破颜也。"商曰："吾所笑者，惟牛与驴耳。然所以笑之之故，则吾曾设誓于先，秘不告人者，不能为卿告也。卿此愿殆难偿矣。"妇请益坚，商曰："此有关于吾之身命者，曷能告卿？"妇曰："夫子戏吾耳！乌有是事？若不以告我，我亦矢于天，不与夫子并立矣。"言已，娇怒形于眉睫，反身入室，自闭其户，号哭室中，声达户外，终夜不辍。商诘朝察之，哭犹未已也，因谓之曰："卿何愚哉？徒自苦耳。吾不尝为卿言之乎？若明告卿，则吾身命所系。卿何不察也？"妇曰："我亦矢于天，志不可夺矣。"商以其胶执不可以理喻也，遍召诸戚而告之以故，乞为劝导，冀息其妄念。妇持益坚，曰："宁死此志不容夺也。"时子女毕集，见母如是，不禁大号。商亦不知所措，独坐户外，自念伉俪之情，不及身命，吾不能舍身命以徇伉俪之私也。一时万虑坌集，左右不知所可。忽所畜犬奔鸡塒，语雄鸡以主人为难之情状，且深叹主人处境之艰也。雄鸡闻之言曰："主人何其愚也？遂无术以处一妻乎！吾有雌者五十辈，惟吾之命是听。无他，威足以慑之耳。使主人能破其迟疑之见，施夏楚以振夫纲，而仍弗告以应秘之事，主母有不俯首贴服者，吾不信也。"商闻之，念吾固俨然丈夫者，宁不如一鸡武耶？吾耻之，遂奋然起，呼棒至，执妇而大挞之，一如鸡之言也。妇既受创，顿改悔，不敢强夫以所难矣。于是阖室为之胪欢。

至是丞相谓希腊才曰："儿乎儿之此行，得毋欲为商人妇乎？"对曰："儿志既决，不病此也，此说仍不足以劝我。大人必却儿之请，儿将自献于王矣。窃谓大人之阻力无所施也。"丞相察其意坚，苦无术以阻之，俯顺之而已。遂朝王自陈："臣女希腊才愿充王下陈之选。"王闻之，惊顾谓丞相曰："卿亦舍其爱女耶？"对曰："臣非舍之，臣女所自愿。所谓死在眉睫而不自顾者，臣不能禁之也。彼意盖以得王一宵之幸，虽死有所不惜者矣。"王曰："君臣无戏言，明旦卿其自送希腊才至。又明日，即援例赐之死，卿无后悔。倘有违言，则卿之首领可取偿也。"对曰："臣于希腊才虽为父子，然乌敢以儿女之私，违君之命。"王遂命退。退归以语希腊才。希腊才谢焉，不知已大伤厥考心矣。希腊才慰之曰："儿得事王，苟以宗社之灵得偿，儿愿除此苛政，生民之福也。而此后余年，乐且无涯矣。"既而进其妹敌那才，而语之曰："吾见王，当设词，使王召妹共止宫中。妹其应召诘朝，天未明即呼我，使作喋谈。吾将有以告，姊且藉此以豁免一国之苛政。非夸也，实可自信焉。"敌那才诺焉。丞相遂引希腊才进于王。既进，而退。王命揭巾视之，殊色也，面带有戚容，眶中泪渍俨然。王曰："卿惧死耶？不然何戚也？"希腊才对曰："臣如惧死，乌敢自献？""然则何为而戚？"曰："念臣妹耳。王能推恩召之来，使宿宫中，臣诘朝死，得与诀别，感恩多矣。臣死且无憾，惟王鉴焉。"王准之，立遣使召敌那才入。及夕，希腊才侍王寝，而置妹于夹室。昧爽之前，敌那才启于帐外曰："天将明矣，姊盍起以所知噱谈破妹颜，以尽此一刻欢耶？"希腊才请于王，王颔之。希腊才乃率其妹谢王。谢毕，希腊才乃作寓言以讽王，谓敌那才曰：

某商人拥资巨万，田产之富，甲于一方。偶以事他适，匆匆袱被跨马遂行。行囊中仅略备饼枣而已。既事毕，遄归时溽暑逼人，热气甚盛，见道旁林木郁翳，山泉涓涓，乃就而少息。系马树下，箕踞于其下，食饼枣以疗饥。顾见林木之上，果实累累，执石块遥掷之，果中石堕，取而食焉，不费一文钱，举手即得，商乃乐甚。食已，就泉盥濯，然后向天祷告，一若回民之礼者。然方屈膝，突有仗剑奔己者，急视之，其长倍于伟丈夫，状甚可怖，疑其妖也。惊愕未定，妖行已近，大叱之使起，以所仗剑拟之曰："尔不畏此耶？何竟杀吾子也？"商闻之，惧极而啼，战栗以对曰："吾何敢杀人，无论不识，抑亦未见也。"长人曰："尔尚欲饰乎？尔曾坐此啖饼枣否？"曰："然。"曰："尔曾以石块掷空际否？"曰："有之，不敢隐也。"曰："然则杀吾子者，果尔也。尔掷石时，吾子适过此，石中其目而毙，尔尚欲饰耶？"商不知所对，惟乞命而已。长人曰："杀人者死，乌能宥尔！"商曰："吾实未杀人，即有之，亦出于不知，不知不罪，惟求宥耳。"长人曰："此语吾已闻之，无赘言。世乌有杀人而不取偿者，况所杀者，吾子也耶！"言已执商之臂，举而掷诸地，挥剑斫其颅。

希腊才言至此，顾牖外曰："东方既明，王将起盥漱，祷告天神（此为回礼，国俗上下皆奉回教。)，祷毕将视朝。吾且就死，不能毕其词矣。"敌那才曰："警策哉，诚奇闻也，惜不能终听矣。"希腊才曰："是何足道？使竟一日之长谈，则奇者，尚不止此也。"王亦以其言动听，曰："寡人将视朝，不能聆卿妙绪，卿其缓一日死，诘朝再为寡人毕其词。"王意盖谓俟其言毕而后刑之也。盥漱祷告毕，临轩诏百官。丞相以念女故，忧而不寐。及朝见王色如平日，不加呵叱，意稍安，而终不能释然也。及夕，希腊才仍侍王寝。明晨，王不待其请，即诏之起，使毕其词。希腊才起坐而言曰：

当是时，商见妖之逼己，急号呼而哀之曰："吾有一言请毕之，而后就死。我死何足道，特妻孥系念耳。乞假我一载，得归而部署之，及期就死于此，死无憾矣。"妖曰："矢之当如尔约。"商乃指日为誓，遂失妖所在。踉跄以归，举所遭告其孥，举室号恸，悲声震屋宇。商转引喻而慰藉之，久之始息。荏苒一载期将至，乃清逋负出余资以济贫民，俵遗产于妻子。安置都毕，往赴妖约。

既至，妖犹未来，一老者牵牝鹿至，相见为礼。老者叩何来，商具以告，且曰："吾将死于妖矣，叟之来，恰宜作壁上观也。"言已，却顾则又一老者牵二黑犬立于侧，盖已备闻所言，亦欲驻此以觇其异者也。俄见浓烟如云，自平地出，如旋风之挟尘以起也者。烟既近，妖自烟中出，仗剑扑商，执其臂而叱之曰："宜偿我子矣。"商恐惧蜷伏，二老亦惊却。引鹿老人不忍商之就死也，膝行而前，抱妖之足而告曰："神请霁威，老朽敢以不揣之言为神告。盖老朽与此鹿之因果，较此商之前事，尤为怪诞也，使容老朽陈言，或者此商得蒙见宥乎。"妖闻之，沉吟而言曰："诺。"老者指鹿而言曰："神以此为鹿也耶？此吾之妻也。当渠十二龄时，即为我妇，共处者三十年矣，而未尝生育。吾于是别立一人为嗣，盖仆妇之所出也，而妻殊妒之。他日瞰我有事远出，以妖异敕勒之术，变仆妇为牝牛，而变子为犊，纵之于田间，与群牛共役。及我归，问母子之所在，则以丧母失子对。吾闻之，虽伤感而无如之何。转念仆妇虽死，而子犹存，虽暂相失，终当相遇也。以此聊自慰焉。忽忽阅八月，犹未得子之踪迹，亦无从问讯。会大节将至（回俗，遇大节宰牛羊，散给贫民，且邀亲故共享其余。），命家人选所畜肥牛以宰之。家人缚一牝牛至，吾将杀之，牛哀鸣流泪。吾于是不忍其觳觫之念悠然而生，虽反而求之，不得吾心也。手既颤，操刀不能下，命易他牛。妻以吾之不忍杀是牛也，色顿怒，力阻不令易。不得已，嘱诸屠夫为我捉刀。吾视此状，簌簌然不知泪之所从来。屠夫解牛体，则皮骨而外无他物也，益不乐，命别选肥犊。须臾牵犊至，犊昂首奋力奔我，绳为之绝，卧我足下，以首贴地，一若自知就屠而乞哀也者。吾顾妻曰：'吾欲舍此犊勿杀，卿其勿阻。'妻不欲曰：'恩及禽兽者，细人之仁耳，何取焉？不如杀之。'吾不得已，命缚犊躬自操刀。刀及其项，犊目注我，泪扑簌如联珠也。不忍之心大动，手复颤，刀堕地，虽欲杀之，力不逮矣。复顾妻曰：'吾良不忍，必易他犊。'妻犹执欲杀之。吾不可，设词曰：'今姑舍之，以待来年然后杀，何如？'犊乃得缓死。

明日，佣奴密陈于吾，谓其女解妖术，欲来见。从之。女遂来见，告吾以妖术化母子为牛事。且曰：'昔者所杀其母也。倘能以子为我婿，将谋所以救之。'虽然施术于人者，亦当使之受报也，吾念子切，遂允其请。女乃取清水一器，咒之不知其云何也。咒已，以水浇犊，遍其体，辗转遂化为人。视之吾子也，相抱哭失声。哭已，吾谓之曰：'微此女儿终犊矣。儿得脱此犊躯而复人形者，此女之功也。吾将以儿婿之，以报其大德。吾已许之矣。'吾子亦乐从。未婚女复施咒，勒妻遂化为此鹿。居无何，女不幸夭折，吾子遂鳏。今且远游于外，数年不归，消息茫然。吾乃出寻子。然鉴于前事，不敢舍家独行，故与鹿偕也。老朽与此鹿之遭际变幻如是，天下怪诞之事，孰有过此者乎！"妖闻之踌躇而言曰："诺，吾将贷其半死。"言毕，而引犬之老者亦请曰："吾亦欲进一身历之笑谈，乞宥商半死可乎？"妖颔之。

老者指犬而言曰："此俨然犬也者，非犬也，吾之弟也。吾父故时，兄弟二人均得遗产千金，各谋生业。二弟挟资走异国，将以图厚利也。越二年，皆狼狈归，则资斧丧尽矣。时吾生计方盛，获利颇丰，见弟如是，意良不忍，乃各助以千金，俾资贸易。二弟以丧资异地殊恋恋，得千金又将往，劝吾偕行。吾以其狼狈为殷鉴，却其请，而弟终不能释然也。忽忽五年，吾颇欲商于他国，与二弟偕行，以遂其志。而二弟之受于我者，又已荡然无存。吾甚怜之，复各与以千金。盖是时，吾所获资已六倍于父所遗者矣。既以二千金俵两弟，亦自取千金为母，而以所余三千窖藏之。盖所以留有余地者，使此去杀羽返，仍俵分之，犹不失为千金之家也。于是各以母金备货物，登舟扬帆，乘风破浪。舟行匝月，至一处，出所有与土人交易，皆得利，而吾一人所获尤丰。将返棹，于海隅遇一女子，求为吾妇。视之，虽敝衣垢面，而丰致嫣然，风尘不足以掩其艳，盖丽人也。吾惊且疑，不知为计，而女子请益坚。曰：'君倘不容妾，是以妾贫而弃之也。'吾无以自解，为制衣裙使易之。与之婚配如礼，而女子遂为吾妇矣。既解缆同归于路，觉其性甚婉顺，而伉俪之情渐深。初两弟之经商也，虽与我偕，而获利不如我厚，皆存妒心。至是，吾又坐致美妇，妒益甚，杀机以生。一夕，吾与妇睡方酣，两弟乃举吾夫妇投诸水，自分死矣。妇自水中出，挈吾以起，置一岛中。天既明，告吾曰：'妾神女也，曩者遇君于海澨，视君貌慈善，故变装束求为君妇，以探君心迹。君不以龌龊贫贱而弃之，已识君之大度矣，知君难将作，故留以拯君。今虽出君于险，而君之二弟非人也，妾将杀之，以除君害。'吾闻之而后，恍然感激，惶悚不知所措，且为弟乞哀，更以吾向之所以待二弟者告之，盖欲其鉴此友爱之诚，或恕之也。妇聆吾言益怒，大言曰：'吾将腾身往沉其舟，以其施于人者使自受之，使负义之徒付诸巨浸，而后快吾心也。'吾谓之曰：'好生者天之道，萌杀机即所以伤天和。彼虽不仁，吾弟也。弟虽负我，我宁负弟耶？卿其鉴此，勿伤吾友于之谊也。'言未已，觉身腾空际，俄而如飞絮，如落叶，如纸鸢绝索，如风荡游丝，目不得张，身不由主，殆如在云雾中也。忽焉而足有所履，启目视之，已堕己室第，堕于屋颠耳。呼梯遂下，仿佛如梦发。窖出藏金，仍设肆市上。亲故知吾归，咸来慰贺。迨自肆返，室则二黑犬在焉。摇尾昂头，状甚亲匿，莫测所自来。正相对迟疑，忽仙女现身于前，不禁大快，方将致词，女曰：'君疑犬所自来耶？此君之弟也。'吾闻之，不禁寒栗。勉问之曰：'吾弟曷为而至是？'女曰：'此妾所为也。妾以术送君归，即往沉其舟，丧其资。此二人者本欲杀之，含君友爱之笃，姑罚使为犬，以存其生，使之食狗食，役狗事者十年而后死。藉惩其负义之罪也。'言已，作十年复见之约，且告我以相见之地。今已十年，将往践约，不图于此与神遇。此吾之遭际也，神得毋以为奇乎？"妖曰："然。诚奇事也，吾亦为尔贷商半死。"言已，失妖所在，三人皆大悦。商拜谢二吏，握手致殷勤遂别。二吏既去，商亦驰归，得与家人复聚，后竟善终。

渔 者

（此乃一千零一夜之文也，以节译之故，别为标目。）

某渔者，家赤贫，一妻三子，几不能赡。渔者凌晨即操网出，而又自为定例，日凡投网四次，所获多寡，悉听于天，不多投也。一日，天未明即起至海滨，解衣投网。三投三举皆无所获，而三举皆不空。初举沉重不得起，以为获巨鱼矣，及起察之，朽败驴尸也；再举则一破甄，满盛泥沙；三举则砖石污物而已。渔者失望良用，自诧而不得其故。惆怅者久之，时天已黎明，遂向天祷祝，盖回俗之早课也。祷已，复投网。及举，重逾前，意鱼必多矣。起而视之，无所谓鱼者，一铜瓶压网底。细察有铅封口，若铸成也者，盖有印章，文类蝌蚪，不能辨识。乃欣然自慰曰："货之于冶家，得值可易米矣。"反覆再视，无他异，撼之无声，益异之。再加审察铅上印章，累累不觉致疑焉。以为此中必储珍物，出而货之，巨富可立致。因出佩刀，撬而启之，所封铅划然脱落，瞰之中空，倾之亦无所有，大奇之。置之于前，凝神细视而思其故。忽有烟自瓶中出，惧而却步，烟重叠出不已，上冲霄汉。一刹那间，水面海滨皆布满若浓雾然，晨光熹微，且为所蔽。渔者惊骇不知所为。既而烟渐出尽，方谓其将随风而散也。俄而烟复入瓶，若有自内吸之者，烟虽多而不觉其瓶之小。入既尽，忽一人兀立于前，貌奇诡而魁梧状类妖物，向渔者审视良久曰："尔其速礼我，不然将杀尔也。"渔者曰："敢问神之所以杀我者，何故？"曰："顷者吾所施异能尔，竟忘之耶？"曰："记之不敢忘。"曰："记之亦不能贷尔死。虽然亦不可不加尔恩。"曰："敢问何恩？"曰："许尔自择死所耳。尔速就死，毋事辩难。且尔亦知我之往事乎？我上帝之叛神也。达惟之子曰沙鹿门天使也，能知过去未来事，欲我守其法度而受其节制，而吾弗从也。沙鹿门怒以铜瓶锢我，铸铅封之，且加印章以为敕勒，使不得出，以示罚焉。印文上帝之名号也。封已，即令其所役妖举而投诸海中。吾被锢闷损无聊。当第一世时（一百年为一世），誓曰：此百年之中，有能出我者，我必富之；第二世，复誓曰：有出我者，我必尽搜两间之珍物以畀之；第三世，吾又誓曰：谁其出我，当畀以帝王，有所大欲，吾日为三致之，以报其德也。而三百年中，卒无出我者。今第四世矣，受羁既久，欲再誓以德为报，则无以加于前誓也，乃易之以怨焉。曰：有敢出我者，我必杀之，惟当听其自择死地，即所以报之耳。今尔出我，我当践誓言。"渔者觉其加害之意已决，不禁大悲。念已死无足虑，惟三子未成立，吾死，子将无以为生。因号呼曰："悲乎！神竟不我怜乎！"妖曰："毋多言，毋延玩，其速自为死计。"妖逼之急，渔者机智忽萌，谓妖曰："吾无所逃于死矣，虽然葫芦提以死，吾死不瞑也。神其呼沙鹿门及上帝之名而誓之可乎？"妖闻而为之一惊，曰："胡为而要吾誓？"渔者曰："吾观瓶之大，且不能容尔足，又乌能容全体哉？尔不誓，吾不信尔之神奇也。"妖曰："尔不信，吾当誓之。"誓曰："吾居瓶中，犹尔所见者然也。"誓毕，曰："吾已誓矣，尔今信乎？"渔者曰："未也，吾未见终不敢信也。"言已，妖思以其神奇服渔者，化为浓烟，蓬蓬焉，勃勃焉，布满于海滨也。俄而缕缕自瓶口入，如初见时。入既尽，渔者出不意，突取铅盖力盖之，叩瓶而呼曰："神乎！吾欲求生而不可得，不得已而出此。吾知无以对神矣，惟神宥我。我将仍投瓶海中，即此间结庐以居焉，戒诸渔者，毋在此投网，且告以此中有狡黠之妖。有起而出之者，妖必杀之矣。"妖于瓶中反复设喻，以哀渔者，欲其致怜而终不可得。既而渔者曰："尔反覆无常，吾不能信尔。释尔而自伤，厥生吾不为也。昔者希腊国王之待医士窦朋也，与尔之待我将毋同，吾试为尔言之。"

　　昔者希腊王病麻疯将剧，遍征诸医，百药不效，困苦不可胜言。有医士窦朋者，自他国来，有绝技，知王有疾，遂请朝。谓王曰："远方之臣闻王遘恙，群医既束手矣，臣不敏，敢用自荐，愿为王治之，内不用服饵，外不施刀针，窃欲起王之疾。"王曰："诺。"窦朋退制一抛球之具，而空其柄，即空处实以药屑，而进于王，稽首再拜而言曰："臣敢请王驰马赴抛球之戏。"王从之，策马赴球场，往来纵跃，与从臣相扑逐者，久之倦极而汗，盖药性行矣。王返銮，呼汤就浴，浴已，通体为之一舒。明日疮斑剥落，肌肤莹白，骤如凤昔。顾盼自喜曰："神哉术乎。"更衣视朝，百官皆贺，欢呼万岁。窦朋从贺如仪，王赐之坐，优礼有加，且赐之食，与同席焉。日晡罢朝，赐金二千，华衮一袭，自是日，有赐赉优隆，异于群臣。丞相某揽大权，性贪而妒，以喜怒为黜陟，道路侧目。以王之优礼窦朋也，妒之，谮于王曰："窦朋自媒以见，无先容者，其殆他国之间谍乎？久留将不利于王，王其察之。"王曰："嘻，乌有是哉！夫窦朋善士也，尔亦知其曾起寡人之痼疾乎？世无有欲害人而反救之者，卿其勿疑。卿即嫉之，寡人亦不能以卿之一言而有负窦朋也。"

至是渔者又叩瓶而言曰："此希腊王之待窦朋者也，吾再告尔王与丞相问答之词，尔其听之。"

　　王恐丞相未尽释其妒也，举一故事以告之，曰："昔者一善士，其妻貌甚都，善士爱之，伉俪綦笃，不忍须臾离也。一日以事将远出，特购一鹦鹉畜于内室，然后行。盖以鹦鹉能自言所见，将使之视其妻也。他日归，问鹦鹉别后事，鹦鹉以其妻隐事告之。善士遂疑其妻不端，然念所役仆人皆诚谨之辈，似不至是，故疑焉，而未决也。继且疑鸟为谎，欲罪之。妻欲解其夫之疑，而实鸟谎也。俟善士复他出，乃令一仆于夜静时旋磨于鸟笼之侧，一人频以水洒鸟笼，而别令一人以镜就烛，取返光以射鸟。明日善士归问鸟以曩夜事，鸟曰：'苦哉，曩夜疾雷走电，大雨倾盆也'。善士念曩夜风月晴明，鸟有所谓雷雨者，因以鸟为妄言。于前此之谈其妻之隐事，至是益决其为妄矣。思之愤然，提鸟出笼，掷杀之。嗣闻邻里诸人谈其妻之隐事者，与昔者鸟言无殊也，于是乎大悔。"王语毕，复谓丞相曰："卿之嫉窦朋，欲寡人置之于死地，得毋类是，而寡人必不如若人之误杀鹦鹉，自取悔恨也。"

丞相对曰："杀一鹦鹉事不大，失一爱鸟悔不深。以之比拟窦朋，臣窃以为不伦也，乌足以服臣。虽然，臣岂嫉而诬之哉？爱君之至，不敢不以忠告耳。臣言果诬，王请罪臣。昔者某宰辅曾蹈此不以为琐，衰臣请为王陈之。昔者，某国君之世子，性褊急，好畋猎。国君不之禁，且令某宰辅与之俱也。会猎期，猎人咸集，相与逐鹿。世子以宰辅随于后，恐为所获，故惊其走而疾驰之，舍诸从臣。策马独往，至一荒野。有妇人哭甚哀，世子驻马视之，丽人也。问之曰：'妇人胡为而野哭？'妇曰：'妾乘马至此，人坠而马逸，不得归，是以哀也。'世子怜之，呼之起，使乘于马后，按辔缓行，将送之归。道经一古屋，妇托词欲下，世子扶之下。妇入屋，世子牵骑从之。妇入内呼曰：'诸儿速来，今日可喜哉，吾获一少年，为汝等果腹也。'内有应者曰：'束将来，儿等饿欲死矣。'世子闻之大惊，不知所措，上马纵辔，疾驰而逸。归告国君曰：'宰辅不戒从儿，致儿遭此厄也。'国君怒执宰辅下狱，缢杀之。此往事也。今王欲罪臣，得毋类是。窦朋愈王疾，其术之神奇，臣岂不知之？臣闻之神于利人者，亦神于害人。以远方之人，自媒以进，谁能知其心者？使其亦出此神奇之术以害王，王将何以处之？臣窃为王危也。"

王惑之，召窦朋而赐之死。窦朋惊惶而对曰："臣无罪。"王曰："尔无罪，寡人岂不知之？然而何为而无端愈寡人之疾者，意岂不欲藉此进身而徐图，所以害寡人者乎？寡人不能坐受尔害也。"言已顾左右曰："其速杀之！"兼命执引进窦朋之人而骈诛焉。窦朋见王意已决，逆知必宠赐之为累，仇已者进谗之所致也。稽颡而言曰："臣以愈王之疾而得死，非臣之罪也，愿王缓臣须臾。"王曰："不能也。寡人不杀尔，尔将杀寡人矣。"窦朋至是已瞑目俟刑矣。忽又张目请曰："王不能贷臣死，臣不敢不死，惟乞容臣自理丧葬，别亲友，赒贫人，并出囊中秘书以饷学者，以传此医学，且欲以呈于王。盖此书之贵，等于王之富藏也，王其勿忽之。"王问："何书其贵若是？"对曰："此秘书也，不动于财者，虽尽王之富藏，且不足以易之。所述者，皆医家神奇之术，驱使药性之秘传也。中有一册第六篇左页之第三行，载一异术，能令死人之头与人对语者。杀臣之后，王其试之，有所问，臣头必随所问，而奏对如生平也。"王闻之，亟欲觇其异，乃命缓一日死，使狱卒随之返其庐。

明日窦朋入，则文武百官聚集盈廷，盖风声所播，咸知其异，同来观人头奏对之异也。窦朋以所进书加于额，乞盘承之而后献焉。曰："王其珍视之。杀臣后，先以臣头置书上，则血止而不流。然后开卷观之，则臣头自能奏对如平日也。然而臣实无罪，惟王察之。"王取书命行刑。刑已，取头置书上，血顿止而不流。再察之，则目翁口张，视王而言曰："今王可开卷观之矣。"王从之开卷，而篇张仿佛粘连，不便翻阅。王伸指染唾而揭之，至第六篇无所睹。王指书而言曰："窦朋欺我哉！夫所谓六篇左页者，求只字而不可得，乌有第三行哉！"头作沉吟状曰："臣仓皇就死之时，中心棼乱，或误忆之也，王请多检数篇必得之。"王如言，逐篇翻阅，而书之仿佛粘连如前也。频以手染唾而揭之，如是者至数十篇，忽觉彷徨不安，中心荡然，晕眩不自持，坠于座下，筋络掣动。群臣大惊，不知所措。头乃大言曰："王残忍哉！无罪而杀臣，此臣之所以报也！臣之书遍染鸩毒者，故使之仿佛粘连，非以指染唾不足以揭之，使王暗受其毒，此臣之所以报也。夫乌有妄用其权，戮及无辜而不受报者哉！"言已寂然。群臣趋视，王亦寂然，盖已薨矣。

渔者陈希腊王之事毕，又叩瓶而言曰："初王之待窦朋不为不厚矣，丞相进谗且设寓言以代解之，既而终惑于丞相之言也，卒杀窦朋。杀之斯亦已矣，复惑于窦朋之书，纵之使归，使之恣其毒手，而王亦不免于中其毒以死也。今我与尔亦犹是耳。吾释尔出，尔乌有不死我者？吾其宁为忍人乎！"妖曰："翁果不我释乎？苟释我，当竭吾所长，教翁以致富之道。"渔者心为之动，曰："尔果呼上帝之名而誓之，吾当释尔。不然，尔之反复，吾不敢信也。"妖从之，即瓶中誓曰："翁释我，其不有以报之者，神其殛我。"渔者乃去盖，烟发而妖出，举足蹴瓶入海中，谓渔者曰："吾今已投瓶入海矣，翁其如我何？虽然，翁善人也，信人也，吾不忍害之，当践吾誓。翁其荷网以随吾来。"

渔者从之，越城而行，复至于野。逾高山以过，复行数十武，得一湖，在两峰之间，湖水之冽可鉴也。嘱渔者投网。渔者视湖中鱼甚多，而具红、白、蓝、黄四色，鲜艳夺目，光彩射人，不禁临深渊而羡叹，天地之大，无奇不有也。而莫知鱼之名，姑投网其间，念获此异鱼，或可求善价。及举网得四，红、白、蓝、黄每获其一也。妖谓之曰："速将之入城，献于王，必获重赏。今后渔于此，富贵即在是矣。第日投网不得逾一次，倘违吾言，必将有祸。翁其慎之，毋贻后悔也。"渔者方唯唯，妖以足顿地而大叱之。地裂，妖入陷中，地即复合。渔者嗟讶久之。如妖约，荷网提鱼，循原路以归。入城进鱼于王。王见而大异之，以示丞相，旋付庖人烹之，曰："此鱼之味，必与其色相副也。"赏渔者黄金四百。渔者自有生以来，未尝睹此巨资也，喜极欲狂，转疑为梦。赍之归，与家人置酒为贺。

　　庖人之承王命，以烹此鱼也，操刀去其鳞，置油釜中，炙之既熟，方将翻置，易面再炙，未及举手而奇事突发。庖人惊惧，不知所为。盖厨屋之壁无端而划然开裂，有女子自裂中出，星眸雾鬓，皓齿丹唇，容光射人，绝代之姝也。衣绣缎之衣，陆离光怪，钗钏簪珥，备极富丽，掣梃而前。庖人见之，惊愕不敢少动。女子以梃击鱼而曰："鱼乎，鱼乎！尔果行尔素乎？"鱼寂然不答。复问之，鱼皆跃然而起，唧唧而言，其词历历可辨也。曰："唯唯。尔如欲核算，吾即核算之；尔欲偿还，吾亦偿还之：尔如欲飞，吾亦愿甚。"鱼言已，女子遽提油釜倾于地，幡然仍入壁破处，壁复合完好如初。庖人惊定，急察其鱼，则已隳入热灰中，焦烬若炭，不可复进矣。惊惧成悲，乃哭曰："吾将何以处此耶？以此直达于王前，王必不信，行将罪我，吾其何以自白乎！"伤感未已，丞相忽来，问："鱼已烹乎？盍进之。"庖人不敢隐，直陈所见，丞相亦惊骇默然。遂去，入见王，设词以饰之。复传语渔者，命再进。渔者谓使者曰："日已暮矣，丞相必欲鱼，敢期于明日。"使者反命。

　　昧爽，渔者操网去，得鱼如其初。献于丞相，丞相得之，即亲携入厨下，与庖人闭门而烹之。及鱼入釜，则所见怪异之状，一如庖人所言也。丞相曰："异哉！是不可隐矣。吾将备陈于王。"前趋王所，历举所见以告王。王亦惊异，召渔者至，问曰："尔能为寡人再致此鱼乎？"对曰："必欲之，敢不如命？惟必明日而后可。"

渔者退，明日果以鱼来如前数。王慰劳之，复赐黄金四百，命侍臣备烹调之具于内室，将与丞相共烹鱼也。闭门操刀，杀之技鱼釜中，方将翻置，而壁破人出，果如丞相所言。而非好女子矣，面目黧黑，状貌狰狞，衣冠类仆人而魁伟殊甚。举梃奔釜前，搦鱼而疾呼曰："尔果行尔素乎？"鱼昂首对曰："唯唯，尔如欲核算，我亦核算之；尔欲偿还，我亦偿还之；尔如欲飞，我亦愿甚。"鱼言已，黑人举梃击釜，釜堕于地，鱼化为炭黑，人仍由壁破处入，壁又完好如故。王既躬睹鱼之怪异，欲得其故，召渔者问鱼之所自出。渔者对曰："臣渔于湖中而得此。湖在城外四小山之间也，计程未知为几何里，第臣步行以就渔，往返才三时耳。"王令备乘舆，以渔者作向导，将幸其地而观之。

既至，王顾鱼而乐甚，以问从臣，皆曰："此距城虽近，臣等久处城中，实未尝知有此境，抑亦未之闻也。"王命驻跸是间，欲穷其奇。顾谓从臣曰："寡人既至此，不得其故不返也。"于是左右即湖旁支搭篷幔，以为行营，草建行宫。及夕，王止于行在，谓丞相曰："鱼之怪异，寡人之惑滋甚。寡人抚有斯土，方舆版图具在，未尝有此湖，宫室之墙坚固完好，黑人何自以出？鱼既投烹釜中，熟过半矣，何以能言？寡人惑实甚焉。今将微服行察其异迹，卿其秘之，百官之有来谒者，卿其托言，寡人心恙厌嚣，将假此山水之胜以习静，终勿宣也。"丞相谏不听。

夜静，王微服佩剑遂行，逾小山，荆棘遍道路，攀附而后行，颇极险阻。险阻既尽，得一巨室，巍然矗立，类王者居。莹石为垣，琉璃作瓦，遥睇之，无以异于水晶宫也。王大悦，曰："不负此行矣。"行近其门，门大启，瞰之阒其无人也。踟蹰而言曰："中果无人，吾何惧？便有人焉，则将何以自卫？"逡巡而入至廊下，故扬其声，无有应者，益自疑惧。历阶而升，遍行殿中，仍不见人，遂行入偏室。过厅事数处，罔不备极华丽。卧室之中有榻在焉，龙须之帐，珊瑚之钩，门帘以绣金为之，席地皆丝绒之属。别一精室，室外有庭，庭中有池，池之四隅各置狮像一具，雕金为之。有水自狮口中喷薄而出，望之如跳珠也。短垣之外，则有国在焉。花木蔬果，古木怪石，靡不具备。羽族尤繁，翔集丛树间，飞鸣上下，觉美色鼓乐，无此视听之娱也。细察之，盖织铁为网，广阔不可以寻丈计，高亦如之。植丛树于网中，置鸟焉，故鸟亦自忘其为笼居也。游观迨遍，乃叹观止。以一国之君游览之，而叹观止，其富丽可想见矣。王倦息于殿外，遥览园景，犹历历在目，意殊自得。

忽闻怨苦愁叹声自室中出。隐隐言曰："妖乎！尔之囚我而自乐，其乐者亦已久矣。不速令我死，而倒悬于此，胡为也哉！"王异之，寻声而往。至一室，搴帘入，见一少年，御王者衣冠，高坐于中，面有忧色。王趋前与为礼，少年欲鞠躬而仅俯其首，色谦恭而不起立，曰："孤不能下座以迎，非不恭也，实有病焉。君其不以此为孤罪乎？"王曰："得君明示，受礼多矣。虽然，君何一病如是之剧？敢请其详，或有以报君也。且宫外之四小山之中有湖焉，此湖胡为而成者？湖中鱼何以有四色之别？此又为谁氏之宫？而君独居于此，宁不怖耶？"少年闻王问，欲有所言，已哽噎不能成声。抠衣以示王察之，则所谓少年者，其上体俨然人也，自肋以下，无所谓股，无所谓足者，一黑花之石而已。王惊曰："是胡为者？不告我以故，而出此异状以骇人，愿速以教我，不然吾不及待矣。且吾亦以湖鱼之异而至此，今又遇君之异，窃谓二事必相牵连，或明言之，转得以解脱此祸，未可知也。"少年曰："唯唯。孤何敢隐，敬为君陈之。此黑岛国也。孤受先君麦毛突之命而为之君。黑岛者，实四小山之名，即以名其国者也。四小山为君所见者，今视之为四小山，昔皆巍然四岛也。先君建都于四岛之中，今成湖矣。湖亦君之所见也。孤承先君之后，既嗣位，即册后，后，孤之中表女兄也。居五年，伉俪甚笃。五年之后，孤情如旧，而后之情寖衰。孤亦未之深求也。偶于午后，踞胡床小歇，瞑目养神，时二宫人侍于侧，为挥扇驱蚊蚋，以孤瞑目，疑已睡矣，相对私语。一人曰：'王温和可爱而后转薄视之，毋乃不近情耶？'一人曰：'唯唯。且后每于夜深时，舍王而他出，岂王竟不之知耶？胡为而不究也？吾甚疑之。'一人曰：'嘻！子何梦梦耶？夫王恶得而知之？后每夜以一种草汁和酒以进于王，王饮之即酣睡若死，后乃出，天明归，以香物纳王鼻窍，而后王得苏也。夫如是，王恶得而知之？'孤闻而默识之。俄而后来，孤乃伪为梦回也者，不欲使人知孤已闻是言也。及夕，后复以酒进，孤受之，睨未阖牖，乘间倾酒牖外，仍以盏授后，免其疑也。既就寝，伪睡以窥之。后大声呼，不答，遂披衣起，出门径去。孤提剑潜身以从。后之所至，重门辄启，锁钥尽脱，盖皆以妖术为之者。径至园中，孤立于园门中，不敢逼近，以园地辽阔，顾盼易及，恐为彼所见也。夜色苍茫中，隐约见其入一小林内，丛花缭绕，短篱隔道，乃蹑足于隔道从之，假花篱以自掩。忽一男子出，与之偕行，且行且语，后许以同飞至他处，以图久远。盖至是而孤不能复耐矣。觇男子行近，拔剑斩之，中其项，应手而仆。暗中疾行回宫。自念得加之以致命之伤，忿气少息。固不虞后有妖术能镇其魂，使不离躯壳也。若人得，虽不得谓之死，而亦不得谓之生，盖自是而后，已界乎生死之间者矣。天将明，后回宫，忧怨见于颜色，见孤而谢过焉。一若以前夕之情为慊也者，曰：'请为妾建陵寝一所，以终余年，妾之幸也。'孤从之，后乃鸠工建殿，而圆其顶，外观若墓，然名之曰泪宫。君试望之可见也。工既竣，后即迁其意中人于宫中，使养伤焉。后亲为之调护，馈送饮食，盖至今犹未死也。越数日，孤偶过之，闻后与此无生气之人絮絮情话，孤复不能忍，仗剑而前，欲得后而诛之。后狂笑而起，声如恶鸮，指孤而言曰：'止止。'词色之间，非独忘君臣之礼，抑且无夫妇之情矣。喃喃而咒，不辨其何词。咒已，复谓孤曰：'吾今以术变尔之形，尔尚得施其威耶？'孤急自顾，则下体已石矣。呜呼！此后孤竟为生人中之死人，死人中之生人矣。盖特尸居余气而已耳。凡兹情形，亦君之所见者，后既变孤之形，复移孤于此。孤既不得为君，彼亦不欲为后。遂毁京城，荡庐舍城廓，市镇都成荒芜，而同归于尽，人民财产尽在湖中。此皆君之所见者也。湖鱼之以四色分者，则国中四民之别。四民各有其教，国俗人民裹布为巾，巾之色各随其教之所。尚白巾者，回教；蓝巾者，耶稣教；黄巾者，犹太教；红巾者，波斯国之火教也。吁！后之妖术可畏也哉！湖其国，而鱼其民，巍然四岛，仅成为小山，而黑岛之国，从此灭矣。孤固堂堂一国之君，不能逃其术，被幽置于此，而彼意犹未足也。日必持鞭至，褫衣而鞭之以百数。计血流被体然后已。鞭已，复以羊裘贴体被我。羊毛遇血粘连，皮肉痛苦尤甚也。悲哉！悠悠苍天，曷其有极！"言已，哀恸不能成声。王亦为之惋悼曰："伤哉！君之遭遇也。盖亘古以来无如是之奇者矣。吾当为君图所以报之者。"因以己之出处告之，且达来意焉。黑岛之君感激，不可以言语达，遂相与商所以报复之策。计划既定，已午夜矣。王遂止于宫中。黑岛之君下体既石，遂无所谓坐卧，置之如何即如何而已。至是有复仇之望，终夜凝思，万念皆至。

　　鸡初鸣，王起，卸大衣结束完备，佩剑至泪宫。既至，伏于门外，瞰后出，而后掩身入见，几席间遍爇银烛，通明如昼。宝鼎中异香缭绕，芬芳馥郁，闻之醉心。所谓无生气人者拥衾独卧，王拔佩剑，径前杀之，斫断其未尽之余气，负尸出，投于宫外井中。返身复入，蒙衾而卧，仍以剑自随。

　　后之出也，至黑岛王之宫，复施挞楚。黑岛王望色而哀之，至于痛哭，而后不为动也。褫衣而笞之至数百，然后以羊裘被于贴体，覆以粗布之衣，然后舍之而出，遄回泪宫。揭帐伏枕，凄然而言曰："郎将终，奴身不复言耶。似此终日昏沉如醉，不发一言，谁复可与言情者？"盖犹未知衾底已易人也。王闻之，故作喘息，微声答以数语，若不胜其病也者。后闻之，顿释悲恍，狂喜而问曰："郎已能言耶。郎久不与奴言矣，今所闻者，其郎果言也耶？"王曰："止止，谁复与悍妇言。"后闻之愕然，撒娇致憨而言曰："郎何詈奴？"王曰："吾疾本可早愈，其所以不愈者，汝之悍有以致之也。汝日笞其夫，使之生死不知所从，幽怨之气达于霄汉，故吾亦不得愈也。汝复其原形，而免其笞，吾病亦可早愈矣。"后曰："果释之足以愈郎，奴何惜而不贷之哉，谨当如命。"王曰："然其速释之，则吾亦可望瘳矣。"

后即返身出泪宫，以水一器，遍洒黑岛王之体，而咒之曰："尔之此形为造物所成耶，其毋变其为余之神术使成耶，其速复尔形。"咒已，黑岛王欠伸以起，举足能步，顾盼俯仰而不自知，盖已复其初矣。万钧之累，一旦释之，喜可知矣，遂起立谢天帝。后叱之曰："去去！速离此宫，回则立死。"黑岛王不敢应，屏息疾趋而退。后立视其去远，趋返泪宫，揭帐而言曰："奴已如尊命矣，郎其起乎？"王仍微声以应曰："汝虽起王之痼，吾疾仍不能起也。夫起王之痼，特事之一端耳。尚须究其本源也。"后闻王言，以为其情人果已能言且解事矣，柔情万状，作猥屑之声以呼之曰："何以谓之本源耶？"王曰："城市也，居民也，四黑岛也，非汝之术毁之者耶？每夕湖鱼探首水外，呼天而号，欲复吾二人之仇也。夫如是，吾疾复何望瘳耶？汝能一一复之，则回宫之时，吾当可掖之而起矣。"

后信之，且急望其起也，不禁舞蹈欢呼曰："天乎！奴之心爱而魂系者，果将愈乎！"疾趋而出，取水遍洒之，而后喃喃以咒。咒已，城现而鱼复人形。若男、若女、若老、若幼，有回教者，有耶稣教者，有波斯教者，有犹太教者，为士、为商、为主、为仆，熙熙攘攘，皆复旧观焉。而王之随从，诸臣建行营于湖滨旷地者，今皆在城市之中，彼此相顾，愕眙而不明其故也。后事毕，疾趋而归。人门即呼曰："郎，奴已一一如命，毕事矣。郎其起乎？速与奴以手，奴将掖郎也。"王唯唯。后揭帐而启衾，将就之。王突起执其臂，拔剑斩之，中其腰，划然遂断。王起，出泪宫。踪迹得黑岛王，交相庆幸。王谓黑岛王曰："逆后已伏诛矣，君自今无所惧，可长享承平之福矣。不然，请辱临敝国，尚无长途跋涉之苦，寡人愿扫径而迎，以尽地主之谊。"黑岛王曰："君以为贵邦之于敝地相去匪遥耶？"王曰："然。往返不过三时耳。"黑岛王曰："嘻！非一年长征不达也。君辱临时，彼方以妖术缩地，故近耳。今复原矣，岂尚三时可达耶？孤承先君之付托，辱守社稷，不敢从君远行。虽然，君孤之恩人也，孤之余生君实赐之，当舍国以相从。"王闻而疑怪不决，乃谓之曰："两国之相去既远，君又舍国以从寡人，寡人亦愿以国报之。寡人无子，归国即立君为嗣焉。想亦足以酬跋涉之劳矣。"

留二旬，王会诸从臣，与黑岛王并起銮。驼马百匹，载运金珠玉帛，随扈者五十人，披甲执戈，乘马以从也。将至前驱者，先入国门，达诸政府，且告王之所以淹留之故。于是百官朝服郊迎，万民争道观瞻，胪呼万岁。王返国视朝，知国事如故，大悦。温劳诸臣，置酒为贺。越数日，王以黑岛王舍国相从，将立为嗣。君之意诏诸百官国人，国人皆大悦，王遂赏赉群臣。有差不忘渔者，厚赐之。渔者乃坐成巨富，被殊恩以终。

　　按：以上渔者一节，亦希腊才演说之辞。姊妹倡和，愈说愈奇，使王虽欲不听，不可得也。是以无夜不听，即亦无日不赦。王之初意，盖欲使尽毕其辞，然后杀之，而希腊才博闻强记，机警过人，滔滔汩汩，层出不穷，直至一千零一夜之久，依然滔滔不竭，而王至是盖已悔前誓矣。因亟命除去残暴苛酷之例，引咎自责，而国人赖是以安。因莫不颂希腊才之贤德焉。或云：为好事者之所假托，则非余所敢知矣。原书篇幅甚长，所记皆希腊才之嚎谈也，凡兹所译，十之一二而已。然暇当续成之也。书名本为《阿拉伯夜谈笑录》《一千零一夜》其俗称也。

新庵识

卷 二

猫 鼠 成 亲

昔有一狸奴与一鼠子善，少相狎，长相爱，终且成夫妇，愿终身相安焉。一日际盛夏，狸奴忽顾谓其妻曰："人无远虑，必有近忧。我等盍于此际，略谋积蓄，以免隆冬时饥寒欲死乎？虽然，尔固荏弱女流，出则多顾虑不胜任，余当独任之耳。"遂行。越数日，欣欣然返，得肉一盂，上肥下瘦，位置迭然。大喜，遂互商所以藏之之法。密议良久，继而狸奴谓曰："以余所知，惟礼拜寺最安静，必无他虞。如藏之，可饱享一冬矣。"于是舁盂至其处藏之而返。

无何，狸奴偶一念及盂中物，则馋涎欲滴，屡欲染指而不得其隙。一日，绐其妻曰："今日为余妹之子洗三之期。余将赴汤饼会，盖妹尝谓余云：'此儿特佳，浑身褐色，而斑文作黑色。'且妹必欲余往作知宾焉。"鼠曰："果尔，则夫子自当去，惟欢乐时请弗忘妾耳。红酒，妾所喜也，归能遗我少许，于愿足矣。"狸奴应声去。伪为至妹处也者，其实无所谓妹，亦未尝有人请之作知宾。乃匆匆出门，潜往藏肉之处，据盂而唒焉。直至盂面肥肉将尽而止，然后上屋洗脸毕，徐徐散步至日将晡，始缓缓归。鼠逆之入问曰："今日之会，得毋乐乎？"曰："乐甚。"鼠又问曰："是儿今日所命者何名乎？"狸奴徐答曰："去面矣。"语意颇冷。鼠闻之讶曰："噫，奇哉！此名乎？"狸奴应之曰："于我族此名已旧矣，然未必遽出尔祖耗贼之名之下也。"鼠默然，不敢答，遂不复问，而狸奴固未尝一日忘盂中物也。越数日，复以他事撺掇曰："有姑母新产一

| 314 |

猫，色纯黑，惟颈项间有白毫一圈，殊美丽，殷殷请余往，固辞不获。惟有再累若独守一日门户耳。"鼠应之曰："可。"遂又潜往藏肉处，肆其大嚼，至过半而止。自言曰："美哉！亲尝之固胜于嗅多多矣。"继而就地一觉，逸如也。追梦醒，归来已夕阳西下矣。鼠见之，又询曰："今日之名固何取乎？"狸奴惘然不知所对。继而曰："今日之名乃去半焉。"鼠曰："怪哉此名乎！诚生平所未闻，抑亦姓氏谱之所未载者也。"狸奴亦不之答，但吮嘴咂舌，默然捋须而已。

又数日，顾谓鼠曰："凡事有其二矣，则必有其三。昨日又新产一黑色儿，周身上下毫无一根杂毛，洵数年来我族中绝无仅有之品，想尔必许我行也。"鼠应之曰："去面矣，去半焉，如此佳名，已足取笑一时。二之为甚，其可三乎？"狸奴叱曰："咄！止貌尔鼠辈，株守一隅，终年不出户庭。披灰裘，捉蟋蟀之外，若又安知天地间尚有他事耶？"言毕，扬长径去。鼠默然不敢作一声，不知猫固又往飨肉食矣。比归，鼠又询之曰："今日之名固又何取乎？"曰："告罄矣。"曰："告罄矣乎，异哉！我诚不解其何谓也。"遂摇首叹息而睡，而狸奴从此亦不复有人请之赴宴矣。无何，严冬至。一日夜将半，犹无处觅饮食，因谓其夫曰："寺中藏肉，本备不时之需，盍往食之，聊应今宵之急乎？"狸奴应之曰："诚然，尔往尝之可也。"言毕，摇摆而出，不知所之。鼠独取道径至其处，则见器则犹是也，而其中空如矣。遂返身遍归，见猫仍若行所无事，惟眉宇间微露惭色，于是低声忍气而谓之曰："我今知良人之待妾固如是也。向者夫子三次出作知宾，固未尝赴席也，不过三至寺中食盂中物耳。今而后，妾亦能解所谓去面矣、去半焉，与夫所谓矣……"言至此，狸奴已老羞变怒，厉声叱之曰："休，尔再敢多一言，余即食尔，尔其无悔也！"顾鼠子之言虽为中阻，而犹如箭之在弦，虽欲不发，不可得矣。因脱然而出曰："告罄矣……"语犹未毕，狸奴已突如其前，以爪按之，顷刻而尽，盖不足供大嚼焉。

译者曰：普天之下，一日之中，熙熙而来，攘攘而往，圆颅方趾中之小事大、强凌弱若此类者，盖不可以胜计也。复何怪乎？此一鼠哉，吾不禁熟视之而为之危也。彼鼠辈之不知自立，强颜倚人，犹其小焉者耳。

狼羊复仇

昔有一老山羊产小羊七头，爱之若掌上珍。一日，因欲赴林间觅食，故集而嘱之曰："子将入林中矣，尔等其固守门户，切勿受奸狼之给，令其诳入，入则尔等休矣。奸狼发声甚巨，其足大而且黑，辨别亦甚易易。记之记之，不可忘也。"诸羊齐声应之曰："谨受教，母请行，不必忧也。"老羊去。

未久，忽闻叩扉声甚厉，且叩且呼曰："儿辈速开门，予已获多物归矣。"细辨之，其声粗大，必狼，非母也。最长者因答曰："尔非我母，不能开也。盖我母声柔而尔宏，其殆狼也。"狼闻之转身去。觅得白粉食之，成细声，复奔至草庐前而叩之，且低声曰："儿辈速开门，尔母得多物归矣。"言时翘其两前足于窗限而探之，不意适为一羊所瞥见，因报之曰："不能开也，我母非黑足者，尔又狼也。"狼遂返身至面包作，乞其司者以湿面裹其足，又入磨坊，乞司务者以干粉敷之。司务者不敢不从，亦不问其所以然，第贸然如法与之，然后挥之使去而已。盖天下圆融人之所为，无不如是也。狼于是复至其处，且叩且呼曰："儿辈速开门，尔母得多物归矣。"至是，群羊皆信之。惟欲索观其足，则狼翘于窗限，以示之。群羊见其白如雪，因即不疑，而启关焉。不知已引狼入室矣。一见大惊，相与窜避，或匿桌下，或避床上，或藏炉后，或隐厕间，或掩身桶底，或蔽体橱内，其最少者则覆于钟箱之中，故狼虽皆得一一寻之出而吞之，独不及其少者也。无何，狼既厌其欲壑，快意而出，遂至草地，就树荫下偷闲片刻，意殊适，然不觉颓然欲睡。矇眬间已栩栩然化庄生蝶矣。

不一时，老羊由林间踯躅而返，则见洞门大开，桌椅尽翻，床枕落地，桶破盆碎，诸色反常，而子若女亦不知所之矣，不觉惊骇欲绝。搜寻良久，一无所得，继而悲愤间，忽闻有细声自箱中出，呼母甚急。助而启之出，则少子也。泫诉之，始知狼之所以食其兄弟姊妹状。泣然者久之，返身出走，小羊随之。

比至草地，见狼酣卧树荫下，鼾声如雷。老羊于其旁细察之，见狼之胸腹间似有物于中作跳动状。寻思良久，忽自悟曰："苟其囫囵吞下，则我儿当犹不至即死也。"因命小羊往取针线剪刀之属，急破狼之巨腹。迨割穿少许，一羊之首已若脱颖而出。不一时，举相继跳跃而出，舞于老羊之前，竟无一伤者，乐可知矣。而狼固犹未醒也。于是老羊命诸小羊至溪中寻石卵，群羊领命而往。须臾而返，得巨细石卵无数，皆以实之狼腹中，至不能再容而止。然后，老羊以针线为之缝纫，狼不觉亦不动也。

越半时许，一梦始醒，迨伸足欠身而起，则觉巨腹皤皤重而不舒，向异寻常矣。且喉间燥渴殊甚，欲就溪中觅饮，而胸腹中又觉冷硬不适，行走时互相去撞，铿然有声，疑为羊骨，则又不类，且胸腹满而渴欲死，自言自语，且疑且行，不觉已至溪边。迨探首而下，欲如常日之就饮，则已不可得矣。盖腹中既满贮石子，其身甚重，加之睡梦方醒，疑团满腹，故一时立足不稳，连身倒下，毙于溪中。群羊闻声而出，见之大快，相与欢呼曰："今而后莫予患也已。"

译者曰：狼性固贪。其死也，固宜然。苟无为虎作伥，助桀为虐，如司务其人者，则狼之计不得逞，即狼亦不至遽死也。

故死狼者，司务也，非羊也。虽然当司务为狼敷粉时，岂能计及将以死狼也耶？呜呼！可不惧哉。然而若司务者，天下滔滔皆是也。

乐 师

一乐师，一日出游过一深林，林密山深，万籁俱寂。乐师自顾踽踽，恨无同游者，因自语曰："苟于此间得一佳侣，聊破岑寂，岂不甚善？"言已，遂出胡琴而鼓之。弦声清越，音闻四远，悠悠然，颇有山鸣谷应之概。方顾望间，忽一物自丛树中出，跳跃而前。乐师视之，狼也。意颇不乐与之俱，然狼已近前，且笑而言曰："乐师鼓琴殊悦耳。我虽不敏，窃愿学焉。特不知以为孺子可教否？"乐师曰："苟其欲之亦殊易易，第须听余言，遵余教耳。"狼曰："今而后自当一惟先生之命是听，若弟子之敬事其师，不敢违也。"乐师喜曰："然则尔其从余游。"狼遂随乐师以行。行数十武，忽见一橡树于前中裂一孔，在可容拳，于是乐师顾谓狼曰："尔苟欲从余学，其即以尔前足并伸入此孔中，当有以教尔也。"狼果如其教而伸之入。乐师急拾一拳石，乘其不备而塞于其中，使其二足不得复出，挺然作人立状，若将有所拱揖。然乐师谓之曰："余行矣，尔其在此待余归也。"遂行。行未几，觉孤单寂寞如故，因又自言曰："会当另寻一佳侣耳。"遂又取胡琴而鼓之。琴韵悠扬，与山涧流水声若相应答，旷逸无匹，意殊自适。忽见一狐狂奔而来，乐师窃谓曰："我亦不乐与尔群也。"而狐已昂首叹息于其前矣，曰："美哉乐乎！我甚愿亦能鼓琴也。"乐师答之曰："尔欲学亦不难，但须听余言，遵余教，未有不能者也。"狐曰："果尔，则窃愿终身执弟子礼焉。"乐师曰："然则尔其从余游。"乐师遂行，而狐从之。须臾，行至一处，路殊细窄，往来仅可容一二人，两旁杂树无数，其枝颇长而不甚高。乐师遂止步，以右手攀其枝，按之于地，遂以右足践之，使不得复起，而一面以左手攀左旁之枝，使之倒，而以左足践之。然后顾谓狐曰："小狐，尔苟欲学鼓琴，盍以尔左足与余，余当有以教尔也。"狐乃伸左足就之，乐师遂以索紧缚之于左枝之上，继而又向之索右足。至是狐虽微觉有异，然窃念师命不可违，预约尤不可违也，遂亦与之。于是乐师系之于右枝梢头。束缚既固，划然脱手，则左右二树枝复向上复其原，狐已高悬于左右两树之间，上不在天，下不在田矣。乐师顾谓之曰："尔其静以俟之，余当归来也。"遂行。

途次，觉孤寂如故，遂又取胡琴而鼓之，且行且言曰："安得于此间得一佳侣乎？"未几，忽有一野兔自短树间出。乐师见之，曰："兔亦非我所乐侣也。"然而兔已心醉于琴韵矣，因迫前而致辞曰："乐师之琴一何悦耳？乃尔神乎技矣，我愿学之可乎？"乐师曰："是不难也，但须听余言，遵余教耳。"野兔答曰："如肯指授，固当师事之，夫复何言？"乐师额之，遂挈兔以行。行抵一处，林木萧疏，地甚清旷，乐师探囊出琴弦一，长逾一丈，以一端系之于树根之上，以一端挽圈作结，加之于兔项之间，然后呼兔而诏之曰："汝欲从余游，其绕树行二十匝。"兔从之，绕树而行。初无所苦，愈行而绳愈短，未及二十匝，兔颈已受束欲断，遂不得动。乐师乃顾谓之曰："尔且于此少待，余即归也。"遂行。

初狼之受乐师之愚也，以为是师命不可违。及久之，乐师不返，而双足痛苦，始悟为其所绐。极力挣扎，脱去羁绊，则二足业已大受夷伤，不觉怒甚，思有以报复之。舍命狂迫，大有扑杀此獠而后甘心之概。至中途，正奋力前行之际，忽闻空际大呼曰："狼兄救我，吾盖中乐师之计也。"狼仰视，见一狐悬于空际，两足分缚于两树之间，势将垂毙。狼遂以爪攀其枝，龁断其索而释之。互诉所苦，相约同往，誓复此仇。行未几，忽见一兔亦被缚于树间，知亦乐师之所为也。遂亦释之而同行焉。

时乐师携琴以行，且行且鼓。适山中有樵者，方伐木，丁丁然，遥闻琴韵悠扬，自远而近，若与伐木之声互成音节也者，大悦。辍所作，持斧寻声以迎之。乐师一见，大悦曰："今余得良伴矣，余所求者人也，奈之何前此者惟畜之是遇？"与樵者相见既毕，复取琴而鼓之。樵者方倾耳而听，得意忘形，忽狼与狐、兔偕至，同奔乐师，张牙舞爪，狂扑而前，不问而可知为复仇来也。樵者急取斧御之，始皆反奔，向林深处窜去。于是樵者携乐师归其庐，饷以酒食，成至好焉。

译者曰：谚有之：宁取怨于君子，勿取怨于小人。况畜也耶？虽然出处而择交，固处世者所宜然。然而不可者拒之可也，奈之何从而狎昵之，荼毒之？若狼，若狐，若兔之修怨于乐师，非狼、狐、兔之罪也，乐师自取之也。设非樵者，乐师其危矣。择交而终得其人，此乐师之幸也。君子曰："侥幸而已矣，未足以为训。"

虾蟆太子

上古之世，人有所欲求之即得，吾有证焉。尝有一国王，生公主数人，皆国色也。而少者尤妍丽无俦，光艳独绝，置于日光之下，日光亦似怜其艳而自掩其曜。古所谓闭月羞花，沉鱼落雁者，不足专美于前矣。王宫左侧，有茂林焉。古木森森，幽深邃密，中有曲水，回环左右。水清冽涟漪，有若醴泉。时际炎夏，溽暑方盛，少公主因翩然入林，就泉畔作迨暑计。觉风静鸟寂，万籁无声，一人独坐，意殊无聊。因探囊出金弹丸，频频向空际抛掷以自遣。偶一掷，失之太偏，抢接不及，堕地，如跳珠于草面旋转，坡地颇欹侧，遂入水中。公主虽目见之，而无如何也。泫然久之，至于泣下。

　　忽闻池中有叹息声曰："公主何泣？为夫以公主之美，其泣也，虽石人亦将心动矣。"公主谛视之，见一虾蟆昂首水外，数语殷殷，若自其口中出。因告之曰："我盖惜金弹丸误投水中，故不觉泪盈盈下耳。"虾蟆答之曰："然则请毋悲，我能以原璧归也。虽然，公主其将何以报我？"公主曰："惟若所欲耳，金珠衣饰都所不吝，若其自择之。"虾蟆曰："金珠衣饰，无所用之，非余所欲也。所愿者，公主肯以青睐加我，结为闺中密友，坐同席，食同器，更同卧起耳。公主其许我乎？苟其许之，行当入水取金丸，以献于公主之前也。"公主默计之曰："蕞尔幺魔，居然妄想享人世间之艳福，是真所谓癞虾蟆想吃天鹅肉矣，一何蠢耶！我其许之，夫复何害？"因应之曰："我但欲得金丸耳，一切惟命可也。"虾蟆于是返身入水，少顷，口衔金丸而上，跃至池边，吐于草上。公主见金丸，喜出望外，急攫之而遁，意将毁前约也。虾蟆大声追呼曰："少待，少待！盍取我与尔借行耶？不然，我行弗能若尔之速也。"公主不之顾，狂走以去。不一时已返宫中，虾蟆望尘弗及，不得已仍返池中，亦不之追矣。

　　翌日，公主方与王共据金盘而食，群臣侍于左右，忽闻庭外有声甚怪，自远而近，直逼寝宫之门，而呼曰："公主开门。"公主于是离座出，启门观之，则虾蟆在焉。大惊，急掩门，入坐原处，面色灰死。王亦骇然，不知所措，问曰："儿于门外何所见也？岂有妖物欲为厉耶？"公主惊定，移时始答曰："非有妖物也，不过一癞虾蟆耳。"王曰："虾蟆何能为？而儿若是其惊耶？"于是公主告以昨日之事，曰："儿于林中，方坐池畔，掷金丸为嬉，不意误落水中，惶急而泣，此虾蟆谓能衔之出水。他无所求，但以闺中伴侣为请。夫岂有介族中物而能与人类为伴侣者？儿固漫应之。儿既得金丸，即毁约返，固不虞其竟能为厉也，安得不惧耶？"言已，复闻叩门声，且呼曰："公主昨既许我，今岂忘之？宁饮水而瘦，毋食言而肥也。"王闻之，顾谓女曰："尔既许之，不可背矣。盍使之入乎？"公主不得已，亲往启扉而纳之。返身而入，憎恶之色形于眉睫。而虾蟆紧随于后，未尝须臾离也。公主既归座，虾蟆即大呼曰："椅高，我不得登，请举之。"公主顾而之他，若弗闻也者。王强之，始愤然取而置之于侧座。虾蟆一跃已登桌，遂据金盘而食焉。食毕，顾谓公主曰："今当抱我入妆阁，置锦衾中与子同梦矣。"公主闻之，恚且悲，不觉泪涔涔下，心惴惴然，不知如何而后可。而王殊不谓然，竟谓之曰："厥物虽小，既能助儿，则尔必不能弃之也。"公主不得已，强伸纤指取之，匆匆登楼，置于门侧墙隅，然后揭帐解衣拥衾自卧。未几，虾蟆曰："我亦困倦久矣，其速举我至床，与尔共休息。不然，我将告诸尔父王也。"公主闻之，怒不可遏，愤然披衣起，就床前拾虾蟆，向壁间奋力掷之，且言曰："蠢物！今尔当闭口毋溷乃公也。"盖公主自念用力甚猛，以为必置之死地矣。不知虾蟆借此一掷之力，遽化作人形，望之俨然一美少年，装束华贵，若王太子，美目频盼，笑容可掬。向之令人恨者，至是又令人不能不羡矣。二人遂相爱悦。翌日告诸王，遂成婚焉。

先是，少年本亦一国王之子，幼也因受恶巫之愚弄，以致化为虾蟆，投诸深渊，谓他日有美貌公主可以救之，他人无能为力也。至是前言虽验，然已受苦不浅矣。二人既婚，太子遂欲载公主归国，国王许之。行之日，车马塞途。忽来一人，侍候于侧，状貌甚恭，谛视之，盖太子之义仆夏礼也。夏礼自幼服侍太子，太子既化虾蟆，夏礼悲愤几绝，屡以身殉不果，继而制铁箍三道围胸前，以志终身不忘之意。比闻太子已复原形，在邻国就婚，因遂兼程而来。比至，则太子方与公主命驾归，遂得相见，太子以后车载之。夏礼大喜，心花怒发，不觉胸前铁箍划然而断，铿然有声。太子闻之大惊，疑为车轮脱辐，停轮询之，夏礼方以实告。于是太子与公主相与叹息者，再嘉其忠义，终身厚遇之。

林中三人

一人丧偶后，膝下只一女，形影相吊，颇苦岑寂。因邻村有某氏妇，文君新寡，遂娶之为继室。而妇亦有一女，二女相处，遂若姊妹行焉。先是妇尝谓女曰："若父苟娶予，予日必以牛乳果酒供若，而以清水供我女也。"女以告父，父不能决，曰："此事可喜，亦可忧也。"继而于足脱一靴授女曰："儿且以此靴挂诸墙，而注之水。其漏耶，则余不娶矣；其不漏耶，则余娶之耳。"女遂如教，以靴挂于墙而注水其中，水浸皮胀，孔缝都没，水竟不漏。女以报父，父闻之，起身而前察之，果然。于是，以礼迎妇归。

归之日，妇果以乳供女食，以酒供女饮，而己女则清水而已。次日，则二女皆清水而已。再次日，则供己女以乳酒，而以清水给前妻女矣。且后之日，皆以此为例焉。且视之若眼中钉，颇有拔之而后快之意。盖前妻女美而能得他人欢，己女丑而易受他人憎也。顾前女虽天生妩媚，易动人怜，且禀性柔和，从不骄人。无如母也不谅，恨之切骨，磨之折之，无日得安，一若必欲置之死地而后快也者。女故居恒郁郁自嗟，实命不犹，然而逆来顺受，忍气吞声，从未尝稍露于辞色之间也。

一日，时际隆冬，坚冰遍地，风雪满天，妇竟剪纸作衣。衣成，命前女脱常服而衣纸衣焉。并授之以巨筐，使入林深处觅黑山果，且嘱之曰："予思此物久矣，其速去，毋违也。"女闻之，婉转其辞而诉曰："此物生于春，败于秋，至冬令则已无遗类矣。且也地面凝冰，枝头压雪，人之拥重裘而出门者，犹有冷风刮面，吹气成冰之患。若儿则薄纸一身，其不为猛雪狂风吹成片片，作蝴蝶飞者几希矣。若然，则儿之肌肤不将从此寸裂耶？"言未毕，妇厉声叱之曰："速去，毋多言。不得满篮黑果，不必归来相见也。"随手授以干硬面包一小片，曰："此足够若一日之粮矣。"于是推之出门，闭关而入，窃喜曰："此番不死于寒，亦当死之于饥，从此当不复再至我目前矣。"

女不得已，忍寒前行，满目苍凉，第见白雪漫地，求一寸青草而不可得。女既求山果不获，不敢空归，仍彳行前行。行之既久，忽于林中隐约见草屋一所，就而窥之，内中隐约若有三人，状类侏儒，而貌甚奇古。因拟叩门而入，借问时候，且可藉此少避风雪，而心中又惴惴焉不敢遽叩。踌躇半晌，始微叩之，即闻门内有呼入声。遂推门步入，坐炉旁烤火，并就所携篮中取面饼而充饥焉。顾女已犹未及入口，而三人中忽有一人遽向之索取焉。时女虽饥寒交迫，而毫无难色，竟分其半以与之。其人因问曰："严寒若此，而尔乃衣衫单薄，孤身入林，其将何为耶？"女作而答曰："我盖奉继母之命，至此求黑山果者，非满此筐不敢归也。"三人闻之，皆不语矣。女食毕，授以扫具曰："尔且至后门外扫积雪也。"女即起身持帚而往。迨女既去，三人遂互相议论焉。其一曰："此女美而且贤，予以后福何如？在我第欲其愈长愈美而已。"其二则曰："我欲饷以奇宝，使黄金自其口中出。"其三曰："我则欲其与王子成眷属也。"时女方奉命于后门外扫雪开径，勤奋备至。乃未几，女举帚间忽见累累然熟果满地，皆作深红色，鲜艳夺目。女大喜过望，急以盛之于筐，至满而止。遂携之出，向三人道达谢悃，然后行握手礼，告辞而退，忽忽遄归，盖亟欲献后母也。讵抵家，天已昏黑。因入门，即问晚安。女方启口间，一饼金已灿灿然自女之口中出，坠落于地，铿然有声。妇见之，贻愕良久，莫明其所以然。女乃缅述林中所遇，状以告之。而每一发声，口中必有片金坠落于地，铿锵可听。故不一时，室中光彩灿烂，黄金遍地矣。

而妇之女见之嫉之甚，因谓之曰："今而后我姊黄金满腹，取之不尽，用之不竭，从此大可骄人矣。"遂私请于妇，诘朝亦欲入林采果焉。妇不之许，曰："风物凄紧，儿何苦向冰天雪地中寻生活耶？"女不听。妇不得已，乃许之。翌日，竟拥狐裘裹饼饵而出，径至林中。果见草屋一所，中有三人，乃不问是曾相识与否，昂然直入，坐炉旁，出饼饵，任意大嚼。迨三人中一人欲向之索少许，则曰："我已食且不足，又安有余者饷若耶？"食如故，食毕乃止。于是又一人谓之曰："墙隅有扫具在，若可取之至后门外扫积雪也。"女答之曰："若可自为之，我非若之婢也。"其人大怒，抽身将起，女始惧，即取帚往后行。三人见其去，遂亦互相议论焉。其一曰："斯人悍而妒，不可以善遇之，我将使其愈长而愈丑也。"其二曰："我将以蟾蜍贻之，使彼每一启口，即脱然而出也。"其三曰："斯人亦不得其死。"言毕，相与鼓掌，倏忽不见。而女不知也，方持帚扫雪，意在得果，乃俄延久之，毫无所获。大失所望，遂愤然不复耐，即弃帚循原道而归。比返见母，亟欲诉厥所遇状，则甫一启口，即有一蟾蜍突然自口中出。再启再出，愈聚愈众。室中蠢蠢更无隙地，人皆憎恶之。从此女遂不理于人。

而前女年岁愈增而风姿愈美，月貌花容，殆罕伦比。虽粗服乱头，终不能掩其媚也。而继母之所以虐待之者，亦较前愈甚焉。一日清晨，天大寒，妇方扬汤煮棉纱，俄而唤前女至，以纱置其肩，并授以斧，使就门前溪水中而浣之。时天气凝冻，溪水成冰，故需斧以凿之也。女固未有不从者，领命而往，凿冰取洞而就浣焉。手僵欲裂，寒气砭骨，其苦状可想矣。俄闻车声辚辚自远而近，从者显赫。一美少年，冠服如王者，端默拱坐于上，皎若玉树临风。驱车过溪，瞥见女浣纱，光艳夺目，恍若天人，虽西子当年不过是也。王大奇之，因停辇而询之曰："天寒袖薄，女孩儿家一何自苦乃尔?"女起身敛容而答曰:"贫家女不得不尔耳。"王闻之怜惜殊甚,以为如此丽质乃执斯役,亦太负造物之生成矣。因问女曰:"愿与孤同车否?"女答曰:"愿甚。"盖女备受凌虐,苦不胜言,欲脱母若妹之羁绊也久矣,第求之不得其会耳。至是大喜,遂登油璧草,与王载驰载驱,并驾回宫。乃择日以王者制,举大婚礼焉。盖亦林中三人之所预言者也。女至是贵为王后,置身青云矣。越年余,后举一子,王甚钟爱之,故于后益宠礼有加焉。

初女之去也,其家人举不知其所之。其父闻而恚甚,虽怨其妻之虐,而亦无如之何也。而妇若女闻之辄大快,以为从此拔去眼中钉矣。继而闻女得奇遇,骤大贵,殊艳羡之。屡欲挈女往省,父固逆知其无好意,故屡止之。一日,遂挈女不别而行,既至宫中,后引母以见王。王命厚待之,令居别室少住再去。妇若女遂亦安之。一日,王以事早出,左右皆从焉。后时犹未起,寝宫内阒焉无一人。妇与女忽潜入,一按首,一按足,二人遂捉后起,舁之出,推窗而掷之。窗之外故一池,后因被溺焉。于是妇与己女谋,以锦衾覆女,使卧而代之。及夜,王始还宫,欲有所言,则妇启之曰:"后方入黑甜,毋惊其好梦也。"王乃止。诘朝见女状貌恶劣,向非昔比,大惊问之,则每有所对,口中必有一蟾蜍出,非若向者灿灿然之黄物矣。方骇愕间,妇已推门入,伪作不知状。俄而以言慰藉之曰:"王请弗惊,翌日当可复原也。"王遂舍之而出,郁郁不乐。

是夜,王之从人忽闻窗外水中潺潺有声,推窗望之,月光下瞥见一物,如鸭状,趿往报来游泳池中,隐约间似闻作人声,问曰:"王其寝乎?抑犹醒也?"从人不敢答。俄又问曰:"尔既见我何不答?"从人大骇,不知所措,嗫嚅对之曰:"寝久矣。"曰:"太子何在?"曰:"在摇篮中。"言毕,忽见厥物猛然一跃,登岸倏化人形,行走如飞,径至太子卧处,怀而乳之。俄而复置篮中,摇而荡之。太子既睡,遂出,一跃入池,复化为鸭。次夜复然,如是者三

| 326 |

次。从人皆见之而不敢泄。至第三次，鸭忽谓从人曰："速请王以佩剑来舞于我顶上者三。"从人将命去，王果佩剑疾驰至，就其顶挥剑而舞，盘旋再三。舞毕，忽见后已立于其前，声容笑貌犹如前日也。笑语相慰，携手同入，于是王匿后于太子卧室中。盖越日，适为太子领圣洗之期也。礼既成，王乃命拘妇前而诏之曰："譬有人焉，出他人于被中而投诸水，当获何罪？"妇答曰："若然，则剑树刀山不足蔽其辜也。"王曰："然则尔之罪，尔自定之矣。"立命左右制木桶二，形若铜鼓，然四面皆置锐钉，欲将妇若女递去衣裳，赤身置桶中而盖之，然后使人异至高山之巅，使辘轳而下，滚入水中以死之。后闻之意良不忍，跪而哀求，继之以泣。王遂为之动容，命赦之。即日逐出国门。

译者曰：上下数千年，纵横几万里，环地球中子女之遭继母之荼毒者不知凡几。盖狼心辣手至某氏妇，而可谓极矣。使无如林中三人者于冥冥中播弄之，则充其恶不知将伊于胡底也。我于以见东西古今人之情性如出一辙，初无二致也。然而奇矣。

狼 负 鹤 德

一狼一日吞物，误以骨梗咽喉间，无计使出，窘不可言，因悬重赏以待善医者。无何，一鹤忽自空际回旋而下，效毛遂之自荐。狼大喜，张口就之。鹤以长喙啄骨，骨出而疾愈矣。迨鹤向索所悬赏，则狼应之曰："汝几见有物一入狼口，而复能出之者耶？今此骨已入我口而复出之者，惟厚汝故耳，复何谢为！"鹤遂怏怏飞去。

十二兄弟

　　昔有一王者，得丈夫子十二人，皆聪俊少年也。然诸兄弟虽友于甚笃，而郁郁不甚快乐。盖王尝言于后曰："今虽有丈夫子十二人，他日苟得举一女子，则诸子皆当死，惟女独继王位，临御一国，富贵尊荣，他人不得而有也。"故衣衾棺椁十二具，皆已置备密室，扃而锁之。设一旦而生女，则诸子皆不得其死。虽然王有此备，惟后知之，他人初不之知也。后固最爱少子，以年少故，终日与母后俱，名曰彭才明。彭才明一日见母后戚戚然忧形于色，坚询其故，后不得已，私告之，并开密室而示之棺。于是相对而泣，惨然几不能成声。继而子反慰之曰："母后其毋悲。儿等既知之，当有以避之也。"后闻之，猛然悟曰："予既孕，行将娩矣。尔等不如往深山中林木深处以藏之。使予所生者子，则当悬白旗于宫楼之上，则尔等仍可怛然返也；使旗而红也，则得女矣，尔等宜各远走，以求自全。"计划既定，乃呼诸儿而一一告之。且曰："予将早夜祷之于天，使尔等无饥寒炎渴之忧也。"遂相与号啕而别，潜避山中。

　　既至，十二人每日以次，轮流猱升树巅而瞭望焉。越十一日，轮及彭才明，方于高处徘徊瞻眺间，忽睹红帜高飘，临风招展，不觉惊惶无措，身几颠坠，乃急奔诸兄而告之曰："母后已产女，我等死期至矣。"于是相顾愀然，不禁大恸。继而诸人愈思愈悲，愈悲愈愤，慨然怒曰："夫以一女子之故，致我等皆不得自保其生命，纵偷生苟活，亦既有家难奔矣。是可忍，孰不可忍耶？"因相率而誓曰："使我等长此终古，永为野人，终身不与人世间相通，则亦已耳；苟我等而犹得与女子相见也，则所见之第一人，莫论其为谁何，我等当戮力共杀之，以聊舒今日之恨也。"誓毕，然后互商避之之方，则舍远奔无他法，遂相率连袂以行。

亡何，行至一处，林木萧疏，寂然无人踪迹之。得草屋一所，审视其中，桌椅杂物位置井然，骇然莫测其故。继而相与自慰曰："此殆苍苍者天悯吾等之遇而特赐之也。"遂谋于此而家焉。居数日，了无他异，亦从无主者过问焉，遂亦安之。恍入世外桃源，不思他往矣。惟兄弟数人群居终日，无所事事，所带馈粮亦渐告罄，于是削竹为箭，共谋射猎，分头四出，至食方归。遂习为常事焉。彭才明以年稚故，不甚外出，惟门内事悉以主之。顾诸人所获者，如獐、猫、鹿、兔、山鸡、野雀之类，不一而足。他若花果、树实、稻粱、菽麦之得于深山穷谷中者，皆堪供食。故兄弟怡怡，殊无所苦，不啻无怀、葛天之民也。

山中无历日，寒尽不知年，盖已自忘几易春秋矣。是时，后所生之女已十岁，风姿绰约，性情温婉，额上常戴金星一颗，光芒四射，衣饰亦复华丽，不同凡艳也。一日清晨，偶于后之衣橱中得童子衣十二袭，自小而大，次序迭然，异而询之于后。后叹息移时，泫然答曰："汝有兄十二人，此其物也。"女大惊曰："儿有兄十二人之多耶？今何在也？何以儿生平未尝得见，抑且未之前闻耶？"后曰："彼等遨游天下，四海为家，出亡以来十载于兹矣，从未得片纸只字，又安从而得其踪迹哉！虽然，上苍必知之。"言已，携之至密室，而示之以棺，并告以乃兄出亡之故。言次，泪下如雨，哀不自胜。女转慰之曰："母后请释悲，见当出外寻之以归也。"遂转身入后之寝宫，启衣橱，取衣十二袭，裹之携以俱行。后阻之不听，拂袖径去。

出城以后，路径皆非素识，亦不辨东西南朔，独行踽踽，且行且歇。既而得一茂林，窥其深处，清旷幽寂，人迹殊鲜。信步以入，第闻猿声、鹤唳、鸟语、鹿鸣而已，勇往之心顿为少减。然一日之间，迤逦而行，已尽数十里。渐见暮色暝漠，夕阳在山，饥渴困乏，一时交至。而四顾茫然，不见人迹，颇萌悔意，继之以惧。然已进退维谷，无可如何矣。方徬徨间，遥见灯光如星，自一草屋中出，遂奋力前行，循其光以去。既至，叩其柴扉，一少年闻声启门而出，见女华服盛妆，艳绝人寰，额上金星益觉灿然耀目。眙愕良久，莫测其所从来，因问之曰："汝固何人？黄夜至此，意将何为？"女答之曰："我王女也。因胞兄十二人尝以我一人之故，咸相率出亡，一去不返，故不自揣量，单身而来，窃愿求之以归。天之涯地之角，艰险所不辞也。惟弱女子生长宫廷，未惯霜露，出门茫茫，不意至此。顷见灯光，循路而来，得假一夕，聊免虎狼之患，于愿足矣。其他非所敢请也。"又问"背负何物？"曰："此我十二兄之故衣，将以作证据者也。"语至此，少年泫然泣曰："我即汝之第十二兄彭才明也。"女闻之，一时悲喜交集，相抱而号。哭罢，复相与接吻，以示亲爱。既而彭才明出茶酒果饵以饷其妹，而女亦困乏饥饿已极，即坐而享之。彭才明忽忆及前誓，因私度曰："苟吾诸兄欲践前约，则今日当置吾妹于死地，若欲勉强背盟，则我等之自由权将以一女子之故而化为乌有矣。"遂具以告之于女。女闻之绝无难色，慨然曰："会当以一死保全兄等固有之权耳，必不贻兄等以食言之累也。"彭才明心本不忍，闻女此言，益觉凄然不乐。寻思良久，乃嘱女暂匿隔室，且弗与诸兄相见。

俄尔诸兄猎罢归来，会食既毕，相与闲坐，其话互谈猎事。彭才明言曰："诸兄所言要不过寻常事耳，何如弟守屋者之有奇遇也。"众甚异之，因亟请速毕其说。彭才明故笑而不言。诸人益不耐，请之益亟。于是彭才明乘间请曰："诸兄欲竟此奇事，当先徇我请也。"众问何事。曰："此后我等如见女子当贷其死。"众皆曰："可姑请其说。"彭才明笑曰："我妹子在此矣。"言毕，起身推门，门甫启，公主浓妆艳服，额上金星闪灿照人，嫣然一笑，已立于前矣。众见之大惊骇，然无所措手足。女转辗然含笑而前，一一与之执手接吻，行相见礼。然后逊坐，自述来意，并道相思之苦，跋涉之劳。众闻之，心始释然。念其美意，不觉感极而泣。俄而剪烛共话，娓娓清谈。于夜将半，方各归寝。昧爽，诸兄各携器械出猎如故，女乃助彭才明理家务焉。井臼炊爨，莫不躬自为之，而不觉其苦，一扫公主骄贵之习，盖不啻贫家女也。以是内外整洁，井然秩然。诸兄故益爱重之，而敬礼有加焉。

屋之后故有园，居无何，一日女偶入园闲步，觉奇卉耀目，香气射人，众艳缤纷，群芳馥郁。中有山茶一本，白花初放，半尚含苞，姿态妖媚，清沁心脾。数之得一十二朵，适符兄弟之数，遂动分赠诸兄之念，因一一摘之以归。讵意女方拈花入室，而兄弟十二人忽纷纷化为飞鸦，刮然长鸣，振翼起舞，回翔一周，即连翩飞向林木深处而去。向之房屋、器皿，转瞬亦化为子虚乌有矣。时女独立荒郊中，迷离惝恍，仿佛若梦。正惊疑间，转身见一老妪叱曰："若做得好事，谁叫若摘此茶花来！此十二茶花即若十二兄之命根也，而今已矣，将终为鸦矣。"女闻之怵然而悲，一恸几绝。继而曰："姥既知其原因，当亦知所挽救。"妪曰："法诚有之，第行之颇非易易耳。虽然，苟能勉为其难，则十二禽复可为人如初也。"女遂亟请其说，曰："苟能救之，虽赴汤蹈火，所不辞也。"妪曰："然则若不许言，不许笑，装聋作哑，守口如瓶，七年期满，手足聚首矣。限未满，切勿误犯，犯之则前功尽弃，而十二人亦终不可救矣，慎之慎之。"嘱毕，忽失妪之所在。女为骇然，乃仅志其语焉。时女踽踽独行，怅怅何之。极目四望，云树苍茫，莽莽旷野，遍地荆棘而已。徐步而前，见一大树，果实累累，似皆成熟。遂攀枝而登，采以果腹。从此终日终夜身在树间，不言亦不笑也。

越三日，有王者至，率军士猎兽甚众。中有王之爱犬一，厥性綦灵，蓦然见女，直扑树前，狺狺然吠声大作。王见之，遂亦策马而前。见女在树，惊为天人，额间金星闪烁，明知必非常人。谛视之，可人如玉，妖媚天然，盖绝色丽姝也。王心摇摇为之大动，试

| 331 |

与之语，不言亦不笑也。王因祝曰："寡人嗣位以来，因无当意者，犹未议婚。今睹芳容，恍与仙遇，殆天赐我良缘。倘不以寡人为唐突否？"女闻之不答，颔之而已。王大喜，亲手扶之而下，即以御骑载之，并辔而归。乃命扫除别宫以居之，择日行大婚礼焉。女不言不笑如故，而王甚钟爱之不少衰，且悯之焉。

越数载，国母自邻邦倦游归，母故有恶名，及闻王婚女事，哂曰："王以千乘之尊，何女不可以后，而乃拾道旁乞丐之遗孽耶！夫人哑而不能言犹可说也，顾其终身不笑何为耶？必有所为而为之矣，决非正之福也。"王初以爱女之故，若无闻也者。继而母也不谅，日以此絮聒之。王心渐为之移。一日，遽命付之极刑焉。极刑者，举火焚之也，使女当时开口自辩之犹可免也，乃女救兄之心綦切，宁死不敢犯戒，从容就义，殊无难色。而王之心益痛矣，乃挥泪送之。时庭前鼎中之火已炽，烈烈轰轰，不可向迩。众武士方欲执女而投之，一时空中风雨大作，雷电交乘，隆隆然霹雳之声震撼山岳。众惊愕间，忽有乌鸦十二头翔集女旁，蓦然落地，顿复人形，盖即女之十二兄也。女至是大喜逾望，乃嫣然仰天而笑曰："大功成矣。"于是兄妹十三人乃共诣王前，细诉前事，王始转惊为喜，欣幸无已，乃起身一一慰安之。继而叹曰："使非天佑，几使寡人误杀巾帼英雄矣。然陷寡人于不义者，国母之谗言也。"遽欲命武士以罪女者罪国母焉，女乃谏止之。

译者曰：世风陵夷，悌道乖常。兄不兄，弟不弟者，盖天下滔滔皆是也。友于之笃若此篇所传之十二弟兄者，已若凤之毛，麟之角，不能常见于世矣。况以十三妹之坚贞沉毅，舍身救兄，虽鼎镬、刀剑亦不足以易其心，夺其志者乎！

按：此篇所传之女，始终未著其名，余以其行十三也，即以十三妹称之。

狐受鹅愚

狐一日至牧场中，见白鹅成群往来嬉戏，因大喜曰："时哉，时哉！我得一一攫而食之矣。"于是缓缓而来，耽耽而视。鹅见之惊骇欲绝，奔走跳踯，鸬鸬哀鸣，盖欲求免于狐也。狐不之听，磨砺以须，跃跃欲试。群中一老鹅忽昂首而前，侃侃然直陈于狐曰："我辈今日牺牲于君，固无所逃矣。今无他，希冀第求暂缓一刻之死，以毕祷天之诚，于愿足矣。倘毕此愿，当以次并立君前，任君择肥而啮也。"狐允之。群鹅乃列成一宇阵，昂首长鸣，竭力而嘶，皇皇然声震遐迩。鹅主人闻之，知必有变，急偕多人持械至，狐惧乃遁去。

某　翁

某翁家小康，年既耄，体态龙钟，目晕耳惫，不便视听。足复不良于行，故起居不克自如。每饮食，举手辄颤，茶若汤恒泼泻满案，淋漓尽致。翁之子若媳以是深厌恶之，乃移之于墙隅矮桌间，而不与同饮食。馔品亦日以菲薄，继且食器亦易磁为瓦。翁听之不与较，惟终日闭目凝神，静坐墙隅而已。一日，翁偶失手，举瓦盆而碎之。媳乃以贱值购木碗为代。翁亦听之。居无何，翁之孙年四龄矣，一日坐庭前草中，试以索束木片为戏。翁子见而问曰："儿束此将安用耶？"儿答曰："无他，儿于此制木碗，以备他日吾亲年老时用耳。"夫与妇闻之，举舌拃而不能下，面面相觑者久之，继而泪且簌簌然下矣。相将入室，奉翁上座，从此敬事以礼，丰其甘旨，殷殷然惟恐不得翁之欢心。终其世，未尝敢一日慢焉。

译者曰：天下惟赤子之性最率真。所谓人之初，性本善也。翁之孙以一言使其亲发现良心，力改前愆者，惟出于至性故耳，甚矣，至诚感格之深也。又曰：世俗劝孝者，有檐前滴水之喻言，前后相及，不移分寸也。观于孺子之言，益信矣。呜呼！岂独父子之间为然哉。天下事，莫不皆然。何物乳臭小儿能以片言警尽世人，吾欲铸金事之。

猫 与 狐 狸

狸奴一日于林木萧疏处，值一狐缓缓然至。因默念曰："此世界中相传最灵、最智之兽也。会当与之相见，不可以交臂失之。"于是欣然鹄立道左，俟狐行稍近，然后笑语迎之。敬谨致辞曰："久闻大名，如雷灌耳，今日得见颜色，幸孰甚焉。敢问驾将安适？其亦许后生小子，追随左右，藉聆雅教耶？"顾狸奴虽措辞谦抑，执礼甚恭，而狐视之，殊藐然也。略一谛审，微哂而言曰："展灶儿向余絮絮何为？若窃食捕鼠之余，曾亦习他术否？"狸奴足恭对曰："小子惟一技之长耳。"问何技。曰："设有猎犬者至，小子能跃于高处以避之，他无所知也。"狐闻之，大笑曰："技止此乎？余有智囊在，神机妙策，层出不穷。尔苟从余游，习余术，非惟猎人猎犬之不足畏，抑亦可从而转侮之焉。"言未毕，猎者率犬四五头突如其来。狸奴瞥见之，蓦然一跃，已登树巅，藏身于深枝茂叶之间。回首顾狐，则已被犬擒获，百摆不得脱矣。

译者曰：此狐以智囊自命，诚多术矣。然犹不如狸奴一技之长之足以自卫身命也。术苟不精，虽多奚为？况加之以骄蹇乎！语云：骄兵必败，谅哉斯言。

缶鼎问答

瓦缶铜鼎，位置一室之中，一东一西，遥遥相对，可望而不可接也。一日，鼎谓缶曰："余与君相处已久，绝无间言，亦可谓莫逆交矣。君盍来前与余并处，以示亲爱乎？"缶应之曰："不可。夫余与君之交可以久而无间言者，惟幸相隔稍远故耳。所谓君子之交淡如水，盖余与足下贵贱悬殊，性质不同，设使相处过近，则偶一相触，余即不能瓦全矣。与其狎而有绝交之患，毋宁淡而有全交之雅之为愈乎。"鼎乃默然而止。

译者曰：人情冷暖，世态炎凉，天下尽多趋炎附势之辈。夠遇折节下交者，安有不攀藤附葛，极意奉迎，以为进身之阶者哉！顾乃落落数语，独鸣其真，自非安贫乐道之君子，不能道片义只字也。噫！彼天下之贫贱汉而好攀富贵交者，盍亦有昧乎斯言？

熊　皮

某生不知何许人，年逾弱冠，家贫好学。卒业后，会国中有军旅事，广募士卒，生应募从戎，既为练卒，勇敢善战，以是屡获优赏。藉戎衣军粮，以资温饱。越数载，和议成，战事罢，生寻亦遭遣撤。既出军籍，惘惘而返，时则父母已亡，无家可归。不得已，往依其兄若弟，则皆托故不纳，益郁郁不乐，怅怅无所之，殊有英雄末路之概。方跚蹒踯躅间，踽踽然行抵一处，为生平所未经。土阜巍然，四围杂树环绕，横斜敧侧，殊极萧疏之致。生登临四望，触目怆怀，自顾孑然一身，凄感万状。一枪之外，别无长物，前途莽莽，来日悠悠，乃倚枪独坐，仰天而嗟曰："呜呼！资斧乏绝，战事无期，吾其终为饿殍乎。"

方感叹间，忽觉身后飒飒有声，回首视之，见一怪物，状如人，跳跃而来，形貌魁伟，面目奇古，身衣绿袍，而赤其双趾。爪长而锐，颇类箭镞。生心知其为非人，然察其来意，似不恶，即亦不惧。行既近，两目炯炯，视生而笑曰："若所求之而不可得者，得毋财乎？余能资尔用也。尔苟用得其当，且可十倍取偿焉。虽然，余不可不一试尔之胆气何若，庶余不致掷黄金于虚牝也。"生闻之，颇怪其狂诞，乃漫应之曰："欲试则试之可耳。"怪遂嘱生反视其后，洎掉首回顾，则见一巨熊，呜呜然且吼且奔，直扑而来。生怒叱之曰："敢来，我即诛尔！"遂举枪拟之。枪发，熊应声倒。怪见之喜曰："壮士果不怯也。虽然，尚有数事当预约焉。"生曰："苟其与我无害，敢不惟命？"怪曰："今与尔约七年为期，发毋栉焉，身毋沐焉，虽指甲趾爪毋去焉，赠尔绨袍不及期毋易焉，囊中金钱任取不禁，亦不竭焉。尔苟好自为之，则期满以后，即可享自由之福，极富贵之乐矣。不然，则中道而死者，利耶害耶，尔自计之，非余所敢知矣。"生辗转思维至再至三，心志既定，然后起而应曰："果能福我，敢不唯命。"怪闻之大喜，亟解所衣绿衣衣之，且褫取所毙熊之皮而授之曰："昼则衣之，夜则被之，盍携之去。今而后若当变易姓字，即以熊皮为字，以志不忘可也。"生一一拜受。一俯仰间，怪忽不见，试探手入囊，则金钱累累，不知其何自而来也。诧叹久之，乃荷熊皮以去，从此遂自称曰熊皮。

随意所之，遍历四方，囊中资斧任情挥霍，无匮乏虞。一年之中，虽须发不栉，身体不沐，初尚无异于常人也，久之，额发鬖鬖垂肩覆面，虬髯若戟，蜷曲成毡。渐且面目黧黑，形容枯槁，魑魅魍魉，不足喻其丑矣。故生人见之，往往望而却步，甚或掩面狂奔。

然每至一处，必出金钱以济贫乏，故面目虽恶，人犹不甚厌恶之，且有从而德之者。夕必出厚资以求宿处，故容颜虽毁而强壮如昔，盖形于外者，虽觉狰狞可怖，而奉于内者，颇尚不薄也。是则皆金钱之功矣。

荏苒四年。一夕至一寓所，叩关求宿，逆旅主人辞而不纳，虽马厩亦莫之敢容，恐群马见其状将惊而逸也。熊皮探囊出饼金数十枚以炫之，主人利其资，始允为之设法，旋处之于空室之内，犹严戒不可越雷池一步。恐他客将见而骇怪，则损旅店声名也。熊皮既入室，掌灯独坐，万籁俱寂，其所以忔忔伲伲往来于寸心而不能顷刻去诸怀者，惟希冀七年之易过而已。维时精神疲倦，颓然就卧。方闭目凝神间，忽闻隔房哭声甚哀，不觉恻然动念，顿忘主人之嘱，拔关遽出。探诸隔房，则见邻叟支颐独坐，啜泣不休。熊皮既触动不忍人之心，遂觉不可须臾复耐。自忘形秽，直前相呼。叟于灯下乍见之，疑为鬼魅，惊怖欲绝，将欲奔避。继闻其和声静气，不类怪物，始敢略与周旋，然心中犹栗栗也。熊皮自知状丑，益作怡色，殷殷致询。叟始敢述其颠沛状，曰："仆家本小康，以不善治家，人生、产事、家业为之荡然，今且债台百级，祸悬眉睫矣。盖租税之赀，亏欠颇巨，屡索而无以偿。居停行将控诸官也。"熊皮闻之，笑曰："此易易耳。"解囊出金元数百枚，锵然置案上曰："此足以解君之围否？"叟喜极，转疑为梦，感极几欲崩角。然以其富有多金而作此囚首垢面之状，终致疑虑，而又能慷慨施与，益不可解。迨熊皮自陈其颠末，叟始恍然知若此者，皆造化之所为也。乃亟请临存其家，于是升堂入室，相得甚欢。

叟因欲以女妻之以为报。叟故有女三人，皆在妙龄而有殊色者，至是遂命以次出见。长女搴帘先出，甫露妖容，蓦睹怪状乃退避，惟恐不速。次女则伫立门前，侧目而视，讥其非人，以为笑乐。幼女独坦然而出，与客相见，复陈于父曰："无论郎之美恶，大人其

337

既许之矣，儿敢不唯命，贻太人以失信之讥？矧彼拯吾家于患难之中，吾等感戴之不遑者乎。二姊不愿自呈其身，已见乎辞色，则舍儿之外，更无他人，儿虽陋，请事郎以终身，聊以报德。何如？"叟闻之大喜，而熊皮亦深感其贤，不觉肃然起敬。即脱所备金指环分而为二，分凿二人姓氏于上，然后亲授其一于女，而谓之曰："请迟我三年，此物当团圆也。使三年而我不至，卿虽嫁，吾无憾矣。"言毕，遂相与珍重，挥涕别。女自此遂改服黑衣，不复艳妆，深自韬晦。每一念及良人之处境，无人敢近，未尝不于无人之处泫然流涕也。二姊且日与谐谑，百般揶揄。或言熊爪长利，毋为所伤，或言熊口巨阔，毋为所噬。女闻之，默然而已，从不与较。二姊或拟其痴，女不顾也。顾熊皮往来游行，不避艰险，慷慨施与，一如曩日。遇有贫乏者，益厚济之，故四方之以长寿祷祝者甚众。长寿熊皮之声，盖触耳皆有所闻也。

亡何，七年之期已届，次日，熊皮即遄回原处，坐树荫下，冀有所遇。不一时，果闻风声萧萧，林木摇撼，前所见之怪物倏又至前。乍见熊皮，似有怒色，兀立不言，亦不少动。俄以生旧时戎衣掷还之曰："此若物可将去，绿衣熊皮当见还也。"生脱而还之，怪遂欲行。生曰："少待，请先洗去我之积垢而后行。"怪乃决溪水浣濯其身，断其发，剪其爪，尽还其本来面目。韬光既久，一日涤除，艳彩四射，且视前益加美焉。迨怪既去，觉身体顿轻，如释重负。遂至市中购绒绣之衣，雇四马之车，气宇益轩昂。高车怒马，驰骤市廛，见者皆以为此美男子富家郎也。顾其冠履，犹作戎装，故抚媚中时露英爽气，俨然一少年将军也。驰抵老叟家，登门拜谒，则无有识之者矣。时叟设肆阛阓间，权子毋获利无算，尽复旧产。至是见生之至也，以为贵客来，交易必巨，遂厚待之。生亦姑不自陈，彼其有所供奉，辄享之。日既夕，设筵相款，并出三女使侍客。生据中座，长次二女实左右之。履舄交错，玉手奉觞，尽爵无算。盖二女以生貌之都为平日目所未睹，皆有嫁之之意，故藉是以献其媚，以自媒也。叟固亦有意者，应对之顷，辄以婚事为问。生但微笑，亦不置可否。时以目送二女，作犹豫状。二女心旌益摇摇，急思自炫，以遂其私。乃相率起身入房，易锦绣之衣，金珠之饰，将借宝光之四照，以佐其娇妍也。叟亦以事离座他去。生以目视幼女，则默坐前席，不言亦不笑，静穆庄重，目不斜瞬。而一种娟好之态，能令人怜，不以端凝损其媚也。生至是睹之益真，爱敬并起，因探囊出指环之半置酒杯中致敬以授于女曰："卿尚念此否？"女见之大惊，急于项间所佩红带上解所系指环之半，合而视之，宛然完璧也。屡以目视指环，亦屡以目视生。生曰："卿疑仆耶？仆熊皮也。卿得毋以前者之指爪犀利，毛发茸茸，不类今日耶？仆非生而陋者，今日之面目，实仆之旧时真面目。前此犀利茸茸者，韬晦之形骸也。今还我本来，得自由矣。"女闻之，悲喜交集，不知涕泗所自来。生亦起握女手，相恃大恸。时长次二女更衣既竟，盛妆艳服而出，宝气珠光，射人眼目，方谓个儿郎当可为我口中肉矣。比至席间，睹此情状，异而询之，则所谓美少年者即熊爪利能伤人，熊口阔能噬人之妹夫熊皮也。一时自媒之热念顷刻都消，悔极而妒，妒极而羞恶之心生焉。一寸心中如辘轳之飞转，更番消长，迄无已时。反身遽出，初不知其何为也。少顷，幼女入室，忽一绿衣人排闼入，笑谓女曰："余虽失一人，犹幸得二人代也。"语讫，失所在。方致骇怪，则使女入报："二姊均雉经矣。"女亦哀悼，出告生以所见，并二姊雉经事。然终不解绿衣人之言。生思之，凛然曰："我知之矣。大抵彼先遇我，将得而甘心。我以任侠施与，彼不得施其技，故其后遇我有怒容也。今二姊以横死，彼盖将以为我之代，故喜而相告乎。"厥后，生即赘于叟家，并承其业，财雄一方。

一 斤 肉

犹太人显道者,十六世纪时意大利之寓公也。家拥厚资,富几敌国,而犹专以盘剥重利,刻剥小民为事。故人多訾议之,而卒无如之何也。洎其晚年,乃有阿通尼耶者,藉先人余荫,亦以豪富鸣于时。资产之雄,殆堪与显道相伯仲,而宅心之仁厚,接物之谦和,则较诸显道之居心险诈,为富不仁者,相去若霄壤焉。阿氏少年任侠,施与自豪,视显道之为人如仇敌,故所措施,恒与显道为正反对。一时贫乏者之欲称贷抵押,多半出于阿氏之门,盖阿氏取息微薄,而便于人人也,然亦坐是而得罪于显道。盖显道爱财若命,惟利是图之人,彼其视阿氏措施,直是无端而攘夺其固有之利,故恨之刺骨,视若敌国焉。

阿氏有至交式尼耶者,初亦富族,至是凌夷。睨富室女坡下氏之美,欲娶之。好事将借矣,而财力未足以成之。因密与阿氏谋,乞援手,假五万金。值阿氏之财皆已散借于外,一时周转不灵,远不济近,遽难集数,无以应之。因窃自筹曰:"故人患难相求,以素负富名之人,而区区之数不能应命,其惭恶为何如耶?抑且无以对故人也。纵故人曲意谅我不以为吝而靳之,亦终觉此心内疚不安。"故虽默筹再四,无计设法,卒应诺之而不辞曰:"今兹暮矣,子明旦来,当有以报子。"裴氏得诺,如奉丹诏,即归,部署婚事。顾阿氏虽诺之,而意颇忐忑,盖恐负良友也。擘画久之,忽自笑曰:"是何难哉!吾行将乞邻矣。"诘旦昧爽,即命仆马走谒显道,显道迎之入。寒暄既毕,即询来意云何,阿氏曰:"无故而履窖藏,意将何若,君当自知之。"曰:"然则贷金耳?敢请其数。"曰:"五万。"曰:"先生之教,敢不唯命。"阿氏悦,命楮墨将署契券,曰:"敢请子金所需?"显道曰:"区区五万之母,尚望子金耶!请毋须此,第署一约足矣。"问何约。曰："偿金之日，约在一月。有逾约者，请于君身割一斤肉以酬我也。"阿氏闻之，初颇骇异，及察其形色，若真若戏，殊莫测其命意所在。复自忖曰："意者其欲以非理之律置余于死地乎？虽然，区区之数，何至愆期，会当为之备而早偿之，以塞轻我之心矣。"遂如其言，署券画诺，俾之以易五万金之券。迨抵家，则裴氏已坐待矣。阿氏乃出银券与之曰："此非仆物，适亦借助于他人者。"因告之故，且及显道要挟之苛，立借券之奇，相与狂笑，互叹其用心之毒，而怜其设想之愚，咨磋者久之。裴氏乃与辞曰："行将先期以偿，誓不累君一斤肉也。"阿氏大笑曰："天下宁有斯例耶？此特显老有意戏我，托言如是耳。借曰不然，即此中不暗伏隐谋，思有以难我，亦不过藉此为要挟，重利计矣。吾恐其食指虽动，一斤肉未易尝也，岂果能累我哉！"裴氏怀金别去。阿氏亦恝然不置诸怀。

裴氏既如愿以偿，得与坡下氏成婚礼。燕尔之初，恩好备至，而曾不知岁月之不为我留，约限之瞬将至也，既至限，显道绝无追呼声，彼此益忘怀之。讵显道恃成约在，将据以窘阿氏者，日盼其逾限，以偿所愿，故绝不敦促。洎乎逾限之明日，即据以控诸有司，时则阿氏、裴氏均淡然若忘，而未之觉也。洎乎公役在门，有司传审，始相与措愕，则已不及矣。不得已，乃相约入官。质讯时，坡下氏亦已尽得其情，谓裴氏曰："以妾之故，累及君之良友，妾实不安，此行当力为解纷，以报之耳。"乃出其奁巨金，与裴氏分怀之，随阿氏同诣有司。坡下氏之心，盖以为尽此以偿显道，数浮于母金，当可悭阿氏之一斤肉也。既至，相与诉辩伸偿金之意。显道曰："吾非贪夫，约不可废也。"有司亦反复劝导，显道执不从，曰："坡下氏纵任侠愿以十倍相偿，吾犹宁舍重金以践此约，况不十倍耶？"有司衡情酌理，以先有约在，显道之理虽偏，苦无可以折之者，故终无一词以判断其曲直。即上下观审之人，亦莫不怒显道之强横，而又皆无术以制之，徒忿然作色而无如之何也。阿氏则以笔据具在，益无可置辩，惟有默然自悔署约之孟浪，筹措之因循而已。坡下氏尤焦虑万状，中心徬徨，仰天搔首间，顿忆一事，因私语裴氏曰："君姑复与之辩，辩而不胜，仍为解纷之辞，藉是以延时晷。妾当有以报阿先生也。"言已下堂径去。

初，坡下氏有友某，律师也，辩才无匹，举国咸耳其名。至是，坡下氏顿忆及之，驱车造访，告以故。某曰："是易易耳。"因授以应对之词，曰："只此已足服显道矣。"坡下氏犹恐词穷无以为继，约某同车往，曰："余将藉子以自壮也。"某从之，及坡下氏偕其友同车驰至，则堂上显道持其蛮理声势汹汹，左握秤，右执刃，顾阿氏曰："请早舍此一斤肉，毋延缓矣。岂尚有粲花之舌欲屈吾之理耶！"坡下氏舍车升堂曰："吾尚有辩。"取原契当众宣诵一遍，故延蔓其声而抑扬其节，甚觉清脆可听也。诵已，逼近显道而问之曰："约止此耶？"曰："止此矣。"曰："约外尚有说耶？"曰："无矣。"曰："子既涎阿氏之一斤肉，何疏忽乃尔。"既曰："割肉一斤而不言割之次数，是有一割无再割也。一割而适得一斤，毋轻焉，毋重焉，若能之耶？"显道默然。众皆为之咋舌。坡下氏又曰："约署以一斤肉为罚，固未尝及于流血。若割肉能有术以止其流血否？如无术，则阿氏之血非白流者，若又将何以为罚耶？凡兹二者，亦请署约而后，操刀若敢应耶。"显道益缄默无语，盖已舌强不得下矣。一时上下观审者，鼓掌之声如雷动，堂上有司亦为之莞然。阿氏骤闻此言，如出地狱而见天日，喜可知矣。回顾显道，则颜色沮丧，骄矜之气都消。怃然为间曰："是余之疏忽也。"阿氏趋前笑语之曰："吾今不吝一斤肉矣，先生之意云何？"显道益惭，因请于堂上曰："此讼阿氏直余不欲较矣。一斤肉请仍留于阿氏之体，五万金亦无须索偿。今日之堂费，余且承之，请息讼。"有司以其先之以跋扈而行狡诈也，又从而罚之锾。于是人心为之大快。

译者曰：险诈之行，今日尽比比矣，庸讵知古已有之乎？险诈之人，中土盖多多矣，庸讵知海外亦有之乎？虽然，以五万金买一斤肉何其奢也，坡下氏受律师之教而反诘之，即俯首贴耳自承为疏忽而不追究，盖是犹豪爽者也。其视今之狡诈之术，层出不穷，继之以狠毒者，为何如耶？

乡人女

某乡人家素寒俭，茅屋三间，聊蔽风雨而已，此外无长物也。室人早世，无子，一女年及笄矣。生而慧黠，能言善辩，妙解人颐，貌亦天然秀美，别具风姿，盖殊不类乡人女也。顾其父，殊鸠拙，终年佣于他人，工资所入，犹不足以赡养其女。宅边故鲜余地，以种蔬果，故常有饔餐不继之虑。一日，女忽发为奇想，告其父曰："假使吾国王能知吾家疾苦，则必能赐废基一片，俾我自食其力也。我必当使人讽王使知之。"既而王果得其窘迫状，不啻使人赐之地，且从而给粟焉。父若女既喜出非望，遂矢勤矢慎，力加恳种，尽将以答王仁也。一日侵晨，父女躬耕田中，甫举锄，即见泥中有物，光熖闪烁，拾而视之，黄金也。父谓女曰："此地既为王地，则金亦即王之金，我当往，仍献诸王。"女曰："不可。若以献之，必将并地而亡之矣。毋宁勿献。"父不听，卒献之。王握金在手，乃顾乡人而询曰："尔究获金若干，岂仅区区一片耶？"乡人鞠躬对曰："所得只此。"王不之信，曰："世乌有廉洁之士至于如是者？吾谅尔必不肯尽献也。可速去而将之来，不然不尔恕矣。"至是，乡人虽力辩其无而王卒不信，乃命系之以付狱吏曰："当俟其尽献余金而后释之也。"乡人既入囹圄，不饮亦不食，第终日嗟叹曰："恨不听我女之言！恨不听我女之言！"而已。

狱吏以其状报于王，王命拘之至前而问之曰："尔悔不听尔女者，果何事？何以不食亦不饮也？"曰："臣女早逆料及之矣。臣拾金即拟献王，臣女曰：'若献此戋戋者，则必将并地而亡之矣。'"王曰："若何为而不听？"曰："臣愚以为地既王之地，则金亦王之金，故不听其言而卒以献之。此臣之愚忠也。今果尽如臣女言，臣安得而不悔。"王曰："若果有此敏慧之女乎？盍使之来，孤欲见之。"遂令使臣往召之。女不得已朝于王，王与之语，大悦。既而曰："孤闻卿性颇敏慧，卿果能解孤意乎？果尔，则孤当册卿为后。"女曰："臣不敏，乌足以解王意？虽然，既承宠命，请尝试之。"王遂戏与之约曰："卿诘朝来能不衣衣，亦不赤体，不步行，亦不乘骑，不由大道，亦不由僻径乎？能此三者，孤当令内臣扫除椒房，以待卿也。"女起称谢，告辞而归。王心颇疑焉，不知其果何术以来也。女既归，翌日晨起，汤沐已，乃以所纺棉纱遍蒙其体，以废车之辕，假邻人之驴而盘之，然后覆身辕上，由阡陌间驰行而去。既朝王，鞠躬而启曰："臣不敏，谨如王所命以来。"王大笑，即留之后宫，被以锦绣，饰以珠玉，择日行大婚礼，居然后矣。王乃释后父于狱，赏赉有加，于是国人皆艳羡之也。

越年余，一日王以阅兵出城。城之外，车马喧阗，商贾云集，盖王方将建营宫室，大兴土木故。农商之流，争以木石运至而交易也。一时熙来攘往，肩摩毂击，车尘马足交驰道路，成一绝大市场焉。顾车马之制，人各不同。或以牛御，或以马御。驴骡之属亦相望以来也。中有一人，以牝马驾其车，而所产小马随焉。少焉于扰攘之顷，小马忽一惊而逸不知所之。急侦之，始见其藏身于二牛之间。二牛盖他人之驾车者也，索之不肯还，谓为牛之子也。而其人则曰："是固马也，乌得为牛子？"相争不决，始则口角，继且挥拳。方争闹间，适扈从拥王驾至。其人遂奔控于王。王亦不之直焉，曰："吾闻畜之小者，恒追随于其母之后，而莫肯或离。今此畜既厕身于二牛之间而不去，是为牛之子无疑矣。曷争为？岂若欲攘他人之畜，以为已有耶！吾将加若以诬告之罪。"其人既退，羞愤万状，遂匆匆驾车而归。抵家后，愈思愈忿，几欲自戕其生，既而自悟曰："以一畜死毋乃自轻，不如暂忍须臾，徐图伸雪之为愈也。"翌日或告之曰："吾后慈祥而智慧，最能济人之急，救人之难，且彼亦乡人也。子岂忘之耶？子若往求之，吾知必有以助子矣。"其人闻之，大喜曰："微子言，吾几忘之。"于是称谢不去口。或既去，其人即策蹇入城，以实情诉于后，而求策焉。后乃问之曰："若能渔乎？"曰："未之学也。"曰："非必真渔，第伪之耳能乎？"曰："能。"曰："诘旦王将出城观兵，若持钓竿，伏于要道，睸王之将至，乃举钓竿，择沟渠之无水者，伪为钓鱼之状，若能之乎？"曰："能。"曰："能则冤可直矣。"乃授以应对之词。其人受教去。翌日，乃悉如其教而为之。王驾至，见其渔于已涸之沟，异之，使从者问焉。曰："尔于此何为耶？"曰："渔耳。"从者笑曰："痴哉！尔于此而欲得鱼，是何殊悬木以求哉！吾可断其终年不能得也。"其人正色谓之曰："牛且尝生马矣，安见涸沟之不可以得鱼耶？"从者返告于王。王命召其人至马前，而问之曰："若受谁之指使，而能为是言？"其人曰："小人自能言之，不俟人教也。"王曰："若果能自言，则往者已言之矣，奚俟今日耶？"左右刑讯之拷掠备至，其人不得已，尽吐其实。

王闻之，勃然大怒，逐之去，既返跸问于后，曰："卿何欺孤之甚也，卿而欺孤犹可言也，顾乃使乡人而欺孤于稠人广众中，其罪尚可道耶？请从此还乡，宫中无复有卿之位置矣。卿有心爱物，可携之俱去，孤不汝靳也。"后故机警绝伦者，既闻此言，镇定如常，不露惧色。略一凝想，乃即从容对曰："陛下所命，臣妾固不敢违，虽然，窃念侍王以来一年余矣，未尝失德。今将长辞恩宠，则离别之酒不可不与王共饮之。"乃取瓶斟酒，献之于王曰："请满饮一觞，以表臣妾之意。"王允之,即举杯一饮而尽,涓滴糜遗,以示决绝。饮既毕,就坐于榻,陡觉神思恍惚,昏昏欲眠。偶一闭目,已不觉栩栩然化庄生蝶矣。盖所饮者,乃安神药酒也。后见计已得行,乃亟命驾双马车,扑被拥王而登之,风驰电掣,疾驶出城,迤逦径归其乡之故宅焉。既抵家越数小时,王始惊回好梦。则见一灯如豆,床帐全非,迨张目四顾,不觉身在草庐之中。骇极呼仆,无一应者。方惊疑间,后忽姗姗而至,对之而笑。王问曰:"孤得非在梦中耶?"后曰:"非也。此妾之旧居也。"王惊曰:"然则孤何得在此?"后曰:"顷者王不尝命妾耶?曰卿心爱之物携之俱归,孤不尔靳也。夫妾之心爱者,世间莫如王,妾故携之俱归耳。王又何怪焉。"王闻之默然,不能答。细味其言,无限感慨,不禁潸然泪下,衣襟尽湿。乃起捉后臂,抚后肩而谓之曰:"卿既爱孤,孤宁不爱卿哉!顷间之事,请勿介怀,孤知过矣。"晨光乍明,即起身偕后,辞其父,并驾回宫。从此伉俪之间益相爱悦,而乡人之冤,亦得以大白。

读者曰:自古人臣之能玩其君于股掌之上者,吾中国四千年历史中,惟得一人焉,则东方朔之于汉武帝是也。呜呼!若此乡人女者,殆东方朔之流欤。

又曰:天下事兼听则明,偏听则暗。此案乡人于拦舆控诉之顷,王以仓卒,不暇细研,仅就其理而度之,以驹归牛,何殊指鹿为马。此殆吾国宰官之通病矣。幸而乡人之不死,而犹有大白之一日也。呜呼!吾愿为民上者,其各加之意焉。至若堂帘高远,而小民呼吁无门者,则吾末如之何也矣。

公　主

　　某少年，世家子而凌夷者也，颇好学。文事之余，尤喜驰马试剑。年未弱冠，臂力过人，性倜傥不羁，有肝胆，蓄大志，而不屑治家人生业。故虽长成，犹依父为养。家固贫，炊烟恒断，少年殊不知所苦。父某以家贫故，出而为人司会计。薪水所入，仅足以自存，免一身之冻馁而已。颇以其子为累，然亦无以善其后也。一日，少年慨然自陈于父曰："以阿翁终岁辛勤，而所获者仅足以为一人之养，儿既堂堂七尺，复以此区区口腹致累大人，儿窃耻之，且此心亦无以自安也。今拟自出谋啖饭处，纵不能得余资供菽水欢，或亦足以自餬其口，庶太人从此可少一累而无内顾忧乎？"翁不得已，许之。遂相与挥泪而别。时国中适以事与邻邦开衅，命将出师，兴兵无日矣。少年闻之大喜，遂奋身入京师，投入军籍，愿为前驱焉。两车相见，兵刃既接，则敌国之师锐气颇新，己国之军慑于其气，颇致颓丧。加以寡众不敌，坐是前敌士卒阵亡甚众。俄而统将亦以被伤。闻矣，一时军心扰乱，势将却走。少年见势不佳，乃急大声疾呼曰："爱国诸君，其各努力哉：不然，父母之邦，将有陆沉之患矣。"频呼不已，于是军心为之一振，勇气顿增百倍。少年既奋力而前，余人亦随之俱进。一鼓作气，所向披靡，从此屡战屡克，略地无算。城下盟成，班师奏凯而旋。洎乎论功行赏，则少年之名巍然居首。于是晋公爵，赐金帛，既富且贵，位极人臣矣。盖少年既大有造于国家，而国家亦殊不负少年也。

　　王故无子，有一女，年可十七八，有殊色，而性极偏窄，殆无比伦，尤无容人之量，盖自幼且然矣。年即长，乃设誓曰："有愿同生死者，方能妻我，不然，宁终身不嫁耳。"所谓同生死者，盖云公主或不幸先夫而死，则为之丈夫者，亦不得独生。虽然，若反是，则公主亦愿以身殉之也。此言既遍播国中，闻者莫不为之咋舌，故数年以来，从未有敢希尚主之荣者。少年立功归，居京师，闻其故，又见公主美，乃曰："吾弗惧也。吾本婆人子，徒以军功，彪炳一旦，骤臻贵显，室家之乐犹付缺如。公主肯下嫁，吾当如其誓。"遂自陈于王，效毛遂之自荐焉。王告以公主有前誓，且晓以利害。少年不顾曰："臣以生死置之度外久矣。矧公主而未必短命乎。不宁惟是，假使臣而有一毫贪生惧死之念，又安能建此功业哉！"王闻之大悦曰："视死如归，疆场事也，乃能移而置之伉俪之间，真奇丈夫哉！"于是议遂定，择日以公主下嫁焉。

初，少年之与公主也，年既相若，貌亦相敌，而情意亦复相投。燕尔之间，乐可知矣。春日苦夜短，锦帐恨朝曦。怜我怜卿，相亲相爱，时复并驾出游，载驰载驱。尽国人靡有不艳羡之者。光阴倏忽，瞬已三年。一日，公主偶构微疾，百药无效，渐且增剧，卒竟不起。王既闻变，凄惶欲绝，乃命舁尸空室中，略具酒馔果品，而使驸马入居之，然后反扃逻守，欲其践前约也。而少年此际，亦既心志俱灰，万念都寂，盖已无他希冀，惟待食尽而死耳。方独坐懊闷间，陡闻屋角呼呼有声，异而视之，见一常山君自墙隅穴中蜿蜒而出，洁白晶莹，斑文斓然，长约七八尺，前行甚捷。及至公主榻前，忽然昂首注视，势将腾跃而起，以登于榻。少年恐其将噬人也，急拔佩剑挥去，连斫之为三段，而蛇毙矣。少选又有一白蛇，自原孔中蜿蜒而出，迨见前蛇惨死状，细察之，而后返身引退焉。少年知必有异，姑按剑屏息而待之，欲藉以觇其奇也。俄而蛇果复至，口中啣绿叶三片，青翠欲滴。既至其处，吐叶于地，一面移蛇尸之分裂者，为之移近而凑合。然后乃以绿叶分覆于断处，已乃伺伏于旁。须臾，断者复续，死者亦复生，遂乃相与偕遁，不知所之矣。少年观之，历历在目，骇诧不知所为，不觉叹曰："区区卵生动物之智，何其神欤，岂由天授乎？不然，吾人之灵敏，何遽不若动物也？顾虽知药物之可以瘳疾，而众未考得植物之可以起死回生于俄顷之间之所由来，岂非吾人之智慧反出于动物之下哉。"冥索久之，不得其故。既而忽作异想，曰："蛇虽已去，叶犹在此。公主见在，何妨一试。此叶在人固求之不得，在我已当面试验矣。且彼既尝活动物矣，安知不能活人类乎？"因俯拾遗叶，纳于公主之口，而以其二覆于其面焉。安放既毕，然后斟酒自酌，略自歇息。三巡甫毕，忽闻公主喉间格格作响，微嗽一声，即闻呻吟。少年揭叶视之，虽两目犹瞑，而鼻息齁然，抚之，盖已温矣。酌酒少许灌之，半日始能语。问之亦不觉所苦，如梦方醒而已。少年大喜，乃以其状告于逻者。逻者以闻于王，王闻之殊惊疑，因亲临省视焉。见之大悦，遂命舁公主回宫。数日而愈，宿疾若失。少年以是重视此叶，胜于拱璧，付亲随珍藏之，以备不时之需。

居无何，少年思乡念切，乞假省亲。王许之，遂挈公主乘轮内渡焉。顾公主更生后，厥性顿异曩时，几如隔世。故并驸马再生之德而亦忘之，于舟次竟以向之爱驸马者，移而爱船主焉。船主盖少年佻达之徒也，公主既倾心斯人，遂欲与之谋孽。一日，瞰驸马昼寝未起，隐招船主入房，乘其不备，一捉其首，一捉其足，而投之于海焉。既乃入舱，与船主密谋，伪饰驸马所以自溺状，将归而虚报于王也。船主初尚有所顾忌，惧遭愆责，不敢为。公主转以死要之，始不得已，相与举事。公主于是喜甚，乃谓之曰："君能从妾言，富贵不足道也。妾返将于王前，竭力保君，必当大用。然后更请于父王，而以妾再醮于君，想无不允也。则君之富贵，特指顾间事耳。不特此也，父王年已迈矣，千岁后继其位者，舍君其谁？"船主闻之，不禁狂喜。于是二人亲爱倍于畴昔，盖已不自知其背天灭理矣。奸谋既定，遂转舵扬帆，鼓轮作归计。

方驸马之被投于海也，宿醒未醒，午梦方浓，及溺始惊觉，则已身不由主矣。略一浮起，仰见天朗气清，风平浪静，自念时在白昼，波平若镜，船既无恙，人何沉溺？怀疑莫释，不知所由。顷刻之间，万念交集，而无由自达。虽极力挣扎，总觉不支，载沉载浮。方惊惶无措间，水已入腹，忽觉有物触身，宛若有人援之以手者。俄而则觉身在舟中，第此时已力竭神疲，不能擅动，亦不自解其是生是死，是真是梦，盖其生魂已飘飘然离躯壳矣。当公主与船主之投驸马于海也，他人皆不及知，而驸马之仆独窥伺于后，尽得其情。而公主等不以为意也。迨二人返身入舱，仆即潜下船上所备救生小艇，略取食物，悄然而登。四面寻捞，不见踪迹，嗣于船尾舵下得之。审视无误，始拯之起，鼓棹疾去。而驸马之生死初犹不暇问，盖恐船中人觉察来追也。扁舟如叶，飞若流星，约行一炊许，回视大舟影响杳然。四顾苍茫，水天一色，泊观驸马，则已神色惨变矣。呼之不应，抚之已冰。惊惶悔恨间，顿忆曾奉主人命藏蛇遗之叶，幸随带未忘，急取出之，如法施救。不一时，驸马生气勃然，一跃而起。仆为更湿衣，进酒食，并告以故。驸马始恍然其故，不胜伤感，继之以恨。时虽日落崦嵫，尚辨东西南朔。认定方向，竭力驾驶，不分昼夜，双桨齐飞。迨抵都城，入王宫而后，始知大舟之犹瞠乎在后也。驸马遂更衣入朝，王闻之骇诧，不知所由，遂召之入，细讯之，尽得其故。王叹息良久，曰："此事孤不能无疑焉。虽然，亦不难水落石出也。"当命二人匿于后宫，以待公主之归。

越数日，公主果来，故作悲恸态，未言先泣，而极言船主相待之厚。迨王问以驸马之踪迹，则公主但哀泣不言，谓船主知其状，可召而问之。王笑曰："无害也，孤已救得于此矣。"言未已，宫帘启处，主仆先后出。公主知事已败，不觉惊惶欲绝，伏地不起，惟长跪乞恩而已。王大怒曰："驸马能从尔誓愿，与共生死，爱尔亦可谓至矣。且尔乃已死之人，驸马救之，而尔毫不知恩，以怨报德，孤又更有何恩可加耶？今惟有以尔之道治尔之身耳。"言毕，公主无他言，惟有哭泣。王命将公主置于漏舟之中，送之于海而沉之。船主亦受重罚焉。